中華民國新聞史

（1912～1949）

倪延年　主編

第4冊

| 第二卷 |

民國北京政府時期的新聞業

（1916～1928）（下冊）

王潤澤　等著

花木蘭文化事業有限公司

國家圖書館出版品預行編目資料

民國北京政府時期的新聞業（1916～1928）・第二卷／王潤澤
等著 — 初版 — 新北市：花木蘭文化事業有限公司，2020〔
民 109〕
目 4+230 面；19×26 公分
（中華民國新聞史（1912～1949）；第 4 冊）
ISBN 978-986-518-134-5（下冊：精裝）
1. 新聞業 2. 民國史
890.9208　　　　　　　　　　　　　　　　109010352

ISBN-978-986-518-134-5

9 789865 181345

中華民國新聞史（1912～1949）
第四冊　第二卷　　　　　ISBN：978-986-518-134-5

民國北京政府時期的新聞業
（1916～1928）（下冊）

作　　者　王潤澤等著
叢書主編　倪延年
出　　版　花木蘭文化事業有限公司
發 行 人　高小娟
總 編 輯　杜潔祥
副總編輯　楊嘉樂
編　　輯　許郁翎、張雅淋　美術編輯　陳逸婷
聯絡地址　235 新北市中和區中安街七二號十三樓
　　　　　電話：02-2923-1455 ／傳眞：02-2923-1452
網　　址　http://www.huamulan.tw 信箱 hml810518@gmail.com
印　　刷　普羅文化出版廣告事業
初　　版　2020 年 9 月
全書字數　389090 字
定　　價　共 10 冊（精裝）新台幣 30,000 元

中華民國新聞史（1912～1949）
第二卷・民國北京政府時期的新聞業
（1916～1928）（下冊）

王潤澤 等著

目
次

第五章　民國北京政府時期的新聞通訊業和圖像新聞業

　　民國北京政府時期，國內新聞通訊市場仍基本被路透社等外國通訊社壟斷。隨著袁世凱的倒臺，在五四運動前後，國內曾經出現創辦通訊社的高潮，許多知識分子出於愛國熱情紛紛創辦通訊社等機構，與報紙聯合一致反對帝國主義對我國主權的踐踏。

　　這一時期的圖像新聞，受技術進步作用，專門以攝影為題材印刷發行的畫報畫刊明顯增多，報紙上刊登的新聞照片和新聞圖畫（多為新聞漫畫）也呈普遍狀態，另外以紀實題材創作的新聞紀錄電影開始出現。

第一節　民國北京政府時期的新聞通訊業

　　上世紀 20 年代後，軍閥連年混戰，社會動盪和反帝愛國運動的興起，促進了新聞通訊業的全面發展。這一時期中國通訊社數量大增，並且出現了一些較有影響的民營通訊社，如邵飄萍創辦的新聞編譯社、胡政之創辦的國聞通信社、張竹平創辦的申時電訊社等。同時，在國民革命運動中，中國國民黨和共產黨紛紛建立包括通訊社在內的宣傳機構，進一步加強了革命宣傳。

一、民營新聞通訊業的新發展

　　1916 年袁世凱垮臺後又出現了一次創辦通訊社的高潮，但和民國初年的民營通訊社一樣，大多規模很小。直到進入 20 年代，民營通訊事業才進入全面發展階段，各地新設立大批通訊社，出現了向全國性通訊社發展的民營通

訊社，在新聞業務和經營管理方面都做出了不少探索，爲我國新聞通訊事業的發展積累了經驗。

（一）民營通訊社再次出現創辦高潮

1916 年袁世凱垮臺後，國內再次出現了一次創辦民營通訊社的高潮，全國各地陸續出現了一批新的通訊社。

首先，政局動盪及社會發展使人們對信息的需求越來越旺盛。當時國內有袁世凱倒臺、軍閥混戰，國外第一次世界大戰爆發、俄國十月革命勝利等，在這樣的多事之秋，國人迫切需要瞭解各方消息，而報館限於採訪實力，十分需要通訊社幫助提供稿件。其次，北京政府對新聞事業也並非一味打壓，有時採取一定程度的扶助政策。如 1916 年 7 月開始，郵政部門修訂印刷品郵遞章程，印刷品由按份收費改爲一律按重量收費，一定程度有利於通訊社發展。此外，袁世凱死後北洋軍閥四分五裂，各軍閥集團爲了爭奪中央政權相互爭鬥，爲配合政治鬥爭需要，各派紛紛利用報紙、通訊社等發表自己主張，或自辦、或收買通訊社爲自己服務，客觀上爲通訊社成批出現創造了有利條件。

1916 年～1919 年間，全國一下子出現了數十家通訊社。如 1916 年 10 月長沙連續有中華通訊社、華美通訊社、亞陸通訊社、大中通訊社 4 家通訊社創立；北京則有 1916 年 8 月成立的新聞編譯社，1917 年 6 月 10 日成立的民生通訊社，1917 年 9 月成立的北方通訊社，以及華英亞細亞通訊社、新聞交通通信社等；在廣東先後有於 1916 年 3 月成立的嶺南通訊社、1918 年成立的「周循通訊社」，1920 年成立的「時事通訊社」等，並第一次出現了專門向報紙提供照片的新聞通訊機構。

五四運動爆發後，在維護國家權益的鬥爭中，許多知識分子出於愛國熱情，還創辦了一批以「中」字打頭的通訊社，如中國通訊社、中外通訊社、中華通訊社、中孚通訊社等等，與報紙聯合一致反對帝國主義對我國主權的踐踏。

雖然這階段民營通訊社掀起了發展的小高潮，但仍是停留在初級階段，難以從總體上對我國新聞事業產生實質性影響。不過，難能可貴的是在新聞通訊業務開展上經過逐步摸索，實現了一些突破，影響力有所提升。

這一時期創辦的民營通訊社，與民國初年的通訊社一樣，大都是私人創辦的，規模很小，不少通訊社僅靠一人兩支撐，影響力十分有限。有的通訊

社還是與報紙合二為一的，如 1917 年哈爾濱的東陲通訊社、哈爾濱通訊社的主任分別由《東陲日報》總編王目空、《東亞日報》主筆朱祉民兼任。受自身實力所限，真正自採新聞並不多，基本上以譯報、剪報為主。而且，當時的通訊社大多是充當各政治勢力的傳聲筒，其消息多為各政治勢力的宣傳品，戈公振曾在《中國報學史》中指出當時的通訊社「其數目上言，誠不為少，但實際設備簡陋，只為一黨一派而宣傳其消息，至不為國內報紙所信任，對外更無論矣。」[1]

即便如此，一些新聞通訊社在業務開展上仍實現了一些突破，在稿件銷路、發稿方式、信譽度等方面均有所提升。如在稿件銷量上，民生通訊社日發稿量有 70 份，華英亞細亞通訊社日發稿量 60 份，北方通訊社日發稿達到約 100 份，平民通訊社發行量則達到 150 份。[2]在發稿方式上，出現了發電訊的通訊社，如中孚通訊社、中華通訊社等，上海《申報》《時報》曾大量採用他們的電訊稿，有一時期《申報》的「中國各通訊社電」一欄就主要刊載他們所發電訊，有一時期《時報》的「通信社電」及後來接替它「國內特約電」幾乎全是中孚通訊社的電訊。[3]此外，還出現了能為國外組織信任並向其供應消息的通訊社。如 1919 年夏在上海成立的共同通訊社，主要業務就是向外國報紙和團體供應有關中國的消息，至 1920 年 3 月該社共發稿 40 件、公布資料 40 種，並多次代外國實業界調查我國花生、木材、樟腦、鉛礦狀況，還與美國雜誌如《Trade Pacific》《Independence》《Asia》等簽訂特約通信關係，除美國外還與加拿大、澳大利亞等國的報紙、團體建立聯繫。[4]

通訊社作為一種特殊的新興媒體機構，開始在社會上初步具備一定影響。如在湖南驅張運動中，平民通訊社通過播發大量稿件，爭取各界同情和輿論支持，形成了強大輿論壓力，為驅張運動創造了極為有利的條件。1912年 12 月，以毛澤東為團長的湖南驅張請願團到達北京請求政府撤換湖南都督張敬堯，為了揭露張敬堯的罪行，爭取各界同情和輿論支持，該團成立了以毛澤東為社長的平民通訊社，從 12 月 22 日起每日發布 150 餘份油印或者石印的驅張新聞稿，不收稿費，分送京、津、滬、漢等地報紙。這些稿件大多由毛澤東撰寫，記載了請願團在北京的具體活動以及張敬堯的種種罪行，被

1　戈公振：《中國報學史》，中國文史出版社，2015 年版，第 241 頁。
2　方漢奇主編：《中國新聞事業編年史》，福建人民出版社，2000 年版，第 834 頁。
3　來豐：《中國通訊社發展史》，復旦大學博士學位論文，2002 年 5 月。
4　來豐：《中國通訊社發展史》，復旦大學博士學位論文，2002 年 5 月。

北京《益世報》《北京日報》《北京唯一日報》《京津泰晤士報》上海《申報》漢口《大陸報》《正義報》等採用，各報據此揭露張敬堯的罪行或發表評論，產生了廣泛影響，對驅張運動勝利起了重要作用。

新聞編譯社是這一階段最有影響的民營通訊社，由民國時期著名報人邵飄萍創辦。在中國新聞史上，邵飄萍是第一個重視通訊社，並以通訊社爲依託成功地開展新聞採訪和報導活動的著名記者。1916 年 8 月，邵飄萍在北京創辦新聞編譯社，社址在北京南城珠巢街。創辦起因是邵飄萍看到「北京至報紙，幾無重要有系統之新聞，愚以爲他國人在我國有通訊社，牽任意左右我國政聞，頗以爲恥」[1]。該社每日發稿一次，每晚 7 時左右發行油印稿，外地郵寄，本埠由社員騎自行車分送。內容分自採和編譯外電兩部分。

新聞編譯社注重政治軍事新聞，以內幕、獨家新聞取勝，「每日總有一二特殊稿件，頗得各報好評」，稿件被「中外報紙多數採用，外埠及外國駐京特派員亦皆定購稿件以作資料」。邵飄萍擅長採訪，1917 年前後，他曾奮力突破閣議秘密，通過新聞編譯社將內閣會議內容公布於眾。閣議內容於是成爲新聞編譯社發布的重要內幕新聞。「向之政府閣議，關防嚴密無人過問者，至是乃打破之，而每次皆有所議內容之記載，北京報紙，頓改舊觀」。新聞編譯社也成爲其後北京創辦的不少通訊社的範本，他們「記載新聞之格式，一仿新聞編譯社，至今而未改也」[2]。

新聞編譯社不依附於任何政治勢力，能無所顧忌地秉筆直書，看問題深刻尖銳，如該社 1919 年 5 月播發的《山東問題大警報》《我代表山東問題》《日本攫取外蒙警報》《日本與鄂政府》《昨日公府之重要會議——南北代表辭職——合約絕不簽字》等報導，被邵飄萍創辦的《京報》採用，這些報導並不因爲當時執掌北京政府的段祺瑞親日就畏縮不前，還在報紙上刊登啓事徵求反對在巴黎和會上簽字的文章。[3]此外，新聞編譯社以維護國家權益爲己任，所發新聞有較強的愛國主義色彩。

新聞編譯社雖然發展較爲初級，無力向全國發稿，但一定程度上打破帝國主義對中國通訊事業的壟斷，維護了中國利益，爲中國通訊社事業的發展積累了經驗、做出了重要貢獻。

---

1 華德韓：《邵飄萍傳》，杭州出版社，1998 年版，第 69 頁。
2 邵飄萍：《我國新聞學進步之趨勢》，《東方雜誌》第 21 卷第 6 號。
3 來豐：《中國通訊社發展史》，博士論文。

（二）民營通訊社進入全面發展時期

20 年代以後，軍閥連年混戰，地方軍閥勢力之間時而妥協聯合，時而爆發戰爭，削弱了對社會的控制，也爲媒體提供了大量新聞報導素材；社會的動盪還使得人們需要大量信息以瞭解自身所處環境，這刺激了通訊社的發展，各黨各派也乘機組建宣傳自己的通訊社。另一方面，20 世紀中國人民反帝愛國運動轟轟烈烈，各帝國主義國家借助其新聞通訊事業發達，顛倒黑白，污蔑中國人民的正義行動，爲了改變「新聞的侵略」的現狀，發揮新聞促進社會發展、維護中國主權的作用，一批民營通訊社相繼成立。此外，中國民族工業快速發展對信息需求大增等，也促進了對私營通訊社的需求。因而，民營通訊社的發展進入了全面發展的新時期。

民營通訊社很快在全國各地遍地開花。1920 年～1928 年間，全國各地新設立了大批民營通訊社，通訊社數量大增，1925 年北京私營通訊社號稱有 30～40 家[1]；廣東省 1913～1922 年僅新設通訊社 3 家，1923～1926 年中則新設 27 家，1927 年～1929 年新設 31 家，平均每年 10 多家。廣東汕頭直到 1926 年才出現通訊社，但 1926～1928 年中新辦通訊社 17 家。[2]重慶在 1920 年前少有通訊社，但自 1920 年李光斗在重慶設立四川通信社開始到 1930 年，累計設立通訊社達 110 家。[3]成都亦是如此，據不完全統計，1924 年～1928 年間新增通訊社 22 家。[4]戈公振根據中外報章類纂社所調查的資料統計，到 1926 年，全國通訊社達到 155 家；北京最多，武漢次之，但如果將許多未登記的通訊社包括在內，實際上應不止這個數字。

這一階段出現的民營通訊社大多數資金短缺、設備簡陋、人手不夠、旋起旋滅，並無規模和成績可言，也無法形成有力的社會輿論，基本無助於實現民族自強、挽救國家前途的目的，但也有一些民營通訊社抓住機會，發展成爲資金較爲雄厚、組織較爲健全、人員較多、影響較大的通訊社。這一時期民營通訊社的發展呈現出以下三個特點：

---

1 方漢奇主編：《中國新聞事業通史》（第一卷），中國人民大學出版社，1996 年版，第 1021 頁。

2 廣東省地方史志編纂委員會編：《民國初年至廣州淪陷前廣東通訊社一覽表》，《廣東省志‧新聞志》，廣東人民出版社，2000 年版，第 88 頁。

3 四川省地方編纂委員會編：《四川省志‧報業志》，四川人民出版社，1996 年版，第 148 頁。

4 《成都通訊社、新聞社編年目錄》，《成都報刊史料專輯》第 11 輯。

　　一是民營通訊社良莠不齊，發展不平衡。胡政之對民國初期的情況進行過描述，他說：「全國通訊社，多如牛毛。據調查全國共有一百多家，北京最多武漢次之。但是這些通信社都是個人組織，靠機關津貼維持業務，根本談不到對新聞事業有什麼貢獻。捧人者有之，造謠生事者有之，挑撥離間，鼓動風潮，誹謗詆毀，挾嫌攻擊，無所不用其極，只圖賣一份長期訂稿，其他都在所不計。機關、團體、首長、私人，因畏懼它散佈對自己不利的消息，所以勉強拿錢訂閱一份通訊稿，以為敷衍；但真正大報館，反而不訂，更不引用它的新聞。因此通訊社便成一種敲詐工具、而這批人則成為社會流氓，橫行霸道，目無法紀，令人敬而遠之的一群！所以一百多家中，真正站在新聞立場，以輿論影響社會，以消息傳佈民情的、可說絕無僅有！且風氣之壞，深入裏層，蔚為一時的社會公害。」雖有誇大，但也一定程度反映了當時民營通訊社發展的良莠不齊和存在的諸多問題。

　　二是新聞業務發展上逐步邁向專業化。在認識上，不少民營通訊社意識到要想長期生存發展，必須在新聞報導上多下工夫，發布公正、確鑿的消息。不少通訊社在建社之初就打出「客觀公正」的旗號，表達其所採集信息的可靠性、立場的獨立公正、消息的迅速及時。如1921年3月成立的北京神州通訊社自稱「中正不倚之精神，促進社會之發展；宣揚東西文化，維持世界和平」「發行迅速，印刷精明」[1]；同年成立的北京震旦通訊社成立時自稱「無黨派關係，態度光明，新聞確實，內容豐富，消息靈通」等[2]。在工作方式上，逐步擺脫譯報、剪報等簡單的工作方式，普遍由自己派記者採訪新聞，建設自己的信息採集網絡。如1924年成立的遠東通訊社在奉天、哈爾濱、漢口、青島、長沙、北京、廣州、雲南等地聘有通訊員，1925年還曾在上海舉辦新聞展覽會，組織新聞學演講會和成立新聞學研究團體「上海新聞學會」，以推動我國新聞事業發展等。此外，發送稿件從數十份增至幾百份，稿件字數從幾百字增至幾千字，發稿範圍從本埠擴大到全國各地的大城市，發稿方式從單純的單車遞送、郵寄發展到電訊，稿件內容也根據字數和內容的不同得到細分等等。

　　三是經營業務上不斷探索。民營通訊社積極採用各種營銷手段擴大影響以提高稿件採用率、招攬客戶，普遍做法是「先嘗後買」，免費贈送給報社使

1　方漢奇主編：《中國新聞事業編年史》，福建人民出版社，2000年版，第924頁。
2　方漢奇主編：《中國新聞事業編年史》，福建人民出版社，2000年版，第970頁。

用，用得好需要長期訂閱才開始收費。如北京亞東通訊社、震旦通訊社開辦時贈閱 1 個月，更有長達 3 個月的；短的僅幾天，如今聞通訊社發稿時贈閱 3 日。有的則免費附送其他方面的稿件，如神州通訊社除按日發新聞稿外每月並贈送附號數次，均為關於政治、外交、勞動、婦人、文化、經濟、教育、實業、法律、思潮風問題的譯著；哈爾濱通訊社除每日發新聞稿外，每週贈送一次系統全面的綜述，每月贈送關於社會問題的譯著。[1]不少通訊社開始進行廣告業務的探索，以增加通訊社的收入。如國聞通信社、申時電訊社等開設廣告部，負責辦理的事項包括：「廣告之招攬與介紹」「廣告之設計與撰擬」「廣告之調查與統計」，「關於各報之沿革，銷售、及廣告之地位價目，均經詳加統計，一目了然」[2]，通過廣告代理，既為一些效益不好的報社解決了部分經濟問題，又牢牢地控制了這些報社使之成為它的客戶。一些通訊社還通過創辦刊物擴大影響等等。

（三）首個初具全國性通訊社發展規模的民營通訊社：國聞通信社

國聞通信社是這一時期通訊社的佼佼者，也是中國第一個初具全國性通訊社發展規模的民營通訊社。

國聞通信社創辦由胡政之 1921 年創辦於上海，9 月 1 日正式發稿。1919 年胡政之代表《大公報》出席巴黎和會，期間，目睹英國路透社在消息採集、發布方面高效率的流水作業方式，深感中國新聞通訊事業之落後。在採訪巴黎和會之後，他遍訪法國的哈瓦斯社、德國的沃爾夫社、意大利的司丹法社、英國的路透社，又研究了美國的聯合社、澳洲的康比潤、日本的電通社等的發展，進一步堅定了自辦通訊社的信念。[3]

胡政之聲稱國聞通信社「完全是根據經濟設立的」，不與資本實力或者政黨聯合。」但與其獨立創辦通訊社的初衷相違背的是，國聞通信社初期是孫中山、段棋瑞、張作霖共同出資創辦的，是反對直系軍閥的聯合勢力的宣傳機構。直皖戰爭後直系軍閥執掌北京政權，為了對抗直系軍閥能東山再起，失勢的皖系軍閥及其政治代表安福系聯絡東北的奉系軍閥和南方

1　來豐：《中國通訊社發展史》，博士論文。

2　方漢奇、王潤澤主編：《申時電訊社廣告股啟事》，《十年──申時電訊社創立十週年紀念特刊》，《中國人民大學新聞學院藏稀見民國新聞史料彙編》，國家圖書館出版社，2012 年 9 月版，第 45 頁。

3　周太玄：《悼念胡政之先生》，香港《大公報》1949 年 4 月 21 日。

的國民黨，組成三角同盟，並在上海成立了一個臨時組織進行反直活動。爲了加強輿論宣傳，1921 年資助創辦國聞通信社，進行反對直系軍閥的政治宣傳。

國聞通信社社長爲代表皖系軍閥勢力的鄧漢祥，總編輯由胡政之擔任，其實鄧是名義上的社長，眞正發揮作用的是胡政之。雖然國聞社是軍閥的喉舌，但胡政之對經營通訊社方面有他自己的見解，他把創辦國聞通信社作爲改進新聞事業的舉措，通過「革新通訊機關」，達到「消息靈通、輿論健全」的目的。1921 年 8 月 17、18 日在《申報》上發布的《國聞通信社開辦預告》中，胡政之稱：「當茲世界改造潮流方急之時，國中凡事業胥待刷新，而國民喉舌之新聞界自亦有待於改進。不佞業報有年，不自揣其能力，竊欲於報界革新事業，稍效棉薄。現集合同志，開辦國聞通信。設總社於上海，各省要埠陸續籌設支社，將欲搜求各地各界確實新聞，彙集發表，藉供全國新聞家之取擇，俾眞正輿論得以表現。斯則區區之微志也。」[1]《國聞通信社簡章》也清晰地表明了他創辦通訊社的思想，其中寫道：「各國報館，內部有完善之組織，外部有得力之訪員，更有通信社搜集材料爲之分勞。其消息靈確，輿論健全，實由於此。中國則因報界組織不完全之故，報導歧出，眞相難明。同在一國，而南北之精神隔絕。同在一地，而甲乙所傳各別。吾人慾謀新聞事業之改進，捨革新通信機關殆無他道。同人創立茲社，志趣在此。將欲本積年之經驗，訪眞確之消息，以社會服務之微忱，助海內同志之宏業。創設之始，規模雖簡，而發展之途，則期懷頗遠。」[2]

建社初期，該社所發稿件，除有利於盧永祥及段祺瑞、張作霖、國民黨三方面勢力的政治新聞由胡政之親自撰寫外，其他新聞來源，一是李子寬從外文報紙上摘譯的新聞，二是由外勤記者嚴諤聲採訪來的有關工商界的消息，後嚴諤聲辭職另有高就，推薦他弟弟嚴愼予繼任記者。以郵寄方式向各地報社發稿。[3]胡政之採取「以全國新聞發揚中國新聞事業，以中國新聞提高國際新聞事業中的崇高地」[4]的思路，設想將國聞通信社建設成爲全國性、國際性通訊社，並在運營中積極踐行，使之初具全國性通訊社規模。

---

1 《國聞通信社開辦預告》，見《申報》1921 年 8 月 18 日。
2 戈公振：《中國報業史》，中國文史出版社，2015 年 1 月版，第 243～244 頁。
3 徐鑄成：《〈國聞通迅社〉和舊〈大公報〉》，《新聞研究資料》總第一輯。
4 陳紀瀅：《胡政之與大公報》，掌故出版社，1974 年 12 月，第 76～78 頁。

　　一是將擴展消息來源到全國範圍、甚至國外。國聞通信社積極在各地設置分社，招聘特約通信員，擴展稿源來源。「在規模上，也是壓倒性的。國聞通信社總社設在上海，最初一個時期專業人員多達十四五位之眾，兼職的更無計其數。平、津、漢口三社，每社都在兩員以上。北平社經常保持五六人。奉天、長沙、重慶、廣州及貴陽等分社，也都在一個人以上，各地兼職人員還不在內。」[1]國聞通信社先後在北京、漢口、瀋陽、長沙、廣州、貴陽、福州、重慶、哈爾濱等地設置了分社。[2]《國聞通信社簡章》中說：「本社於總支社均特約得力通信員。關於各種新聞，隨時以專電快信，為詳確靈敏之報告。」其訊員遍布西安、蘭州、洛陽、開封、蚌埠、濟南、青島、福州、梧州、奉天、吉林等地。[3]《簡章》中還提到，「本社除於各外國陸續聘任專員通信外，凡各國報紙有重要消息，仍隨時譯述，以供報界參考。」1925年4月，國聞通信社又招聘日本東京通訊員一人，為國人創辦的通訊社設駐外記者之始。

　　二是改善發稿方式，用戶逐步擴展到國外。原先國聞通信社就採用現代通訊社在各地發稿的方式，通過總社及各地的分社對各報供應新聞稿，上海總社每日發稿兩次，外地分社每日發稿一次。這種發稿方式對中國的通訊事業有很大的影響，之後各地通訊社均通過總社、分社向各地報紙發稿。但郵寄稿件速度太慢，有的新聞發到訂戶手中已經變成舊聞。為提高通訊傳遞速度，1925年起，國聞社開始用電報發送到聞，快速將最新消息傳遞出去，是我國最早利用電訊報導新聞的幾家通訊社之一。[4]1924年國聞通信社曾發布廣告，稱本社「每日發行新聞稿件，公正靈確，信用昭著，全國重要報館均經訂購」。[5]隨著發展，國聞通信社的發稿範圍還逐漸擴大到世界各大國，「美國聯合社、法國哈瓦斯、日本聯合社及英國路透社等，均訂有本社稿件，更經常引用本社重要新聞發往全球，被世界各地的重要報紙刊登出來。」[6]是當時中國較早能夠把發稿範圍擴展多國的國人自辦通訊社。

1　陳紀瀅：《胡政之與大公報》，掌故出版社，1974年12月，第76～78頁。
2　方漢奇、李矗主編：《中國新聞學之最》，新華出版社，2005年版，第202頁。
3　戈公振：《中國報學史》，中國新聞出版社，1985年版，第207頁。
4　方漢奇主編：《中國新聞事業通史》（第二卷），中國人民大學出版社，1996年版，第433～466頁。
5　《國聞通信社經理廣告》，見《國聞週報》（第一卷第1期），1924年8月3日出版。
6　陳紀瀅：《胡政之與大公報》，掌故出版社，1974年12月，第76～78頁。

　　三是設立英文部。早在 1921 年建社之初，國聞通信社章程就規定國聞社編輯分「華文洋文兩部」，但限於經濟條件不允許而無法成立。1925 年段祺瑞就任臨時執政，準備召開關稅會議收回部分關稅主權，為向帝國主義國家宣傳關稅會議，希望有通訊社能為政府對外作些宣傳報導，每月由財政部撥發 1000 元作為經費。胡政之及時抓住這個機會，由此而開辦英文部。因為它是在政府的資助下辦的，所以編輯人員收入很高，連普通編輯的收入都比國聞通信社分社社長的要高。[1]

　　除了上面介紹的向全國性通訊社拓展採取的舉措，胡政之還加強報導內容、擴寬業務範圍、開展廣告、招攬人才等，在運營管理方面積極探索。國聞通信社的服務對象主要確定在「全國報館」「工商界」。胡政之曾表示，「首次爭取的對象不是機關、私人，而是全國報館的訂閱與支持，使他們媒體可得到全國各地所發生的重要消息，而所費無幾。其次，我爭取的對象是工商界，靠通信社的新聞網，全國各地的商業行情與經濟趨勢，都隨時報導，以靈通消息。」「其初，很少私人以『面子』訂閱的，後來有若干人發現這份通信稿的價值，才來要求訂閱，以期獲得比報館更迅速的新聞。」因此，胡政之很注重充實內容、擴大報導領域，尤其重視經濟新聞和商業行情，並將消息來源擴展到全國範圍。1933 年胡政之回憶說：「最初每天發稿六七千字，後來多到萬餘字，就是目前還保留五千字，並且還有英、日文稿翻譯。」[2]國聞通信社稿訊詳實快捷，舉凡政治、經濟、軍事、社會、國際新聞都一一報導；後來還增發商業行情供工商界認識考證，因而頗受各地歡迎；[3]還曾多次發出《徵求各地民生疾苦之新聞》的廣告，影響不斷擴大。1924 年 8 月，國聞社創辦了政治時事類的新聞週刊《國聞週報》，作為國聞社的附屬事業。由於刊物辦得很有特色，貼近社會現實，在當時影響頗大。此外，為了緩解失去經費來源後的困窘狀態，國聞通信社設立廣告，代各報招攬廣告，以折扣補充經費，增加通訊社的收入。這在當時是開創先河之舉。

　　作為中國第一個初具全國性規模的民營通訊社，國聞通信社開創了我國通訊事業發展高峰，其較早把稿源擴展到全國甚至國外，首設駐外記者；較早採用電訊發稿，把發稿範圍擴展到國際；首開通訊社創辦報刊先河；首創

1　徐鑄成：《〈國聞通迅社〉和舊〈大公報〉》，《新聞研究資料》總第一輯。
2　陳紀瀅：《胡政之與大公報》，掌故出版社，1974 年 12 月，第 76～78 頁。
3　方漢奇主編：《中國新聞事業通史》（第二卷），中國人民大學出版社，1996 年版，
　　第 433～466 頁。

通訊社代各報招攬廣告等等，運營方式對中國後來的通訊社產生了很大影響，成為民國時期民營通訊社的典型代表。

1924 年爆發江蘇督軍齊燮元和浙江督軍盧永祥之間的江浙戰爭，皖系軍閥盧永祥戰敗失勢，國聞通信社社內盧永祥的人馬紛紛離去。胡政之徹底控制了國聞通信社的大權，可以完全按照自己的設想經營。按照國聞通信社的計劃，要在各地廣設分社，建成全國性的通訊社，收集各方面消息。但是失去軍閥的資助後，經費始終是一大難題，早期建立的 8 個分社中，能堅持發稿的也就北京、漢口、瀋陽、哈爾濱等分社。1925 年胡政之遷居北京後，國聞社重心北移。隨著《國聞週報》的創辦和 1926 年新記《大公報》的開辦，原國聞通信社的班底全部轉為兩報工作人員，胡政之的精力轉移到報社，無暇顧及國聞社的發展。漢口分社在 1926 年北伐軍到達武漢後不再發稿；哈爾濱分社於「九一八」事變後關閉，1936 年《大公報》上海版創刊，上海分社職工全部移作滬版《大公報》班底；北平分社也不再發稿，國聞通信社遂告結束。

（四）最早向國內報導巴黎和會消息的通訊社：巴黎通信社

這一時期，中國留學生還在海外創辦了一些新聞通訊社。如 1918 年，由曾琦、易君左等留日學生在東京組織了華瀛通信社，主要為國內報紙採寫日本通訊，揭發日本侵華陰謀，以警醒國人。華瀛通信社存在時間較短。1918年夏天，北洋軍閥段祺瑞政府與日本簽訂《中日共同防敵軍事協定》。此協定被視為新的二十一條，遭到了留日學生的激烈反對。曾琦等人先後組織了 1000多人罷學回國，要求廢約。華瀛通信社的工作遂致停頓。中國留學生在海外創辦的通訊社中最有影響的當屬巴黎通信社。

第一次世界大戰結束後，取得戰爭勝利的協約國集團於 1919 年 1 月 18日至 6 月 28 日在法國巴黎的凡爾賽宮召開和平會議討論戰後問題，會議確立了戰後由美英法主導的國際政治格局。中國作為戰勝國之一應邀參會，希望收回戰前德國侵佔中國膠州灣、膠濟鐵路及在山東的一切權利，並取消列強在華的一切特權，但在帝國主義操縱下的巴黎合會卻決定將德國在山東的特權全部轉讓給日本，消息傳出後，極大地震怒了中國人民，由此爆發了轟轟烈烈的五四愛國民主運動，中國代表團最終拒絕在合約上簽字。

巴黎和會召開期間，最先向國內發回中國代表團在山東問題上交涉失敗消息的，是中國留法學生創辦的巴黎通信社。巴黎通信社成立於 1919 年 3 月，

創辦人李璜、周太玄是少年中國學會的主要成員。巴黎通信社的創設與少年中國學會有著直接的關係。少年中國學會發起於 1918 年 6 月，正式成立於 1919 年 7 月 1 日，主要發起人有李大釗、王光祈等，主要參與者是青年知識分子和進步學生，學會的宗旨是「本科學的精神，為社會的活動，以創造少年中國」。創辦報刊和通訊社是少年中國學會著力拓展的工作。1919 年初，因部分會員赴法國留學，又正值巴黎和會在法召開，學會決定把新聞通訊活動的重點放在巴黎，因而創建了巴黎通信社。另少年中國學會曾計劃同時在日本東京、美國紐約、英國倫敦及國內的上海分別成立通訊社，建成一個國際通訊網，但因種種原因未能實現。

巴黎通信社從 1919 年 3 月底開始向國內報館發稿。他們編發的新聞首先取材於當地的報紙。為了對巴黎和會作更直接、深入地報導，在中國代表團王正廷的幫助下，李璜和周太玄也得到了進入凡爾賽宮採訪的機會。他們還與參加巴黎和會報導的中國《大公報》主筆胡政之有密切接觸，共同研究交流報導情況。巴黎通信社發回的報導受到國內報紙的歡迎，上海《新聞報》還匯來電費約請他們拍發電報。在北京的曾琦曾在給周太玄、李璜的信中說：「巴黎通信社稿國內甚為歡迎，北京《晨報》《國民公報》，上海《時事新報》《中華新報》《民國日報》《神州日報》都已登載」。[1]

巴黎和會於 1919 年 6 月底結束後，國內報館不再匯來電費，巴黎通信社拍發電報的業務難以為繼，但仍向國內報紙寄發通訊，報導內容主要包括國人關注的歐洲事件和旅歐華人的各種動態，曾向國內介紹蘇俄的政治、主張及發展情況，中國留法學生的勤工儉學運動等。1919 年 10 月出版的《少年中國》上刊登了巴黎通信社的廣告，稱：「本通信社在巴黎出稿，專供給國內報紙歐洲新聞。內容計分：（一）撰述；（二）譯述；（三）談話；（四）調查；（五）雜錄；（六）專件。均綜合事實，詳述始末。每月出稿三次，每次可供日報五日以上登載。」[2]從這段文字可以看出當時巴黎通信社的主要業務情況。另外，在巴黎出版的《華工雜誌》也曾對巴黎通信社的業務做過介紹。20 年代初巴黎通信社停辦。

民國時期海外留學生自辦的通訊社多出於自身的政治訴求考量，通訊社的發稿內容緊密結合國內革命形勢發展，對於促進有關的民主愛國運動的深

1　「曾琦致周太玄、李璜」，《少年中國》1919 年版。
2　《巴黎通信社廣告》，《少年中國》1919 年版。

入開展起到了重要的宣傳作用。另一方面，由於通訊社業務發展更多地受制於資金、人員的情況，導致這些通訊社的規模和影響都很小，存在時間也不長。

二、政黨新聞通訊業的產生及初期發展

（一）中國國民黨早期新聞通訊社

由於國民黨在當時的國內政治格局中處於相對弱勢，其組織機構也比較鬆散，所以這一時期尚未開始形成真正的有影響力的黨營通訊社。直到國民黨中央通訊社創建後，這種情況才有了一定改觀。

1、中央通訊社的創辦及初期發展

1924 年 1 月，孫中山在廣州主持中國國民黨第一次全國代表大會，確立了聯俄、聯共、扶助農工的政策，確認共產黨員以個人身份加入國民黨的原則，標誌著國民黨改組的完成和第一次國共合作的正式形成。會議選舉產生了國民黨中央執行委員會，並決定加強國民黨的宣傳工作，戴傳賢任宣傳部長。中央宣傳部主要負責黨內宣傳、文宣及對外發言等工作。

此後，國民黨的宣傳機構逐步健全，在改組原有報刊的基礎上，中央、各省市黨部以及軍隊還相繼創辦了一些新的報刊，新聞活動空前活躍起來。國民黨在加強報刊建設的同時，也著手建立通訊社的工作。1924 年 3 月 8 日，國民黨中央執行委員會發出第 29 號通告，內容為：「本委員會為求新聞確實宣傳普及起見，特由宣傳部組織中央通訊社。凡關於中央及各地黨務消息，與社會、經濟、政治、外交、教育、軍事，以及東西各國最新之要聞，足供我國建設之參考者，靡不為精確之調查，系統之紀述，以介紹於國人」，並規定「各地黨部及黨員均有供給中央社新聞資料之義務」。[1]在國民黨中宣部的主持下，中央通訊社於 4 月 1 日正式開始發稿。

中央社是國民黨第一個黨營通訊社，後來成為全國性通訊社。成立之初，中央社的規模很小，它附屬於國民黨中央宣傳部，社址位於廣州越秀路 53 號國民黨中央黨部（惠州會館）。中央社首任主任梅恕曾，工作人員多由中宣部調用，當時有編輯 1 人，記者 1 人，寫鋼板 1 人，工友 1 人，每天發稿一次，油印，多者不過五六頁（不足 2000 字），少者僅消息數條。

1　《中央社六十年》，中央社六十週年社慶籌備委員會，1984 年版，第 7 頁。

　　雖然中央社在創辦之初的規模和影響都很小，設備也極其簡單，但它將廣東革命根據地以及各地的消息向全國發布，從而在一定程度上打破了當時一些重要新聞和國際消息被外國通訊社壟斷的局面。

　　1925 年 7 月 1 日，廣州國民政府正式改組成立後，國民政府的重要文告和消息，也都交由中央社對外發布。此時，中央社每日發布新聞稿已增加至二到三次，除供應廣州報紙外，還通過電信局向省外拍發新聞電訊。

　　1925 年，廣州革命政府兩次組織東征軍討伐舉兵進犯的軍閥陳炯明部。東征開始後，政府軍事委員會的通令、所有東征軍報，皆由中央社發布。1926年 7 月，國民革命軍正式出師北伐，軍中若干政治工作人員遂成為中央社特約隨軍記者，每當北伐軍攻克一地，記者立即以急電報告廣州總社，經過編輯後發出新聞。中央社隨軍記者還用隨身攜帶的油印機，按日在各軍中即發軍事通訊，詳細報導各地的戰鬥及工農群眾熱烈支持北伐軍的情形。

　　隨著北伐的勝利，中央社的作用和影響也逐漸凸顯，受到各方面的重視，規模和業務都有了不小的進步。1926 年 9 月，國民黨中央常委會決議指出，中央社的稿件應向全國各地報社廣泛供應。[1]

　　1926 年 11 月，國民黨中央政治會議決定中央黨部和國民政府遷到武漢。1927 年 2 月，武漢國民政府正式開始辦公。在此之前，中央社也已遷到漢口國民黨中央黨部內。武漢時期，國民黨中央宣傳部長為顧孟餘，中央社主任為朱一鶚，中央社的發稿仍以中央黨部的文告、宣言、通電及黨務消息為主。國民革命軍進入武漢後，代表各黨派、各階層的通訊社先後誕生，其中人民、血光等通訊社發稿非常活躍，相較而言中央社在武漢的影響反而不大。

　　另一方面，1927 年 4 月 12 日，蔣介石在上海發動武裝政變，大肆開展「清黨運動」，捕殺共產黨員和革命群眾。4 月 18 日，南京國民政府成立，形成與武漢國民政府對峙的局面。國民黨內部的爭權奪位、國共兩黨關係的惡化日益明顯。不久，由國民黨中央宣傳部部長胡漢民主持策劃，在南京重新改組成立中央社，社址位於成賢街國民黨中央黨部內，年僅 30 歲的國民黨中央宣傳部出版科長尹述賢以「主任」身份主持中央社，於 5 月 6 日發稿。編輯有：程中行（滄波）、李晉芳、楊幼炯，記者張超，連同文書、譯電、書記，全社共有 10 人。其中張超是中央社第一位女記者。

1　中央社六十週年社慶籌備委員會：《中央社六十年》，中央社六十週年社慶籌備委員會 1984 年版，第 3 頁。

中央社主要的消息來源是國民黨中央黨部會議及國民政府會議，各報採用中央社稿件免付稿費，但必須標明「中央社」。7月12日，南京國民政府發出通令，指出中央社爲國民黨中宣部籌設，總社設在南京，分社設在國內外各大埠，該社爲中央通訊機關，對於黨國要政，以及各方面消息，不但具有迅速宣傳之能，而且負有精密審查之責。對於一切新聞，哪一則應暫時保密，哪一則應立即公開，如何措詞，均可自行負責，審愼辦理。希望軍政各機關，以後所有新聞消息，優先供應中央社。[1]

在這一時期內，由於「寧漢分裂」局面的形成，國民黨在武漢和南京曾出現兩個中央通訊社。直到汪精衛發動「七‧一五」政變後，國民黨實現「寧漢合流」，第一次國共合作最終破裂，武漢的中央社也即取消。而武漢時期的中央社後來在歷史上也不被承認。

2、中國國民黨創辦的其他通訊社

國民黨創辦的最早的通訊社是1918冬由孫中山、林煥庭在上海創立國民通訊社。該社每日選輯全國各地主要報紙要聞和國民黨活動情況，印成《國民通訊》向海外華僑報紙發稿，也接受華僑個人訂戶。此外，1923年1月24日，孫達仁在山西太原創辦了三五通訊社，以宣傳孫中山的三民主義、五權憲法爲宗旨。國民黨山西省黨部是這個通訊社的後臺。

第一次國內革命戰爭期間，隨在國內的勢力和控制區域日益擴大，國民黨爲擴大宣傳，漸漸在國內一些重要城市建立了通訊社。1926年7月，國民革命軍在廣州誓師，北伐戰爭正式開始。戰事首先在湖南、湖北展開，北伐軍接連克復長沙、武漢等重要城市。隨著北伐軍攻佔武漢和武漢國民政府成立，很多國民黨中央機關和共產黨重要人員陸續來到武漢，這裡逐漸成爲全國的政治中心和全國輿論的中心。各種革命報刊和通訊社應時而出。

1926年9月和12月，國民黨在武漢先後建立了人民通訊社、血光通訊社。這兩個通訊社都是國共合作的產物。人民通訊社是中國共產黨人以國民黨漢口特別市黨部宣傳部名義創辦。血光通訊社隸屬於國民黨湖北省黨部宣傳部，初期領導權掌握在中國共產黨人手中。這兩家通訊社在當地都較有影響。

此外，武漢當時還有1927年創辦的三民通訊社，由國民黨漢口市黨部主辦；勞工通訊社，由國民黨中央工人部主辦；婦女通訊社，由國民黨湖北省黨部婦女部主辦；四軍通訊社，由國民革命軍第四軍政治部主辦，等等。

1　中央社六十週年社慶籌備委員會：《中央社六十年》，中央社六十週年社慶籌備委員會1984年版，第4頁。

1927 年 7 月寧漢合流以後，武漢的左派通訊社或被迫解散，或被迫改組，代表國民黨右派的通訊社和軍隊通訊社相繼成立。

上海是近代中國的新聞中心，歷來都是各種政治力量爭奪的重要輿論陣地。1927 年 3 月，國民革命軍進抵上海。不久，蔣介石在上海發動「4·12」反革命政變，並在南京另立國民政府。國民黨為加強對上海的輿論控制，先後在上海建立起一系列新聞宣傳機構，其中也包括通訊社。

1927 年 5 月 5 日，由國民黨中宣部駐滬辦事處與國民黨上海特別市黨部宣傳部聯合創辦的國民通訊社在上海成立，並正式發稿。初由張靜廬任社長，後由陳德徵兼任，副社長楊德民，社址設在四馬路望平街 95 號。1931 年改組，陳德徵辭去社長職務，由杜剛接任。

1927 年 6 月 4 日，國民黨政府外交部駐滬交涉署也在上海創辦了國民通訊社，為國民黨對外宣傳的官方通訊社。後改名為國民新聞社。社長李才。社址在三馬路鼎豐里 160 號。該社是適應國際宣傳需要，及補救外國記者所發消息之錯誤與遺漏而設。曾與美國合眾社、德國海通社簽訂交換新聞協定，對國外編發中文稿和「對外譯文」等。

這一時期，國民黨在國內其他省區主要城市創辦的一些通訊社，在當地也有一定影響。

1927 年 3 月，國民黨浙江省黨部宣傳部所轄國民通訊社在杭州創辦。這是浙江最早出現的官辦通訊社，也是國民黨在浙江的重要宣傳機關。國民通訊社壟斷了浙江黨政消息的發布，每天向省內各報社供給稿件，收取費用。它的經費由國民黨「黨費」供給，擁有較多的電訊設備和人員。歷任社長有魏金枝、張仲孝、李和濤、朱苴英、王惠民。社址最初在杭州浙江省黨部宣傳部內。1937 年遷金華，在塔下寺前街 34 號。後隨國民黨省黨部西遷永康、雲和。抗戰勝利後回遷至杭州。1949 年 5 月停辦。[1]

辛亥革命以後，閻錫山逐漸掌握了山西的軍政大權。在北伐軍節節勝利的形勢下，閻錫山 1927 年 6 月就任國民革命軍北方總司令，之後受到蔣介石的拉攏。1927 年，在閻錫山的第三集團軍總部交際處曾附設成立山右通訊社，這是山西創辦較早的三個通訊社之一，在當時有一定影響，但規模不大，成立時間很短的停辦了。

---

1 浙江省新聞志編纂委員會：《浙江省新聞志》，浙江人民出版社，2007 年版，第 540 頁。

這一時期，國民黨亦開始在海外創辦通訊社。1926 年 3 月，國民黨駐法總支部在德國柏林創辦歐洲國民通訊社，設有中文部和西文部，爲國內外報刊提供有關中國方面的中西文新聞稿件。

（二）中國共產黨早期新聞通訊社

從中國共產黨創立前夕到大革命時期，爲了宣傳黨的主張，動員民眾參加革命鬥爭，中國共產黨人先後創辦了一批新聞媒體，其中除報紙、期刊等外，也包括通訊社。早在中國共產黨創立之前，黨的一些早期革命者就曾通過創辦通訊社開展革命活動，如毛澤東 1919 年 12 月曾在北京創辦平民通訊社，配合他和何叔衡等領導的湖南各界人民驅除軍閥張敬堯運動。由中共黨組織領導建立的通訊社始於 1920 年夏，上海共產黨早期組織和共產國際代表團曾合辦中俄通訊社，後來中共黨組織又先後創辦人民通訊社、勞動通訊社、國民通訊社等，這些通訊社的稿件多爲油印後供給當地報紙或郵寄給國內外媒體，對於擴大革命輿論宣傳起到了一定作用。

1、中國共產黨早期組織領導創建的通訊社

1920 年春，俄共（布）遠東局海參崴（今符拉迪沃斯托克）分局外國處派全權代表維經斯基（化名吳廷康）來華，與其同行的還有他的翻譯楊明齋等。

在維經斯基的指導下，1920 年 7 月間在上海設立了中俄通訊社（當時報載消息稱中俄通信社），具體業務由楊明齋負責，地址設於上海霞飛路（今淮海中路）漁陽里 6 號。中共上海共產黨組織建立後，楊明齋成爲上海發起組的重要成員之一，並參與了黨的一些理論宣傳和教學、工會等工作。通訊社的工作也由中共上海發起組和俄共（布）代表團共同領導，漁陽里 6 號也是楊明齋任校長的外國語學社的所在地，外國語學社也是中共上海發起組與俄共（布）代表團聯合創辦的，主要是準備輸送革命青年赴俄留學，培養革命幹部。這裡還是中國社會主義青年團中央所在地。青年團書記俞秀松任外國語學社秘書，學社的部分青年學生承擔了中俄通訊社的繕寫、油印、收發等工作。漁陽里 6 號是以楊明齋名義租下的，它也是中國共產黨上海發起組的一個重要活動場所，與漁陽里 2 號《新青年》編輯部相隔不遠。

中俄通訊社的主要任務是向共產國際和蘇俄發送通訊稿，報導中國革命消息；同時，向中國國內人民介紹十月革命後蘇俄的眞實情況。早期中共黨

員邵力子時任上海《民國日報》經理及副刊《覺悟》的編輯，所以《民國日報》的「世界要聞」專欄刊登了中俄通訊社的大量通訊稿。1920 年 7 月 2 日，《民國日報》刊載了《遠東俄國合作社情況》，這是中俄通訊社最早見報的稿件。之後又先後刊發《勞農俄國之新制度》《俄國勞動合作小史》《勞農俄國之新教育制度》《列寧與托洛次基事略》《勞農俄國底重要人物》等，向國內讀者介紹俄國革命和社會制度。

1920 年 10 月 1 日出版的《新青年》月刊第 8 卷第 2 號也曾發表中俄通訊社的稿件《關於蘇維埃俄羅斯的一個報告》。《新青年》上還先後刊登了楊明齋翻譯的有關蘇俄的文章。當時中國各地報紙關於世界新聞的報導，多來自於西方通訊社，它們對於列寧領導的社會主義國家都抱敵視態度，中俄通訊社有關蘇俄的報導，對於人們客觀瞭解俄國革命和建設的真實情況、宣傳共產主義思想起到了重要作用。

1921 年 4 月，楊明齋返回俄國，從此脫離了中俄通訊社的工作。據查，中俄通訊社在上海《民國日報》登出的最後一篇稿件是 1921 年 5 月 4 日的《俄國貿易之過去與現在》，截至於此它在該報總計發表新聞稿和電訊稿近70 篇。[1]

這一時期，由中國共產黨早期組織領導的新聞通訊社，還有陳潭秋在武漢創建的湖北人民通訊社。該社成立於 1920 年前後，由武漢共產黨組織領導，主要發布有關工運、學運的消息及評論，其發行的通訊稿初為手抄，後油印，共一二十份，除供給武漢及湖北各報外，還郵寄至上海、北京、廣州等地各大報紙，在當地有一定影響。先後參加湖北人民通訊社採訪和編輯業務的概有陳蔭林、劉子通、包惠僧、王平章等。1921 年夏經陳潭秋推薦吳德峰接任湖北人民通訊社社長。該社 1922 年 5 月被湖北督軍蕭耀南以「言論過激」為由查封。

2、中國共產黨建立初期領導創建的通訊社

中國共產黨成立後，非常重視報刊宣傳工作，曾把出版雜誌、日報、週報等內容寫入黨的「一大」決議之中。從中央到地方先後創辦了一批機關報刊和群眾性報刊，初步形成了黨的新聞宣傳網，新聞通訊社事業也有了新的發展。

---

1 朱少偉，《我黨創辦的第一個通訊社》，原載《人民政協報》2010 年 7 月 9 日。

　　1922 年 9 月，廣東共產黨組織創辦了愛群通訊社，創辦人包括馮菊坡、阮嘯仙、劉爾崧、周其鑒、馮師貞等，社址設在惠福路（今解放中路）玉華坊，這裡也是中國勞動組合書記部南方分部所在地。馮菊坡、阮嘯仙、劉爾崧等都曾是進步青年學生，後來先後加入中國共產黨。他們以通訊社記者的身份，經常深入到工廠、學校、農村和群眾團體中「採訪新聞」，進行革命宣傳，秘密發展青年團員，動員廣大青年起來參加反帝反封建鬥爭。曾以通訊社名義出版發行《共產主義 ABC》等油印小冊子，擴大馬列主義在青年中的傳播。

　　1923 年中國共產黨北京黨組織創辦了勞動通訊社，它是中國勞動組合書記部北方分部機關刊物《工人週刊》編委會附屬的一個宣傳機構。勞動通訊社另設有編委會，成員先後有高君宇、王有德、韓麟符、於方舟、繆伯英、楊明齋、李梅羹、吳容滄、黃日葵等。發稿負責人劉銘勳。該社在全國各地聘有特約記者和通訊員，其中有阮嘯仙、王英諧、李鳳池、高步安、金太瑞、許興凱、孟冰等。[1]主要報導各地工人運動的情況，反映工人群眾的生活和鬥爭。稿件為手寫油印，除供給《工人週刊》選用外，還向北京《晨報》上海《申報》等全國大報發稿。勞動通訊社後期與邵飄萍主持的《京報》及新聞編譯社關係密切，在業務上得到邵飄萍的指導，是北京有影響的通訊社。1926年 4 月，邵飄萍被奉系軍閥殺害後，該社也被迫停止了活動。

　　1923 年 9 月 16 日，中國共產黨人在黑龍江創辦的第一家通訊社——哈爾濱通訊社成立，地址在哈爾濱道里區中國十四道街（今西十四道街）52 號。社長由《哈爾濱晨光》報社長韓迭聲擔任，中共北京區委派到哈爾濱從事秘密建黨工作的共產黨人陳為人（陳濤）、李震瀛（駱森）分任編輯主任、新聞主任，《東三省商報》總編輯吳春雷任叢刊主任，後來參加通訊社工作的還有中共黨員彭守樸、張昭德等。哈爾濱通訊社在成立公告中說：「我們想應付一切事情，解決一切問題，自然要先明白一切事情及問題的真相。」「滿洲即東三省，位當日俄之衝，為遠東問題的焦點的地方。聲等對於此地國際上的糾葛的解決，工業商業農業的調查，民治的提倡，各地文化的輸入，日俄消息及風俗的介紹，社會問題的討論，欲盡我們一份子的任務。所以，我們在哈爾濱成立哈爾濱通訊社。」哈爾濱通訊社的創辦還得到哈爾濱無線電臺總代

1　方漢奇主編：《中國新聞事業通史》（第二卷），中國人民大學出版社，2000 年版，
　第 155 頁。

理臺長劉瀚的幫助，該社與東北三省無線電臺哈爾濱分臺合作，利用現代通訊設備收發新聞稿，大大提高了稿件的時效，這在當時國內各報界是少有的。陳爲人、李震瀛將電臺收到的日、俄、英新聞稿譯成中文，編輯後傳送到本埠的報刊、電臺使用，他們還以通訊社記者身份積極開展革命活動，深入工廠、學校、機關團體中採訪，廣泛接觸各界人士和勞動群眾，擴大反帝反封建的宣傳和影響。哈爾濱通訊社還在國內外各地聘請特約通訊員和社員，以廣泛搜集新聞，吸引了廣大青年和知識分子。哈爾濱通訊社既是中共在哈爾濱的宣傳陣地，也是在當地開展黨的組織工作的基地，中共三屆一次中央執委會文件中對哈爾濱通訊社的工作情況有記載。該社於 1924 年 2 月 28 日停辦。

3、中國共產黨在大革命高潮中領導創建的通訊社

1925 年五卅運動期間，爲加強宣傳工作，中共中央在上海創辦了中國共產黨歷史上第一張日報《熱血日報》，與此同時，還創辦了國民通訊社。國民通訊社於 1925 年 6 月 1 日在上海成立，其編輯部與通訊處均同《熱血日報》在一起，社址位於上海虹口中州路德康里。參與《熱血日報》編輯工作的何味辛（何公超）最初曾負責國民通訊社工作，但不久他調到上海總工會擔任宣傳工作，中共即從浙江杭州調來邵季昂任國民通訊社社長。國民通訊社的主要任務是編發各類稿件，供全國報紙以及外國報刊採用，它協同《熱血日報》一起積極進行反帝愛國宣傳，團結教育人民，揭露帝國主義的陰謀與反動輿論。

國民通訊社創辦後不久曾在上海《民國日報》與《申報》等報刊登招聘全國各地通訊員的啓事，稱：「本社現添聘北京、廣州、天津、漢口、重慶、福州、九江、南京、杭州、鄭州、開封、哈爾濱、奉天、安慶、濟南、青島等處訪員。薪金通信訂定，特別從豐。應聘者須先投稿三次，本社認爲合格時，當回書接洽。」[1]

邵季昂在五卅慘案中被捕，國民通訊社工作暫由宋雲彬代管，邵季昂出獄後繼續主持工作。五卅慘案發生後，國民通訊社記者曾訪問前來中國考察事實眞相的全俄職業聯合會代表團，向各報發出《俄工會代表對國民社記者之談話》的報導稱：「俄國工會爲赤色職工國際之會員，與中國工會同屬於一國際組織，對於中國工人之生活狀況、勞動條件，及其職工組織，尤其注意」，

---

1 《申報》，1925 年 6 月 22 日。

全俄總工會認為「此次發生之事件，異常重大，有世界的歷史的意義。」[1]有力地打破了外國報刊對五卅慘案的歪曲宣傳和惡意攻擊，鼓舞了中國人民的鬥爭精神。

《熱血日報》僅出版 24 期，即在 1925 年 6 月創刊當月被當局強行查封而被迫停刊。《熱血日報》停刊後，國民通訊社仍堅持對外宣傳工作，直至 1926 年 9 月被上海淞滬警察廳查封，邵季昂及其他工作人員被捕，該社才被迫暫停活動。

1927 年 3 月，中國共產黨領導的第三次上海工人武裝起義取得勝利。此時，國民通訊社恢復活動，何味辛任社長。國民通訊社恢復活動後，參加發起組織上海通訊社記者公會，何味辛被選為執行委員。該社積極報導上海工人武裝起義的消息，中共中央為加強該社的力量，將原上海黨組織領導的市民通訊社併入。國民通訊社成為上海工人武裝起義主要對外宣傳機構，迅速、及時地向全國傳遞工人鬥爭的真實情況，擴大了武裝起義的影響。蔣介石發動「四一二」反革命政變後，該社被國民黨當局查封。

這一時期由中共領導創建的通訊社，還有 1926 年 9 月創辦於湖北武漢的人民通訊社，它與建黨前夕由中共武漢早期黨組織創建的人民通訊社僅是恰好名稱相同而已。北伐軍光復武漢和武漢國民政府成立後，武漢成為國內輿論中心，各種革命報刊和通訊社應運而生。人民通訊社是中國共產黨人以國民黨漢口特別市黨部宣傳部名義創辦的，它的主要任務是宣傳革命形勢，報導北伐革命軍的勝利消息和武漢國民政府、國民黨部及當地工運、農運等有關新聞。社長邵季昂，編輯主任鄧瘦秋，記者帥元鍾、張家駒等。1926 年 11 月漢口《民國日報》創刊，擔任總編輯的是中共湖北地方執行委員會執行委員宛希儼，他經常指導人民通訊社的活動，當時在漢口《民國日報》上曾刊載很多署名「人民社」的消息。1927 年 3 月，人民通訊社曾與漢口《民國日報》等共同發起組織武漢新聞記者聯合會，宛希儼等 3 人被選為主席，宛希儼、邵季昂、鄧瘦秋等 9 人被選為執行委員。同年，汪精衛發動「七一五」反革命政變後，人民通訊社停止活動。

與人民通訊社同時期創建於武漢的還有血光通訊社，它創辦於 1926 年 12 月，隸屬國民黨湖北省黨部，是國共第一次合作的產物，初期領導權掌握在

1　《申報》，1925 年 8 月 4 日。

中國共產黨人手中[1]。中共早期黨員錢介盤（錢亦石）曾兼任該社社長。其名稱取「革命烈士之血，必將奪取革命的勝利，它將黑暗的世界改造成光明的世界」之意。該社起初每日發稿 60 份，1927 年初增加到 200 份。1927 年寧漢合流以後，經過改組繼續發稿，完全成為國民黨的新聞機構，刊有反共消息。

從創黨前夕到大革命時期，隨著革命形勢的發展，中國共產黨領導的通訊社主要集中於上海、北京、武漢、廣州、哈爾濱等大中城市，總體數量不多，各自存在時間也都不長，規模和影響有限。作為中國共產黨的早期宣傳機構，通訊社不僅通過向報紙發稿宣傳革命形勢、工農運動等，而且還為中國共產黨人開展革命活動提供場所和身份掩護。大革命的失敗使中國共產黨和中國革命事業遭受了慘重的損失，在國民黨的高壓政策和殘酷迫害下，中共領導的新聞事業（包括通訊社）幾乎損失殆盡，或被查封、改組，或被迫停刊、停止活動，有些則由公開轉入秘密，在「地下」繼續進行革命鬥爭，宣傳中國共產黨的政治主張。

三、民國北京政府時期的在華外國通訊社

民國北京政府時期，西方列強加強了在華勢力範圍的爭奪。此時，無線電通信在新聞通訊事業中已獲得廣泛應用，這給後起的通訊社提供了趕超的機會。同時，由於國力的相對下降，英國對華影響力也相對降低，美日等國則相對上升。這些新形勢導致外國通訊社在華實力對比發生了顯著的變化。第一次世界大戰後，路透社在中國新聞市場的壟斷地位逐漸喪失，來自美國、日本、俄國等國的通訊社勢力則不斷擴張，各大通訊社陸續建立起駐華辦事機構，角逐中國市場的鬥爭日益激烈。

（一）西方各大通訊社群雄逐鹿

民國北京政府時期軍閥惡鬥的混亂局面為國外新聞機構在華業務的擴展提供了歷史性機遇，此時世界各大通訊社、英美各大報先後在上海、北京等地設立了穩定的辦事機構。[2]它們彼此之間的競爭日益激烈。

1　武漢地方志編撰委員會：《武漢市志·新聞志》，武漢大學出版社，1991 年版，第229 頁。

2　張功臣：《外國記者與北洋軍閥》，載《國際新聞界》1996 年版，第 70 頁。

1921 年，德國的海通社開始在北京發展業務，1928 年遷移至上海，1929 年正式對外發稿。[1]1927 年，法國哈瓦斯通訊社將駐莫斯科記者黃德樂（M. Jean Fontenoy）派至上海，並於 1929 年 12 月收購了總部設在西貢的一家名為「太平洋社」的越南通訊社，加以擴充後在遠東各重要城市設置了特派記者，隨後陸續建立起分社。同一時期，美國的兩家通訊社合眾社、美聯社也相繼進入中國新聞市場。據申時電訊社所辦《報學季刊》統計，到 1934 年 9 月，外國在華通訊社有 8 家。[2]形形色色、身份多樣、立場和觀點各異的外國記者大量湧入中國。這些外國通訊社的稿件成為了中國報紙的重要消息來源，尤其是在國際新聞方面甚至長期佔據壟斷地位。從客觀上來說，群雄並立的外國通訊社增加了中國報紙的信息來源，擴大了報紙的信息量，從而幫助報紙吸引到更多的讀者，並讓讀者瞭解到更加全面的信息，這對增強報紙的市場競爭力、推動報紙的發展是有一定益處的。

世界各大通訊社紛紛開展在華業務，反映出新聞界對中國的關注度在上升，中國成為各大通訊社爭奪新聞的一大陣地。在此背景下，原本在中國新聞市場佔據壟斷地位的路透社也不得不作出妥協，開始與其他外國通訊社進行合作，以維護其在中國市場上的利益。1931 年 3 月 31 日，路透社宣布，它與美聯社達成協議，美聯社可以向上海的兩家英文報紙《泰晤士報》與《大陸報》提供新聞通訊。這意味著路透社承認其在中國的壟斷地位終結。[3]

（二）蘇俄/蘇聯發展在華通訊社業務

1920 年 4 月，經共產國際批准，俄共（布）遠東局派遣魏金斯基來到中國。俄共黨員楊明齋作為魏金斯基的翻譯也一同抵達上海。在魏金斯基的領導下，由楊明齋負責，在上海設立了中俄通訊社。中俄通訊社同共產國際和中國共產黨具有雙重的關係，既反映共產國際在中國的活動，也反映中共早期組織在上海開展的建黨活動。[4]1921 年上半年楊明齋返回俄國後，中俄通訊社的業務也漸行停止。

1　來豐：《中國通訊社發展史》，復旦大學博士學位論文，2002 年 5 月。
2　1935 年 1 月 1 日《報學季刊》第一卷第二期，第 45 頁。
3　任白濤：《國際通訊的機構及其作用》，上海商務印書館，1939 年版。見《中國人民大學新聞學院藏稀見民國新聞史料彙編》第 3 冊，方漢奇、王潤澤主編，國家圖書館出版社，2012 年版，第 209 頁。
4　陸米強：《「中俄」和「華俄」通信社不能混為一談》，載《世紀》2004 年版，第 6 期，第 61 頁。另見任武雄：《中俄文化交流的見證——建黨時期的中俄通訊社和華俄通訊社》，載《上海黨史研究》1994 年版，第 37 頁。

　　1920 年底至 1921 年初，蘇俄還在中國成立了華俄通訊社。有人認爲華俄通訊社是中俄通訊社的延續，但實際上二者還是有很大不同的，華俄通訊社是蘇俄設在中國的通訊機構，由蘇俄方面直接負責管理。它在中國的上海、北京、哈爾濱、奉天（瀋陽）等地都建有分社，工作人員中也包括有中國人，其在上海《民國日報》上發稿一直持續到 1925 年 8 月 1 日。華俄通訊社由達羅德（總社在赤塔）和洛斯德（總社在莫斯科）兩個通訊分社合組而成；它在蘇俄直接領導和管理下工作，與共產國際有著直接的關係；它主要反映共產國際在中國開展革命活動的情況，其稿件主要來源於莫斯科和遠東的赤塔、海參崴等地。1921 年 5 月 17 日，《廣東群報》在刊登的《本報記者與華俄通訊社駐華經理之談話》一文中指出：「華俄通訊社駐華經理賀德羅夫先生偕同該社職員薛撼嶽君從上海來廣州」，「二位此次來粵，打算在廣州設立華俄通訊社。」[1] 薛撼嶽等人之所以參加華俄通訊社的工作，據說是經李大釗介紹的。華俄通訊社北京分社社長斯雷拍克常與中共人士聯繫，瞭解中國革命動態，張國燾在《我的回憶》一書中說：1923 年中共「三大」後，「華俄通訊社北京分社社長的斯雷拍克，便與我保持經常的接觸。他曾在共產國際工作過，擔任威金斯基的助手，與我原是相識的。」「11 月初，威金斯基重來中國，道經北京前往上海。他同樣約我在斯雷拍克家單獨晤談。」[2]

　　華俄通訊社與中俄通訊社發表的大量新聞稿，從各個方面眞實地介紹了十月革命後的俄國，使中國讀者瞭解到蘇俄的社會主義建設情況，以免被當時西方國家有關蘇俄的歪曲不實報導所蒙蔽。

　　1925 年 7 月，俄羅斯通訊社改稱塔斯社，總社設在莫斯科。塔斯社積極拓展在中國的業務，先後在北京/北平、上海、廣州、漢口派駐記者。與路透社、法新社、美聯社、合眾社等通訊社的收費服務不同，塔斯社作爲蘇聯官方通訊社，往往向世界各地媒體免費提供新聞稿件以宣傳蘇聯政府的主張。[3] 塔斯社在中國的採訪報導活動受到蘇聯與國民黨政權關係的影響，兩個政府之間關係良好，則塔斯社在華業務順利開展；反之，則陷入慘淡經營甚至不能公開提供新聞報導的境地。

1　陸米強：《「中俄」和「華俄」通信社不能混爲一談》，《世紀》2004 年版。
2　張國燾：《我的回憶》，東方出版社，2004 年版，第 284 頁～285 頁。
3　褚曉琦：《民國時期塔斯社上海分社在華宣傳活動》，載《史林》2015 年版，第 149 ～151 頁。

（三）日本通訊社積極為侵華政策服務

清末民初，帝國主義列強掀起了瓜分中國的狂潮，紛紛在華劃分勢力範圍，其中尤以英國、日本在華勢力為強。日本帝國主義將中國視為其侵略擴張的主要對象，不遺餘力地擴展其在華勢力，企圖打破英帝國主義在中國的主導地位。為服務於這一侵略政策，日本的通訊社也極力擴展其在華業務，搜集中國各方面情報，影響和干擾中國輿論，爭奪中國新聞市場主導權。黃天鵬指出，「國際報業之影響於我國者，路透社之外，當屬日本之電通社與東方社，十數年來國內之外訊，大半出自該二社之手」「日人於新聞政策之注力，此舉世所周知」。[1]據統計，1929 年在華國際來去新聞電報中，日本來報和去報次數分別為 5655 和 20695，這比其他國家的總和還要高。[2]由於日本帝國主義在中國各地的長期滲透，日本通訊社在中國獲得了廣泛的消息源，它們發布的消息常常快、靈通，其影響力越來越大。

進入上世紀 20 年代以後，除東方通訊社外，日本電報通訊社等其他通訊社亦開始在中國擴張勢力。日本通訊社對中國新聞市場的擴張，在日本控制下的大連地區體現得尤其突出。日俄戰爭（1904～1905）後，日本帝國主義侵佔大連，相繼創辦了日、中、英文報刊，建立了設備齊全、輻射範圍很廣的廣播電臺。大連淪為日本殖民者宣揚其侵略政策、推行殖民文化的主要輿論陣地。20 年代初，日本的通訊社也滲透到這一地區。日本電報通訊社於 1920 年 8 月在大連設立「電通社」（全稱為「日本電報通訊社大連支局」）。1924 年 3 月，日本殖民者創辦了「帝國通訊社」；1925 年建立了「日滿通訊社」和「聯合通訊社大連支局」。[3]這些通訊社採集、編輯、刊發新聞稿件，搜集中國東北地區情報，為日本殖民統治服務。

與此同時，為加強情報宣傳，在日本外務省的支持下，東方通訊社的規模進一步擴大。1920 年 8 月，外務省將東方通訊社完全收歸其情報部經營，內部組織機構、經營內容和規模等均被更新。其總部設在東京，由伊達源一郎為主管負責經營。改制後的東方通訊社規模迅速擴大，僅北京、上海、廣

---

1 黃天鵬：《中國新聞事業》，上海聯合書店，1930 年版。見《中國人民大學新聞學院藏稀見民國新聞史料彙編》第 8 冊，方漢奇、王潤澤主編，國家圖書館出版社，2012 年版，第 65～66 頁。

2 趙敏恒：《外人在華新聞事業》，王海等譯，暨南大學出版社，2011 年版，第 120 頁。

3 李珠：《殖民統治時期大連地區的新聞、出版發行業》，載《大連近代史研究》（第九卷），第 167～169 頁。

東、漢口、天津分社每月的預算就達到近五萬日元，北京、上海的各種人員分別達到 18 人和 16 人。[1]之後，東方通訊社逐漸演變爲日本情報機構，成爲外務省在中國的情報眼線。

第一次世界大戰後，日本政界目睹路透社、合眾社的強大實力對於英國、美國的重要作用，開始籌備在華組建「特殊的通訊社」，以便「在中國表示東京的意見」。[2]它採取了合併已有的通訊社及報社、積小成大的方式。1926 年 5月，在日本外務省的主導下，東方通訊社與日本國際通訊社合併成日本新聞聯合社，簡稱「日聯社」。

（四）外國通訊社在華業務體現國際政治爭鬥

在華的外國通訊社代表其所屬國的利益，其新聞報導往往能反映出所屬國的政策主張。對這一點，中國的傳媒界也是有充分認識的，如任白濤就認爲：英國路透社態度與英國官方一致，所以我們有時由路透社的電訊，可以猜測到英國政府對於某種事件的看法。德國的海通社是德國官方對外的宣傳機關，國社黨的作風……[3]至於同盟社，雖然在表面上是公開的新聞通信機關，實質上是個日本法西斯主義者的御用造謠機關。[4]

外國記者個人對中國的政治事務也發揮了一定的影響。民國北京政府時期，紛至沓來的西方記者作爲一種有影響的勢力，雖然尙不能與在華的外交官、傳教士和商人的存在比肩而立，但已漸漸組成了一個特殊的專業集團，發揮了兩方面的政治作用：一是各國記者在對走馬燈般出入中國政治舞臺的北洋軍閥的追蹤與評價中，多以代言人的身份出現，在不同程度上影響著本國的對華政策；二是在頻仍的動亂中，部分英美記者被軍閥們聘爲政治和宣傳顧問，就此更深地捲入令人眼花繚亂的派系之爭，形成了外國輿論在中國的一大景觀。[5]

---

1 許金生：《近代日本在華宣傳與諜報機構東方通信社研究》，《史林》2014 年版。
2 胡道靜：《新聞史上的新時代》，上海世界書局，1946 年版。見《中國人民大學新聞學院藏稀見民國新聞史料彙編》第 3 冊，方漢奇、王潤澤主編，國家圖書館出版社，2012 年版，第 423 頁。
3 任白濤：《國際通訊的機構及其作用》，上海商務印書館，1939 年版。見《中國人民大學新聞學院藏稀見民國新聞史料彙編》第 3 冊，方漢奇、王潤澤主編，國家圖書館出版社，2012 年版，第 227 頁。
4 任白濤：《國際通訊的機構及其作用》，上海商務印書館，1939 年版。見《中國人民大學新聞學院藏稀見民國新聞史料彙編》第 3 冊，方漢奇、王潤澤主編，國家圖書館出版社，2012 年版，第 218 頁。
5 張功臣：《外國記者與北洋軍閥》，載《國際新聞界》1996 年版，第 70 頁。

　　因此，外國通訊社在中國的新聞報導，便屢屢出現違背新聞客觀、中立、眞實原則的事情。它們縱然平常時候能夠在通訊上保持住公平報導的原則，一到非常時期——特別是每逢對於其國家有利害關係的事變的時候——便不能不站在自國的立場來說話。最可怕而應特別注意的，就是其侵佔了中國的通信自主權而在中國各地任意製造傳佈的種種謠言！[1]更爲嚴重的是，不少外國通訊社利用身份優勢，獲取情報，散播謠言，混淆視聽，干涉中國內政，嚴重侵害中國的國家權益，導致中外新聞傳播格局嚴重失衡。[2]這一點在日本在華通訊社身上體現得淋漓盡致。辛亥革命爆發後，日本授意其在華通訊社鼓吹「南北平分建國」，企圖分裂中國，維護其在華利益。此後中國陷入十餘年的軍閥割據混戰，日本通訊社挑撥離間、大造蠱惑人心的輿論，造成了惡劣的影響。

第二節　民國北京政府時期的圖像新聞業

　　民國北京政府時期圖像新聞的傳播方式主要有三種，一是專門以攝影爲題材印刷發行的畫報畫刊；二是報紙上刊登的新聞照片和新聞圖畫（多爲新聞漫畫）；三是以紀實題材創作的新聞紀錄電影。其中報紙上直接採用的新聞照片和新聞漫畫比較散見，能完整保存到現在的相關資料很少，無法進行有效地歸類分析，這裡只做簡要介紹性說明。

一、民國北京政府時期的新聞畫報

　　據不完全統計，此間中國出版的畫報畫刊大約有 100 餘種，通過多方考證可以確定名稱的有 80 種左右[3]，其中大多數畫報都刊登了或多或少的新聞圖像。那時不管什麼性質的畫報，刊登新聞圖像是一種「時髦」做法，不僅能吸引讀者眼球，還能標榜雜誌的文化品位。

　　這一時期，比較著名的畫報有 1920 年創辦的《圖畫時報》（上海），1925年創辦的《世界畫報》（北京）和《上海畫報》（上海），1926 年創辦的《良友》

1　任白濤：《國際通訊的機構及其作用》，上海商務印書館，1939 年版。見《中國人民大學新聞學院藏稀見民國新聞史料彙編》第 3 冊，方漢奇、王潤澤主編，國家圖書館出版社，2012 年版，第 227 頁。

2　齊輝、淡雪琴：《「中央通訊社」與抗戰時期中國報業格局的嬗變》，載《遼寧大學學報（哲學社會科學版）》2015 年版，第 104 頁。

3　根據彭永祥編著、季芬校勘的《中國畫報畫刊：1872～1949》一書所做的統計。

畫報（上海）、《北洋畫報》（天津），1927 年創辦的《革命畫報》（上海），1928 年創辦的《珠江星期畫報》（廣州）、《大亞畫報》（瀋陽）等。

《誠報》，1916 年 7 月創刊的，是國內專門報導第一次世界大戰的大型攝影畫報。編輯所設在英國倫敦，國內的發行由上海別發圖書公司代理。每月出版兩期，每期對開 2 張，全篇登載的都是有關戰事的新聞照片，內容除廣泛報導戰事外，還報導了中國參戰人員在前線的活動。先後刊出《中國留學生遊歷西歐戰地》《在法國從事軍事工作之華人》《華兵進入天津租界》《中國與德奧宣戰》等照片。

《圖畫時報》，1920 年 6 月 9 日在上海創刊，8 開，週刊，自第 358 期改為三日刊，1935 年 10 月 13 日停刊，共出 1072 期。《圖畫時報》結束了中國畫報的「石印時代」，開啓了「銅版時代」，雖云「圖畫」，卻以攝影報導為主，實開中國新聞攝影畫報之先河，被譽為「中國現代攝影第一畫刊」。著名報人戈公振擔任畫報編輯，在創刊號《導言》中稱：「世界愈進步，事愈繁瑣；有非言語所能形容者，必籍圖畫以明之。夫象有鼎，由風有圖。彰善闡惡，由來已久。今國民敝錮，政教未及清明，本刊將繼文學之未逮，一一揭而出之，盡畫窮形，俾舉世有所觀感，此其本旨也。若夫提倡美術，增進閱者之興趣，又其餘事耳。」編者不僅闡明了創刊的目的，更強調了攝影圖片「彰善闡惡」的作用。宗旨雖定，執行起來卻並不易。因為來稿中的新聞照片太少，且清晰能用的不多，以致戈公振屢屢刊出「新聞照片優先」、「照片以清晰為第一要義」等「啓事」，並開出了每幅照片從 5 角到 4 元的高稿酬，且強調「風景照片雖佳不錄」。[1]《圖畫時報》刊登的新聞照片有 1927 年 345 期刊出「匯山」拍的上海總工會活動照片，347 期刊出歡迎北伐軍照片，371 期刊出慶祝北伐軍勝利照片等。

《圖畫週刊》，1924 年 12 月 16 日在北京創刊。該畫報實則是邵飄萍北京創辦的《京報》副刊，16 開 2 張，週刊，逢週五出版，隨《京報》附送。邵飄萍擔任社長兼主編，初期由馮武越擔任編輯兼攝影。《圖畫週刊》以攝影圖片為主，創刊時為普通新聞紙，圖片質量不高。從第 10 期開始，改用洋宣紙彩印，圖片頓時非常精美，並採用黑、藍雙色套印，時而加入紅色，形成三色套印，自稱「此種印刷術為時報《圖畫週刊》所未有，開今日國中畫報之

1　張偉：〈戈公振和《中國報學史》的故事〉，2012 年 7 月 15 日，http://roll.sohu.com/
20120715/n348194860.shtml.

新紀元」。但可惜的是，畫報只出版了 11 期便宣告停刊。馮武越離開京報後便在天津創刊了著名的《北洋畫報》。

《世界畫報》，1925 年 4 月 1 日在北京創刊，原作爲《世界日報》的攝影附刊，是日報的一個版，至同年 10 月 1 日開始每週日單獨出版。畫報 4 開 4 版，膠版紙鉛印，主要以銅鋅版製圖。在此以前曾有一度仿照上海的《點石齋畫報》，用石印在日報內附出畫報一版，間日出版。自 13 期改爲週刊。先期由褚保衡任主編，57 期起開始林風眠擔任主編，後期由薩空了、譚旦同主編。主要刊登時事新聞及其他方面的照片，報導體育比賽等方面的動態，介紹影劇概況，明星畫家作品，討論婚戀問題等。畫報宣稱「本畫報系中國唯一之大規模的美術刊物，照片及製版均有完美之設備，圖畫由美術名家執筆，用銅版、石版彩色精印」。

該刊長期未打開銷路，成了日報的附贈品。薩空了接編後，大力改革，充實內容，大量刊載時事照片，後期銷路得到擴大。《世界畫報》主要刊登的新聞圖片如第 5 期褚保衡所攝奉軍活動照片、「三一八慘案特刊」、社會新聞如學生被軍警毆傷、教育部強行接收女師大、銀行被竊鉅款、北京年貨市場等等。

《上海畫報》，1925 年 6 月 6 日在上海創刊，畢倚虹任主編，後期由錢芥塵主編，三日刊，每期四開四版，道林紙印刷。1932 年 12 月終刊。《上海畫報》是上海早期畫報中出版期數最長的畫報，《全國中文期刊聯合目錄》記載其總共爲 847 期。刊頭多仕女照，內刊時事新聞、劇照、書畫等，廣告占 1 版。主要內容爲時事新聞照片，以反對帝國主義侵略爲主。創刊伊始，正值五卅慘案發生，該刊刊登了慘案發生後《學生在華界沿途自由講演》《淒涼的南京路》《聖約翰大學學生罷課》等照片和畢倚虹自撰的《滬潮中我之歷險記》《約翰潮》等。該報重視社會新聞、刊登了有關軍閥《曹汝霖、陸宗輿之別墅》等並附以文字說。1928 年在德國舉辦的世界報紙博覽會上，曾展出此刊。

《北洋畫報》，1926 年 7 月 7 日在天津創刊，馮武越主辦，吳秋塵主編，4 開 4 版。初爲週刊，繼改爲三日刊（稱「社會半週刊」），1928 年 10 月 2 日第 225 期起改爲每週二、四、六出版，以 50 期爲一卷。至 1937 年 7 月 29 日，因抗戰爆發天津陷落而停刊，共出 1587 期。《北洋畫報》出版 11 年，是北方畫報中連續刊行最久、出版期數最多的畫報。每期 4 頁，合計 6348 頁之多，每期刊照片以 5 至 10 幅計算，可達 8000 至 16000 幅，其中保存了不少有歷

史價值的照片。畫報約請了北平的同生、大光，天津的同生、鼎章等著名照相館爲之供稿，東北新聞影片社和東北海軍航空隊等爲之提供新聞時事照片，還有蔣漢澄、正曦、李荒生、周振勇等爲之提供各種內容的照片。該刊還自組「北洋攝影會」，會員不少（周琴夫、馮至海、魏守忠等都是會員），它利用這支力量拍攝和搜集了不少照片。該刊編者還直接向名人索取照片，如梅蘭芳的劇照、演出活動與生活攝影經常刊載於北洋畫報，此外還有南方的照相館、攝影社和攝影者也向《北洋畫報》供稿。因此，這本畫報刊載了大量的中國政治、軍事、經濟文化、科學及國際動態照片，深受廣大讀者歡迎。其新聞時事照片多以單幅或「成組專頁」刊出。

《良友》，1926 年 2 月在上海創辦，先後有伍聯德、周瘦鵑、梁得所、馬國亮、張沅恒五任主編。1938 年遷香港出版，1939 年 2 月遷回上海，1941 年 9 月被日軍查封，1945 年一度復刊，後因股東意見分歧於 1945 年 10 月停刊。共出版 172 期和兩個特刊。《良友》刊登彩圖 400 餘幅，照片達 32000 餘幅，詳細記錄了近現代中國社會的發展變遷、世界局勢的動盪不安、中國軍政學商各界之風雲人物、社會風貌、文化藝術、戲劇電影、古蹟名勝等，可謂是百科式大畫報。

作爲中國第一本大型綜合性畫報，《良友》特別注重用圖像新聞記錄中國的歷史和社會生活，如第 5 期上登載紀念「五卅」一週年的《今年的五卅》，配有血衣亭等照片；第 13 期（1927 年 3 月 30 日出版）《革命的血痕》刊有「黃花崗四烈士墓」、「史堅如烈士紀念碑」、「廖仲愷烈士墓」、「朱執信烈士墓」等。在《國民革命軍抵滬》一文中，有「革命軍將到上海時，與魯軍激戰兩日夜之工界便衣敢死隊（匯山攝）」、「上海市民歡迎革命軍（2 幅，寶記攝）」、「被繳械之魯軍（攝影學會林澤蒼攝）」，《國民政府先後到滬之要人》有蔣介石、汪精衛、何應欽、白崇禧、李宗仁、孫科等人肖像。第 15 期（1927 年 5 月 30 日出版）有《上海五九紀念大會攝影》，刊登了與日本簽訂「二十一條」的袁世凱和日方主要人物的肖像。在《勞工神聖》一文中，有「五一勞動節上海紀念大會盛況」、「五一巡行」（高舉「勞工神聖」橫幅）、「上海工會糾察隊武裝操練」等照片。第 16 期有《五卅紀念》，內有「上海五卅慘案紀念大會」，「五卅上海租界之戒嚴」、「五卅烈士喋血處」。《上海市民慶祝北伐勝利大會》，內有「舞龍與提燈」、「公共體育場門前之熱鬧」「總商會之夜景」。第 18 期有《第八屆遠東運動會舉行於上海（1927 年 8 月 27 日至 9 月 3 日）》。

第 21 期有《蔣介石與宋美齡女士結婚儷影》;《共黨十年之蘇俄》有「列寧遺像」、「列寧夫人近影」。第 26 期（1928 年 5 月 30 日）刊有《關於濟南慘案》欄，詳細報導「濟南事件實況」、「五三慘案經過」，並配有大量照片，揭露日本帝國主義的暴行。

1926 年 11 月，《良友》專門出版了《孫中山先生紀念特刊》，用近 200 幅照片，把孫中山從早期直到逝世的一生經歷，編印成專集，熱情歌頌孫先生是「曠代俊傑，豐功偉績，震爍千古」，這是孫中山逝世後，第一本全面記錄他革命一生的畫集。用照片來作傳記，這在中國也屬創舉。該紀念特刊出版後旋即受到極大的歡迎，從國內到海外華僑爭相購買，一再重版，當時號稱銷行近 10 萬冊，這在中國也是空前的。

《革命畫報》，1927 年 4 月 26 日在上海創刊，週報，8 開 4 版。畫報的徵稿啟事強調了該畫報的圖像內容和要求，「圖畫：分時事諷刺畫及照片兩種。甲諷刺畫：須含有創造性及刺激性，而能鼓勵民眾，使民眾易於瞭解者，方為合格。乙照片：關於革命工作之時事攝影，革命運動之中心人物，及紀念建築物等。」畫報刊登的新聞圖片有第 1 卷第 1 期第 3 頁上由士騏創作的「擁護國民政府」、「實行三民主義」、「狐假虎威，殘殺同胞」的新聞漫畫，一張歡迎北伐軍勝利之蘇州女同志人像；第 2 期刊「閘北工潮之一瞥」照片一張；第 3 期出「五一」專號，刊圖 3 張，一為英軍抵滬，一為追悼會之場景，還有一張不明；第 5 期出「國恥」專號，刊日軍在濟南殺我公使蔡公時照片；第 8 期出「五卅」專號；第 9 期刊有松濤拍攝的四川二十八軍軍長鄧錫侯以及二十八軍軍長的就職照；第 10 期第 2 頁刊廣州特約記者魯文輝拍攝的「廣州五卅紀念會參與之軍警界」、「廣州五卅紀念遊行時之情形」照片各 1 張，第 3 頁刊本報青島特約記者梁瘦影拍攝的「日本帝國主義出兵華北之戰艦」、「日兵在青島登陸整隊時之攝影」各 1 張，由該報江陰特約記者季和華拍攝的「五月二日英美炮艦在攔門沙轟擊江陰之炮彈」照片一張。第 11 期，第 3 頁刊「上海六十萬民眾反對日本出兵之激昂」照片三張等。

二、民國北京政府時期的新聞照片

新聞照片作為現代報紙版面的一個重要的組成部分，是 20 世紀五十年代中期以來的普遍現象。最初大量使用新聞照片的，不是報紙，而是上文提到的畫報。報紙上最初刊登的新聞照片，多是照相館拍攝的人像和某些事件的偶然記錄。

　　1916 至 1928 年間，民眾關心國事，渴望目睹時局改變的心情迫切。因為畫報的週期性侷限，多數報紙在這個時期內加強了對新聞照片的使用，許多反映自然災害、戰爭、勞動人民的苦難、帝國主義的入侵和其他重大歷史事件的照片都是通過報紙的出版才讓民眾在第一時間瞭解。這些新聞照片在當時具有重要的新聞價值，如今更是極具巨大的歷史文獻價值。

　　在這期間，我們能在報紙上看到自辛亥革命後發生的各個重大事件，如1919 年的「五四」運動；1922 年中國共產黨領導的安源路礦工人大罷工；1923年的京漢鐵路「二七」大罷工；1925 年孫中山逝世；上海「五卅慘案」；廣州沙基慘案；1926 年北京「三‧一八」慘案等，都有「新聞照片」的實錄。

　　「五四」運動時期出版的報紙，往往將文字報導和攝影照片一起刊登，如 5 月 7 日上海召開國民大會，在 8 日出版的《新申報》《時報》上，都將大會實況，用文字詳細報導，並用相機記錄大會時的場景，一文一圖兩者配合，一起刊出。5 月 30 日《時報》刊出賣國賊曹汝霖住宅被焚毀的文字報導，配合四張照片，一起刊出。當時的報紙上還有與「五四」運動相關的其他照片，如《上海工人大示威》《5 月 31 日上海學生舉行郭欽光烈士追悼大會》《罷市後的上海南京路》《6 月 3 日上海罷市中的閘北寶山路》等。[1]

　　這場學生的愛國運動也得到了中國照相業的支持。上海照相業職工就以休業、罷市來聲援，1919 年 5 月 9 日上海《新申報》刊登了一則大字廣告：「上海英大馬路西首雲南路口，中華照相館今日休業一天。」下邊說明休業原因：「對於近日外交表示決心，對於北京學界表示敬意，對於今日國恥表示不忘。」其次，利用照相複印通告，如上海徐家匯有一位從事照相之何某，自己擬就一種通告，用照相複製成數十張，分發各商店，通告中寫道：「軍警也是國民，為什麼要保護賣國賊？」「不達目的，不納賦稅！」「青島即便歸還，密約不取消還是亡國。」再次，利用照相業的有利條件，他們走出店堂，到馬路上拍攝 6 月 3 日上海全市罷工的紀實照片，洗印後廣為宣傳出售。根據記載：上海「大馬路某照相館，曾將此次罷市狀況，分段拍攝十二張，印成毛光照片發售，每張售洋一角五分，購者紛紛不絕云。」[2]

　　除了報紙之外，還有一些雜誌刊物也經常刊登新聞照片。如最早在我國舉起反帝反封建大旗，宣傳民主革命思想的刊物《新青年》，就很重視新聞照

1　上海攝影家協會編：《上海攝影史》，上海人民美術出版社，1992 年版，42 頁。
2　上海攝影家協會編：《上海攝影史》，上海人民美術出版社，1992 年版，42 頁。

片的刊登。《新青年》（原名《青年雜誌》）由陳獨秀創辦並主編。從它創刊起，封面上就採用外國名人照片。第 6 期封面用了我國飛行員譚根的肖像（譚是華僑，在美國自製飛機曾參加萬國飛機製造大會，後回國籌建航空學校，爲祖國培養人才）。自 1916 年 9 月第二卷，封面不再採用照片，但刊物內的文章常配有照相插圖。1920 年 5 月 1 日，《新青年》出版了「五一國際勞動節紀念號」，刊登了大量的新聞照片，數量多達 33 張，配合《上海勞動狀況》的調查報告一文，刊出的照片有《年老的小工中途休息狀況》《年幼的小工行路吃力狀況》等。

　　此外，1918 年在上海創刊的《勞動》刊物，在該年的 6 月 20 日就刊登過上海市小販、人力車夫罷市的照片，在《上海小販暴動攝影——五月一日》標題下，登載的照片有《小販搗毀工部分署後英美防守之圖》《小販結隊示威印捕據隘攔阻》《小販在虹口菜場集議及武裝馬巡之偵查》，這些都是較早反映我國工人運動的新聞圖片。

　　中國共產黨的《嚮導》週刊，集中出現的圖片報導共有兩次，一次是震動世界的「五卅慘案」，一次是英帝國主義造成的「萬縣慘案」。1925 年的五卅慘案，激起了中國人民的反帝怒潮，揭開了大革命風暴的序幕。五卅慘案發生後，6 月 6 日出版的《嚮導》（第 117 期）發表了慘案中兩次流血事件的新聞照片，即日本帝國主義槍殺工人顧正紅的《被日人殺死之顧正紅》，英帝國主義槍殺五卅遊行群眾的《南京路屠殺中之犧牲者》，緊密配合《中國共產黨爲反抗帝國主義野蠻殘暴的大屠殺告全國民眾書》，以及《帝國主義屠殺上海市民之經過》等文章。編者旨在用殘酷的事實去喚醒包括民族資產階級在內的各階層人民。

　　1926 年 9 月，英帝國主義又製造炮轟萬縣，死亡 5000 人的「九五」大慘案。《嚮導》於當年 10 月 10 日出版的「萬縣九五慘案特刊」（第 173 和 174 兩期合刊）中集中報導了萬縣慘案的經過，並於卷首用三頁多的篇幅發表了 8 幅照片。內容有《東較場擊斃居民四人拍照》《民國十五年九月慘案英國兵輪用大炮轟擊雞公嶺炸斷二百餘年之黃花樹受傷軍民廿八人斃命十六人》《慘斃同胞雪恥會成立大會》《萬縣九五慘案發生前英兵艦柯克捷夫將大炮衣卸衣實彈對準縣城預備轟擊之狀》等。其中英兵艦對準縣城的這張照片後面有說明「八月卅號拍」，這說明在慘案發生前，拍攝者就已記錄下了這一場面，更從側面反映了英帝國主義的狼子野心。

　　對於五卅慘案的報導,除《嚮導》外,其他的報紙也都刊登相關的新聞照片。6 月 2 日,10 家報紙同時登載了徵求五卅慘案中死傷者之照片及簡略的啟事。隨後各報陸續登載了犧牲者和各地抗議示威遊行的照片。如《時報》在 6 月 3 日登載了五卅慘案中 5 名慘死者的遺像;6 月 4 日登載了 6 月 3 日群眾示威大會的攝影報導。[1]

　　1925 年,由胡愈之等人主持的《東方雜誌》第 22 卷 12 期刊出了《五卅事件臨時增刊》,登載了遇難者的肖像,肇事地點、上海租界戒嚴、各地示威運動等新聞照片,第 13 期又登載了有關事件的 45 幅新聞照片。這些照片有無辜犧牲群眾的慘狀,有帝國主義屠殺的物證,有英帝國主義繼續威脅我國和我國人民反帝鬥爭場面的實錄。由於照片製版清晰,現場氣氛濃厚真實,激動人心。增刊和雜誌發行後,上海公共租界總巡捕房竟向會審公廨控告《東方雜誌》,誣指關於「五卅」事件的言論和照片「妨害治安」,先控訴編譯所長王雲五,後控訴發行所長郭梅生。經過三次開庭會審,會審公廨無理判決「被告交二百元保,一年內勿再發行同樣書籍。」可是,《東方雜誌》不屈不撓,拒絕會審公廨的無理判決,堅持出版發行,並在第 22 卷 15 期,繼續轉載外國報紙《五卅慘案之真相》照片 2 幅,以示抗爭。

　　國共合作時期的攝影照片多以紀實性的題材為主,主要揭露帝國主義侵華的暴行,喚醒民眾的愛國意識,促進民族民主革命的進程。如 1926 年國民黨創辦的《你們運動》週刊,封面刊登廖仲愷慘遭暗殺的照片。1927 年 2 月《人民》週刊第 44 頁照片專欄刊登「帝國主義準備屠殺上海工人市民武裝干涉中國革命的真相」的照片。[2]

　　1927 年第一次國內革命戰爭失敗,新聞照片主要來自中國共產黨領導的革命根據地,題材大都反映國民黨對紅色革命區的圍攻和中華民族反抗日本帝國主義的侵略。這一時期無產階級攝影事業開始走上探索之路,出現了不少優秀的無產階級攝影家。他們為了國家和人民利益不畏艱難,不怕犧牲,為後人留下了一批有歷史價值的紀實圖片,在中國攝影史上留下了不可抹滅的功績。

1　上海攝影家協會編:《上海攝影史》,上海人民美術出版社,1992 年版,44 頁.
2　董世忠:《中國早期紀實攝影發展研究 1840～1937》,蘭州:西北師範大學,2012 年版,第 23～24 頁。

除了在報刊上能看到新聞照片，遇到一些重大的新聞事件時經常還能看到以照相帖冊形式的攝影集或公開發行的新聞照片集，一些地方還出現了救國存亡的攝影展覽。

1922 年 11 月 30 日，日本被迫交還青島，當時青島的班鵬志拍攝了中國接受青島的實況，於 1924 年 4 月交由商務印書館出版了《接收青島紀念寫眞》攝影集。內收照片近 250 幅，其中除了接收青島之日警察抵青，海軍、陸軍抵青，日軍撤退等照片，還編入關於五四運動的發展過程，以及巴黎和會與華府會議的紀實攝影。編者在「例言」中說明：「本寫眞之照片，除巴黎和會、華府會議等文件係徵求國際寫眞通訊社外，其餘具係編者親歷其境實地攝取。」這可以說是中國最早的紀實攝影集了。

1923 年，由工人俱樂部編印出版的《安源罷工勝利週年紀念冊》，是我國最早的一本反映工人鬥爭的攝影集。1922 年 9 月 14 日凌晨，安源路礦舉行了震撼全國的大罷工，在毛澤東、李立三、劉少奇三人共同領導下，經過五天激烈鬥爭，罷工取得勝利。罷工期間有機構曾組織專人拍攝照片，之後在工人俱樂部展出，一週年後出版了該紀念冊。

這一時期還有陳萬里和他的《民十三之故宮》。1924 年，在國民革命浪潮的衝擊下，清朝末代皇帝溥儀被迫搬離故宮，這標誌著中國封建專制統治徹底退出了歷史舞臺，陳萬里及時用鏡箱將這一極具意義的事件記錄了下來。1928 年，他將所拍攝的照片編輯成冊，題名爲《民十三之故宮》。

三、民國北京政府時期的新聞漫畫

漫畫本身就是伴隨著新聞報刊產生、發展而來的。新聞漫畫區別於報刊上的幽默漫畫，是以漫畫形式對最新發生的事件進行報導或評論。這種形式的漫畫亦被稱爲時事漫畫、政治諷刺畫。

1916 年至 1928 年間，尤其五四運動前後，「民主」與「科學」逐漸深入人心，國外文化和先進科技不斷爲我引進和借鑒，這一時期的新聞漫畫無論在印刷質量還是發表數量上，都有極爲明顯地上升，這也從另一方面鼓勵了漫畫家的創作活動。

1918 年 9 月 1 日，沈泊塵與其胞弟沈學仁創辦了中國第一本漫畫刊物《上海潑克》，爲中國漫畫做出了開創性的貢獻。《上海潑克》月刊，每月 1 號出

版 1 期，16 開本，封面和封底爲彩版印製，其餘都是黑白印刷。此刊中絕大多數作品都出自沈泊塵之手，他的漫畫始終圍繞著當時創刊時提出的三個責任而創作，「警惕南北當局，使之同心協力以建設一強固統一之政府；爲國家爭光榮，務使歐美人民盡知我中國人立國之精神；調和新舊，針砭末俗」[1]，體現沈氏兄弟強烈的愛國心、國際視野和社會責任感。

在《上海潑克》創刊號內頁上，沈泊塵所作的《南北之爭》是一幅反映軍閥混戰的新聞漫畫，具有強烈的批判色彩。《南北之爭》的畫面上，一南一北兩個軍閥正在刀來槍往，廝殺正酣，被他們踩在腳下的是帽子上寫有「中華」二字、身上寫有「人民」二字、慘遭蹂躪叫苦不迭的中國老百姓。沈泊塵一針見血地通過漫畫暴露出南北軍閥踏著「人民」的身體進行混戰而損害人民利益的罪行，揭示封建軍閥統治階級與勞動人民利益的根本對立，其敢於反映百姓的苦難，爲人民鼓與呼的精神，實爲難能可貴。

五四運動前後，值得一提的還有著名漫畫家馬星馳（1873～1934）創作的新聞漫畫。作爲一個曾追隨孫中山進行民主革命，對中華民國具有深厚感情的漫畫家，馬星馳在五四運動爆發後，迅速通過畫筆表達對時局的看法，用漫畫報導和評論新聞。五四運動期間他發表的「作品更顯鋒利」[2]，很多漫畫在當時對凝聚和引導社會輿論發生過積極而有效的作用。

1918 年 12 月 15 日，馬星馳在上海的《新聞報》上發表《妨礙和平之枝節》，畫面主體爲「和平」二字，但這二字卻被周圍一些蔓生的枝條所纏繞，從右往左看，變成爲「權利私心」，藉以諷刺南北議和會議就是在這種充斥著「私心」和「權利」的爭奪中展開，顯然這些對權利的「私心」恰恰是實現和平的最大絆腳石；後於 1918 年 12 月 31 日在此報發表《我國民應盡之天職》，畫面上，兩列人員圍坐開會，談判桌上，寫有「南北議和」四字，表明爲南北政府之間的談判。而談判室的屏風後面，一人站立，身穿寫有「國民」的長袍，正睜大眼睛，伸長脖頸，往裏探視，其眼光所到之處，寫有「監視」二字。這則新聞漫畫意在呼籲國民對南北和談加以監督；還有《此之謂人民代表》，此漫畫揭露了北洋軍閥於 1918 年 5 月間所辦國會選舉的內幕和實質；1919 年 2 月的《新聞報》上還有馬星馳的《玩弄於股掌之上》，畫面上一個身

1　《本報之責任》，《上海潑克》，第 1 期，1918 年 9 月 1 日。
2　畢克官：《過去的智慧——漫畫點評 1909～1938》，山東畫報出版社，1998 年版，第 12 頁。

穿和服、腳登木屐的傢伙，滿面堆笑地把一個中國人抱在手裏，並一面嘴裏叫著「公道待遇」，另一面暗地裏把腳伸進了中國山東。那個中國人渾然不覺，雙手搭在日本人的肩上表示親熱，一副懵懂無知的樣子。顯然這是對當時北洋政府中的親日派，被人「玩弄於鼓掌之上」而不自知，可憐又可悲的眞實寫照。

這一時期，與馬星馳齊名的還有著名漫畫家錢病鶴（1879～1944 年）。錢病鶴，浙江人，歷任上海諸報圖畫主筆，先後在上海《民權畫報》《民生畫報》《民國日報》和《申報》上發表漫畫作品。其畫大多反映當時的社會現實，對喚起民眾反帝救國和促使清王朝覆滅起到了推進作用。他於 1913 年創作了長達百幅的組畫《老猿百態》，矛頭直指袁世凱，曾產生很大影響，爲此險遭拘捕。此後，他又發表了大量抨擊軍閥割據的作品，成爲民國初年極富代表性的漫畫家之一，也是當時最多產的漫畫家之一。五四運動前後，錢病鶴在新聞漫畫創作方面筆耕不輟，其作品三天兩頭就能在《申報》《民國日報》等重要報刊上與讀者見面，很多重大新聞事件在他的新聞漫畫中均有所反映。

其中較有名的新聞漫畫如《快把害蟲一個一個捉出來》（1917 年 6 月 14 日《民國日報》），將「民國」比作一個大樹，幹粗但不健壯，原來是有很多很多的害蟲隱藏在大樹中，齧咬危害之。顯然，這些害蟲就似一個個大大小小的軍閥、前清餘孽、革命投機分子，樹上停有一隻啄木鳥，就好比孫中山等人組成的護法義軍，正在將這些「害蟲」一個一個地捉出來，以便讓「民國」這棵大樹健康成長。還有《解放》這幅漫畫（1920 年 3 月 21 日《申報》副刊《自由談》），畫面上，一位青年婦女的手正指向「解放」二字，意思是要求解放。而在她的前面卻橫亙著三張照片，象徵著三種社會勢力，一位戴著瓜皮小帽的遺老斥責說「豈有此理！」，另一位滿腦子陳舊思想的紳士質疑：「此聲也胡爲乎來哉？」最後一個穿著頗爲入時的青年人則半不屑半推脫地說：「我不懂這個道理。」

除錢病鶴外，這一時期丁悚（1891～1972）新聞漫畫的創作也非常活躍，推出了一大批有影響的佳作。如用來評價當時南北議和的《燭影搖紅》（1919 年 3 月 3 日）、《心殷救國之上海》（1919 年 3 月 20 日的《神州日報》）；反映了當時教育經費短缺、教育發展停滯不前的《何能發展》（1919 年 9 月 28 日《神州日報》）；諷刺民國時期所宣揚的民主政治、人人平等的理念，實質只是一句空話的《嗚呼民治》（1919 年 10 月 13 日的《神州日報》）；反映五四時期學生運動遭到軍警鎮壓的《勢不兩立》（1919 年 10 月 19 日的《神州日報》）等。

　　五四運動之後，1920 年 8 月至 1924 年 10 月直系軍閥統治時期內，有關新聞漫畫的創作，表現出相對寂寞的徵象。一是媒體上相對活躍的還是馬星馳、錢病鶴、丁悚等幾位清末民初就已成名的漫畫家，新聞漫畫的主題和內容，甚至敘述藝術，與五四時期相比沒有太多的突破。二是此時媒體對新聞漫畫的熱情已漸漸冷卻，如《益世報》《大公報》《申報》等主流報紙的版面上，新聞漫畫的蹤影似乎不約而同地消失了。這一時期在內容和藝術較有可圈可點之處的新聞漫畫，主要有如反映實現真正「民治」艱難的《要想真正的民治的實現，非打破目前障礙不可》（1922 年 4 月 4 日的《申報》）；反對英國政府提議的國際共管中國的《共管第一步》（1924 年 2 月 1 日的《小說世界》第 5 卷第 5 期）；《內亂之源》（1924 年 7 月的《圖畫世界》），揭露帝國主義在中國扶持軍閥所包藏著的禍心等。

　　1924 年至 1927 年，一場以推翻帝國主義在華勢力和北洋軍閥為目標的革命運動，流席捲中國大地，「五卅運動」期間，帝國主義為掩蓋真相，對上海新聞界施加了強大的壓力，「上海各報館聽了工部局的命令，連許多事實都不敢登載。即至現在大馬路兩次慘殺，上海各報仍是沒有一點熱烈的批評，連國民黨的機關報——《民國日報》也是這樣。」[1]《申報》《益世報》等知名媒體，都由於受到租界壓力，沒有刊載相關的漫畫新聞，不過上海、香港等地出現了一批直接參加戰鬥的新聞漫畫傳單，而且出版了專門性的《罷工畫報》，《東方雜誌》以及北京《晨報》等知名報刊，也積極投入了戰鬥，發表了大量的新聞漫畫，在動員輿論、推動運動發展方面起到了一定的作用。如荻聖的《對於五卅案件列強之嫌疑》乙未生的《文明人的假面揭破了》張光宇創作的《望求老丈把冤伸》等；後期還有一些紀念五卅運動的新聞漫畫，如《他們的血不是枉流了的呵！》豐子愷的《矢志》王之英的《一手難掩天下目》等。

　　1927 年 4 月 12 日蔣介石發動的「四·一二」反革命政變是大革命從高潮走向失敗的轉折點，轟轟烈烈的北伐革命就此結束，蔣介石建立所謂的「國民政府」，自然也少不了新聞漫畫作者的「關注」。如孫之俊的《中美》表達了作者對蔣介石和宋美齡這樁婚姻的理解，巧妙截取兩人名字中的各一個字組成，甚為機巧，意在言外地說明蔣介石政府正在向「美」國投誠。

1　獨秀：《日報紗廠工潮中之觀察》，《嚮導》，第 117 期，1925 年 6 月 6 日。

四、民國北京政府時期的新聞電影

1896 年，在世界電影誕生的第二年，電影便現身上海。很長一段時間內，電影被人們視爲「新奇的玩意」，有名曰「影戲」。直到二十世紀二十年代中期才出現「新聞影片」這一說法。經過了一段蹣跚學步的萌芽期後，隨著民族資本紛紛投資電影業，二十年代的中國電影獲得了較大發展。儘管這種發展是混亂、艱難甚至畸形的，但這個時期大量建立的影片公司促進了新聞電影的發展，新聞紀錄片的數量顯著增加，內容更加豐富；蘇聯紀錄電影工作者的來華拍片打破了帝國主義列強在中國拍片的格局，並促使中國電影工作者開始更加關注新聞紀錄電影，人類學紀錄片初現端倪。

作爲資產階級新文化重要代表之一的商務印書館是較早關注新聞電影的機構。商務印書館在 1918 年設立活動影戲部，攝製包括時事片、風景片、教育片、古劇片和新劇片在內的五大類型影片，其中前 4 類均可歸入紀錄電影的範疇。新聞片如《歐戰祝勝遊行》《東方六大學運動會》《第五次遠東運動會》報導了新聞事件，風景片如《上海龍華》《浙江潮》《普陀風景》《北京名勝》介紹了祖國的風景名勝，教育片如《女子體育觀》《盲童教育》具有健康而嚴肅的內容，古劇片《春香鬧學》《天女散花》《琵琶記》記錄了梅蘭芳和周信芳表演的京劇片段。1926 年，商務印書館影戲部改組爲國光影片公司，拍片活動持續到 1927 年。

1919 年，幾位民族資本家集資興辦了專營電影的公司中國影片製造股份有限公司。除了滑稽片《飯桶》，該公司拍攝的均爲紀錄片，包括戲曲片、新聞片、風景片。其中拍攝的新聞片有《周扶九大出喪》《張季直先生的風采》《聖約翰與南洋球賽》《南京的警政》，這些影片均攝於 1921 年，總體來說沒有引起很大關注，但它拍攝於 1923 年的新聞片《國民外交遊行大會》受到廣泛歡迎，該公司在拍完此片後宣告停業。

自 1921 年起，電影公司如雨後春筍般地建立起來，而且這些公司往往是從拍攝新聞紀錄片開始的。二十年代，約有 20 多家公司拍過 100 多部新聞紀錄片。與以前相比，不僅影片數量有所增加，而且許多影片已不只是對旅途風光或新奇景觀的掃描，還將鏡頭對準重大社會事件，使新聞紀錄電影擺脫了卑微地位，獲得了上層人士的關注。這個時期，拍攝新聞紀錄片最多的幾家影片公司分別是民新影片公司、明星影片公司、長城畫片公司，其中以民新影片公司對二十年代中國新聞紀錄電影的貢獻最爲突出。

　　民新影片公司創始人黎民偉可謂中國紀錄電影史上第一個重要人物。此前，曾經在《莊子試妻》（香港第一部影片）中飾演莊子之妻的黎民偉與攝影師羅永祥一起扛著笨重的器材奔赴前線，留下了許多珍貴的歷史鏡頭。與當時大多數把電影當作娛樂或賺錢工具的電影商人不同，黎民偉認為電影不僅能供人娛樂，而且能移風易俗，輔助教育，改良社會，明確提出了「電影救國」的口號，並在當時中國電影業遠離中國革命的情況下，拍攝了大量表現孫中山革命活動的新聞紀錄片。

　　1921年5月5日孫中山在廣州就任非常大總統，黎民偉拍攝了新聞片《孫中山就任大總統》。1924年1月，中國國民黨在廣州召開第一次全國代表大會期間，他親自擔任攝影師拍攝了有關的新聞片。此後，他又相繼拍攝了《孫中山為滇軍幹部學校舉行開幕禮》《孫中山先生北上》《孫大元帥檢閱廣東全省警衛軍武裝警察及商團》《孫大元帥出巡廣東北江記》等。1925年3月12日晨，國民革命領袖孫中山的心臟停止跳動，追隨他多年的黎民偉用鏡頭記錄下了偉人逝世的曠世悲痛，以兩部新聞片《孫中山先生出殯及追悼之典禮》和《孫中山先生陵墓奠基記》昭示民眾。孫中山為他題寫的「天下為公」，後被鐫刻在南京中山陵，成為中國電影人永遠的驕傲。

　　由於孫中山及其領導的北伐戰爭在當時產生的重要影響，還有一些影片公司拍攝了相關的新聞紀錄片，如長城畫片公司的《孫中山陵墓奠基記》（1926），大中華百合影片公司的《北伐完成記》（1927）、《總理奉安》（1927），民生影片公司的《北伐大戰史》（1927），新奇影片公司的《革命軍北伐記》（1927），三民影片公司的《革命軍戰史》（1927），上海影戲公司的《上海光復記》（1927）、《總理奉安紀念》（1929）。

　　此外，二十年代新聞紀錄片的內容也比較豐富。除了北伐戰爭，還有反映1925年五卅反帝愛國運動的新聞片《五卅滬潮》《上海五卅市民大會》《滿天紅時事展》，以及反映當時其他重大社會事件的新聞紀錄片，如1922年，明星公司在成立的當年拍攝了《滬太長途汽車遊行大會》《愛國東亞兩校運動會》《徐國梁出殯》《江蘇童子軍聯合會》《萬國商團會操》；復旦影片公司攝製了《上海光復記》（1927）、《濟南慘案》（1928）、《張作霖慘案》（1928）；民新影片公司還拍攝了《世界婦女節》（1924）、《追悼伍廷芳博士及國葬禮》（1924）、《廣東全省運動會》（1925）；還有記錄知名人士活動的影片，如《孫傳芳》《盧香亭》《吳佩孚》《馮玉祥》《張學良》等。

　　早期來華拍電影的外國人幾乎全部來自資本主義國家，1925 年與 1927 年先後有兩個來自蘇聯的電影攝製組的到來改變了這種狀況，他們在中國拍攝了兩部新聞紀錄片：《偉大的飛行與中國國內戰爭》（1925）和《上海紀事·1927》。前一步影片導演是 B・A・史涅伊吉洛夫，攝影師布留姆，影片記錄了蘇聯自製飛機考察隊首次從莫斯科途經蒙古到中國的飛行。據導演後來的回憶文章《1925 年我是怎樣在中國拍攝電影的》記述，1925 年 7、8 月間，正是「五卅運動」之後，全國掀起反帝高潮的時候，他們要拍攝現代中國和中國人民蓬勃高漲的人民革命運動的材料，以告訴蘇聯和世界人民關於中國的真實情況，只是借飛機飛行作為線索而已。這部影片製成後不僅在蘇聯上映，而且在歐洲以《東方之光》為名映出。後一部影片《上海紀事》，導演雅科夫・布奧里赫，記錄了第一次國內戰爭後期上海勞動人民的生活和鬥爭。這是一部思想性、藝術性俱佳的影片，為舊中國和中國人民革命鬥爭保留下了難得的珍貴資料。

　　二十年代，人類學紀錄片在中國初現端倪。1926 年多天，瑞典探險家斯文·赫定帶來一支包括德國和丹麥人在內的探險隊來到中國，吸收了五名中國學者和四名中國學生組成中國西北科學考察團，從 1927 年開始對中國西北部進行科學考察活動，這項活動歷時八載，於 1935 年結束。在此期間，科學考察團拍攝了大量關於西北地區的活動影像資料。《世界畫報》曾製作特刊「西北科學考察團」，刊發了大量的照片介紹赫定一行在西北地區的所見所聞。另有瑞典考古學家 J・G・安特生二十年代也曾來到中國，利用電影記錄了自己在中國北方和西北部的所見所聞，對塞外風土人情、文物考古、民居、服飾等都有所反映。

五、新聞攝影機構的建立

　　民國初期，各大報館還沒有專職攝影記者，新聞時事照片，大部分由照相業人員或業餘攝影者提供。後來畫報盛行，報館所設編輯之職，僅一二人而已，有的編輯在編務之外兼攝一些照片，而設專職攝影人員者屈指可數，畫報所需照片基本上也是依靠外來稿件。對此，林澤蒼等人在《增廣攝影良友》一書中有專門論述：「華文各報之新聞照片，均仰給於各照相館，往往不另付梓。蓋各報館於登出時，照片之旁注明：某某照相館攝。在照相館方面，則為廣告作用，而報館則得免費之資料，是因互相利用耳。」[1] 如：如上海《時

1　上海攝影家協會編：《上海攝影史》，上海人民美術出版社，1992 年版，第 50 頁。

報》刊登的上海城廂、英租界、法租界、南市罷市情況的照片，注明「皆寶記攝」；刊登的一幅《全國學生聯合會各省代表攝影》，署名「中華照相館攝」。[1]寶記和中華兩個照相館，是當時上海兩家兼營紀實攝影的著名照相館，此外，還有一些照片是私人捐贈，如《時報》刊登的一幅《國民大會遠望》會場全景照片，注明「張松亭君捐贈」。[2]

1919 年爆發的五四愛國運動，激發了人們關心時局、參加愛國鬥爭的熱情，湧現出一批憂國憂民，面向群眾的紀實攝影的愛好者，報刊採用照片的數量迅速增加。報刊所需照片，僅依靠照相館供給，已不能滿足需要，於是專門供應新聞照片的攝影機構便應運而生。

二十年代初期，我國第一家新聞攝影機構「中央寫真通訊社」在北京創立。戈公振在《中國報學史》一書中說：「數年前，北京曾有人組織『中央寫真通訊社』，每月平均送稿八次，每月取費十元，其材料頗合報紙之用。」[3]這家通訊社成立的年代大約是在五四運動爆發之後，因為在 1920 年 1 月 4 日出版的《北京大學學生週報》上已經刊有中央寫真通訊社的廣告，並且說：「如蒙惠顧，請與本週刊廣告科主幹褚保衡君接洽」。褚保衡是北京大學的學生，從這段記載可以斷定，這家通訊社是由北京大學學生發起和建立的。褚保衡後來拍過許多新聞照片，編過畫報，是二三十年代新聞攝影界活躍人物之一。中央寫真通訊社的活動也多限於學界。1921 年 6 月 9 日出版的上海《時報》，曾刊出該社提供的題為《北京學界之大請願》的一組照片，有全景、中景和特寫鏡頭。每幅照片均附有詳細的文字說明，其中一幅是這樣說的：「北京中小學以上男女學生數百人，於本月三日舉行大規模之鞏固教育運動，向國務院作最後之請願，遂演成教育界之慘劇。此圖係各校代表在天安門雨中之會議。」這次教育界「索薪」運動是由北京大學進步教授馬敘倫等領導的。6 月 3 日北京上萬名教職員和學生向總統徐世昌請願，走在遊行隊伍最前面的馬敘倫被軍警用槍柄猛擊，頭部受重傷。這組照片就是記錄這一事件的，馬敘倫受傷住院的照片也刊登在同一天的《時報》上。

中央寫真通訊社的照片質量很好，也很及時，正如它自己所說的「消息靈通，真相明析」。但是由於當時多數報館缺乏照相製版設備，訂購者只有少數幾家，不久，這家通訊社就停辦了。

---

1 上海攝影家協會編：《上海攝影史》，上海人民美術出版社，1992 年版，第 48 頁。
2 同上。
3 戈公振：《中國報學史》，生活・讀書・新知三聯書店，1955 年 3 月版，第 250 頁。

在這之後，上海又出現了一個「攝影通訊社」，其章程規定，照片稿分爲時事、裝飾、風俗、風景、名人、藝術六類，每一類又分甲、乙、丙三個等級，照片按級論價。其中時事照片的訂價爲甲級 5 元，乙級 3 元，丙級 1 元。在六類攝影圖片中，甲級和乙級以時事照片的價格爲最高，這可能與新聞照片攝製不易和意義重要有關。這家通訊社只擬定了章程，因經費不足，一直沒有發稿。[1]

二十年代後期較爲活躍的新聞攝影機構爲「中國攝影學會新聞部」。該會發起人林澤蒼談到新聞部的設立時說：「中國攝影學會因鑒新聞照片之重要，預料將爲各報競爭之焦點，且能攝有新聞價值之照片者又寥寥無幾，故特增設新聞部，廣聘國內外攝影記者，專採新聞照片，供給本埠及國外各種報紙及雜誌之用。」[2]

中國攝影學會新聞部大約成立於 1927 年，部址設在上海南京路 20 號，同年開始發稿。除向國內及國外的報紙和雜誌提供「國內緊要新聞照片」外，還代收學會會員的照片，負責轉送給各種報刊。據中國攝影學會會刊《攝影畫報》1928 年 7 月 2 日報導，北平會員國振裕、天津會員周誦先拍的新聞照片，經新聞部分送國外、本埠中外日報以及《東方雜誌》《良友》畫報等刊物，均被採用。新聞部爲擴充業務，曾登啓事招聘本埠特約攝影記者三十餘人，爲加強這一工作，特請褚保衡、林雪懷二人駐會辦公。該部還向社會提供攝影服務，如用戶發現「緊要新聞」，可電話通知新聞部，該部當即派員前往攝影。[3]

這一時期在上海的新聞攝影機構還有 1928 年胡伯翔、陳萬里、張秀珍等攝影同好在上海發起的「中華攝影學社」（簡稱華社）。此外，二十年代後期活動的攝影機構還有首都攝影社和濟南像傳攝影社，像傳攝影社發稿較少，首都社到三十年代還在繼續供給新聞照片。

外國人插足中國新聞界爲時已久，各大通訊社在中國都有派駐機構，上世紀二十年代外國人在中國創辦的較有影響的攝影通訊社爲「萬國新聞通訊社」，主要任務是向國內外提供關於中國的新聞照片。《良友》畫報創刊初期，

1　上海攝影家協會編：《上海攝影史》，上海人民美術出版社，1992 年版，第 47 頁。
2　同上。
3　馬運增、陳申等編：《中國攝影史（1840～1937)》，中國攝影出版社，1987 年版，第 135～140 頁。

經常採用萬國新聞社提供的時事照片。據《良友》畫報第 3 期披露：「本報圖畫照片材料，多蒙萬國新聞通訊社供給，此後關於萬國時事照片全由該社負責採集，除在大陸報登刊外，只在本報發表。」萬國新聞社活動時間較長，直到「七‧七」事變前夕還在發稿，攝影記者有美國人范濟時（Ariel L‧Vargie）和黃海升（王小亭）、雷榮基等人。

我國早期的新聞攝影機構，大都活動範圍較小，僅限於供給本埠或本地區的時事照片，只有少數單位有派駐記者或臨時派員赴外地採訪。這些民間團體，一般人員都很少，組織鬆散，資金短缺，常常入不敷出，加之時局動盪，生活沒有保障，其中多數維持不了多久就自生自滅了。但是他們所做的貢獻，保存下來的大量時事照片，已經成為當時那個年代的重要歷史文獻，留下不滅的業績。

六、攝影記者的出現

我國以拍攝新聞照片為職業的攝影記者，到二十世紀二十年代初才出現。攝影記者作為一種新的職業，它是從我國第一個新聞攝影機構中央寫真通訊社開始的。但在當時各大報館還沒有專職攝影人員。對此一直潛心於新聞史料搜集與研究的戈公振，在 1926 年談到攝影記者問題時說：「我國報館，尚未知養成此種專材，故多於照相館合作。」[1]

1926 年 2 月出版的《良友》第一期中縫刊出：「本刊擬招請攝影記者每埠一人，尊任攝取有關新聞性質之各種照片……」報刊的「攝影記者」之名，可能以此為最早。招聘啟事甫出，吸引了十幾個著名的攝影者應聘。1926 年，馬相伯主編上海《天民報圖畫附刊》，刊登啟事，以現金徵求照片，招聘「特約攝影記者」，國內外攝影人員均可應徵，但須寄最近新聞照片兩次，合格者則下聘書，酬金從豐。特約記者多為兼職，它可以接受報紙的採訪任務，供給照片，但它不同於報館的專職攝影記者，不能隨時指派任務，不能及時地保證新聞照片的時間性。因而，有的報紙就開始在報館內增設專職的攝影人員。

1926 年前後，北伐軍總政治部開始設隨軍攝影員。

1927 年初，上海的《時報》設照相室，由唐僧（唐靜元）主持其事，並在《圖畫時報》上不斷刊出署名「時報唐僧攝影」的照片，因此唐僧可能是

---

1 馬運增、陳申等編：《中國攝影史（1840～1937）》，中國攝影出版社，1987 年版，第 140 頁。

《時報》實際上最早的攝影記者。1928 年《時報》又聘請郎靜山、蔡仁抱爲「攝影記者」，這兩位算是中國新聞攝影中最早的新聞記者之一。郎靜山回憶起這段經歷時說，當時他們到處拍照，每天都可拍各類新聞照片一二百幅，報紙刊用僅三五幅而已。上海其他報紙如《申報》《新聞報》等也開始配備了專職的新聞攝影記者。

二十年代後期報紙上刊登由攝影記者拍攝的照片，主要爲重大歷史事件新聞和重要任務照片，新聞性強，圖片更清晰。而在 1927 年蔣介石汪精衛發動反革命屠殺中國共產黨員，許多新聞工作者被迫害，新聞攝影事業停滯不前。

當時的報刊，攝影記者很少，卻擔負著繁重的任務。如上海的《時代畫報》只有一個專職記者，8 開本的畫報，每期出 30 頁左右，其中有三分之一的攝影照片，都是畫報自己的攝影記者拍攝的。當時的新聞照片，大多爲名人肖像與合影，即使是現場攝影，也多半是擺好姿勢拍照，這與攝影技術的發展水平有關，同時也和人們對新聞攝影的特點認識不足，所有現場攝影，具有動作性鏡頭的照片很少。如國民黨第二屆執行委員會第四次全會召開時，中央委員何香凝、陳果夫等人，都不願意照相，看到照相機，故意轉過頭去躲開。憑著攝影記者的耐心和才智，趁何、陳兩人不備之時及時地捕捉了兩人當時的表情，這是我國二十年代「抓拍」攝影的一例，這比德國的「堪的派」攝影（Candid photography）早好幾年。可惜在中國，這種「抓拍」，並未上升爲理論或在實踐中形成一種自覺的行動，只不過在不得已的情況下，偶而用之。

攝影記者爲了得到比較重要的材料，有時不得不冒著生命危險去拍攝。1928 年國民革命軍北伐到山東，日本帝國主義在濟南製造了「五三慘案」。萬國新聞通訊社攝影記者王小亭，在濟南受到日軍的監視，但他不顧個人安危，拍攝了日軍暴行，其中有被日寇慘殺的我國同胞的屍體，共 10 餘幅，這是一組難得且極其珍貴的歷史鏡頭，後來刊登在《良友》畫報上。

第六章　民國北京政府時期的少數民族新聞業、軍隊新聞業和外國在華新聞業

　　民國北京政府時期，少數民族新聞業數量增長顯著，受東亞地區日本侵略的影響，部分地區民族新聞業發展迅速，比如東北地區的朝鮮文報刊。這一時期軍事力量複雜多變，北洋軍閥和新興軍事力量均有相當勢力，他們都開始重視新聞傳播的力量，紛紛創辦軍隊報刊。此時外國在華勢力格局也有了些許變化，日本美國等直追英國，成爲在華新聞界的重要組成部分。

第一節　民國北京政府時期的少數民族新聞業

一、民國北京政府時期的朝鮮文報刊

　　民國北京政府時期是中國少數民族報刊發展比較迅速的一個歷史時期，其中又以朝鮮文報刊的發展速度更爲明顯。這一階段的朝鮮文報刊主要包括：

（一）「三一」運動時期關外的朝鮮文報業

　　1910 年 8 月 22 日，朝鮮淪爲日本殖民地，朝鮮半島陷入黑暗的殖民統治時代。「三・一」運動就是朝鮮人民在俄國十月革命影響下，反對日本殖民統治、爭取民族獨立的一場愛國運動[1]。

1　爆發於 1919 年 3 月 1 日。這天漢城 30 萬市民手持太極國旗，舉行大規模示威遊行，高呼「朝鮮獨立萬歲」等口號。全國各地紛起響應，相繼舉行罷工、罷課、罷市和示威遊行，許多地區迅即轉爲武裝起義。旨在推翻日本帝國主義的殖民統治，爭取民族解放和國家獨立，後終因力量懸殊，被日本帝國主義殘酷鎮壓。史稱「三一運動」。

　　隨著反對日本侵略和殖民統治、爭取民族獨立鬥爭不斷深入，旨在反對日本侵略和殖民統治、爭取朝鮮族獨立的朝鮮文報刊也雨後春筍般發展起來，成為不可缺少的鬥爭武器。

1、北間島地區的報刊

　　這一階段在北間島創辦且有較大影響的朝鮮文報刊主要有：《朝鮮獨立新聞》，1919 年 3 月 8 日在延吉縣龍井村秘密創辦。該報由設在局子街朝鮮國民議事會主辦，總編柳河天，依靠捐款出版，發行 1500 份左右。《我們的信》，同年 4 月由韓族獨立期成會的通訊部長李弘俊等人創辦。韓族獨立期成會是在「三・一三」鬥爭爆發期間組成的團體。《大韓獨立新聞》，大韓國民會的會長具春先和李翼燦、尹俊熙等人在《我們的信》創刊不久，又在延吉縣龍井村創辦了小型週刊《大韓獨立新聞》。該報在英國人馬丁經營的濟昌醫院地下室用謄寫版秘密印刷。設「內外傳書鳩」欄登載海內外獨立志士們的活動情況和海外信息。這三種報刊發行範圍較大，在武山及朝鮮半島都能讀到。

　　在此期間北間島的朝鮮文報刊還有 1919 年 5 月由金炳合等人在和龍大立子組成的新國民團創辦的《新國報》，由金尚鎬等人在龍井組成的猛虎團創辦的《猛虎團》，1919 年 3 月 13 日金永鶴在局子街創辦的《朝鮮民報》以及 1919 年 4 月間島正義團創辦的《一民報》和 5 月創辦的《國民報》等。

2、西間島地區的報刊

　　《韓族新報》，韓族會[1]機關報，創刊於 1919 年 3 月。總編李時悅。後來報社遷到通化縣倍達村後更名為《新倍達》。以評論政局、揭露日本帝國主義罪行、宣傳近代文化為主要內容。同年 6 月安東的大韓獨立青年團機關報《半島青年報》創刊，朝鮮文油印，總編由團長咸錫殷擔任。1920 年元旦，官田縣洪通區大韓青年聯合會創辦了油印報刊《大韓青年報》。

3、關外（北間島、西間島）地區朝鮮文報刊的特點

　　關外朝鮮文報刊的共同明顯特點是具有強烈的反對日本侵略和爭取民族獨立的政治意識，主要表現在：

　　一是把揭露日本帝國主義的罪行列為主要內容。如《大韓獨立新聞》在《謹告海外同胞兄弟》中說「被無視正義人道的日本鬼子殺害的不只萬人、受傷的不知有幾十萬人、被囚禁監獄的不只有幾百萬人」；該報 1919 年 5 月 8

1　該會是 1919 年（民國八年）3 月 13 日在柳河縣三元浦以扶民團為基礎組成的團體。

日報導「據漢城傳教士的通訊，日寇的淫亂行爲越來越嚴重，如在街道抓住一名女學生先把衣服扒光，受審時圍觀的日本兵可隨意玩弄，判決後在獄中被強姦的暴行更是慘絕人寰，難以言表。」

二是號召人民大眾與日寇作戰，爭取民族獨立。如《我們的信》在 1919 年 4 月 3 日登載的社論《萬歲，萬歲，朝鮮獨立萬歲，我們的民族萬歲》中疾呼「警醒吧，同胞們最後的一個人也要主張人道，最後的一個人也要爲了驅逐魔鬼的勢力而奮鬥。世界的輿論會加上同情的力量，現今是民本主義、民族自決主義戰勝的時代，擁有悠久歷史的神聖民族的此義舉怎會不能成功！奮鬥吧，同胞兄弟們！我民族萬萬歲！」號召人們拿起武器投入到民族獨立的潮流中。

三是對日本帝國主義的走狗進行揭露和譴責。《大韓獨立新聞》在《消滅四個大獵狗》的文章中指出：「龍井魔鬼頭目李熙眞，頭道溝首領金明藝，龍井日本領事警夫玄時達，局子街日本領事館警夫李景在是四個走狗。他們是阻止間島獨立軍前進的，比倭寇更嚴重的障礙物，必須盡早處理掉。」並懸賞「一人一千元」砍掉四條走狗的頭顱。儘管這些報刊呈現的思潮表現有較爲明顯的複雜性，但以強烈的反對日本侵略、爭取民族獨立的意識爲主流。

（二）上海臨時政府時期的朝鮮文報刊

1919 年 4 月中旬，聚集在我國上海的朝鮮資產階級民族運動上層人物在法租界成立「上海臨時政府」，積極號召人民反抗侵略，進行民族獨立運動，使祖國從日本帝國主義鐵蹄下解放出來。早期的朝鮮共產主義者 1921 年 1 月 10 日在上海創立共產主義團體——高麗共產黨，社會主義革命思潮迅速傳播到各朝鮮族聚集地。1927 年 9 月，上海成立江蘇省範南區朝鮮人支部。在「上海臨時政府」和「高麗共產黨」成員的經辦或領導下，出版了一大批朝鮮文報刊。

1.《獨立新聞》

《獨立新聞》[1]，朝鮮臨時政府機關報。1918 年 8 月 21 日在上海法租界勒路同益里 5 號創刊。油印，週三刊。前身爲《我們的消息》，週二、四、六隔日發行，四開報紙。長篇報導或重要言論常占幾個版面。最初報頭只書「獨立」二字，內容爲朝鮮文與漢文混用。自第 22 期改稱《獨立新聞》，第 169

---

1 該報與 1896 年 4 月 7 日旅美醫學博士徐載弼創辦的《獨立新聞》同名。徐氏的《獨立新聞》是朝鮮歷史上第一份現代意義的民營報紙。

期改爲純朝鮮文出版。從創刊到 80 期設有短評欄，如時事漫評、時務感言、閒話、哭中笑、實話、時事短評等。1925 年 11 月 11 日因日本帝國主義迫害和經費困難被迫停刊。1943 年《獨立新聞》漢文版在重慶復刊時仍爲臨時政府機關報。1922 年 8 月左右《獨立新聞》漢文版發行，主編朴殷植。在中國記者張黑地幫助下散發中國各省的機關公署、學校等社會團體，介紹朝鮮族獨立運動情況。1924 年被迫停刊。此外該報還出版過英文版、俄文版和法文版。

（1）《獨立新聞》的辦報宗旨及報人隊伍

《獨立新聞》的辦報宗旨主要體現在創刊詞中，可概括爲「五大使命」：第一、宣傳群眾，團結國民共同奮鬥。「一心一意構築堅固而統一的大團結，這比財力、兵力等更爲重要，這才是我們事業的基礎和生命；爲達這一目標建立健全的言論機關，鼓吹同一的主義，提出同一問題而個人與團體之間有待於疏通意見。鼓吹思想統一民意是本報使命之一。」第二、向民眾宣傳我們的事業和思想。「雖然外國報紙有千百種，但沒理由談論我們，他們很難瞭解我們的情況和思想，所以無法向韓國民眾傳達韓國國土上發生的大事情，他們也有可能誤解我們的主義和行動，我們的事業和思想要用我們的嘴說，這便是本報使命之二。」第三、發揮輿論監督力量，正確引導國民。「在分歧的路上，一方面抵擋前面的強敵，一方面通過世界輿論，聚集我們能夠聚集的意見，發揮我們國民最高的能力；喚起可信而有力的輿論，督促激勵政府，指導人民的思想和行動，喚起輿論是本報的使命之三。」第四、介紹新學術和新思想，同時滿足讀者的需求，介紹新思想、新知識。「一直在異族的控制下，被迫與世隔絕的大韓民族，從此，開始作爲獨立的人民參與文明生活。爲此，作爲文明的人民必須有知識準備，我們要通過我們的眼睛，吸收對我們的有價值的新學術和新思想。介紹新思想便是本報使命之四。」第五、繼承民族優良傳統和高尚精神，培養和造就新國民。「我國人民在過去擁有光榮的歷史，具有高潔而勇敢的人民性，日本的暴行使這種人民性消滅了很多，有形的國土能夠失去，祖先的精神能失去嗎？未能受到健全教育的不幸使我們面臨著困境。但是在我們的精神中還存在高貴的萌芽，一風一雨足夠使其蘇醒，所以鼓吹國史和人民性，並吸取新思想，努力培養改造復活的新人民是本報的使命之五……」[1]

1　（韓國）柳丁仁：《上海〈獨立新聞〉述評》（未刊稿），上海復旦大學碩士論文。

　　《獨立新聞》社長李光洙。朝鮮著名文人。曾留學日本。先在《少年》《每日新報》等報刊發表文章，後因長篇小說《無情》《開拓者》等作品揚名於世。1919 年 2 月 8 日起草著名的《朝鮮青年獨立團宣言書》（即「二八獨立宣言書」），以極高威望贏得《獨立新聞》社長職務。該報創刊詞是由李光洙寫的擬古體文章，闡明該報是溝通個人與團體間的言論機關，鼓吹完整主義。宗旨為：民族思想的鼓吹與民心的統一；自主經營新聞機構，正確傳播新聞信息和思想；督勵政府、指導人民的思想和行動方向，喚起輿論；介紹作為文明人民必備的新學術與新思想；繼承光榮的歷史和清高勇敢的國民性，並培養新國民性。李光洙實際承擔該報主編。朱耀翰任出版部長，李英烈任營業部長。《獨立新聞》的重要社論，第 94 期之前由李光洙負責，第 160 期後主要由金奎植負責。在李光洙離任期間，由李英烈、尹海任主編，金希山負責經營管理。後來由尹海主編。

　　（2）《獨立新聞》的宣傳內容

　　① 闡明獨立意志、揭露日本侵略罪行，喚起國民覺悟。

　　《獨立新聞》重視通過社論闡明其政治立場和救國方略。如在社論《所謂朝鮮總督的任命》以犀利的語言指出「或說朝鮮人的本位，或說參政權，或說自治，只是你們的自由，對我們來說都是馬耳東風，這只是日本人哄小孩的手段，想說服韓人，這只是徒勞而已。」為駁斥韓日民族的同化論，1919年 11 月 11 日發表社論列舉日本為稱霸全球而制定的五個目標，譴責日本否定韓國獨立的行為。11 月 20 日社論中指出「現在韓國國內的運動將繼續到日本承認韓國獨立的那一天為止，我們希望如此並為此而努力」。指出「儘管日本以兵力鎮壓了韓國的獨立運動，但是韓國民族對日本的仇恨永遠不會消滅，韓國的獨立運動具有歷史意義。」它的意義「超過了日本民族的道德、人道的層次問題，他會對韓國的遠大的前途有深遠影響。」該報社論內容是臨時政府瞄準日本的殖民政策，揭露其兩國合併的侵略性和日本任命朝鮮總督的殖民政府實質，同時闡明臨時政府的施政方略，在內政、外交、軍事上揭露日本的侵略性，促進國內同胞的覺醒，爭取獨立戰爭的勝利。該刊在 1920 年6 月 10 日的社論中提出「拒絕日本的統治，排斥日語，拒絕納稅，同盟罷工，遊行示威」，號召在為日偽服務的官吏退職，嚴格貫徹臨時政府的施政方略。為爭取民族獨立，曾任臨時政府國務總理代理和內務總長的安昌浩號召實施國民皆兵、國民接納、國民結業，每個國民團結在臨時政府周圍。1920 年 2

月 14 日，該報以《國民皆兵》爲題發表社論；並在 3 月 23 日第二版報導組
建國民軍隊的消息，稱國務總理以下的政府要員都參加訓練，學習軍事，樹
立國民皆兵的榜樣。4 月 1 日再次發表社論《血戰的時機是完成準備的那一天，
年內應完成準備》。

② 重大新聞事件報導與評論。

該報結合呂氏渡日事件、太平洋會議等重要新聞發表評論，爲獨立運動
指明路線與方向。呂氏渡日指的是上海居留民團長呂運亨應邀訪日這一事
件。該報以《呂運亨渡日》爲題就此發表評論，指明呂氏渡日的目的。認爲
應防止敵人用反間計引起獨立運動內部的激變。太平洋會議是第一次世界大
戰後帝國主義爲了對戰後世界和太平洋殖民地和勢力範圍進行再分割的國際
會議，1921 年 11 月 12 日～1922 年 2 月 6 日由美國總統哈丁主持在華盛頓召
開。臨時政府認爲解決韓國獨立問題的時機來了。《獨立新聞》刊登了韓國代
表團致美國代表團的信，列舉日本違反天道，以武力侵略韓國，強迫韓日合
併的罪行，籲請美國認識自己的責任，提出解決韓國問題的要求。但會議結
果令人失望，因爲太平洋會議的實質是列強各國權利的再調整，並不是也不
可能解決弱小民族的獨立問題。

（3）《獨立新聞》的新聞、副刊及編排業務

《獨立新聞》是大韓民國臨時政府的機關報，同時帶有政府公報性質，
經常刊載國務院令、軍務部布告、總統詔令、臨時議政院開院等政府公報新
聞。

該報設有本國消息、遠東形勢、歐美電報、平壤通信、吉林通信、桓仁
通信、光復軍營通信、北陸通信、上海消息等欄目，分別報導國內外消息。
新聞信息的來源有二：一是從朝鮮半島或其他地方來到上海人員獲取新聞素
材；二是轉載上海或其他地區出版的漢文報刊的新聞，如《申報》等。關於
國內外的消息，如滿洲、西伯利亞、美洲等朝鮮愛國志士的活動，大多是間
接取材；而關於上海發生的重大新聞、臨時政府的重要活動的報導，大多是
實地採訪第一手新聞。這其中有許多新聞報導曾爲廣大讀者所關注。副刊設
有文藝欄、詩世界。共發 50 多首詩和 2 篇小說，一百期紀念號第 1 版刊有紀
念社論《致本報一百期》，回顧該報從創刊到今天艱難曲折的出版歷程，並發
有詩歌和臨時政府政要、上海僑民團等社會團體的賀詞。

《獨立新聞》的創刊號、新年紀念號、三·一革命節紀念號、一百期紀念號、國恥日紀念號、殉國諸賢追悼號等以特輯發刊，精心製作，贏得了讀者歡迎。「三一」革命節紀念號、新年紀念號都是彩色印刷，青色、綠色、紅色。第八十九期選用質地好的道林紙在淡紅色彩頁上用黑色油墨印刷，非常鮮豔；第九十六期用綠色油墨；第一百期和第一一九期、第一三八期、第一五〇期、第一五六期、第一六九期、第一七二期等用紅色油墨印刷，這些紀念號在頭版以一號字體印有《謹賀新年》《獨立宣言》《百號紀念》等，兩側從右至左以花紋裝飾並印有兩面交叉的太極旗圖案，給讀者留下鮮明印象。

《獨立新聞》最早配發照片是在第三期第 1 版。這期刊有《日兵的一椿罪行》一文，配發的照片是在日軍燒毀的家園前，面對被日寇刺刀殺死的姐姐屍體哭泣的兩個孩子的畫面（該照片在第 49 期第 17 版又刊用）。第 12 期 1 版刊有一張在通往京城外某村的路上，韓國女學生被敵人刺刀殺害悲壯而死的照片。第 117 期上刊有一幅題為《因喊萬歲之罪》的被砍斷耳朵、受拷打男人側臉的照片。在紀念號等專輯上也經常刊有韓國國旗-太極旗。但這些圖片大多不是記者拍攝，而是從其他刊物上剪輯後複製的。

（4）《獨立新聞》的特點與作用

首先是忠實履行臨時政府機關報的職責。及時公布臨時政府的法令、公示事項等，上情下達，加深了政府與國民之間的聯繫。其次言論旗幟鮮明地揭露日本帝國主義對韓國的殘酷統治和其扭曲的殖民史觀，宣傳了韓國的獨立意志。再則通過形式多樣的新聞報導和文藝作品，激發韓國國民為爭取民族獨立，光復祖國的自豪感和愛國心。如屢次刊登「三一」獨立宣言和獨立軍歌，介紹韓國獨立運動的進程和各國獨立運動的經驗，宣傳李舜臣、安重根等傳奇人物，以及以詩歌、小說等文藝形式鼓勵讀者，投入到民族獨立的運動中去。最後是以客觀報導和公正言論批判政府的失職和不正之風，宣傳臨時政府合理的存在方式和正確的方針策略。另外，雖然報社承受來自臨時政府內部違約和經營困難等壓力，但堅持客觀公正報導思想，編輯思想有創見，介紹新學術、新思想，努力培養新國民。[1]

1　《獨立新聞》取材於復旦大學韓國留學生柳丁仁撰寫的碩士論文：《上海〈獨立新聞〉述評》（未刊稿）。

2、其他具有進步傾向的朝鮮文報刊

（1）《新大韓》週報

1919 年 10 月 28 日創刊，由申采浩任主刊，金抖奉為編輯長。其政治觀點與《獨立新聞》對立，旗幟鮮明地批駁李承晚等人向列強請願、請列強託管等主張。影響廣泛。共出版 16 期。

申采浩是當時反對李承晚的代表性政客。在《新大韓》上發表文章猛烈攻擊李承晚的委任統治論和臨時政府的維持現狀政策，主張廢除華盛頓歐美委員部，與《獨立新聞》展開論戰，是一份社會影響力比較大的報刊。一個日本警察在資料中稱「《新大韓》……，其言論非常尖刻，諷刺了臨時政府的行動，且隨意刊登主義薄弱的論調和說明行為，成為別人的眼中釘，他們想使之停刊，惟獨保留自己的機關報《獨立新聞》。」可見兩張報刊尖銳對立。[1]

（2）《新韓青年》

在滬朝鮮民族青年團體新韓青年團機關刊物。1919 年創刊，李光洙主編。僅存一期。宗旨是「增進一般國民的常識，只憑藉獨立宣言，手裏拿太極國旗喊萬歲，不能使韓國得到獨立。唯一的方法是培育實力，其實力要發揮大韓民族獨特的民族性，介紹世界的大勢所趨和新思想。只要有助於一般國民文化提高的萬一，本報的使命就算完成了。」認為要光復就必須提高文化實力。

1920 年 3 月 1 日增出漢文版。創刊詞強調通過對韓國獨立運動的宣傳，爭取中國人民的同情和支持。指出日本帝國主義不滿足於吞併韓國，蹂躪韓國人民，剝奪他們最基本的人權，使他們連溫飽也得不到保障，不允許他們使用本國的語言文字，這是有違天道的行為。他們還闖入中國，凌虐中國人民，闖入西伯利亞，因此韓國、中國、俄羅斯人民要團結一致反抗日本帝國主義的侵略行為。創刊號刊載了《韓國獨立宣言書》等文獻，轉載各國社會團體支持韓國獨立運動的新聞，還有對中國「五四」愛國運動表示同情的報導。李光洙等出版漢文版是為了向中國人民尤其是廣大青年知識分子宣傳韓國獨立運動。「自宣言獨立以來，有幾種報紙之行於各處者，而均以國文為主，為供我人之覽也。惟中國與吾韓極有密切之關係，古今圖獨立運動之影響，觸其腦筋者尤深，而學界之青年要得其詳細者多，而非行漢字之報不可。」[2]

1　《偉大的韓國人申采浩》，太極出版社，1975 年版，第 280 頁。
2　參見《新韓青年》韓文版之創刊詞。

（3）《震壇》週刊

朝鮮族愛國者 1920 年 10 月 10 日在上海創刊。4 開 8 版，漢文週刊，部分文章由中國人撰寫。設有社論、朝鮮消息、世界消息、傷感之語、名人傳記、社會問題、時事論評、滿洲朝鮮民族反日部隊戰鬥消息等欄目。在北京、常州、無錫、南京設立代理銷售處，在蘇聯、法國、德國、英國、美國等地設有通訊處。

《震壇》週刊通過報導日本帝國主義蹂躪和殺害朝鮮人民的滔天罪行，記錄朝鮮人民的悲慘命運，表達憂國憂民的情懷。1920 年 9 月，日本帝國主義製造了「琿春事件」。該刊連續發表《爲了製造侵略藉口引起的琿春事件》（第 6 期），《延吉、琿春的日軍駐紮地和兵力》（第 9 期）等文章揭露「琿春事件」的陰謀。所刊登的《爲何對琿春問題聽之任之？》一文指出：「我們看到 21 條以及山東問題而激發的中國人民的愛國熱情……可誰知山東問題並未解決之前國民就早已遺忘，所以對琿春問題就更聽之任之了。就因爲琿春遠在邊疆就可以不管了嗎？」「對主權有絲毫損害者，對動搖國家一根草一棵樹的人必須極力反抗，不能失去勇氣或者怠慢。」以激昂文筆對日本侵略中國的行徑表示了深切的關注，號召國民積極抗日。同年秋天，日本侵略者以「琿春事件」爲藉口調動軍隊對朝鮮人和中國人進行野蠻大屠殺（史稱「庚辛年大屠殺」）。該報連續發表文章揭露和譴責日本侵略者的滔天罪行，如《延吉、琿春一帶日軍的暴行》《汪青日軍暴行報告書》《活埋女孩子，燒毀房屋食糧》《從日本人口中得知的日軍暴行》《憤怒的外國傳教士的宣言》等。該刊還載文揭露和譴責反動軍閥政府與日本侵略者相互勾結，在「庚辛年大掃蕩」中殺害朝鮮和中國人民的罪行。如第五期刊載的《中日聯合掃蕩的眞相》《世界民族民主革命運動潮流誰也無法阻擋》《自決潮流和中日軍閥》等。這些文章把軍閥的野蠻放在世界革命背景下進行分析，增強了人民對民族解放運動的信心，對軍閥發出了警告。

《震壇》週刊還載文探索民族解放運動取得勝利的渠道和方法。指出：「野心勃勃的日本帝國主義不考慮功利和人道，因此我們韓民族存在的方法只能是舉起刀槍與敵人決一死戰。」主張用武裝鬥爭反抗日本侵略者。爲鼓舞人民的革命精神，該報設立了專欄報導「三一」運動以來朝鮮獨立運動和埃及、愛爾蘭等國家的民族獨立運動情況，謳歌滿洲朝鮮民族武裝部隊打擊日本侵略者的作戰成果和鬥爭業績。尤其是該刊還專門刊載文章論評和宣傳社會主

義。指出「只有社會主義才能給予人生幸福，現實生活才能得到快樂，消除和預防一切社會弊端。」肯定和讚美社會主義。

《震壇》週刊還刊登中國人民對朝鮮人民表示同情、支持、聲援的文章。比如在第六期的評論《我對韓人的感想》中寫道：「時時刻刻銘記韓人面臨的處境……不能只掉同情的眼淚，要團結同情的力量幫助我們最親密最要好的兄弟姐妹。」在《各界聯合會關於援助韓人的致電全國》中號召國民採用寫文章或遊行或求助於國際聯盟等方式幫助朝鮮人民爭取民族獨立。

（4）《上海倍達商報》

朝鮮人駐滬倍達貿易公司於 1922 年 3 月 1 日創辦的商業報紙。王觀彬任編輯和發行人。社址在上海福煦路愛仁里。銷售處設在京城府樂園洞。《告顧客書》稱「倍達公司純粹是我們倍達人經營的。它是倍達人從事國際直接貿易唯一理想的機關。營業目的有二，一為在外國市場上營利，圖謀自體的利益。一為對本國兄弟義務經商。勸獎和指導本國兄弟從事海外貿易的試驗。雖然吾人的智力淺短，經歷泛少，但唯一希望兄弟們能過上富裕的生活。」主張發展朝鮮民族經濟，表達了使朝鮮人共同走向富裕生活的願望。

（5）《宣傳》週報

1923 年 10 月 19 日創刊，係太平洋會議外交後援會的宣傳工具。創刊詞稱「倘欲光復吾族之事業，擴張吾族之地位，對內須振興充沛之民氣，激進猛烈的運動，對外要建立圓滿之國交，遂興公正之判斷。」太平洋會議外交後援會係 1923 年 9 月 14 日由亡命上海的朝鮮民族獨立運動上層人士中一些把光復國家希望寄託在太平洋會議的親美派創立。

（6）《奪還》

前身是 1924 年由李會榮、李正奎、鄭賢燮、白貞基等人發起組織的在華朝鮮無政府主義者聯盟主辦的《正義公告》。該聯盟 1923 年 3 月在上海由柳子明、李正奎、安恭根等人組建，同年 7 月加入南京的無政府主義聯盟。1930 年 4 月改為南華韓人青年聯盟（實際由朝鮮、日本、中國、印度、越南等國無政府主義者組成），同時發行《東方雜誌》和《南華通信》。1937 年與中國無政府主義者聯合組成韓中青年聯合會，創辦《抗戰時報》。宣傳無政府主義，主張喚起民眾，擴大抗日民族獨立運動聲勢。

上海還有《大韓獨立報》（1920 年創辦，後由《新生活》取代）、《三一革命》（1922 年 3 月 2 日創辦）、《上海評議報》（1924 年 12 月 27 日創辦）、《臨

時時報》（1927 年創辦）、《青年前衛》（1927 年 11 月 8 日創辦）及《革命之友》
《新上海》等報刊。雖然政治傾向不完全一致，但都反映了朝鮮淪爲日本殖
民地後在華朝鮮人的社會生活及思想情緒。

（三）北京、天津、廣州等地的朝鮮人辦的進步報刊與革命報刊

在北京有《天鼓》，漢文，1921 年 1 月由沈彩浩和金昌淑共同創刊，發行
7 期；《不得已》（獨立運動者韓永福等主辦）和《北京獨立報》（由在京朝鮮
族留學生主辦），創辦於 1921 年；《新光》和《荒野》創辦於 1924 年；《先導
者》創辦於 1925 年；《促成報》由 1926 年 11 月 14 日創立於北京的韓國唯一
獨立黨促成會主辦，主要負責人曹成換；《革命行動》約 1926 年創辦，由韓
國革命青年聯盟的倡導者金忠昌主編。

在天津有《韓民聲》1921 年 12 月 13 日創辦；《正理報》和《晨光》（朝
鮮文、漢文）由朝鮮獨立者人士 1921 年創辦；《革命青年》，獨立運動人士 1926
年創辦；《朝鮮之血》，1930 年 6 月 15 日創刊，大韓獨立黨主辦的韓文週刊。
朴容太任主編，柳恭錫任顧問，吳植、金東友、梁吉胞、李光、韓思良擔任
記者。在天津發行。

在廣州有 1921 年 12 月 1 日創刊的《光明》，月報，中國進步人士和報紙
編輯共同創辦。《發刊宣言》指出「我們這個月報，是平民的，是公正的，不
同於有產階級的報紙。有產階級的報紙是拿言論機關名義擴充勢力來換金
錢，那裡講什麼公理，什麼人道主義……我希望世界文學家，都拿點材料供
給這個唯一的言論機關（報紙）擴大解放全世界人類的不平，促進解放全人
類的光明事業的實現。」又指出：「今日之東亞，強權一日不滅，則東亞不得
一日之平和……（光明）月報，綜世界革命大家之意見，講究撲滅強權之方
法。」該報第一號探討了被壓迫民族特別是朝鮮民族從強權抑制中解脫出來
爭取自由獨立的途徑。多數人主張從今開始革命的目的應是「社會革命」即
「社會主義革命」。認爲「社會革命運動，是謀人類的共同幸福，是打破私有
制度之下的一切組織」，無產階級要從社會底層躍居爲社會的主人地位。生產
者——即勞動者亦即無產階級，一定要掌握經濟命脈，掌管一切政權。

以上朝鮮文報刊大都由流亡上海的不同政黨、不同團體創辦，以《獨立
新聞》影響最大，特色突出。各自背景、目的不同，主張與傾向也不相同，
但都不同程度體現了民族獨立意識。漢文報刊《天鼓》同樣刊登不少充滿獨
立思想和民族主義的時事論文，也有關於朝鮮歷史的論文，比如《朝鮮獨立

及東洋和平》《日本有罪惡而無公德》《日本帝國主義之末運將至》等，宣傳並提倡獨立思想和武裝鬥爭的必要性。該刊創刊詞及《新年新刊祝詞》為題寫道：「天鼓啊！敲一次雷聲響，敲兩次氣勢洶湧，敲三四次勇士眾志成城，敲五六次敵人的腦袋紛紛落地……」體現了反日獨立運動者的憤怒、英雄氣概和對勝利的堅定信念。但實現民族獨立的力量在民眾之中這一點，他們都沒有看到。[1]

（四）關內的朝鮮文共產主義報刊

民國北京政府時期，即 20 世紀 20 年代，關內共產主義者也辦了不少革命報刊。主要分布在上海、天津、廣州等地。

上海有：《高麗共產黨》，1921 年由李東輝等共產主義者創建的高麗共產黨主辦的刊物；《火曜報》，由朝鮮共產主義者安秉瓚等於 1922 年 6 月 6 日創辦；《共產》，1922 年創辦；《列寧》，1930 年由安光泉、金元風主辦；《太平洋勞動者》1930 年創辦，是以太平洋勞動組合秘書部名義出版的雜誌。

天津有：《曉鐘》，1921 年由天津法租界共產主義者主辦；《鬥報》，1922 年在法租界出版的月刊等。

廣州有：《先驅》，1921 年創辦；《階級鬥爭》（梁明編輯）和《現階段》，1928 年創辦。

（五）關外東北地區的朝鮮文報刊

這時期，民族獨立運動者在我國東北地區創辦的報紙有四五種。如《愛國申報》，1921 年在延吉龍井發行的油印小報，由金元墨主辦。後因金元墨被捕而停刊；《戰鬥報》，1921 年 2 月 17 日在延吉以朝鮮獨立軍名義發行，宣傳並提倡反日民族獨立思想；《愛國新聞》由金立、金夏錫等人在延吉縣河馬湯村創辦，宣傳抗日思想；《間島通信》，1925 年 12 月 20 日在龍井創刊，第一期剛出版就被日本領事館沒收。

1、南滿地區的朝鮮文報刊

這一階段在南滿地區的朝鮮文報刊有十多種，它們是：《警鐘報》，1921 年創辦，社址在興京縣（今新賓縣）二道溝，油印。該刊由統一府[2]主辦，主

---

1 以上朝鮮文報紙史料取自崔相哲：《1919～1937 年朝鮮人民在上海辦的朝文報》，載《新聞研究資料》，總第 43 輯。

2 統一府是由滿洲（東北地區）南部各反日民族獨立團體互相合併形成的，遷往盤麗後，與各團體合併更名為正義府。

編金履大。該報弘揚民族精神，宣傳民族獨立。1924 年 11 月在磐石縣改名《大東民報》。由上海獨立報社負責印刷，積極宣傳正義府制定的「振興產業，普及教育，實施自治，培養實力」的政治綱領。1925 年，吉林高麗革命黨人遭到監禁，正義府的大部分元老也被牽扯進去，《大東民報》不得不停刊。正義府本部遷到華甸後出版石印雜誌《田雨》。《同盟》由 1924 年 11 月在磐石縣呼蘭集廠子建立的南滿青年總同盟會創辦發行。該報主張朝鮮青年運動，培育同盟會會員團結一致的革命精神。該報在刊登同盟會聲明中指出：為了集中革命總力量，竭力主張與一切革命者聯合起來，組成民族唯一黨。《勞動報》1924 年 12 月，由金應燮等人，由在磐石組建的韓族勞動黨創辦發行。1925 年 9 月 1 日刊登社論《在堅強的組織領導下》，表達了該報主張階級鬥爭、嚮往共產主義的政治思想。《農報》，由 1927 年 5 月在磐石、伊通等地區組建的滿洲農民同盟創辦發行。其前身為《勞動報》。該同盟還發行《農民運動》。《青年同盟會》，由 1928 年 5 月 28 日在磐石縣呼蘭集廠子組建的中韓青年同盟創辦，不定期刊物。崔煥為總編輯兼發行人。發行地點設在上海。《學海》，由 1926 年 6 月吉林毓文中學、第一師範大學，各中學朝鮮族學生組建的旅吉學友會創辦發行。

2、北滿地區的朝鮮文報刊

這一階段北滿地區的朝鮮文報刊有：《前衛》，1923 年由寧安縣寧古塔的赤旗團創辦。宣稱「不拘泥於民族革命或者無產階級共產主義革命。第一目標是為了韓民族的解放。」《信達公論》，1924 年 9 月 1 日創刊，月刊，油印，由位於中東路的信達公論社主辦。《創刊辭》指出：為了民族的前途，剷除「異論，妄論，遷論」，開展「正論，直論，快論，公論」。由於該刊以養育朝鮮民族獨立精神為使命，受到海外獨立人士的好評。《新民報》，1925 年 3 月，由在寧安的獨立運動者反日武裝團體新民府主辦。4 月 1 日在韓人村發行，4 開 4 版，旬刊。主編許星。《勞力青年》，創刊於 1925 年 12 月。由朱東振、崔昌益、李哲等人在中東鐵路聯合大振青年會創建的北滿勞力青年總會主辦。《農軍》，1926 年 5 月創刊。由北滿朝鮮人青年總同盟會主辦。同年在海林一帶還辦有《農民益報》。

3、關外報刊的特點

這一時期關外朝鮮文報刊的共同特點是揭露日本帝國主義的侵略罪行，報導在日本帝國主義侵略者鐵蹄下的朝鮮人民的悲慘生活，號召人民起來為

民族獨立而勇敢鬥爭。另一突出特點是出現了一批共產主義者創辦的報刊。主要的如：《霹靂》，1923 年 2 月由共產國際民族部工作的李東輝派遣到寧安組織赤旗團的崔溪和莫斯科東方大學畢業的吳成侖共同創辦；《火焰》，1926 年 10 月，朝鮮共產黨滿洲總局派遣組織部長崔元澤到龍井創辦；《布爾什維克》，1929 年 3 月由易滋榮、朱建等人在敦化建立朝鮮共產黨地方委員會時創辦；《神鐘》，1926 年～1927 年由金京國、金勳、吳日成、崔英正等人創辦於北滿依蘭縣依蘭街日光學校；《東滿通訊》，1928 年 10 月由中共滿洲臨時省委派遣幹部到延邊建立的東滿區委創辦的黨內刊物。《鼓聲》，1930 年 5 月 10 日中共延邊特別支部主辦發行。《革命》，1928 年 4 月由朝鮮共產黨滿洲總局主辦發行；《火花》，1928 年 4 月由共產主義者青年團主辦；《噴火口》，1928 年由朝鮮共產黨滿洲總局主辦發行；《共產青年》，1928 年高麗共產主義青年團主辦，社址設在磐石；《少年探險隊》，1928 年高麗共產主義青年團主辦；《滿洲勞動新聞》高麗共產主義滿洲再建部主辦。該組織創建於 1929 年，主要領導有朴一波、金松烈、宋鳳有、金舜基、李元芳等；《火前》，1929 年高麗共產主義青年團滿洲總局主辦。

　　和漢文報刊一樣，早期的少數民族新聞報紙和期刊也很難區分，我國最早的少數民族報紙大多是書冊狀，有的雖稱爲「報」實則爲「刊」；報刊內容以人文社會科學爲主。如本節將要介紹的《內蒙古週報》，雖稱作「報」卻是書冊狀裝訂。下面對這一時期的主要時事政治類蒙古文報刊作簡單介紹。

二、民國北京政府時期的蒙古文報刊

（一）《朔方日報》

　　1920 年 6 月至 1920 年 11 月出刊，每日出 6 版，共出 153 期，蒙古文鉛印。創刊時預定「漢蒙文對照出刊，漢文印刷機尚未到達，因此，暫單用蒙文出版」(該報 1920 年 7 月年 4 日廣告欄)，由段祺瑞政府西北籌邊使署[1]主辦。頭版左上角分別用石印蒙古文和書寫體漢字印有報名。花紋邊框外面用蒙古文記載報紙的出版日期。創辦該報旨在宣傳中央政府的政策法令。蒙古國學者戈‧德力克在《朔方日報》文中稱該報「以宣傳侵略軍（指徐樹錚的軍隊）

1　西北籌邊使署：於 1919 年 6 月中華民國段祺瑞政府的督辦參戰（第一次世界大戰）事務處成立，後改西北邊防籌備處爲西北邊防司令部。1919 年 8 月北京政府決定進駐外蒙古、穩定局勢、加強邊防的同時，力促外蒙古取消自治。11 月 22 日，外蒙古正式取消自治，仍歸屬中國。

政策規定爲目的。從不報導蒙古及其他國家的新聞。」該報版面不大，設有「廣告」、「指令」、「本府指令」等欄目，很少刊登新聞，2/3 版面刊登商業廣告。其餘則刊載民國總統命令、政府官員任免、商品價格等內容。「類似於廣告傳單，主要在（庫倫）市資本街區發散」。

（二）《蒙旗旬刊》

蒙漢合璧，1924 年 4 月 1 日由東北政務委員會專門辦理蒙古族事務的蒙旗處創辦的機關報。社址在瀋陽，鉛印 16 開本。免費贈送各機關、學校、各旗縣。張學良將軍爲其封面題字。以「牘啓蒙民知識，促進蒙旗文化」以及和蒙古民族與政府「同事合作，共同奮進」，警惕日本帝國主義侵略，實現「五族一家，天下爲公，和衷共濟，促進大同」爲宗旨。六期爲一卷，關有近 10 個欄目，主要內容爲社論、新聞、論著、調查等，著重報導各蒙旗改良事宜，蒙古族教育設施，辦實業，興交通，啓發民智，興修寺廟，保護宗教信仰自由等蒙古族同胞關心的重大事件。無專職採編和譯員，全部事務由蒙旗處人員兼任，蒙古文由克興額譯校後交東蒙書局印刷，漢文由遼寧萃賦閣印刷。1931 年終刊。

（三）《綏遠蒙文週刊》[1]

1925 年 8 月 1 日由綏遠墾務總局附設蒙文週刊經理處發行。石印，1 張 2 版，紙幅較 4 開爲大，署有「中華郵局登記掛號認爲新聞紙類」字樣，表明該刊經過中央政府批准出版並以新聞紙類的價格郵寄。除報名、期次、發行者、欄目及文章標題係蒙漢文對照外，其餘內容幾乎均爲蒙古文。

1.《綏遠蒙文週刊》的內容

《綏遠蒙文週刊》現存第 3 期，出刊日期爲「中華民國十四年（1925 年）8 月 15 日週六」。該期內容分祝詞、淺論、命令、政務、蒙事、新聞、漢課、插畫、特載、格言諸欄。詳情如下：「祝詞」欄載堪放土默特地畝局主任張植炳祝詞曰「邊風僻塞，亟待啓揚，貴刊出世，蒙族之光，青山黑水，物阜民康，敬祝進步，前路無疆」。「淺論」欄載《馮督辦對於西北人民之盼望》文，是西北邊防督辦馮玉祥將軍關於做人行事之道的講話。「命令」欄載有命令一則，係 8 月 6 日臨時執政段祺瑞令拉什那木吉勒多爾濟代理烏蘭察布盟副盟長。「政務」欄載有《道尹通令剪髮，以重國體》《當局開發蒙旗之著手，擬

1　該刊由內蒙古圖書館研究館員忒莫勒發現。

調查戶口、出產、風俗，預備進行之三辦法：培人才，布政令，聯婚姻》《綏遠物產管組織忙：實業廳內物產館，各處多送陳出品，望蒙旗速送》《墾局重申私墾禁令》《墾政進行質疑訊：四子王報東新地，曾訂派員再接洽，昨又文催迅速派來》。「蒙事」欄載有《昭烏達盟反對庫倫胡鬧：外蒙青年受社會黨煽惑，宣布改建民國，昭盟電京一致反對》《達旗蒙眾請劃留地段之結果：河套地內蒙眾請求，定無償劃給周召三里，每名牧廠[1]二頃則扣價》《烏伊兩盟參政派定》等。新聞欄載有《青海將改特別區》《（歸綏）民樂社之設置積極建築》《察哈爾新設縣治》等新聞消息。「漢課」欄載有「學習漢語文之第三課」，內容是蒙漢文對照的單字和短句。附有蒙古文稱「吾蒙古兄弟們若能識漢字一千，即可用漢文寫信，與漢人交談。閱課之民眾對此要有決心」。「插畫」欄僅載一幅宣傳畫，蒙古文說明文字稱該報是破除文化、語言、習慣諸隔閡，開通環境閉塞之蒙地的津梁。「特載」欄連載有《畜牧概論》，講解選種的必要。「格言」欄僅載格言一則「心大則百物皆通，心小則百物皆病」。

2、對《綏遠蒙文週刊》的初步認識

從該報刊期和本期出版時間來看，其創刊時間應是 1925 年 8 月 1 日（星期六）。該報是綏遠最高當局對蒙旗宣傳的機關報。由墾務總局來負責辦理，是因其常與蒙旗打交道，既熟悉蒙情，又有通蒙漢語文人才，編輯或發行都比較方便和得力，且墾務亦實為綏遠當局開發地方的核心內容。

該報的出版背景和宗旨與當時察綏地區最高統治者西北邊防督辦馮玉祥的志向和大政方針有關。馮玉祥是具有強烈民族主義意識的愛國將領，推崇孫中山先生融合五族為一大中華民族的大民族思想，在治理察綏期間力圖以放墾設治和同化蒙人來達到開發西北、鞏固國防的目標。1925 年 4 月 26、28 兩日，馮氏得力幹將綏遠都統李鳴鐘曾在歸綏召集烏伊兩盟十三旗王公代表集會，要求各旗提供疆界圖和人丁戶口冊，多送子弟入綏遠五族學院，剪髮以重國體，為將要組織的物產館提供天產、工藝、歷史及宗教物品，提倡並獎勵各族通婚，以融洽種族界限等。[2]因蒙旗對當局充滿疑慮，大部分要求遭到搪塞推託和消極抵制而遲遲不見結果。綏遠當局要想使政令通達和開啓蒙

1　「每名牧廠二頃扣價」，「廠」疑為「場」之誤，前「名」改為「個」或改「廠」為「人」。

2　內蒙古檔案館：《1925 年烏伊兩盟十三旗王公代表會議錄》，載《內蒙古檔案史料》1993 年版，第 1 期，第 42～52 頁。

旗智識，創辦該報是必然選擇。政務欄中對那次會議要求的重申即是例證。所以《綏遠蒙文週刊》以大民族主義的國家觀念和漢族文化來「啓蒙」蒙旗，消除其民族意識，以到達統治的一體化和「國族」形成爲宗旨。

因目前對該報出刊多久和期數、印數的詳情還一無所知，故無法瞭解和判斷該報當時的實際影響。能明確的是，它是目前所知綏遠當局用報刊影響蒙旗的先導。繼其後者是由李培基主政的《綏遠蒙文週報》（1928 年冬至 1929 年，出版近一年）[1]和《綏遠蒙文半月刊》（蒙漢合璧期刊，1929 年～1832）、傅作義主政時的《綏遠蒙文週報》（蒙漢合璧期刊，1933 年～1934）、《新綏蒙》（蒙漢合璧月刊，1945 年創辦）、《新蒙半月刊》（蒙漢合璧，由《新綏蒙》改辦，1945 年創刊，卷期續前）。

（四）《蒙古農民》

半月刊（一說週刊），農工兵大同盟的機關刊物，由 1923 年冬北京蒙藏學校成立的中國共產黨第一個蒙古族黨支部在李大釗的直接領導下於 1925 年 4 月 28 日[2]北京創刊，既是蒙古民族第一個革命報刊，也第一次國共合作時期出版的少數民族刊物，具有鮮明時代進步性和革命精神。用蒙漢兩種文字刊發，64 開，鉛印，每期 15 頁左右[3]，裝幀精巧。出版期數說法不一。蒙漢兩種文字刊名印在封面中心，封面左邊是目錄，右下方注明「七天出版一次（期）」。封面注每期售價 2 枚銅元，農民優惠半價。通信地址是北京蒙藏學校。聯繫人是蒙藏學校奎璧、崇善等。該刊遠銷呼和浩特、錫林郭勒和烏蘭察布地區。目前在中央檔案館存有一、二期。第 1 期 16 頁，第 2 期 24 頁。

1.《蒙古農民》的宣傳內容與辦報宗旨

《蒙古農民》設有「政論」、「訴苦」、「醒人錄」、「好主意」、「蒙古曲」、「外蒙古人民的生活」等欄目，內容豐富，主題鮮明，體裁多樣，新穎感人，通俗易懂，具有蒙古民族文化特有的風格。以辛辣、通俗、流暢的文筆向廣大蒙古族勞苦大眾宣傳黨的民族政策，指出蒙古民族求解放的正確道路。除刊載宣傳馬列主義思想的文章外，還以歌曲、漫畫等形式向讀者宣傳蒙漢團

---

1 關於該報的記載，僅見於《綏遠蒙文半月刊》創刊號《發刊詞》；實物至今未見，不知是否存世。
2 還有一種說法是創辦於 1925 年 5 月 20 日；再一種說法 6 月 26 日創刊。
3 吳艷在其撰寫的《生生不息的種子——追記誕生在蒙藏學校的第一個少數民族黨支部》（載 2011 年 6 月 3 日《中國民族報》）中寫道：「這份 32 開 16 頁的刊物」「只出過 4 期」。

結思想，鼓勵蒙古族和其他民族聯合起來，反抗軍閥、帝國主義、王公貴族的壓迫，在共產黨的領導下，走武裝鬥爭的道路，奪取社會主義的勝利。1926年被迫停刊。

《蒙古農民》的辦刊宗旨非常明確，即結合內蒙古的實際，宣傳中國共產黨的反帝反封建民族民主革命綱領。

第一期《開篇的話》（類似《創刊詞》）只用 16 個字即「蒙古農民的仇人是──軍閥、帝國主義、王公」，開宗明義宣布《蒙古農民》的辦刊宗旨為揭露軍閥、王公對內蒙古人民的壓迫剝削和帝國主義的侵略，一針見血地指出這三者是蒙古農民的仇人。內容重大深刻，表述簡潔鮮明，實為絕妙之作。第二篇文章以《為什麼出這個報？》為題，具體而深刻地闡明軍閥、帝國主義、王公是蒙古農民的仇人。以「三個壞命運」為內容訴說了內蒙古人民的悲慘處境，揭露了軍閥、王公的壓迫和帝國主義的侵略。第二期發表了《吳佩孚並不是好人！》一文，指出「這次吳佩孚打了敗仗，熱河歸了奉天管轄，聽說現在熱河的百姓很盼望吳佩孚來趕奉天，嚇！錯了，吳佩孚並不是好人！也是壞東西！上次打仗糟蹋熱河，吳佩孚就是一個大罪人，」「熱河地面還在吳佩孚手中的時候，他就是加重釐稅苦害百姓的東西！我們早已嘗試過他的利（應寫作「厲」）害。因此，我們才說吳佩孚並不是好人。」文章還指出：「我們應自己聯合起來要求取消一切不正當的釐稅，才是好主意呢！」「所以說百姓自己聯合起來幹吧！」

《蒙古農民》正確地闡述了蒙古族和漢族之間的關係和共同的命運、共同的使命。在《為什麼出這個報？》中指出：內蒙古的農田，「現在有蒙漢人民在那裡共同的耕種著。這個地方的蒙漢農民是很可憐的，用血汗種出來的糧米，每年被軍閥分肥一大部分，還有被蒙古王公分肥一大部分，農民剩下的不夠吃穿。」《蒙古曲》中還有一首詩，把蒙古族漢族人民的共同命運、共同任務作了更加形象生動的描述「從前是：窮蠻子（指漢族），富韃子（指蒙古族），現在窮成一家子。蒙古蠻子一家人，親親熱熱好兄弟！來！來！來！蒙古蠻子成一氣，共同打倒大軍閥！共同打倒帝國主義！共同打倒王公們！平平安安過日子。」這既是內蒙古蒙漢民族關係的寫照，也是對未來處理民族關係問題的正確指導。

《蒙古農民》設有「外蒙古人民的生活」欄目，主要介紹人們關注的外蒙古革命後的情況。這兩期共發表了兩篇文章。在第一期《外蒙古情形的開

篇話》中，首先把革命勝利後的外蒙古人民當家作主的情形，與「正受軍閥、王公和洋人的欺負」而處在苦難中的內蒙古作了對比，後指出：「這裡面沒有什麼奧妙的道理……內蒙古人受苦，並不是內蒙古人民的命運不好，更可知道外蒙古的人得享福，也不是上天的什麼神什麼佛爺王爺賜給他們的。」在《外蒙古情形》一文中回答：外蒙古從前像我們內蒙古一樣，受王公的欺壓，中國軍閥的欺壓，後來更受俄國白黨的欺壓，外蒙古幾個志士跑到蘇維埃俄羅斯去求救，蘇俄容許了他們的請求，出兵把白黨打平，支助蒙古的革命黨，組織了一個獨立政府。這就是答案。內蒙古人民也要打倒軍閥、帝國主義和王公，也要走這條路。這就是出路。

2.《蒙古農民》的總負責人（兼主筆）多松年

多松年（1905～1927，一說 1906），又名多壽，蒙古族。1905 年生於內蒙古土默特旗（今呼和浩特附近）麻花板村。少時家鄉讀私塾，後升入歸綏中學，投入五四運動並接受了新思想。1923 年在榮耀先幫助下，同李裕智、烏蘭夫、奎璧、吉雅泰等蒙古族青年一起來到五四運動發祥地北京，進入蒙藏學校學習。李大釗、鄧仲夏、趙世炎經常來學校宣傳革命真理，引導他走上了革命道路，1924 年參加社會主義青年團，翌年加入中國共產黨。刻苦學習科學文化知識，閱讀大量進步書籍，並把進步刊物《中國青年》雜誌、《二七紀念專刊》等寄給內蒙古的同學、朋友，傳播革命思想。曾任蒙藏學校社會主義青年團支部書記、中共北京西城區宣傳員等職。為完成黨交給的任務，他勤奮苦練，學繪畫、刻鋼板，練習寫漢字。在校內參加並領導了反對校長王維翰倒行逆施的鬥爭；在校外參加並領導了反帝愛國學生運動。經過一個月的準備在北京創辦了第一個少數民族馬克思主義刊物《蒙古農民》，並任總負責人（該報主辦者除多松年外，還有雲澤即烏蘭夫負責約稿、編輯；奎璧負責排版、印刷、徵訂和發行等人）。他以其敏銳的觀察力，緊密配合國共合作條件下的中國革命運動迅猛發展的形勢，積極傳播馬克思主義的革命道理和共產黨的方針、政策，揭露帝國主義、封建軍閥和地主王公對蒙漢各族勞苦大眾的奴役與壓迫，報導內蒙古地區廣大農牧民處在水深火熱中的苦難生活，「替蒙古這些可憐的農人，想一個死裏逃生之道」。1925 年 3 月李大釗在《蒙古民族解放運動》一文中深刻分析了蒙古族錯綜複雜的經濟矛盾和民族矛盾之後，明確提出了蒙古民族求得徹底解放的革命之路。文章的發表為其創刊奠定了堅實的思想基礎。當多松年把該刊創刊號送給李大釗時，後者十

分驚喜地說：「眞想不到，你能搞得這樣漂亮！完全像一個老手辦的！」[1]趙世炎看過後也很高興地對多松年說：「不錯不錯，既有理論，又有事實，內容充實，戰鬥性強。」並指著一個標題說：「這幾篇很有號召力，標題也起得好；這篇簡直是發重炮！就這樣辦下去吧。」

　　1925 年秋，多松年被派往蘇聯，進入莫斯科中山大學學習。1925 年末，中國共產黨駐第三國際代表瞿秋白轉告組織決定讓他提前回國。回國後，在內蒙古擔任中共察哈爾工委書記。這期間，他把張家口、察哈爾特區的工農運動和學生運動搞得轟轟烈烈。1927 年 4 月，他作爲察哈爾、綏遠兩區代表，到武漢參加中國共產黨第五次全國代表大會。會後，再返回綏察時途徑張家口正準備傳達「五大」精神時，被奉系軍閥逮捕。在敵人面前，他立場堅定，大義凜然。敵人的軟硬兼施都沒有征服他。最後用 3 根 1 尺多長的鐵釘，把他活活地釘死在大鏡門前的城牆上，年僅 22 歲。當晚，同志們取下多松年的屍體，將他埋葬在萬泉山下。

（五）《內蒙國民旬刊》

　　旬刊，1925 年 11 月 16 日創刊於張家口。內蒙古人民革命黨[2]中央機關刊物。是中國少數民族新聞史上最早以少數民族文字宣傳革命的期刊。石印，大 16 開。蒙古文、漢文標明刊名、出版日期及冊序，封面上以蒙古文寫有「內蒙古革命黨爲群眾謀福利。十天出版一次」字樣。封面上半部分繪有漫畫。斯琴畢力格圖（斯·寶音那木呼）任編輯部主任。金永昌負責刊物出版發行。宣稱「我們現在刊行蒙古自己的報刊，一要保護和發展廣大蒙古人民的生計利益；二要忠實報導眞實的情況，以清除廣大人民的糊塗認識；三要以廣大人民的自由和提高文化知識等爲主。」每期篇幅不一。免費發送，由識字者讀給家鄉人聽，宣傳革命思想，擴大影響。

1　吳豔在其撰寫的《生生不息的種子──追記誕生在蒙藏學校的第一個少數民族黨支部》一文是這樣記述李大釗讚美的話語的：「好啊，同志，眞想不到，那麼短的時間能搞出那麼好的刊物的，眞是辛苦了！」

2　內蒙古人民革命黨，簡稱「內人黨」。又稱「內蒙古國民黨」「內蒙古國民革命黨」「內蒙古平民革命黨」「內蒙古民族黨」等。1925 年 10 月成立於張家口。早期是中國共產黨團結內蒙古各族人民進行革命鬥爭的帶有政黨性質的統一戰線性質的組織，以李裕智、吉雅泰等共產黨人爲核心，團結蒙古族廣大革命青年和農牧民運動骨幹組成左派，堅持反帝反封建軍閥反蒙古王公的革命綱領，堅持民族平等，大力傳播革命思想，組織和發動各階層人民開展革命運動，並組建軍隊開展武裝鬥爭。

內蒙古人民革命黨十分重視加強對刊物的領導，發布專門文件《中央三個部門的指示規則》。該《規則》要求《內蒙國民旬刊》盡快建立廣泛搜集信息的通訊組，組建其編輯隊伍，實行編輯部領導獨立負責制，明確刊物的宗旨與性質。創刊號《開篇的話》明確指出「報刊在世界各地如此普及，是人類社會的重要組成部分。報刊可以改善世界，也可成為禍患世界的罪魁禍首。如果報刊成為攻擊謾罵政敵的場所，或刊登不實消息的陣地，報刊就成為禍患，成為迷惑人民頭腦的統轄之具；如果報刊提供知識，增長智慧，宣傳善惡是非，就可為人民的思想找到出路，成為人民『每日的學校』。現在我們要創辦自己的蒙文報刊，一方面是為了保護和發揮蒙古民眾的生活利益，為民眾解疑釋惑，提供準確的新聞和正確的道路；另一方面是為了發揚民眾的自由，提高民眾的知識。因此，熱情勇敢的蒙古兄弟應好好鑒別報刊，知道《內蒙國民旬刊》是蒙古民族民眾自己的報刊，記住旬刊的出版時間、主動尋找閱讀旬刊，將它作為自己的良師益友，這樣才能不枉費我們創刊的一份熱情，也能團結一心，解救被各種勢力欺壓的人們。」

《內蒙國民旬刊》設有「政治」「黨務」「文化修養」「文藝」「財政」「民生」「軍事」「重大新聞」「零星新聞」等欄目，內容豐富。

（六）《農工兵》

1925 年多在張家口出版發行，是內蒙古農工兵大同盟機關刊物。由內蒙古農工兵大同盟的書記李大釗同志主持，北京大學、北京美術專科學校的學生參加編輯。該刊係通俗讀物，以農民、工人和士兵為讀者對象，結合廣大勞動群眾實際宣傳農工兵大同盟綱領和主張，以通俗易懂文字和百姓喜聞樂見的形式（如漫畫）宣傳反對軍閥、反對帝國主義，揭露內蒙古地區社會黑暗，為農工兵的解放而吶喊。因李大釗遇害，該刊停刊。約出版 3 期。[1]

三、民國北京政府時期的回族報刊

民國北京政府時期的少數民族新聞事業中，回族報人的新聞活動及其創辦的報刊也是重要內容之一。這一階段的主要回族報刊及著名回族報人有：

---

1 參見張麗萍：《內蒙古民國報刊史研究》，內蒙古大學出版社，2014 年版，第 38～39 頁。

（一）《新天津報》

《新天津報》創辦於 1924 年 9 月 10 日，後又出版晚報。社址設在天津意租界大馬路。劉中儒[1]任社長。劉中儒 1938 年春逝世後由其弟劉渤海繼任社長。

《新天津報》在劉忠儒之弟劉渤海主持下於 1939 年夏改出每日 8 開 4 版。一版為廣告，二版為國際新聞，三版為本地新聞，四版為小說連載。當時逢天津大水，該報連續報導洪水漲落情況，疫情發展態勢，社會各界防災防疫情等等，主動捐款並專門載文呼籲參與募捐救災活動。同年 10 月洪水退出，該報宣布增張出版，增張後的《新天津報》除了原有的國際新聞、本市新聞、著名小說等內容外，恢復了省區新聞、體育新聞、經濟、副刊遊藝等內容。淪陷時期的《新天津報》，除重點報導本市新聞外，還重點報導了二戰歐洲戰場情況。該報二版國際新聞的頭條消息都是有關戰場最新動態的報導，如《法軍突入德境挺進中》（1939 年 9 月 8 日）、《英軍已實施對德作戰》（1939 年 9 月 13 日）、《摩塞爾河畔法軍總政》（1939 年 9 月 16 日）、《德俄間開始割波交涉》（1939 年 9 月 20 日）等。

（二）《伊光》月報

《伊光》月報，1927 年 9 月創刊，社址在天津清真北大寺前。4 開 4 版，每期 10 多萬字。[2]由王靜齋[3]任總經理兼編譯。據現存 1936 年 4 月至 1937 年 5 月共 11 期《伊光》月報影印本（缺第 90 期）可知：報頭正中是以阿拉伯文和漢字書寫的「伊光」二字，報頭右側印有出版時間、期數、發行方式、負責人及社址等信息；左側為廣告或啟事。該報涉及面較寬，主要刊載阿拉伯文典籍，《古蘭經》《聖訓》教義、教法、教史等，還有討論、述評、遊記、人物介紹、訪問記、信息報導、各地教務活動、答讀者問等方面文章。發行

1　劉中儒（謦公），河北省武清縣楊村人，著名抗日回族報人。《新天津報》社長。因堅持抗日宣傳被日本憲兵毒打致使腿骨被打斷，1938 年春逝世。

2　南開大學歷史學院在讀博士（中東史方向）馬潔光（回族）和中央民族大學 2015 年畢業生馬丹羽碩士（女，回族）從《伊光》月報收藏者處得到 1936 年（民國二十五年）四月至 1937 年（民國二十六年）五月共 11 期《伊光》月報影印本。

3　王靜齋（1880～1949）回族，天津市人，中國伊斯蘭教阿訇，1921 年就讀於埃及愛資哈爾大學，並先後在土耳其、印度等國進修。回國後，在天津創辦中阿大學。《伊光》月刊係他個人創辦，其中大部分文章是由王靜齋編譯、撰寫，並常附有按語。

量爲 1000 至 2000 份，全國發行。由於條件所限，《伊光》月報難以逐月發行，脫期現象時有發生，如 1932 年只有 4 月份一期，但報紙順序號沒有中斷。1939 年 2 月終刊。

　　《伊光》月報的內容重點是傳播伊斯蘭教，爲伊斯蘭教教眾答疑解惑，被許多知名阿訇和關心教門的鄉老譽爲獲悉伊斯蘭教和國內外教務信息的主要媒介。1936 年 10 月出版的第 85 期刊載的《本報十年之回顧》，中稱「在此十年以內，本報所介紹的教義，完全取材於各項經典。論道這一點，尚堪自慰。」《伊光》月報沒有涉及政論、時事的內容，主要是報導、譯介、傳播伊斯蘭教教義、經書等。除相對固定的「問答」欄目外，沒有固定的版面，因此嚴格說並不是一份眞正意義上的「新聞紙」。《伊光》月報翻譯和解析了大量的伊斯蘭教經典，是瞭解和研究這一時期國內伊斯蘭教的寶貴資料。該刊廣告也都與伊斯蘭教經文、書籍以及禮拜用品等相關。報頭左側常設廣告，向讀者廣而告之《伊光》月報社印行的書籍及其他廣告。

四、少數民族婦女報刊的興起

　　在這一階段我國少數民族報刊中，由於少數民族女報人的出現，由女性創辦或主編並以少數民族女性爲主要閱讀對象的少數民族婦女報刊也得到了發展。

（一）上海《民國日報》副刊《婦女週刊》

　　上海《民國日報》出版副刊《婦女週刊》由少數民族女性主持創辦第一個「婦女週刊」。該週刊由上海《民國日報》原來的《婦女評論》和《現代婦女》兩個副刊於 1923 年 8 月 22 日合併改組創辦。時爲中共中央婦女工作負責人向警予[1]是前期主編之一和主要作者。向警予主編下的上海《民國日報》副刊《婦女週刊》具有密切配合當時政治鬥爭和聯繫實際的特點。如《發刊辭》稱「應用我們所信仰的主義」，「批評社會上發生的一切與婦女問題有關的事實」，是當時能夠反映全國婦女運動全貌的婦女刊物。出至 100 期後曾停刊月餘，1925 年 11 月 4 日復刊。復刊出至第 85 期後又停刊近 2 個月，1926 年 1 月 6 日繼續出版第 86 期，同月 27 日出版的第 89 期是已見的最後一期。

1　向警予（1895～1928），女，土家族。中國無產階級革命家，中國共產黨的早期婦女運動領導人之一，著名婦女報刊活動家。原名俊賢，筆名警予、振宇等。湖南漵浦人。

後期因《民國日報》被國民黨右派把持，不能貫徹中國共產黨的婦女運動的路線與政策。向警予也退出了該報的領導班子。[1]

（三）天津《婦女日報》

天津《婦女日報》，是由回族婦女創辦並以婦女為讀者對象的第一種現代日報，也是當時為數不多專門討論婦女問題的報紙。1924 年元旦在天津創刊。劉清揚任總經理[2]（劉清揚不在報社時由鄧穎超代理總經理），李峙山任總編輯。鄧穎超、周毅、諶小岑負責發行，曾聘李雲裳為第 4 版編輯主任。

天津《婦女日報》4 開 4 版，多側面、多角度地反映婦女的現狀和願望、討論有關婦女種種問題的報紙。欄目眾多（有 70 多專欄），先後開設言論（一版），中外要聞、世界電訊、婦女世界、中國婦女地位寫實、婦女勞動界、女子教育界、民眾運動、各地瑣聞、婦女運動行進的路上、天津新聞、零碎消息、讀者之聲（二、三版）、講演、討論、常識、通信、自由論壇、雜著、兒童園地、小說連載、詩歌、雲裳式漫談、新格言、特別調查、特載（四版）等欄目。第二次世界戰爭爆發後又增設「戰訊」、「悲哀痛苦的婦女界」等欄目，在南京、上海設有分理處。該報深受廣大婦女歡迎，對全國婦女運動的深入開展有很大影響。著名「九葉詩派」代表人物穆旦（1918～1977）[3]7 歲

---

1 方漢奇主編：《中國新聞事業編年史》（上），福建人民出版社，2000 年版，第 979、980 頁。

2 劉清揚（1894～1977），女，回族，天津人。中國共產黨最早的女黨員之一，中國婦女運動的先驅，與鄧穎超一起被譽為「中國婦女界的一面旗幟」，中國少數民族報刊活動家。

3 穆旦（1918 年～1977），生於天津，本名查良錚。乃江南查家之後，論輩分，是武俠大家金庸的堂哥。11 歲時考入南開中學，在校刊上發表詩文時始以「穆旦」（有時也寫作慕旦）為筆名，即將「查」拆成「木」「旦」兩部分，並易「木」為穆。1935 年，同時被三所大學錄取，他選擇了清華大學地質系，半年後改讀外文系。在西南聯大，穆旦所代表的「九葉詩派」轟動文壇。1940 年留校任教。一年後加入杜聿明的遠征軍，奔赴緬甸。第二年自印度飛回，一度在中央政治學校任教，因與民國政府教育部副部長董顯光大吵一架，拂袖而去。為紀念死難戰友，1945 年寫作詩作《森林之魂》。1949 年自費赴美留學。1953 年回國在南開大學外文系任副教授。自此把每個晚間和節假日都用於翻譯工作，不斷推出譯作。署名查良錚。1955 年因遠征軍，曾在 FAO 等歷史問題，成為「審查對象。」他的詩作也受到批評，他只好埋頭翻譯。1958 年他被判管制三年，翻譯工作已被迫中斷。1977 年 2 月 26 日凌晨，因心臟病發作逝世。1979 年被平反，1981 年葬於萬安公墓，在他的骨灰旁放著終於能出版的《唐璜》。（參見《穆旦：「九葉詩派」代表人物》，載《文摘報》2016 年 5 月 19 日總 3681 期，第 8 版「人間萬象」）

時就在該報兒童欄目發表《不是這樣的講》。全文百餘字，通過小女孩與母親的對話，「隱含著對能坐汽車的有錢人家的譏諷」。中共中央委員兼中央婦女部長向警予曾寫文章讚頌該報「是沉沉女界報曉的第一聲，希望《婦女日報》成為全國婦女思想改造的養成所」，開闢「中國婦女宣傳運動的新紀元」。

作為由女性報人創辦且讀者對象也主要是婦女的《婦女日報》，其最主要的內容是關注婦女問題，倡導女權運動。首先該報從婦女根本利益出發，把婦女問題與社會問題結合起來，引導廣大婦女關心國家和社會重大問題，喚醒婦女大眾覺醒。誠如向警予在《中國婦女宣傳運動的新紀元》[1]一文讚譽《婦女日報》是「全國難找的一種徹頭徹尾婦女主辦的宣傳物」，她為「中國婦女開墾了一條大路」，「喚醒沉睡麻醉的朋友」。文章指出「婦女解放不但是做婦女運動所能辦到的，婦女真正徹底的解放卻必在勞動解放，亦即人類總解放之後。」即只有推翻舊制度，婦女才能徹底解放。

其次，以大量篇幅論述與婦女有關的各種社會問題，突出反映各界人民反帝、反軍閥和爭取權利的鬥爭，報導和指導天津愛國群眾反帝集會和遊行、進步學潮及上海等地工人尤其是女工的罷工運動。積極報導社會進步社團的重要政治活動，並經常配發評論性文章。比如配合天津學生聯合會等團體紀念「五四」運動，該報發表《五四與婦女運動》；配合天津 30 餘個團體和各女校集會紀念「五七」國恥日配發《婦女與愛國運動》，闡發愛國運動與婦女運動的關係，號召婦女「努力參加愛國運動，打倒外國人的侵略，推翻頑固黨與軍閥合組的政府，置中國民族於自由、平等的社會裏，則婦女參政、婦女解放等問題將不難迎刃而解。」[2]

第三，該報十分重視從廣大婦女的迫切要求和願望出發，把宣傳婦女自身解放與民族的和階級的解放結合起來。劉清揚指出開展婦女工作「固然要有根本久遠的切實之計，但也不要忘了目前的切實之計，著眼大處，不忽小處，腳踏實地的做事。」[3]在論述女子職業問題時明確指出「女子解放，包括女子的經濟獨立」，「要求得完全地、徹底地解決，乃是根基於全社會的組織。

1　載 1924 年 1 月 2 日《婦女日報》。
2　胡蔼之、殷子純：《我國早期婦女運動的出版物——〈婦女日報〉》，載《天津文史資料選輯》總 89 輯。
3　胡蔼之、殷子純：《我國早期婦女運動的出版物——〈婦女日報〉》，載《天津文史資料選輯》總 89 輯。

所以現在社會制度一日不推翻，女子問題便一日不能得到解決。」[1]這些論述促進了婦女的覺醒，引導廣大婦女首先著眼於整個社會制度的變革。1924 年4 月中旬後，劉清揚在上海、廣州、北平組織愛國婦女團體時，仍在《婦女日報》上介紹這些地區的婦女運動情況。該報還用很多篇幅討論有關婦女切身利益的各種問題，如婦女的天職是什麼？婦女參政議政等問題，都在報上展開了較長時間的討論。紀念湖南勞工執行委員黃愛[2]、龐人銓[3]遇害兩週年時，《婦女日報》特闢紀念專刊，發表鄧穎超的詩[4]和李峙山的長篇紀念文章。專刊還發表了諶小岑撰寫的《紅色與中國婦女》，號召廣大婦女起來進行革命，「做一次紅色的大示威運動，流幾堆鮮血，以洗幾千年來女子所受的恥辱。」[5]

第四，報導無產階級革命，宣傳馬列主義，也是《婦女日報》的重要宣傳內容。劉清揚在主持《婦女日報》期間撰寫稿件宣傳馬列主義，在《致沈克思君》一文中說「做事必須腳踏實地。真正的共產主義者必須是一個切實主義者……現在中國的經濟狀況是與歐洲大不相同，解決現在中國問題，必須是中國現狀的特別方面結合。」列寧去世的第二天，《婦女日報》發表《世界無產階級革命導師列寧逝世》的消息。1 月 26 日又發表鄧穎超的《悼列寧》一文，稱列寧「確為人類創了一個新革命，開了一個新領域」，堅信列寧和他的事業與精神永垂不朽，號召中國人民和全國婦女做列寧的後繼者。該報還報導了天津 14 個團體發起召開追悼會的情況。劉清揚在會上發表《列寧的精

1　胡蘊之、殷子純：《我國早期婦女運動的出版物——〈婦女日報〉》，載《天津文史資料選輯》總 89 輯。

2　黃愛（1897～1922），字正品，別號建中，湖南常德人。早期工人報刊編輯、撰稿人。五四運動爆發後任天津學生聯合會會刊編輯。1920 年底回到長沙與龐人銓組織湖南勞工會。1921 年元旦以該會名義創辦《勞工》雜誌，同年 10 月 20 日又創辦《勞工週刊》，年底加入社會主義青年團。1922 年（民國十一年）湖南第一紗廠工人為爭取年假雙薪舉行罷工，和龐人銓一道以湖南勞工會名義出面和廠方交涉，為工人爭取權利。同年 1 月 27 日清晨被捕遇害。

3　龐人銓（1898～1922），字愛淳，號龍庵，湖南湘潭人。湖南甲種工業學校染織科畢業。1918 年與夫人楊佩歧參加驅張運動。1920 年與黃愛組織湖南勞工會任出版部主任。同年底參加社會主義青年團。1922 年 1 月 27 日，他和黃愛一起在領導長沙紗廠罷工中被軍閥趙恒惕逮捕殺害，時年 24 歲。

4　鄧穎超的詩，題為《復活》。全文如下：誰在瀏陽門的他倆/沉默默地睡著/於今兩年了！/他倆的身體腐化了/他倆的生命喪失了/他倆靜沉沉地睡著/於今已兩年了！/但是活著的我們呢？/親愛的同志們！/記著：他倆的精神仍在著/他倆的血仍赤著/準備著罷——/使著無數的他復活呀！

5　見 1924 年 2 月 8 日《婦女日報》。

神》的演講，熱情讚揚了列寧和列寧主義。24 日和 25 日第一版刊登了她的演講詞。該報積極報導第三國際、蘇聯黨和政府的活動。半年內刊登宣傳馬列主義重要言論和消息近 50 篇，在社會各界引起強烈反響，為傳播馬列主義發揮了重要作用。

第五，該報還積極宣傳婦女兒童權力。1 月 2 日發表劉清揚的《我主張限制生育的一個理由》，認為「救治中國根本的方法，當然不外從老民族裏造出一個新民族。換言之，就是須改良人種。今日科學，雖然幼稚得很，但如一好而能的政府，改良人種，並非不可能的事。今日的中國，自說不上這個，我以為也是可以從目前小處做了去的。不能潔流，莫如清源。因此，我主張限制生育是應與整個家庭並行的事。與其所生而不能養，不能教，不如生得少，養得好。能如此，體格知識兩方面都可以有長進。」《婦女日報》反對歧視私生子，在《自由論壇》專欄裏，連續發表曹錫松的《中國私生子問題》，文章認為「私生子的產生是由於男女婚姻不得自由的結果。」「私生子也是人，應與其他『官生子』平等看待」，並強調『私生子』及其生母都「勿受人家的魚肉」，應受到社會的尊重。

（四）《婦女之友》

《婦女之友》，1926 年 9 月 15 日創刊於北京。名義上由國民黨北平黨部婦女部主辦，實為中國共產黨北方區委負責。共出版 12 期，其中特刊兩期（第 9 期「本社成立特刊」，第 12 期「國際婦女特刊」）。1927 年 3 月下旬終刊。劉清揚回憶說「《婦女之友》是國民黨北京市黨部婦女委員會負責編輯的。該婦女委員會由 11 人組成，其中共產黨員 6 人（繆伯英、劉清揚、郭隆眞、夏之栩、鄭德音、彭慧）；國民黨員 5 人（呂雲章、黎傑、皮以書、王東珍、劉菊全）。實際上，《婦女之友》的主要領導人是劉清揚[1]和郭隆眞。」

《婦女之友》在其《本刊啓事》中宣稱：「本刊以提高婦女文化為宗旨，凡有關於婦女各種問題的論文，婦女生活狀況和婦女運動的各種報告以及新舊文藝等稿相賜者，均極歡迎。」該刊《發刊詞》闡述其辦刊目的為「欲自救，必先尋得光明的道路。」《婦女之友》是中國廣大受壓迫婦女的「良友」。圍繞辦刊宗旨，《婦女之友》開展了形式多樣、內容豐富的宣傳。主要內容有

---

1 郭隆眞（1894～1931），女，回族。直隸省（今河北）元城縣（今大名縣）金灘鎮人。原名郭淑善、別名郭林一，曾用名郭林逸等。著名的中國共產黨早期女革命家，北方婦女運動先驅和工人運動卓越領導人及新聞工作者。

揭露中國婦女被奴役和受壓迫的情況，探討中國婦女受壓迫的原因和婦女解放的道路，論述婦女解放必須組織聯合戰線，提倡知識婦女和工農勞動婦女結合，擁護國共合作的南方革命政府和支持北伐，介紹蘇聯婦女的生活，推崇蘇聯、主張男女教育平等、職業平等，爭取婦女經濟獨立，主張婦女有遺產繼承權，改革舊的婚姻和家庭制度等十個方面。該刊剛一出版，北京《晨報》就在報導中說《婦女之友》「內中言論，純為婦女運動的理論與實行的方法，並附文藝詩歌及各地婦女之狀況調查，半月一刊……」[1]第一期的文章就被北京《世界日報》的《婦女週刊》轉載，《時代婦女》轉載時加編者按語稱：《婦女之友》「規模也很大，北平各書店均有出售，每期月銷五千餘份。一方面宣傳婦女運動，一方面積極反對政府，當時北平婦女多受其感動而參加革命。」[2]很快得到婦女界和思想界的重視與好評，在當時奉系軍閥嚴密控制下的北京猶如「一粒光輝絢爛的星火」[3]出現在黑暗的夜幕。同時也引起反動統治者的仇視，比如當年西城某女子中學校長竟將這個刊物視為洪水猛獸，叫喊禁止出售。因宣傳婦女解放、男女平等及革命的婦女運動，該刊引起奉系軍閥的敵視，他們認為該刊「對北京治安妨害甚大，不能不設法取締」。該報主編、主要撰稿人接連被捕，漫雲女校、婦女之友社不久也被查封，《婦女之友》被迫停刊。1936 年出版的《中國婦女運動通史》有關章節對其作了介紹和評價，可見影響之深遠。

向警予、劉清揚、郭隆真等少數民族女新聞工作者都是堅定的馬克思列寧主義者，她們為發展我國以少數民族婦女為對象的報刊做出了突出貢獻，是我國第一批無產階級少數民族女報人。

五、水族報人創辦的報刊

在我國 55 個少數民族中，有些人可能對水族的瞭解比滿、蒙、藏、回等人數較多的少數民族要少一些。但在這一階段水族同樣出現了革命報人鄧恩銘[4]。他和王盡美共同創辦了《勵新》半月刊。

1　參見《〈婦女之友〉已出版》，載 1926 年 9 月 30 日北京《晨報》。
2　友梅：《北平婦女刊物的史的調查》，載《時代婦女》創刊號【1933 年（民國二十二年）5 月】。轉自《1905～1949 北京婦女報刊考》，光明日報出版社，1990 年版，第 234 頁。
3　引自《婦女之友》第一期《發刊詞》。
4　鄧恩銘（1900～1931，一說 1901～1931）。原名鄧恩明，字仲堯，曾用名堯欽、建勳、黃伯雲等。貴州荔波人，中國共產黨創建初期的革命活動家和報刊宣傳工作者。

《勵新》，半月刊，1919 年 11 月 21 日創刊於濟南，勵新學會的會刊。由鄧恩銘和王盡美共同創辦。勵新學會是山東省立一中、一師、育英中學、工業專科學校、商業專科學校部分師生共同創立的進步學術團體，以「研究學理、促進文化」為宗旨，通過舉行學術談話會、聘請名人講演來提高會員的思想水平。《勵新》是宣傳新文化、新思想、傳播馬列主義的陣地。作為創辦人之一的鄧恩銘，他除忙於會務外，還積極參加學術座談會，發表演說，撰寫見解卓越獨到、充滿戰鬥性的文章。《勵新》是當時意識形態領域、新舊思想激烈鬥爭的產物，也是「五四」運動反帝反封鬥爭的產物。為宣傳「五四」運動的成果——科學社會主義發揮了積極作用。

第二節　民國北京政府時期的軍隊新聞業

民國北京政府時期，是中國軍隊新聞業的初步發展時期。中國軍事新聞業的地域分布，呈現出北輕南重的基本格局。在反對復辟帝制護國戰爭中的部隊報刊，顯示了軍隊報刊在國家政治生活中的作用。新興軍事勢力和北洋軍閥均出版報刊。國共首次合作，掀起中國軍事新聞業發展的首次熱潮。大量出版的部隊報刊，重構了中國軍事新聞業的內在框架。

多支部隊在反對復辟帝制的護國戰爭中出版報刊。護國軍與護國招討軍聯合創辦《軍聲報》，護法靖國軍第一混創辦《公言報》，陝西靖國軍連辦《捷音日報》等四報，直言批評軍政得失。軍隊報刊在國家政治生活中發揮作用的態勢已然明晰。

新興軍事勢力出版報刊。晉系的閻錫山創辦《來福》週刊，黔系的何應欽、谷正倫等創辦《少年貴州日報》。各地軍閥出版報刊和暴力打壓屬行言禁、金錢賄賂收買報紙報人，輕於建軍訓兵，重在控制輿論，干預社會政治，實施武裝割據，維護一己利益。

國民黨軍隊新聞業迅速崛起。仿傚蘇聯紅軍，開展軍隊政治工作，軍事新聞宣傳成為軍隊政工的重要組成部分。《黃埔潮》《黃埔週刊》《黃埔生活》《黃埔武力》等「黃埔」系列報刊及黃埔通訊社應運而生，首屈一指的《黃埔日刊》的影響力迅速走出黃埔軍校大門。中國青年軍人聯合會出版《中國軍人》，孫文主義學會則針鋒相對地出版《國民革命週刊》。國民黨軍事領導與指揮機關出版了《軍人日報》《戰事新聞》《革命軍日報》等。北伐進程中，

東路軍前敵指揮部在上海創辦《前敵日報》，北路總指揮部在廣東韶關創辦《北江日報》。

部隊報刊作爲紙質媒體時代軍事新聞業的主體，得到國民革命軍的組建與擴充和勢如破竹的北伐戰爭的強勁推動。國民黨軍部隊主要出版了《突擊週刊》《先鋒》《革命》《奮鬥週刊》《黨聲》等軍級單位報刊。川軍改編爲國民革命軍，出版了《革命週刊》《軍人週報》《政治旬刊》等。馮玉祥部易幟改編，出版了《西北民報》《中山日報》《新國民軍報》《政治工作》《革命軍人朝報》和《革命軍人畫報》等。首次出現的創辦部隊報刊的熱潮，延續到北伐戰爭結束，全新重構了中國軍事新聞業的內在框架。

一、開展護國與靖國鬥爭而出版報刊

（一）護國軍及報刊

1915 年 12 月 13 日，袁世凱接受百朝賀，下令將 1916 年改爲「洪憲」元年，並於元旦登基。12 月 25 日，蔡鍔在雲南發起武力討袁護國運動，組織約 2 萬人的護國軍，分別進攻川桂。蔡鍔任護國軍第 1 軍總司令，指揮部隊進攻四川，第一梯團（相當於混成旅）司令劉雲峰任前線司令。

1、劉雲峰熊克武聯合辦《軍聲報》

《軍聲報》，1916 年創刊於四川敘府（今宜賓），發揚軍威，反對帝制。每日發行 200 多份。1 月 2 日，護國軍劉雲峰部佔領敘府後，以熊克武爲司令的護國招討軍司令部在敘府成立。劉雲峰和熊克武商定聯合倡辦《軍聲報》，作爲護國軍的言論機關，辦報經費由兩軍分別承擔。社長母劍魂，總編輯趙石如，編輯章俊卿、李汝言、趙慕蘇。社址設敘府城隍廟。北洋軍實施夾攻，3 月初攻佔敘府，護國軍退走。「出版 20 多天」[1] 的《軍聲報》停刊。

2、護法靖國軍馬聰出版《公言報》

四川護法戰爭末期，約在 1917 年末或 1918 年初，護法靖國軍第一混成旅馬聰在宜賓創辦《公言報》，宣傳靖國軍和護法鬥爭，每日發行約 900 份。社長金劍秋，總編輯趙石如，編輯萬啓勳、章俊卿。社址在撫州館後門（今

1　王綠萍：《四川報刊五十年集成》，四川大學出版社，2011 年 11 月第 1 版，第 63～64 頁。

中山街公安處）。川滇兩軍發生衝突，靖國軍退走，出版約 3 個月的《公言報》
停刊。[1]

（二）陝西靖國軍及報刊活動

1、陝西靖國軍的興亡

1916 年 5 月，陳樹藩繼任陝西督軍兼巡按使，表示效忠北洋軍閥。1917
年 12 月，響應孫中山反對北洋政府廢棄《中華民國臨時約法》和解散國會，
陝西靖國軍成立，討伐陳樹藩。1918 年 8 月，于右任受邀銜孫中山之命由滬
回陝，成立靖國軍總司令部並自任總司令，統一序列，編爲六路，達 3 萬餘
人。南北議和，戰事和緩。陝西靖國軍建立新省議會，抗衡陳樹藩、劉鎮華
把持的省議會，禁止北洋軍閥政府的苛捐雜稅，恢復經濟，提倡教育。直系
軍閥在直皖戰爭中獲勝，閻相文、馮玉祥相繼督陝。1921 年 9 月 25 日，胡景
翼通電取消陝西靖國軍，靖國軍各路陸續接受奉系和直系軍閥改編。1922 年
5 月，第三路第一支隊司令楊虎城反對受編，率部退至陝北，于右任由陝西鳳
翔返滬。

2、連續出版四報開展宣傳

陝西靖國軍頗有總司令于右任辛亥革命時期連續辦報倡言革命的遺風。
陝西靖國軍總部、部隊及所屬人員開展軍事鬥爭的同時，積極開展報刊宣傳
活動，先後創辦《捷音日報》《戰事日刊》《正義日報》和《啓明日報》，傳播
時事消息，報導戰事新聞，宣傳革命主張，評析政治形勢，介紹中外各派政
治思想及社會主義學說，在陝西產生了積極的社會影響。

陝西靖國軍第一路軍機關報《捷音日報》，1918 年創辦，第一路軍參謀長
黨晴梵兼任社長，王佩卿、田華堂等任撰述。石印，日出 1 大張，刊載戰事
消息、革命言論等。社址在陝西鳳翔縣東大街。1920 年停刊。[2]

陝西靖國軍第三路參議於鶴九（于右任同宗）1918 年創辦《戰事日刊》，
姚養吾、李椿堂、成柏仁、李建唐、關芷洲等編輯。傳播國內外消息，介紹
新思想學說；持論嚴正，直言批評軍政得失，指斥只爲個人前途的妥協企圖，
欲克服擴充個人勢力的野心。於鶴九慘遭暗殺。報紙出版 1 年 3 個月停刊。[3]

1　王綠萍：《四川近代新聞史》，四川大學出版社，2007 年 6 月第 1 版，第 364 頁。

2　《捷音日報》，http://www.xinwenren.com/baike/201301243743.html。

3　《戰事日刊》，http://www.xinwenren.com/baike/201301243744.html。

　　曾任靖國軍總司令于右任參謀的李椿堂 1919 年創辦《正義日報》（後改名《護法日報》），評論時政得失，闡發革命理論，介紹中外學說。針對南北戰事相持日久，各軍首腦互爭雄長，竟保實力罔識大體，曲譬善喻促其進取，片言隻語把握事件核心，促使時局歸於安定。語言鋒利，辭氣激昂。李椿堂慘被殺害後，報紙停刊。[1]

　　陝西靖國軍機關報《啓明日報》，1919 年創刊於陝西三原。總編輯朱立武，設社務部（文傑甫負責）和編輯部（朱立武負責）。蔡祥甫、蔡江澄、張永章任編輯，汶吉夫、王平正、周伯敏等任撰述人。社址在三原縣管家巷。石印，8 開單張。第一、二版爲國內外新聞，第三版爲副刊，介紹世界人民和中國人民在第一次世界大戰後的思想動態，著重鼓勵各方提倡實業，大興教育，培養新文化之先鋒隊伍，設有《新潮》專版。連載羅素的演講《布爾什維克的理想》和《布爾什維克與世界政治》，刊登馬克思畫像和克魯泡特金的文章《告少年》。

　　《啓明日報》據實揭露與陝人有隙的前陝西督軍陸建章兒子陸少聞的消息，觸怒正醞釀與直系軍閥吳佩孚合流的胡景翼部。社務部負責人文傑甫被胡部參謀長劉允臣召去毆辱。報社提出嚴正抗議並罷工，主要人員離開三原出走高陵。胡景翼表示歉意，將劉允臣撤職，親到高陵勸說，請求返回未果。又利用馮子明和報社多人在日本留學的友好關係，才將主要辦報人員召回，報紙得以復刊照常發行。該報在三原縣民眾聚會最多的城隍廟，舉行學術演講；且不定期邀集軍、政、學各界和社會人士，在社內座談，討論國內外形勢、民眾的思想動態、文化及學術等問題，推動了靖國軍所轄 7 縣區域內的社會進步。祝詞讚譽，「社會黑暗，啓明出現，正義人道，光明燦爛；貴報出版，筆直言敢，識高論正，人民是膽」，「啓文化之先聲，與日月並明」。1921 年 9 月停刊。[2]

二、新興軍事勢力的辦報活動

（一）山西洗心社出版《來福》週刊

　　1918 年 3 月，《來福》創刊於山西太原，週刊，洗心社機關刊物。封面右側標有「中華民國郵政特准掛號立卷之新聞紙」，馮司眞主編。週刊社址設太

1　《正義日報》，http://www.xinwenren.com/baike/201301243746.html。

2　《啓明日報》，http://www.xinwenren.com/baike/201301243745.html。

原文廟。設「政教述聞」「中央法令」「本省政教」「時事採集」「論壇」「文苑」等欄目，主要刊載閻錫山的講話和報導閻錫山的活動，也刊載晉新書社、山西日報社和山西國貨社等廣告。編排體例長期沿用，少有變化。[1]1919 年出版臨時增刊「大成節紀念號」，刊載洗心社社長閻錫山等人照片和講話。1920 年 4 月 20 日刊出第 100 號。

1917 年，山西督軍閻錫山，被民國北京政府任命爲山西省長，獨攬山西軍政大權。11 月，閻錫山在太原組織成立洗心社，自任社長。1918 年，成立總社，設於太原文廟，各縣區設分社。每週聚衆活動，先由個人自省，再由洗心社派出的「講長」宣講孔孟學說和王陽明的良知良能學說，洗盡人類的蠹賊私心，洗心革面地造就閻錫山「用民政治」的順民。初期的主要對象是知識分子，後擴及各界和軍隊。每逢星期日，學兵團排長以上軍官到督軍署自省堂自省，學兵在團內或督軍署自省堂自省。來福報社依託洗心社總社，按期發送《來福》週刊，廣爲宣傳閻錫山制定的「洗心術」。[2]

（二）少年貴州會創辦《少年貴州日報》

1919 年 3 月 1 日，少年貴州會在貴陽創辦《少年貴州日報》，使用白話文出版。少年貴州會理事邱醒群、黔軍總參議符經甫歷任總經理，王聘三、謝篤生、劉介忱歷任總編輯。宣傳新文化，鼓吹新思潮，砥礪品節，闡揚正義，振作朝氣，警醒夜郎，審辨政潮，灌輸新智，監督官吏，通達民隱。1922 年 4 月，少年貴州會自行瓦解，《少年貴州日報》停刊。[3]

1918 年 11 月，何應欽、谷正倫等受梁啓超《少年中國說》的影響，仿傚北京少年中國學會，獲得黔軍總司令王文華的支持，在貴陽城忠烈宮成立少年貴州會，何應欽、劉敬吾、谷正倫、邱醒群、趙季清爲理事，何應欽爲主任理事。本部設講學股、新劇股、童子軍股，1919 年在全省設立了 70 多個分支機搆，會員逾 2000 人，以軍界、政界、教育界青年知識分子爲主體。是貴州興義系軍閥集團中以少壯派爲領導，主要骨幹大多是辛亥革命前後從戎或從政的青年知識分子，主張適應世界潮流，刷新貴州政治，同「舊派」在對待北洋軍閥和孫中山、對待滇系軍閥關係、財政等問題上，存在著極大的矛盾。

1　謝曉敏：《民國時期山西黨政軍期刊研究》，《山西大學》碩士學位論文（2011 年）。
2　田子渝、劉德軍：《中國近代軍閥史詞典》，北京檔案出版社，1989 年版，第 450 頁；《閻錫山評傳》，北京中央黨校出版社，1991 年版，第 104 頁。
3　田子渝、劉德軍：《中國近代軍閥史詞典》，北京檔案出版社，1989 年版，第 106 頁。

三、北洋軍閥創辦的報刊

北洋軍閥創辦報刊，輕於建軍訓兵，重在控制輿論，干預社會政治，實施武裝割據，維護一己利益。袁世凱執掌政權，出手寬綽賄賂報人，強令報刊禁載禁售，運用法律摧殘報刊，「癸丑報災」惡名遠揚，指使人出版長沙《大中報》上海《亞細亞日報》。袁世凱的後繼者，在對待報刊方面與他如出一轍，目無法紀，執法枉法，查封報館，槍殺報人；廣發津貼，收買報紙，封嘴報人；採用自己派人辦報和出錢請人辦報兩種方式創辦報刊，相對而言，北洋軍閥派人辦報較為公開甚至囂張，而出錢請人或命人辦報則要隱秘的多，外人難知權錢交易內幕。

（一）直系軍閥的辦報活動

直系軍閥湖北省督軍王占元，1916 年下半年批准創辦武漢《軍事通俗白話報》。直系軍閥吳佩孚，被上海英文《密勒氏評論報》主編約翰·鮑威爾認為比其他任何人更有可能統一中國。吳佩孚也和其他北洋軍閥一樣「資助」報界，他出資 2 萬元，助力浙江寧波人董顯光 1925 年創刊天津《庸報》，報名源自吳佩孚所喜歡的儒學中庸之道。[1]

直系軍閥孫傳芳雄踞東南數省，先後在福建、上海、杭州、南京等地辦報。1924 年，孫傳芳任閩粵邊防督辦，由福建軍備督辦周蔭人出資創辦了《國是日報》；在上海盤入《新申報》，由孫傳芳駐滬辦公處處長宋雪琴主持。1927年 3 月 25 日，北伐軍進入上海後，東路軍前敵總指揮部政治部下令查封《新申報》。1924 年，孫傳芳出資 2000 元，在杭州創辦機關報《大浙江報》，報館每月再向省督辦公署領取 300 元。1926 年，孫傳芳被趕出浙江，報館被搗毀。第二年孫傳芳再度入浙，《大浙江報》復刊。1927 年 2 月，北伐軍克復浙江，《大浙江報》被國民黨查封。[2]1926 年 9 月 10 日，由蘇、浙、閩、贛聯軍總司令孫傳芳主辦的《聯軍日報》，在南京創刊。[3]

（二）皖系軍閥的辦報活動

1916 年 9 月，段祺瑞撥款 10 萬元，創辦《公言報》，由洪憲議員汪有齡、

---

1 萬魯建：《吳佩孚與〈庸報〉》，《今晚報》2017 年 11 月 29 日。

2 方漢奇：《中國新聞事業通史》（第二卷），中國人民大學出版社，1996 年版，第 206頁。

3 南京報業志南京市地方志編纂委員會：《南京報業志》，學林出版社，2001 年版，第 40 頁。

林萬里等主持，在「府院之爭」、制定憲法和參加第一次世界大戰等方面，均以段祺瑞的主張爲依歸。1916 年 10 月，被視爲皖系軍閥財神的王郅隆，從創始人英斂之手中收購天津《大公報》，以敢言著稱的民營報也成爲了安福系的喉舌。1917 年 7 月，張勳復辟失敗，段祺瑞出任總理，在駐京外國記者中有一定影響的《Peking Daily News》（英文《北京日報》），被安福系控制。

1919 年 2 月，南北和平會議在上海舉行。段祺瑞支持林白水在上海創辦《平和日刊》，代表北京政府，配合會議的進行，積極鼓吹「和平」。和平會議破裂後，《平和日刊》自行停刊。1925 年 7 月 11 日，中華民國臨時執政段祺瑞出錢，由教育總長和司法總長章士釗在北京主持創辦《甲寅》週刊。

皖系軍閥陝西省督軍陳樹藩，1919 年 5 月 6 日在西安創刊《長安日報》。10 月，《長安日報》改刊《西北日報》，由陳樹藩的參謀長瞿相衡主辦。1922 年 4 月，陝西督軍公署在西安創刊《青年軍人》週刊。[1]

（三）奉系軍閥的辦報活動

1921 年，國民黨人時變九在瀋陽創辦《東三省民報》。時變九去世後，《東三省民報》由奉系軍閥接辦。[2]1924 年 2 月，張作霖明確向日本駐奉天總領事館表示，居住在日本控制下的「關東」地區和南滿鐵路附屬地的中國人如果違法，應由中國方面審理。8 月 24 日，《東三省民報》發表社論《怎樣才能制止日警的胡鬧亂殺》指出：「日警像對待牛馬一樣，對待東北人民，想要鞭打就鞭打，想要拘禁就拘禁……曾在臺灣和朝鮮發生過的暴行現在又在東北發生了，因爲他們同樣把東北看作臺灣和朝鮮。毫無疑問，日人是世界上最殘酷無情的人。」[3]同年，日本人創辦的《盛京時報》主編菊也貞二（筆名傲霜雪）發表《駁文化侵略》系列文章，攻擊中國人民反對帝國主義的文化侵略。《東三省民報》接連發表文章逐條進行批駁，在瀋陽引起了一場關於「反文化侵略」的論戰。日本方面給東北當局施加壓力，迫使 1925 年 2 月 13 日開始連載的國民黨人梅佛光文章《日本侵略滿洲史》，於 2 月 15 日停止連載。日本方面譴責《東三省民報》和《大東日報》爲「冥頑的排日報紙」。[4]

1　《陝西報刊大事記（1896～1989）》，https://baike.baidu.com/difangzhi/shaanxi/738。
2　方漢奇：《中國新聞事業通史》（第二卷），北京中國人民大學出版社，1996 年版，第 206 頁。
3　轉引王海晨：《從「滿蒙交涉」看張作霖對日謀略》，《史學月刊》2004 年版，第 8 期。
4　〔日〕尾形洋一：《在瀋陽的收回國權運動》，社會科學研討第 72 號選印，1981 年 1 月，轉引張萬傑：《九一八事變前國共兩黨在東北的反日救亡思想與實踐活動》，《歷史教學（下半月刊）》2013 年版。

奉系軍閥首領張作霖出資，由英國人辛伯在北京創辦《東方時報》（附刊英文《東方時報》）。奉系軍閥在 1922 年的第一次直奉戰爭中失敗，喪失了對北京政府的控制，《東方時報》停刊。1924 年奉系軍閥部隊第二次入關，《東方時報》在天津復刊，由曾任東北教育部長的劉治乾主持。1928 年 6 月 4 日，張作霖乘火車從北京返回瀋陽途中被日本關東軍炸死後停刊。

奉系軍閥首次入關，張學良派人接管天津《益世報》，逮捕劉濬卿，《益世報》成了張作霖大元帥府的傳聲筒。[1]熊少豪在天津創辦的中文《泰晤士報》，奉軍再次入關被張作霖收買，奉系軍閥再次退出關外後自動停刊。

奉系軍閥張宗昌資助薛大可在北京、天津出版《黃報》。[2]1925 年 4 月至1928 年 4 月，張宗昌督魯期間，創辦《新魯日報》《大風報》作為自己的喉舌。[3]

四、國民黨創辦的軍隊報刊

（一）國民黨創辦軍隊報刊的基礎

1、開辦陸軍軍官學校

1923 年 8 月 15 日，蔣介石奉孫中山委派，率孫逸仙博士代表團赴蘇聯考察軍事與政治，參觀軍事設施、海空軍基地，會見蘇軍各級指揮員，考察和學習紅軍的組織、制度和訓練經驗。1924 年 1 月 24 日，蔣介石被孫中山任命為中國國民黨陸軍軍官學校（簡稱黃埔軍校）籌備委員會委員長。

1924 年 5 月，黃埔軍校正式創建。校總理孫中山，校長蔣介石，黨代表廖仲愷，參謀長錢大鈞，政治部主任戴傳賢。9 至 12 月，黃埔軍校建立兩個教導團，每團千餘人，多為從浙、蘇、皖、豫、湘等地招來的青年工人和農民，軍校教官和第一期畢業生充任各級軍官。1925 年 4 月，教導團改稱黨軍，兩個教導團擴編為黨軍第一旅，蔣介石任黨軍司令。同月底，黨軍第一旅擴編為第一師。

---

1 方漢奇：《中國新聞事業通史》（第二卷），北京中國人民大學出版社，1996 年版，第 207 頁。

2 方漢奇：《中國新聞事業通史》（第二卷），北京中國人民大學出版社，1996 年版，第 206 頁。

3 董愛玲：《民國時期山東報業發展與社會變遷》，《臨沂大學學報》2013 年版，第 2期。

2、國民黨整軍擴編

1925 年 6 月 15 日，國民黨中央執行委員會通過決議，改組大元帥府爲國民政府，將建國軍改稱國民革命軍。7 月 3 日，國民政府設立以汪精衛爲主席的軍事委員會，下設海軍局、航空局、軍需局、參謀團和政治訓練部等，取消以省別作爲軍隊的名稱，統一稱爲國民革命軍。

1925 年 7 月 5 日，廣州國民政府公布《軍事委員會組織法》，確定「以黨建軍」、「以黨治軍」的原則，規定：軍事委員會受中國國民黨指導與監督，管理統帥國民政府所轄境內陸海軍、航空隊及一切軍事各機關。隨後編組國民革命軍 8 個軍，各軍均按「三三體制」編配部隊。8 月，國民政府設立國民革命軍總司令部，蔣介石任總司令。1927 年春，國民革命軍擴編爲 40 多個軍，編成 2 個集團軍。1928 年，國民黨軍擴編至 70 個軍、9 個獨立師，近百萬部隊，分編成以蔣介石、馮玉祥、閻錫山、李宗仁爲總司令的 4 個集團軍。北伐完成，裁兵節餉。

3、開展軍隊政治工作

國民革命軍建立軍隊政治工作制度，炯然有別於中國有史以來的任何軍隊，爲部隊建設增添了前所未有的強勁的精神動力。國共首次合作，許多共產黨員以個人身份參加國民黨，被派任國民革命軍的黨代表或政治部主任。孫中山創建革命軍隊的思想，是以校建軍，以黨領軍。國民黨軍的「黨軍」政治工作體制，由黨代表、政治部和黨部三種制度措施構成，誕生於黃埔軍校，延伸至國民革命軍。

（1）建立黨代表制度

秉承黨權高於一切的理念，黃埔軍校黨代表廖仲愷，遴選教官、學生中富於政治學識者，呈請中央任命；除實行政治訓練外，凡軍隊一舉一動、一興一廢，均受其節制；組織各級分部，以爲將來各軍之模範。1925 年 4 月 13 日，國民黨中央執行委員會決議，正式建立黨軍，黨代表的指導與監督，代表了黨執行對軍隊的管理和統帥。1926 年 3 月 19 日，國民政府軍委頒布《國民革命軍黨代表條例》，規定：國民革命軍實行黨代表制度，灌輸革命精神，提高戰鬥力，鞏固紀律，發展三民主義教育；黨代表對軍隊政治情形及行爲負完全責任；施行各種政治文化工作；輔助部隊長官，鞏固並提高革命軍紀；是軍隊長官，有會同指揮、審查軍隊行政之權，所發命令與指揮官同，所屬人員須一律執行。國民革命軍的軍、師兩級設黨代表，團以下部隊設政治指導員，職權與同級軍官相同。

（2）設置政治部

周恩來 1924 年 8 月後接任黃埔軍校政治部第三任主任，軍校的政治工作真正開展起來。原在廣州市區的政治部被遷進軍校，編設總務、宣傳、黨務三科和編譯委員會、政治指導員、政治教官；重新訂立政治教育計劃，加授《社會發展史》《帝國主義侵略中國史》《各國革命史》等課程，增加政治教育份量，豐富政治教育內容；邀請惲代英、蕭楚女、張秋人、熊雄等中共黨員擔任政治教官。在軍校師生中形成了研讀政治書刊，注意社會潮流的活躍局面。

1925 年 8 月，國民政府軍委正式組建國民革命軍，設立政治訓練部（後改組為國民革命軍總司令部政治訓練部、軍事委員會總政治部）。軍委會總政治部下設宣傳、組織、訓練、黨務等科及一些委員會，節制各軍、師和機關、院校中的黨代表，指導開展部隊的黨務、政治、文化和群眾工作，是國民革命軍權力系統中極為重要的一個部門，承擔著對內教育訓練官兵與對外宣傳組織群眾的兩方面工作。

（3）設立國民黨黨部

1924 年 7 月 6 日，黃埔軍校特別黨部成立，蔣介石等 5 人被選為執監委。各部、處設立黨小組，黨小組長負責監控學員的思想和行為，檢查他們的閱讀材料。

國民革命軍在軍、師、團、連設立黨部，團以上單位黨部設執行委員會，執委 9 人，候補執委 3 人，分管宣傳、組織和財務，另設監委。連設黨部，執委 3 人，候補執委 2 人，不設監委。排、班設黨小組，設正副組長各 1 人。部隊中的黨部，負責開展教育活動，以黨紀約束黨員。馮玉祥的國民軍聯軍，也按照國民革命軍的體制設立了最高特別黨部。

（二）黃埔軍校創辦報刊

1、軍校領導機關出版的報刊

黃埔軍校初辦之時，先行出版了手刻油印小報。1925 年開始，全校的報刊宣傳工作得到了加強，報刊出版面貌煥然一新。手刻油印小報變成了鉛印報紙。校政治部出版了《黃埔日刊》《黃埔潮》《軍事政治月刊》《黃埔軍人》《黃埔週刊》《黃埔生活》《黃埔武力》《革命畫報》；校特別黨部出版了《青年軍人》《革命軍》；校入伍生部出版了《先聲》《民眾的武力》《入伍生》。

1927 年，黃埔軍校實行「四一五」清（理共產）黨，國共兩黨合作辦軍校、辦報刊的活動嘎然而止。5 月 5 日晚 7 時半，黃埔軍校舉行第 5 期第 4 次政治工作擴大會議，方鼎英、吳思豫、張華輔、胡靜安等 70 餘人出席會議，校政治部主任鄧文儀主持會議並報告校政治部改組經過情形。會議決定開展反共宣傳，增辦《黃埔週刊》《黃埔生活》《黃埔軍人》和《黃埔武力》等，停辦、改編所有共產黨色彩濃厚及「親共」的報刊。

（1）《黃埔潮》

1925 年 10 月 10 日創刊於廣州，初為半週刊（又稱「黃埔潮三日刊」），後改週刊。初由黃埔軍校政治部創辦，後由黃埔同學會主辦。

初創，設「特載」「評論」「大事述評」「短兵」等欄目，主要刊載政治論文和時評。刊有鄧演達、惲代英等人的演講，出版「二七紀念特號」「總理逝世週年特號」等專刊。登載《本校誓詞》：「盡忠革命職務。服從本黨命令。實行三民主義。無間始終死生。遵守五權憲法。只知奮鬥犧牲。努力人類平等。不計成敗利鈍。」[1]

1926 年 7 月 24 日，黃埔同學會印行《黃埔潮》週刊創刊號出版發行。黃埔同學會宣傳科編輯股（廣州市大東路中央黨部內）編輯和發行，先後由培英圖書印務公司（廣州永漢北路）和廣州市惠愛東路人民印務局印行。1927 年 11 月初，國民通訊社社長、《嶺東日日新聞》主編梁若塵被任命為《黃埔潮》主編。[2]《本刊投稿條例》聲明：本刊為黃埔同學會言論及代表黃埔學生革命行動之機關。前 4 期設「校長格言」「插圖」「時評」「特載」「論文」「短劍」「雜俎」「通信」「會務報告」等欄目，從第 6 期開始將欄目調整為「本會對外重要宣言」「時事述評」「文論」「文藝」「短劍」「雜俎」「前方通信」「本會對英兵越境挑釁事宣言」「最近宣傳大綱」。第 19 期（1926 年 11 月）發表游步瀛的文章《軍中政治工作人員應具備之條件》，提出政工人員要以身作則，他說：「在行動上，要站在黨的觀點上，注意客觀事實，光明磊落地與部隊長官合作，誘之趨於革命化，並能深入群眾、組織群眾、獲得群眾信仰；在宣傳上，不單憑理論、口號，要注意當地群眾日常生活的要求和群眾心理；在

1　《黃埔軍校報刊》，http://www.huangpu.org.cn/hpjx/201605/t20160504_11450233.
html。

2　《黃埔軍校報刊》，http://www.huangpu.org.cn/hpjx/201605/t20160504_11450233.
html。

態度上，對長官和群眾均應誠摯、和藹、慈祥，不能有嚴峻苛刻的現象；在知識上，要刻苦努力學習，對黨的主義、世界趨勢以及聯合戰績的政策，都應詳細懂得。」[1]

（2）《青年軍人》《革命軍》

1925 年 2 月 15 日，《青年軍人》半月刊創刊於廣州，黃埔軍校特別黨部主辦，校長蔣介石致《發刊詞》。刊址設在黃埔島本校。第二期學生周逸群參與創辦，王一飛等曾主持初期的編輯工作；後期由第二期學生胡秉鐸任總編輯。黃埔軍校特別區黨部在該刊發布「誓滅陳炯明檄文」，正式提出口號「殺陳炯明」。創刊至 4 月 15 日出版的第 5 期，主要圍繞東征開展宣傳，第 2 期即爲「東征號」，刊載《本校校歌》《陸軍進行曲》《殺賊歌》和《東征日記摘要》（校黨部）《軍政時代與武力統一》《革命軍人與陳炯明》《東亞一支勞動先鋒軍》《在常平訓勉士官》《東江殺敵情形》及 22 篇有關東征戰役的文稿。第 5 期刊載《說犧牲》（周逸群）、《在棉湖打掃戰場的情形及感想》（昉㠠）、《王家修同志事略及陣亡實況》（公輸）和《蔡光舉同志遺書二通》《本部東征日記摘要》《本校前敵官佐士兵在興寧約集各界追悼孫大元帥大會紀實》《黃埔本校追悼總理大會情形》《蔣校長祭文》《校長黨代表祭東征陣亡將士文》《本校全體官佐士兵祭文》等文及校黨部擬出特刊「東征陣亡將士紀念號」的徵文啓事。

1925 年 5 月 30 日，改名《革命軍》（第 6、第 7 期合刊，「五月號」）。黃埔軍校特別黨部在雜誌改名啓事中稱：「本特別區黨部第一屆執行委員會，（原定）發行定期刊物名《革命軍》，並已蒙總理親賜題簽。後經變故，未克刊行；而總理題簽及封面畫亦未能覓得。故暫時刊行《青年軍人》半月刊。現題簽及封面畫均已覓出，故四月中即議恢復舊稱並決定自五月號起改名，但號數仍照《青年軍人》半月刊秩序」。[2]改名首期設「五月露布」「五月論文」「革命論壇」「東江戰役」「我們的死者」「章琰遺稿」「附載」等欄目。旨在「掃蕩舊污穢，歡迎新光明；破壞舊世界，建立新制度；廢除階級，提倡合作；不恤暫時之爭鬥，以創造永久和平」。[3]雖宣稱半月刊，

1　《黃埔軍校教學中政治教育第一的思想》，www.huangpu.org.cn/hpjx/201605/t20160504_11450316.html。

2　《黃埔軍校報刊》，http://www.huangpu.org.cn/hpjx/201605/t20160504_11450233.html。

3　王檜林、朱漢國：《中國報刊辭典（1815～1949）》，書海出版社，1992 年 6 月第 1版，第 134 頁。

實爲不定期出版。初每期印行 5000 份，第 3 期後增至 1 萬份。約在 1927
年 4 月後停刊。[1]

（3）《黃埔週刊》

黃埔本校政治部 1927 年 5 月 14 日創刊於廣州。校政治部宣傳科編纂股。
校政治部主任鄧文儀致《發刊詞》（5 月 8 日寫於南京校本部）。徵稿啓事稱，
最爲歡迎有研究性的長篇論著與譯述，以白話文體爲佳。第 2、第 3 期連載覺
民（方鼎英）的《黃埔中央軍事政治學校的概述》，從歷史、組織、教育 3 個
方面介紹黃埔軍校。創刊至第 8 期，封面文字豎排。第 9 期開始，封面文字
橫排右始起行。全國各大書局代售。有公函與公章的團體函索即寄贈閱。每
冊零售銅元 4 枚，10 冊以上 6 折。1927 年 5 月發行 4 萬冊。[2]

（4）《黃埔生活》

黃埔軍校政治部 1927 年 5 月 22 日創刊於廣州，週刊，文藝生活類刊物。
創刊號刊載《發刊詞》（古有成）、《本刊對讀者的期望》（沸浪）、《黃埔同學
的生活目的》（有成）、《月夜放舟》（邱幹才）、《青年——黃埔——黃花崗》（願
心）、《自述和自勉》（蘇家揚）、《春雨慢慢裏的野外演習》（周華京）、《勞動
者的哀鳴》（沸浪）、《入伍生一封公開的家信》（水復）等文章。第二期刊載
署名「沸浪」讚譽黃埔軍人的自由體詩《我的朋友入伍了》，詩讚：[3]

> 昔爲白面的書生，今成熱血的戰士，不是我恭維你，你眞個有
> 志氣！呵朋友！朋友！！世界這般黑暗，人生這樣痛苦！幸福與光
> 明敢問何處有？！但也不要悲觀，更不要懊惱，光明的可以創造，
> 黑暗的可以打倒！並且呵！山能移轉海可填，缺了的天空亦可補，
> 我們怕什麼痛苦？！我們只要決定，決定我們的心意：以孫文主義
> 爲前提！努力創造光明的世界，極力尋求人生的眞義。我們的心意
> 決定了，我們便要向前跑，不要說是：上課上得多，衣服穿得少，
> 一日忙到晚，飯也吃不飽，你要知道天下飢寒交迫的人有多少！呵！
> 努力，努力向前跑！現在我的風生覺悟了，很好！很好！

1　《黃埔軍校報刊》，http://www.huangpu.org.cn/hpjx/201605/t20160504_11450233.
　　html。
2　《黃埔軍校報刊》，http://www.huangpu.org.cn/hpjx/201605/t20160504_11450233.
　　html。
3　單補生：《我珍藏的早期黃埔期刊》，《黃埔》2011 年 6 期。

《黃埔生活》的編排版式，第 1 期封面右起豎排，內文左起橫排。第 9 期改爲封面左起橫排，內文右起豎排。編輯者在版權頁標明：每週一冊，銅元 4 枚；半年 26 冊，定價 6 毫；全年 52 冊，定價 1 元；有團體公函及公章者贈閱。[1]1927 年 5 月發行 4 萬冊。[2]

（5）《黃埔武力》

黃埔軍校政治部 1927 年 5 月 23 日創刊於廣州，旬刊。實行孫中山提出的第一步使武力與民眾結合，第二步使武力成爲民眾的武力的方針，刊載本校學生撰寫的關於實際運動的文論。提出「怎樣使武力成爲民眾的武力」、「革命與武力」、「怎樣做農工運動」、「怎樣宣傳主義」等論題供讀者討論。創刊號刊載《發刊詞》（鄧文儀）、《太平洋之三角戰》（皮生）、《國民革命過程中之農民問題》（賈燦）、《臺灣與我有何聯繫》（王務）、《軍需獨立問題之研究》（董樹林）、《從實際指揮上得來的幾點心得》（董樹林）、《橫在我們眼前的兩個重要問題》（王庭漢）、《怎樣開討論會》（胡茗）等文。1927 年 5 月發行 4 萬冊。[3]

黃埔軍校最初創辦的一批分校，也分別出版了報刊。廣東潮州分校出版了《韓江潮》（1926 年 3 月 12 日創刊）、《潮潮》和《滿地紅》（1926 年 8 月 15 日創刊），湖北武漢分校出版了日刊《革命生活》（1927 年 2 月 12 日創刊，主編袁澈，日刊）、《黃埔精神》《覺路》（1927 年 9 月創刊）、《校聞》和《軍人魂》，湖南長沙分校出版了週刊《火花》（後改名《黨軍》）。[4]

2.《黃埔日刊》走向社會

《黃埔日刊》的名稱經歷了一個演變過程。1924 年 11 月，周恩來繼任黃埔軍校政治部主任，提議政治部要做好的三項工作之一是出版《壁報》。《壁報》，又稱《士兵之友》，爲油印週刊或半週刊，由政治部編纂股主任楊其綱（黃埔一期生、中共黨員）、洪劍雄（黃埔一期生、中共黨員）編輯。1926 年 3 月 3 日改名《國民革命軍中央軍事政治學校日刊》，對開 4 版；爲了簡便，5

1　《黃埔軍校報刊》，http://www.huangpu.org.cn/hpjx/201605/t20160504_11450233. html。

2　《黃埔軍校報刊》，http://www.huangpu.org.cn/hpjx/201605/t20160504_11450233. html。

3　《黃埔軍校報刊》，http://www.huangpu.org.cn/hpjx/201605/t20160504_11450233. html。

4　參見《小資料·黃埔軍校各時期出版刊物》，《黃埔》2011 年 6 期。

月 25 日改名《黃埔日刊》。編輯委員會，由政治部宣傳科科長安體誠（中共黨員）任主任，宋文彬、尹伯休、李逸民（中共黨員）任委員，尹伯休主編。主要撰稿人有惲代英、蕭楚女、羅懋琪等。

對開 4 版的《黃浦日刊》，第 1 版是本校新聞，第 2 版是國內新聞，第 3 版是國際新聞，第 4 版是文藝。李逸民說：「國內新聞和國際新聞稿源比較充足，極少有自己撰寫的文章。第四版也比較好編，投稿比較多，各部隊來的散文、小說、新詩不少。」[1]

黃埔軍校政治部制訂《新聞記者規則》，對《黃埔日刊》主編、編輯和黃埔通訊社記者，在黃埔軍校內外採訪新聞，外出參加各種大會、各級黨部會議或團體開會等採訪新聞，作出 6 條規定：

第一條　黃埔日刊總編輯（編纂股長）及各編輯員，在校內外採訪新聞時，均得稱為黃埔日刊新聞記者，同時為黃埔通訊社記者。

第二條　記者出外採訪各種新聞，須經總編輯之指導及許可。

第三條　記者赴各種大會，各級黨部會議或團體開會採訪新聞時，須佩帶黃埔日刊記者襟章。

第四條　凡遇重大事變或重要新聞，記者須迅速報告總編輯，以便酌量辦理。

第五條　記者採訪新聞時，隨即制定草稿交總編輯校閱，如新聞材料太多，則由總編輯指定重要部分整理之。

第六條　記者在校內外純粹以採訪新聞為職責，不得籍本刊名義以圖個人活動。[2]

《黃埔日刊》及時報導軍校師生的革命活動和革命言論，轉載國共兩黨主要成員在報刊上發表的重要文章，熱情宣傳革命聯合戰線的政策方針。設「時評」「日評」「周言」「宣傳大綱」「時局口號」「校聞」「黨務」「軍事」「政治」「經濟」「群眾運動」「革命之路」「雜聞」「政治問答」等欄目。所佔版面最多的欄目是「革命之路」。第 190 號刊登《本刊編輯者的要求》，稱：「革命

---

1 李逸民、黃國平：《李逸民回憶錄》，湖南人民出版社，1986 年 11 月第 1 版，第 35～36 頁。

2 《黃埔日刊新聞記者規則》，載 1927 年《中央軍事政治學校法規全部》，http://www.hoplite.cn/Templates/hpjxwx0168.htm。

之路一欄，彷彿是現在日報裏的副刊。我們一向所採取的材料，都是關於革命的理論和方法等等。」根據讀者意見，「革命之路」開設了「短箭」「短兵」子欄目，刊載具有強烈諷刺意味的短文。「革命之路」刊載的精彩文論，彙編成冊廣為散發。「革命之路」成為了軍校廣大師生最為親近的朋友。幾乎每天都與讀者見面的「政治問答」，默默地出現在整張報紙的最後部分，知識性與現實性並重，對於明辨是非，堅定革命信念，提高廣大青年軍人的政治水平具有舉足輕重的作用。

《黃埔日刊》持續推出「本校第五期開學」、「本校第五期政治教育工作」、「第二學生隊黨部成立」、「援助漢口慘案及紀念李卜克內西盧森堡」、「列寧逝世三週年紀念」、「二七紀念第四週年」、「國際婦女日及本校開學週年紀念並歡迎由贛來校學員」、「總理誕生紀念日」、「三一八慘案一週年紀念及巴黎公社五十六週年紀念」、「追悼北伐陣亡將士」等特刊及紀念刊。1927 年 1 月 1 日，出版慶祝新年增刊。1 月 7 日，登載「本校本周口號」，以黨治國，服從黨令軍令，革去浪漫習慣，反對個人主義，要有政治頭腦，要有戰鬥本領，反對文化侵略，打倒教會政策等。2 月 2 日，黃埔五期生陶鑄（中共黨員）在《黃埔日刊》發表文章《革命軍人的學識與人格》，認為要打倒帝國主義，打倒軍閥，如無正確的學識與高尚的人格，決無成功的可能。

《黃埔日刊》的發行呈現較快速增長的態勢。最初的《士兵之友》印行的數量非常有限，更名《國民革命軍中央軍事政治學校日刊》後，雖然主要在校內發行，每日印行五六千份。隨著革命勢力迅速地由珠江向北擴展至長江和黃埔軍校辦學規模的擴大，《黃埔日刊》的發行數量逐漸上升。黃埔軍校政治部最初沒有印刷廠，在政治部後面的兩間小房內安置了一臺手搖印刷機和 5 名工人，饒來傑負責報紙的印刷。改名《黃埔日刊》後，報紙發行量由每日 6000 份驟增到 2.6 萬份。[1]1927 年 1 月 10 日，編輯元傑在《黃埔日刊》（第 231 號）覆函讀者沈熾昌，他在「編者郵件」中稱：「沈熾昌同志：函悉。本刊現已由二萬六千份擴充到三萬份矣。特覆！」8 月 3 日，《黃埔日刊》發布「本刊啓事」：「本刊現□銷數驟增，已達四萬份，對於發行方面，決稍加限制，除團體繼續贈閱外，自本月起，所有個人定閱，酌收郵費……」。各地來函索閱者愈來愈多，遠至南洋群島及法國巴黎等處的海外華僑也來函索閱。

---

1 《黃埔軍校報刊》，http://www.huangpu.org.cn/hpjx/201605/t20160504_11450233.html。

　　黃埔軍校是中國軍隊建設和軍事教育的一個創舉,《黃埔日刊》是中國軍隊報刊自清末誕生以來的一個創舉,它們共同體現了一種價值追求和精神面貌。軍校政治部宣傳科長安體誠在《黃埔日刊》發表文章《什麼是黃埔精神》,指出:黃埔軍校「在中國已形成一種勢力,已成為中國革命工作很有關係的一個組織了。這其中有它的特殊精神存在,已是本校和留意本校的人人都能感到而承認的了。它的精神,有以名之,名之曰『黃埔精神』!」[1]1927 年 3 月 3 日,《黃埔日刊》出版「紀念《黃埔日刊》創刊一週年特號」,明確指出:本刊是黃埔精神的結晶,它要以真確的革命理論,指導黃埔一萬數千武裝的革命青年去和敵人決戰;它並要引導一般民眾走上真正的革命道路。[2]3 月 8 日,第四期學生開學典禮一週年,也是改組後的中央軍事政治學校第一期學生的開學紀念日。黃埔軍校政治部主任熊雄在《黃埔日刊》發表文章《本校開學週年紀念之意義》,指出本校「軍事教育與政治教育之打成一片,即為本校生命之根本所在」。[3]

　　《黃埔日刊》作為黃埔軍校最為重要的輿論機關,肩負著宣傳軍校軍事與政治並重的教育理論思想的重任,幫助青年軍人樹立革命的人生觀、世界觀,積極喚醒全國農民士兵學生和小商人團結起來,鞏固被壓迫階級的聯合陣線,衝破一切帝國主義及其走狗軍閥官僚資本家地主劣紳等壓迫階級的聯合戰線,取得最後的勝利,使得黃埔軍校理論與實際相結合、政治與軍事並存的教育方針得到充分體現。時任黃埔軍校教育長的方鼎英,稱讚《黃埔日刊》是「革命洪鐘」,軍校政治部主任熊雄為《黃埔日刊》題詞:「東方被壓迫民族的呼聲,革命軍人之道路。」[4]

　　1927 年 5 月 26 日,《黃埔日刊》登載《中央軍事政治學校清黨檢舉審查委員會檢舉及審查實施細則》,劃定「被檢舉人」的對象:「曾入 C‧P‧C‧Y‧經有證據而不自首者;詆毀本黨忠實領袖者;做反動宣傳者;對於本黨命令陽奉陰違者;秘密組織小團體者;懷疑本黨主義及政策者;與反動派勾結者;貪官污吏、投機分子及腐化惡化分子。」[5]至 1927 年 11 月 30 日,《黃埔日刊》

1　轉引樊雄:《〈黃埔日刊〉考析》,《黃埔》2006 年版,第 4 期。
2　樊雄:《〈黃埔日刊〉考析》,《黃埔》2006 年版,第 4 期。
3　《黃埔軍校報刊》, http://www.huangpu.org.cn/hpjx/201605/t20160504_11450233.html。
4　樊雄:《〈黃埔日刊〉考析》,《黃埔》2006 年版,第 4 期。
5　《黃埔軍校報刊》, http://www.huangpu.org.cn/hpjx/201605/t20160504_11450233.html。

共出版 472 期。黃埔軍校遷至南京，1928 年 3 月 6 日《黃埔日刊》繼續出版，報紙期號重新計算，發行處由原來的「中央軍事政治學校出版」改為「黃埔軍官學校政治訓練處」。[1]

3、軍校學生團體出版的報刊

黃埔軍校學生組織的軍人團體也創辦報刊，作為自己開展政治活動的陣地。中國青年軍人聯合會編輯出版了《中國軍人》和《中國青年軍人聯合會週刊》。孫文主義學會出版了週刊《國民革命》和《革命導報》。黃埔軍校同學會出版了《黃埔潮》和《血花》。

《中國軍人》1925 年 2 月 20 日創刊於廣州，中國青年軍人聯合會會刊。中國青年軍人聯合會中央執行委員王一飛主編，蔣先雲、周逸群、李富春等為主要撰稿人。《本刊露布》全文如下：

> 中國現役軍人號稱二百萬，幾乎全部踐踏在大小軍閥的鐵蹄下，成為壓迫的工具，殃民的利器；其在革命旗幟下的軍人，則又散漫而脆弱，實無擁護民眾的力量。我們敢於說：革命的軍人無團結，軍閥的工具未解放，是無望於中國國民革命之成功！
>
> 橫卷全地球的革命大潮流，是如何洶湧！呻吟於帝國主義與軍閥雙重壓迫下的中國人，是如何悲慘！現在，國民革命的呼聲，已經滲入中國民眾的心裏了，工農商學已經抬起頭，攜著手，準備推翻他們的壓迫階級了；他們的先鋒隊何在？不就是革命旗幟下的軍人嗎？他們的障礙物是誰？不就是軍閥鐵蹄下的軍人嗎？
>
> 凡在革命旗幟下的軍人，都應覺悟到：無團結即無力量，無力量則無革命；軍閥鐵蹄下的軍人更應感覺到：自身的慘境都是軍閥所造成，不能反攻軍閥就不能解放自身。
>
> 現在有正確主義做我們的嚮導了，有偉大民眾做我們的後援了，我們敢於喊：革命旗幟下的軍人，從速站在同一的戰線上！軍閥鐵蹄下的軍人從速跑到革命的隊伍裏！只有這樣，才能打倒帝國主義與軍閥，才能解放自身與民眾。
>
> 中國軍人因此大聲疾呼：
>
> 團結革命軍人！

---

1 樊雄：《〈黃埔日刊〉考析》，《黃埔》2006 年版，第 4 期。

擁護革命政府！

宣傳革命精神！[1]

　　《中國軍人》倡言團結革命軍人，擁護革命政府，宣傳革命精神，主要以簡短的文章，宣傳打倒帝國主義和反動軍閥，報導中國青年軍人聯合會活動和東江戰事，刊載汪精衛和蘇聯顧問鮑羅廷的演講，揭露軍閥摧殘士兵的罪行，介紹蘇聯紅軍的黨代表制度，揭露帝國主義製造的沙基慘案和五卅慘案，第 4 期刊載強調唯物主義立場的文章，第 5 期斥責由廣東大學黃季陸、周佛海等右派教授參與編輯的《社會評論》雜誌的不實言論，善於結合軍人過去遭受壓迫的經歷和苦難生活，深入淺出地講解革命道理，注意從實際出發，引導軍人就「我們為什麼當兵」、「我們為誰來當兵」、「替軍閥賣命有什麼價值」、「當兵的怎樣才能解放自己」等話題開展討論，啟發政治覺悟。印行《蘇聯紅軍八週年紀念特刊》專號。

　　《中國軍人》注重使用圖片。運用肖像照片報導著名人物，第 1 期刊載孫中山的標準像，文字說明除了引述孫中山的遺囑「革命尚未成功」「同志仍須努力」，又稱「孫大元帥」是「中華民國的母親」，「農工兵學的指導者」，「東方國民革命的領袖」； 第 3 期刊載馬克思的標準像，稱他「倡導世界革命」。使用圖片報導的方式，報導了黃埔軍校精神抖擻的荷槍肅立的戰士——「中國國民黨陸軍軍官學校革命軍之影」（第 2 期）；廣東民眾的政治活動——「廣東民眾在廣大追悼中山先生攝影」（第 4 期），「廣州民眾促成國民會議連動在第一公園聚合時一部之攝影」（第 5 期）；中國青年軍人聯合會的活動——「中國青年軍人聯合會第一次代表大會攝影」（第 5 期）、「中國青年軍人聯合會第十七次代表大會攝影」（第 8 期）；第二次東征取得決定性勝利攻克惠州之戰——「惠州戰況之一‧炮兵作戰之情形」、「惠州戰況之二‧革命軍登城之竹梯」、「東征軍宣傳總隊第三支隊行軍休息情形」、「克復惠州之後大東門外浮橋」（第 8 期）；東征戰地的東江民眾情形——「東江民眾狀況之一」、「東江民眾狀況之二」、「東江民眾狀況之三」（第 8 期）。《中國軍人》初為半月刊，第 5 期改為月刊。第 7 期封面雖標明「月刊」，實際上從第 6 期起已不定期出版，小 16 開本，每期 40 至 60 頁不等。刊址設在廣州市小市街 88 號，後移到大沙頭，再遷至南堤二馬路河南大本營。編輯兼發行處在廣州小市街中國青年軍人聯合會

1《本刊露布》，《中國軍人》，1925 年 2 月 20 日。

編輯委員會，印刷處在華興中西印務局。[1]發行黃埔軍校師生，並專送各軍，「軍人贈閱，函索即寄」，「各省各大書店」分售，「定價銅元五枚」[2]，10 份以上 7 折。除了由廣州的丁卜圖書公司和民智書局分售外，在香港、巴黎、上海、武昌、長沙、蕪湖、南昌、太原、濟南、杭州、寧波、雲南、開封、福州、重慶、成都設 16 個分售處。最高發行量 2 萬份。1926 年 3 月下旬停刊。

《中國青年軍人聯合會週刊》，1925 年 8 月創刊於廣州。以「團結革命軍人，統一革命戰線，擁護革命政府，宣傳革命精神」爲宗旨，設「評論」「特載」「本會消息」「一針」等欄目。[3]

《國民革命週刊》，孫文主義學會 1925 年 9 月 25 日創刊。發刊詞宣稱：「誰能領導我們去戰勝惡魔？我們相信以歷史的空間性和時間性的交點爲立腳點的孫文主義。誰是戰勝惡魔的方法？我們相信只有以孫文主義爲基礎的國民革命，才是今日中國唯一的救死圖生的方法。」與中國青年軍人聯合會主辦的《中國軍人》雜誌尖銳對立，連續發表攻擊馬克思主義、中共的文章。1926 年 3 月下旬停刊。[4]

《血花》（週刊），黃埔同學會血花劇社 1926 年 9 月 1 日創刊，1927 年 4 月下旬停刊。創刊號刊載《發刊詞》《二十年後之血花劇社》（吳稚暉）、《革命與戲劇》（姚應徵）、《我對於排演者的貢獻》（胡燧）、《豐年》（王君培）等文。[5]

《黃埔》，黃埔同學會宣傳科 1926 年 10 月 10 日創刊於廣州，旬刊。「發刊詞」稱：「現在的《黃埔潮週刊》還是離題遠的很。但是我們所持的是忠實的率眞的態度，眼看著這種情形，我們是非常的焦灼，想要把這個萬斤之重擔放在肩頭上來的！但同時我們又覺到本會組織伊始，所有同學不是在學校裏學習革命的工作，就是在遠處萬里的地方參加實際的革命事業，如果專靠《黃埔潮週刊》來當傳通信使，對於本會會務進行的狀況，是不會明瞭的；

---

1 《黃埔軍校報刊》，http://www.huangpu.org.cn/hpjx/201605/t20160504_11450233.html。

2 《中國軍人》創刊號封底，1925 年 2 月 20 日。

3 王檜林、朱漢國：《中國報刊辭典（1815～1949）》，書海出版社，1992 年 6 月第 1 版，第 131 頁。

4 《黃埔軍校報刊》，http://www.huangpu.org.cn/hpjx/201605/t20160504_11450233.html。

5 《黃埔軍校報刊》，http://www.huangpu.org.cn/hpjx/201605/t20160504_11450233.html。

而且每感覺到我們的生活太單調，太枯燥，急應鼓舞我們的呼聲，用各種方法來安慰安慰我們的人生，促成我們所要實現的合理的大同社會。這個小的旬刊，便是想把本會會務進行的概況，以及可以慰藉我們人生於萬一的事件，誠懇直率地介紹諸位親愛的同學的面前。」刊載黃埔同學會會務消息、緊要新聞、革命論文、小說、詩詞、戲劇、諧談、故事、通訊、反攻、討論問題等。每份定價 2 仙。1926 年 12 月停刊，共出版 7 期。[1]

《血花旬刊》，黃埔同學會 1928 年 8 月 21 日創刊於南京。蔣中正題寫刊名。黃埔同學會訓練科編輯，南京美利生印書館（估衣廊 16 號）印刷。9 月 10 日第 3 期登載《血花旬刊簡章》聲稱「本刊宗旨在訓練同學，增進其政治之認識與學術之研究」。設「時事述要」「雙十之聲」「論說」「專載」等欄目。逢十出版，每月 3 冊 8 分，半年 18 冊 5 角。零售每冊 3 分。郵費：本埠 1 分，外埠 2 分。[2]

4、黃埔通訊社

黃埔軍校政治部約在 1925 年前後成立了黃埔通訊社。黃埔通訊社的記者和「司書」，由黃埔軍校政治部宣傳科編輯股的人員兼任。黃埔軍校制定簡章，對黃埔通訊社的宗旨、人員、發稿、審稿、記者外出採訪、聘請國內外通訊員、供稿等作出了 16 條規定。

黃埔通訊社簡章，全文如下：

黃埔通訊社簡章

第一條　本社以闡明三民主義，研究國際政治、經濟狀況，及介紹革命學說，傳播革命消息為宗旨。

第二條　本社設記者一員，由宣傳科編輯股員一人兼充之，負採訪新聞，擬發社稿之責。司書一員，由宣傳科司書一人兼充之，負繕寫文稿之責。

第三條　本社所發出之社稿，應注意左列各項：

一、凡本校校內消息，認為必須發表者。

二、凡本社所收到一切論文，認為重要者。

三、凡本校高級長官之重要演講稿，或其他特別講演者。

1　《黃埔軍校報刊》，http://www.huangpu.org.cn/hpjx/201605/t20160504_11450233.html。

2　《黃埔軍校報刊》，http://www.huangpu.org.cn/hpjx/201605/t20160504_11450233.html。

第四條　凡本社社稿，須經宣傳科科長或主任審定後，方得發出，有關於軍事秘密者，尤須特別慎重。

第五條　凡遇本校（或校外可能時）各種集會，各種重要典禮或特別講演時，本社均得派記者記錄。

第六條　凡遇本校臨時發生之特殊或各種傳說之事故，本社須盡可能派記者探訪其原委。

第七條　本社記者，有出席旁聽本校各種行政或黨務會議之權。

第八條　凡本社每月所探得各種消息，或記錄之講演稿，及收到其他通訊社之社稿、論文等，須先呈編纂股長審查，稿件太多時，得指定重要部分先行整理。

第九條　本社得請本校政治教官負責撰擬有系統的論著、翻譯外報所載之重要材料或社論。

第十條　本社得在各重要城市聘請通訊員，或與其他政治部商訂交換新聞稿件。

第十一條　凡本社職員及各部隊政治指導員，均爲本社社員，有供給新聞稿件之責。

第十二條　本社得向各部隊函請指定義務通訊員，定期供給本社稿件。

第十三條　本校各學生隊、學員隊、高級班及入伍生各團營、軍事教導隊，學生軍，至少須備指定學員或學生一名爲本社通訊員，供給新聞稿件。本社得依其通訊成績酌予獎酬。

第十四條　本社有函請各部隊政治指導員或備部處隊主管官，供給本社新聞稿件之權。

第十五條　本社得請國外同志爲本社駐某國通訊員。

第十六條　本簡章自公布之日起施行；如有不適事項，得呈請修改之。[1]

（三）國民革命軍創辦報刊

　　國民革命軍的領導機關和部隊，普遍出版報刊，積極開展報刊宣傳工作。以1926年7月開始的北伐戰爭爲標誌，國民革命軍的報刊出版呈現了兩次浪潮。

1《黃埔通訊社簡章》，原載 1927 年《中央軍事政治學校法規全部》，http://www.hoplite.cn/Templates/hpjxwx0167.htm。

1、領導機關出版報刊

國民黨中央委員會政治訓練部創辦了《政治工作日刊》（1925 年 12 月 19 日）。國民黨中央軍人部創辦了《軍人週報》。國民革命軍總司令部創辦了《國民革命軍總司令部公報》和《戰事新聞》（1926 年 8 月），海軍部創辦了《革命海軍》。國民革命軍總政治部創辦《革命軍日報》後，在武漢創辦了主要介紹和評述國內外重要事件的《一周時事述評》（1926 年 12 月），又創辦了《社會月刊》和《農民生活》（1927 年 1 月）、《政治工作週報》和《軍人俱樂部》（1927 年 2 月）。國民革命軍前敵總指揮部政治部在漢口創辦了初爲週刊後改旬刊的《前敵》（1926 年 10 月 20 日）、《黨聲》旬刊（1927 年 4 月 10 日），又與國民黨湖北省黨部聯合創辦了《武漢民報》（1927 年 5 月 20 日）。國民革命軍東路軍（總指揮何應欽爲，前敵總指揮白崇禧）前敵指揮部在上海創辦《前敵日報》，北路總指揮部在廣東韶關創辦《北江日報》（1927 年 6 月 1 日，4 開 4 版）。

廣州國民政府軍事委員會政治訓練部 1926 年 4 月 1 日創刊於廣州的《軍人日報》，對開大報。旨在「提高軍人之政治觀念，促軍隊眞正成爲擁護人民利益之軍隊」，「提倡軍民合作」，「促進國民革命」。[1]大量報導國民革命軍各軍的活動，反映軍人的生活和要求，向軍人介紹全國工農運動的形勢，揭露帝國主義和封建軍閥的勾結，刊載有關蘇聯的消息。

國民黨中央軍人部主辦的《軍人週報》，1926 年 8 月 31 日創刊於廣州，16 開本。以「訓練革命軍人」，「本黨指導革命軍人唯一刊物」[2]自勉。設「時事述評」「時論」「革命文藝」「通信」等欄目。由上海、福州、紹興、汕頭、北京、濟南、南京、潮州、黃梅、開封、武昌、太原、長沙、成都、梧州、重慶、雲南、杭州、寧波、蕪湖、南昌、西安等的書店、圖書館代售。創刊號刊載廣州國民政府代理主席、國民黨中央黨部代理主席譚延闓撰寫的發刊詞，發表蔣介石的文章《出師之意義》及《由北方時局觀測北伐之將來》（張榮福）、《歡迎國民軍加入本黨並祝革命前途》（尸戈）、《革命軍人與軍閥之分別》（信孚）、《革命軍人的眞精神》（非非）等。重要欄目「時事述評」，每期發表三五篇，接連而出的時事述評，《吳佩孚要完事了》《指日可下之湖北》《反

1　錢承軍：《建國前中國共產黨報刊研究》，中國文聯出版社，2009 年 9 月第 1 版，第 59 頁。

2　《本報啓事一》，（廣州）《軍人週報》1926 年 9 月 7 日第 2 期。

動派幫了我們宣傳》《亞細亞民族會議之前途》《五省人民其速起》《張作霖再支配北京政局》《英艦炮擊萬縣事件》《英帝國竟促各國干涉中國耶》《討赤聯合戰線》《帝國主義口中之蘇聯內亂》《國際聯盟焉能解決萬縣事件》《張作霖的總統禍》《名流們的和平運動》《劉玉春的愚忠》《英炮艦政策與對華干涉政策》《捕赤反作奉魯破裂之導火索》《施肇基的滑稽把戲》《討赤軍最近的成績》《上海警察只值半元》《孫傳芳討赤乎？赤討乎？》《英工黨市選勝利與英國之前途》《孫吳倒後的中國局面》《加拉罕的偉論》《英國眞要承認國民政府麼》，及時地對國內外重大事件表明政治態度。

國民革命軍總政治部主辦的《革命軍日報》，前身是國民政府軍事委員會政訓部宣傳處於 1925 年創辦的《政治日刊》，宣傳處處長吳明兼任主編。後更名《軍人日報》，羅漢主編。1926 年 7 月，國民革命軍誓師北伐，國民政府軍事委員會政訓部改名爲國民革命軍總司令部戰地政務處，不久改爲政治部，《軍人日報》遂擴大爲《革命軍日報》，隨軍北伐，先後在湖南郴州、長沙出版，繼遷江西南昌出版。1927 年 4 月 25 日再遷武漢，由日出 8 開 1 張擴大爲 4 開 8 版，另出副刊 8 開 4 版，社址先設武昌糧道街總政治部內，後設漢口生成里 107 號。初由郭沫若兼任總編輯，楊逸棠、丘學訓、羅伯先、劉百川等編輯兼記者，1927 年 1 月潘漢年（中共黨員）接任總編輯，經理蔣光堂，副總編輯黃理文，印刷部主任王春生，編輯有林漢平、高歌、向培良、譚寶仁等。[1]同年 5 月 13 日，國民黨中央會議委任楊賢江（中共黨員）爲蘇浙滬三黨部駐武漢辦事處委員和國民革命軍總政治部機關報《革命軍日報》總編輯。7 月 14 日，楊賢江在《革命軍日報》刊登宋慶齡的《爲抗議違反孫中山的革命原則和政策的聲明》。[2]第二天汪精衛公開叛變革命後，刊登宋慶齡、鄧演達和鮑羅廷取道西北前往蘇聯的消息，發表鄧演達的文章《告別中國國民黨的同志們》。共產黨人和國民黨左派被迫退出，報紙停刊，出版上海版的籌備工作亦停止。

2、新老部隊出版報刊

國民革命軍的所謂新老部隊，分別是指北伐戰爭之前組建的部隊，在北伐戰爭進程中擴充和收編的部隊。

---

1 曾旭波：《珍貴的〈革命軍日報〉》，《汕頭特區晚報》2012 年 5 月 14 日。

2 《寧波黨史人物 楊賢江》，http://www.cnnb.com.cn/new-gb/xwzxzt/system/2006/06/08/005124606.shtml。

　　國民革命軍的軍及集團軍創辦的報刊有：《突擊週刊》（第 1 軍，1926 年 5 月），《先鋒》和《革命》半月刊（第 2 軍，1925 年 10 月），《國民革命軍》（第 3 軍，約於 1925 年 12 月）《四軍週報》（第 4 軍，1926 年 12 月），《奮鬥週刊》（第 6 軍，1926 年 6 月 1 日），《革命軍人》（第 7 軍，半月刊，1926 年），《前聲》和《黨聲》（第 8 軍）等，《血路》週刊（第 11 軍，1927 年 2 月 15 日），《三五報》（第 35 軍，1927 年 2 月 15 日），《大志願》週刊（第 7 軍，1927 年 2 月），《黨聲》旬刊（國民革命軍前敵總指揮部、第 8 軍特別黨部，1927 年 2 月 20 日），《彈花》（第 26 軍，浙江平湖，1927 年 2 月），《重光》週刊和《重光畫報》（第 15 軍，1927 年 2 月、3 月），《武漢民報》（國民黨湖北省黨部、第 8 軍總指揮部，日刊對開，1927 年 5 月 21 日），《第八軍特別黨部週刊》（第 8 軍特別黨部，1927 年 9 月 10 日），《生路》（第 7 軍特別黨部，廣西南寧，1927 年），《鐵軍》（第 11 軍，廣東汕頭，1928 年 1 月），《軍聲》（第 4 軍，廣州，1928 年），《革命前鋒》（第 3 集團軍，1928 年 8 月），《半月刊》《創進》《軍事月刊》《政訓旬刊》（第 4 集團軍）等。另有《學兵日刊》（國民革命軍總司令部學兵團，1927 年 2 月 1 日），《責任旬刊》（中央軍事政治學校一分校，南寧，1927 年 4 月）等出版。

　　四川軍閥的部隊改編爲國民革命軍，出版的報刊以軍級單位爲主，還有少量的師、旅級報刊，軍級報刊主要有：第 20 軍的《軍育週刊》（1926 年 8 月）、《壁報》（1926 年 9 月）、《快刀》（1927 年 10 月 10 日）和《坦途週刊》（1927 年 10 月 10 日）等；第 21 軍的《黨務周鐫》（1927 年 10 月 10 日）、《革命畫報》（1927 年初）、《革命週刊》（1927 年 12 月）等；第 24 軍的《軍人週報》（1926 年 11 月）、《政務匯刊》等；第 28 軍的《軍政週刊》（1927 年）等；第 29 軍的《政治旬刊》（1927 年 8 月 21 日）等。師、旅級報刊有：第 21 軍的《前兵》（第 1 師，1927 年 8 月）、血花旬刊》（第 6 師，1927 年 11 月）、《建國旬刊》（第 7 師，1927 年 5 月 10 日）、《政治旬刊》（第 8 師，1927 年 3 月 30 日），第 24 軍的《呼聲》（第 2 混成旅，1927 年冬），第 28 軍的《冶幹》（混成旅特別黨部籌備處，1928 年 10 月），第 29 軍的《政治旬刊》（第 3 路 7 混成旅，1927 年 11 月 10 日）等。

　　1926 年 9 月 17 日，馮玉祥率駐綏遠特別區五原縣（今屬內蒙古自治區）官兵在大校場舉行誓師授旗大會（史稱「五原誓師」），宣布脫離北洋軍閥，將西北國民軍改名國民革命軍（又稱國民軍聯軍），宣布全軍集體加入國民

黨，成立最高特別黨部，馮玉祥任國民軍聯軍總司令，中共黨員劉伯堅任政治部副部長。1928 年 4 月，國民軍聯軍被整編爲國民革命軍第 2 集團軍，馮玉祥任總司令，劉伯堅任政治部部長。在此前後，馮玉祥部出版了一批報紙。

1923 年 5 月 11 日，北京政府裁撤蒙疆善後委員會，陸軍檢閱使馮玉祥被任命爲西北邊防督辦，管理內外蒙古和新疆地方事務，對西北地區邊防負有軍事上、行政上的完全責任。1925 年秋，西北邊防督辦公署由張家口遷至包頭，在中共綏遠工委負責人路作霖的幫助下，創辦機關報《西北民報》，社長蔣聽松，採編人員有馬吉良、胡英初、丁寶銓、谷振綱、劉貫一、周之楚、楊令德，除楊令德外均爲中共黨員。[1]1926 年 1 月 8 日至 5 月 25 日，國民軍第 3 軍第 3 師（師長楊虎城）在寶雞出版 4 開 4 版《青天白日報》，趙保華主編，魏野疇等編輯。[2]

1926 年 10 月，馮玉祥爲了表示遵奉孫中山遺訓，讓劉伯堅以政治部名義將《西北民報》改名《中山日報》出版，由李大釗派來的北京大學文科院學生、中共黨員賈午擔任社長，中共黨員李子光任編輯。同年秋末，國民聯軍援陝轉戰寧夏，《中山日報》遷銀川玉皇閣繼續出版，改爲 4 開 4 版，石印。1927 年 4 月，國民黨「清黨」反共，《中山日報》於 9 月被封。[3]

1927 年 2 月，國民軍聯軍總司令部在西安創辦《國民軍政報》（日刊）、《新國民軍報》（半月刊）和《中山畫報》。3 月 5 日，國民軍聯軍總部政治部在西安創刊《政治工作》週刊。6 月 1 日《國民軍政報》改名《第二集團軍公報》，由國民革命軍第 2 集團軍總司令部公報處印行，6 月 26 日遷河南開封出版。10 月，第 2 集團軍總司令部創辦《革命軍人朝報》。12 月，國民軍聯軍總司令部政治部在西安紅城（今新城）創辦週刊《國民軍畫報》。1928 年 3 月 18 日，第 2 集團軍總司令部創刊週刊《革命軍人畫報》。國民軍聯軍所屬部隊，在 1927 年創辦《政治畫報》（第 13 路政治處，5 月，西安）和《革命畫報》（第 6 方面軍總指揮部政治處，旬刊）。

《革命軍人朝報》

1927 年 10 月創刊，國民革命軍第 2 集團軍主辦。政治部部長郭春濤、副部長簡又文、總部秘書長黃少谷、宣傳處長孟憲章和朱伯珍、李世軍、羅念

---

1 《中共西北民報支部辦公舊址》，http://www.nmgdj.gov.cn/nmgdsw/hslv/ydyj/bt/201609/t20160919_1421907.html。
2 《陝西報刊大事記（1896～1989）》，https://baike.baidu.com/difangzhi/shaanxi/738。
3 李萌：《建國前的寧夏報業》，《新聞大學》 1995 年版，第 2 期。

冰等歷任社長、總編輯。社址初在鄭州喬家門，1928 年 6 月遷至開封中山南街北頭路西樂善局內。日出 4 開 2 張。報頭下邊是「總理遺囑」專欄，再下是總司令誓辭。報邊印有約束、鼓舞士兵的口號。第一張專登新聞，第二張登載馮玉祥對士兵的訓詞等，可裁下彙集成冊。後改爲報社將訓詞彙集成冊再發行。至中原戰事緊張，紙張匱乏，不再發行訓詞冊子，只出版 4 開 2 版。第一版爲國內時事，主要刊載軍閥戰爭消息；第二版爲副刊，所載皆爲闡揚國民黨黨義、討論政治經濟問題的文章及描寫第 2 集團軍內部生活的文藝作品。爲提高士兵文化水平，副刊日載「軍人千字課」欄目。除第 2 集團軍內發行，還向豫陝甘黨政機關和學校廣泛贈閱。附設中華通訊社、公報處、畫報處，每週出《革命軍人公報》《革命軍人畫報》各一張。公報發布軍令、文告等，畫報刊載軍內長官照片、犧牲官兵遺像及戰地實景圖片。[1]1930 年停刊。

　　馮玉祥非常重視《革命軍人朝報》，親自提議爲教育士兵、提高士兵的思想文化素質而出版該報，題寫報頭，每天報紙出刊後都要先交其過目，曾令全體官兵以連爲單位每日講讀。

第三節　民國北京政府時期的外國在華新聞業

一、美國在華新聞業的全面興起

　　美國在華新聞業雖然出現時間較晚，但卻是後來居上，在民國時期對中國的新聞事業和新聞教育影響深遠。與英國在華新聞業明顯不同的是，美國在華新聞業發展的更全面，除了美國記者報人來華創辦報刊、開展報導外，美國人創辦的教會大學上海聖約翰大學創辦了中國第一個報學系，中國成體系的新聞教育由此開始；美國人 E.G.奧斯邦（E.G.Osborn）在上海創辦起中國無線電公司（Radio Corporation of China），揭開了中國廣播事業的歷史；美國的通訊社諸如美聯社、合眾社也加強了在華的業務。

（一）密勒、鮑威爾與《密勒氏評論報》

　　托馬斯·密勒（Thomas Franklin Fair fax Millard，1868.7.8～1942.9.7），出生在密蘇里州費爾普斯縣。1878 到 1882 年，在密蘇里礦冶學院（Missouri school of Mines and Metallurgy）學習。1884 年進入密蘇里大學。1895 年，他

1　《河南省志·新聞報刊志·第一章·報刊》，http://www.hnsqw.com.cn/sqsjk/hnsz/xwbkz/。

開始了自己的記者生涯，在《聖路易斯共和報》（St Louis Republic）擔任記者。
1897 年，他進入貝內特的《紐約先驅報》（New York Herald），負責撰寫戲劇
評論，後又轉行做戰地記者。中國義和團運動爆發後，密勒又被派往中國。
在為《紐約先驅報》報導新聞的同時，密勒為美國報紙撰寫關於中國的系列
文章。1904 年，日俄戰爭爆發，密勒赴滿洲報導，他在滿洲跟隨俄軍採訪，
深入前線，為紐約《紐約先驅報》和《巴黎先驅報》等世界報刊提供了關於
戰爭最準確的見解。在遠東問題上，密勒積極為美國政府獻言獻策，儼然成
為遠東問題的專家。

　　密勒作為報人在中國真正大放異彩是從創辦《大陸報》開始的。一方面
是為了破除英國報紙在上海英文報紙市場的壟斷，另一方面出於擴張美國在
華利益的考慮，密勒決定自己創辦一份報紙。1910 年 3 月，駐美公使伍廷芳
回國後，稱病寓居於上海。密勒與他是舊相識，1906 年至 1908 年初間，密勒
分別於北京和上海四次拜會伍廷芳。密勒認為，伍廷芳是「中國最有意思、
有很大影響力」的人物，他對新聞與輿論的關係有較早的認知，深感人民智
慧閉塞、見識狹隘，有志從事蘇醒中國靈魂的工作，並教正外人的錯誤觀念。
而且，美國任職經歷也使伍廷芳對報紙作用有了一種全新的認識，所以兩人
決定在中國創辦一份遵循美國報紙傳統的英文日報。[1]

　　為創辦一份美國式的報紙，密勒開始招攬人才。他先是向密蘇里新聞學
院的威廉院長求助，威廉院長向他推薦了他以前在《哥倫比亞-密蘇里先驅報》
（Columbia-Missouri Herald）的同事卡爾・克勞（Carl Crow），收到威廉的密
勒的電報和威廉的推薦信後，欣然答應。1911 年 6 月初，克勞啟程前往上海，
並於 7 月到達。此後，密勒又邀請了在日本經營《日本廣告報》（The Japan
Advertiser）的費萊煦（B.W. Fleisher）加盟。

　　在多方支持下，密勒開始著手籌辦報紙。美國駐華公使柯蘭是芝加哥商
業領袖和慈善家，他出資幫密勒購置了字模和印刷機，並認購 200 股份。至 7
月 30 日，在已有被認購的 590 股中，美國人佔了 340 股，中國人如伍廷芳及
滬寧鐵路總辦鍾文耀等認購了 150 股。8 月 23 日，《大陸報》出版樣報，29
日正式發行。柯蘭擔任社長，密勒為報紙主筆，費萊煦為經理，克勞出任本
市新聞副主編和廣告部主任，負責招攬外國人來中國旅行的宣傳廣告。《大陸

1　沈薈，歷史記錄中的想像與真實──第一份駐華美式報紙《大陸報》緣起探究，《新聞
　　與傳播研究》，2014 年第 2 期。

報》的發行，立刻引起了上海新聞界的關注，8月25日，申報報導了此事，「英文大陸報樣報昨日出版，內容豐富，將來當可於上海西字報中高樹一幟。該報宗旨專注國之進步，茲因機器尙須署，故須於本月初六日始能按日出報。」[1]

《大陸報》創辦不久，長江就發生了嚴重的水災，同城辦報的《字林西報》未能充分報導此事，密勒抓住這次機會，派出克勞前往災區，帶回了大量詳實的報導。這次報導活動使得《大陸報》的知名度迅速提升。武昌起義爆發後，《大陸報》投入大量人力、物力，對其進行持續地、高強度地報導。總之，《大陸報》抓住了時機，在幾年內成爲可以和老牌報紙《字林西報》比肩的外國在華報紙。

《大陸報》快速發展的同時，受到了《字林西報》的排擠。《字林西報》不僅阻礙中國人購買《大陸報》的股份，還鼓動英國的廣告商和訂戶抵制該報。最終，密勒因爲利潤下滑，同時厭倦了和《字林西報》的爭鬥，於1915年8月辭去總編的職務，並出售了個人持有的股份。[2]

然而，密勒並未喪失自己的新聞理想，兩年後捲土重來，創辦了《密勒氏評論報》（Millard's Review of the Far East）。密勒再次向密蘇里新聞學院的威廉院長求助，希望他推薦一位新聞學院的畢業生，威廉向他推薦了當時正在學院任教的約翰·鮑威爾。

鮑威爾（John Benjamin Powell，1886－1947）1886年4月18日出生於密蘇里州東北部的馬里恩郡漢尼巴爾（Hannibal，Marion county，Missouri）農場，幼時就讀於當地的鄉村學堂，然後在學堂教書，後來靠著送報紙賺來的錢去伊利諾斯州的昆西城讀完高中和商學院。畢業後，在《昆西自由報》（Quiney Whig）做實習記者。1908年，鮑威爾進入剛剛成立的密蘇里新聞學院，成爲該學院首批新聞學生，1910年成爲新聞學院第二屆五名畢業生之一。畢業後，鮑威爾回到家鄉漢尼巴爾《信使報》（Courier-Post）工作，先後任該報發行部經理、廣告部經理和報紙市政專欄編輯。[3]1912年9月，鮑威爾回到密大新聞學院，擔任廣告學講師。

1　《大陸報頭角已露》，《申報》，1911年8月25日。

2　John Maxwell Hamilton. *The Missouri News Monopoly and American Altruism in China：Thomas F.F. Millard，J. B. Powell，and Edgar Snow.* Pacific Historical Review，1986，p34.

3　鮑威爾：《鮑威爾對華回憶錄》，知識出版社，1994年版，第4頁。

　　鮑威爾看到密勒發給威廉院長的電報猶豫不決，因爲當時有另外兩個工作供他選擇，一個是衣阿華州首府德梅因（Des Moines）的一家經貿雜誌邀他做發行人，另一個是佐治亞州亞特蘭大市的一個報社發行人邀他做助理。和妻子以及同事商量之後，鮑威爾下定決心前往「著實具有誘惑力」的中國，並著手結束大學裏的工作。[1]

　　1917 年 2 月，鮑威爾輾轉從日本來到上海，並開始著手準備創辦刊物。在鮑威爾來華之前，密勒已經購買了一些字模和白報紙，但其他事情都留待鮑威爾去做，創建一份美式新報紙的責任全部落在他身上。他們先是租了幾間房子作爲報社的辦公室，然後和法國耶穌會的一家印刷廠簽訂協議，由該印刷廠代印報紙。之後鮑威爾開始做客戶調查和發行推廣的工作。《密勒氏評論報》在風格上模仿了美國的《新共和》（New Republic），解釋說，「大約兩年前，《新共和》雜誌在紐約創刊。報刊排版專家當即認定它的排版和尺寸最能體現發行人的理念。這本精美的雜誌的成功很大程度上得益於其與眾不同的外觀。《新共和》的讀者或許看到《密勒氏評論報》在排版和其他格式上幾乎拷貝了《新共和》雜誌。我們感謝新共和雜誌的編輯們慷慨地爲我們提供了他們刊物的細節和說明。」[2]

　　1917 年 6 月 9 日，《密勒氏評論報》正式在上海創刊發行，密勒擔任編輯，鮑威爾擔任助理編輯。創刊伊始，《密勒氏評論報》就圍繞著「財經和政治」做文章。創刊號主要的內容包括，「社論」（Editorial Paragraphs）和「特別稿件」（General Articles）、專欄和廣告，這種版面設置延續了很長時間。「短社評」位於刊物的頭幾頁，主要是對當下時事的簡短評論，「特別稿件」緊隨其後，專欄包括：「一周要聞」（News Summary of the week）、「遠東報刊言論」（Far East Press Opinion）、時人時事（Men and Events）、「婦女工作」（Women's Work）、「劇評」（The Theatres）等。早期的欄目設置奠定了《密勒氏評論報》的總體風格，此後鮑威爾父子擔任主編也基本延續了當初的欄目設置。《密勒氏評論報》在不同時期設立過不同的評論類欄目、新聞類欄目和經濟信息類欄目，通過這些欄目的設置，《密勒氏評論報》向讀者提供了豐富的信息，並凸顯了《密勒氏評論報》是一份以「政治和財經」爲中心話題的英文評論性雜誌。

1　鮑威爾：《鮑威爾對華回憶錄》，知識出版社，1994 年版，第 4 頁。

2　鄭保國：《〈密勒氏評論報〉：美國來華專業報人的進與退》，《國際新聞界》，2015年第 8 期。

1917 年 9 月 1 日，密勒離開中國前往俄羅斯考察，從第二卷第二期開始，「社論」改由鮑威爾撰寫。密勒完成俄羅斯的考察後，直接返回了紐約，並長住下來。《密勒氏評論報》的工作長期由鮑威爾主持，直到 1922 年密勒將自己的股份賣給了鮑威爾，自此密勒同刊物的最後一點聯繫也斷絕了。完全接手刊物後，鮑威爾對刊物進行了改造，首先刪掉了英文名稱中密勒的名字，之後刊物的英文名稱更改過數次，最終於 1923 年 6 月 23 日確定為 The China Weekly Review，但刊物的中文名稱得以繼續沿用。

鮑威爾經營下的《密勒氏評論報》開始大量招攬密蘇里新聞學院的學生。1918 年，鮑威爾聘請他在密大時教過的學生董顯光擔任刊物的駐北京辦事處代表，後又任命他為助理編輯。1919 年 7 月 26 日，柏德遜從舊金山出發前往上海，他也是密大新聞學院的畢業生，同樣是受威廉院長的推薦。8 月底到達上海後，出任《密勒氏評論報》的財經編輯和經營部經理。同年 11 月，《密勒氏評論報》廣州辦事處成立，鮑威爾聘請曾經在新聞學院的同學黃憲昭擔任代表。

（二）美國在華其他報刊創辦及其發展

這一階段美國在華創辦的報刊中，《大陸報》和《密勒氏評論報》的聲名流傳的最廣，還有一些報刊雖然知名程度不如上兩種，但也取得了不錯的成績。

《華北明星報》（North China Star）創辦於 1918 年 8 月，由美國記者律師法克斯（Charles.James.Fox）和埃文思在天津共同創辦，地址位於法租界巴斯德路 78 號，日發行量約 3000 份。該報實行低價政策，當別的報紙一年的訂閱費達到二三十元，《華北明星報》只需 10 元一年，且全年發行。該報歸天津美國總領事館註冊的一家美國公司所有，股本資金 60000 美元，其中五分之三由法克斯持有。

美國人侯雅信曾擔任過該報的副編輯。侯雅信（Josef Washington Hall，1894～1960）於 1916 年來華，起初在濟南基督復臨安息日會任職，1918 年後在天津、北京等地從事新聞工作，除在《華北明星報》工作外，侯雅信還擔任過北京中美通訊社的經理和《北京導報》的主筆，此外，他還給《密勒氏評論報》《大陸報》《京津泰晤士報》和《遠東時報》撰寫評論。侯雅信不僅活躍於報界，還跟政界有著密切的聯繫，他在直皖戰爭時充當了吳佩孚的新

聞代理人，期間接辦了《北京導報》和《益世報》，他用這些報紙公開支持吳佩孚，如他自己所講，他的報紙正和吳追逐敵人的行動，步調一致地馳聘在勝利的頂峰。[1]侯雅信於 1922 年返回美國，任華盛頓州立大學講師，並以「中國問題專家」的身份去各地演講。

1928 年，國民黨中央宣傳部規定《華北明星報》不得使用中國郵政。其中緣由是該報刊登了一篇合眾社北平通訊員貝斯（D・C・Bess）採寫的文章。貝斯在文中預測，1929 年春天，北方軍閥和南京政府不可避免會有戰爭。後來，法克斯和合眾社向南京外事辦公室發去官方文件，為發表這篇文章和合眾社北平通訊員將這篇文章發給報社的行為致歉。至此，當局才解除郵政禁令。[2]1926 法克斯回國後埃文斯（R.T.Evans）接手報紙。

《北京導報》（The Peking Leader）於 1920 年由中國人創辦，1925 年重組後，美國新聞記者柯樂文被選為該報主編和總裁。由於華北地區外國勢力較小，再加上北平軍事動亂導致的商業蕭條，這份報紙一直處在財政困難當中。柯樂文所撰寫的社論總是聰明機智、充滿活力，其自由的風格使得他成為在東交民巷使館區所謂的「不受歡迎的人物」。1928 年，當國民黨軍隊從南方逼近舊都時，東交民巷盛傳「南方的共產主義者」會重演 1900 年義和團之暴行的消息。中國首都由北平遷往南京，《北京導報》無法繼續維繫。柯樂文來到南京，與中國領導人協商，由後者收購這家報紙。此後，這家報紙一直歸中國人所有。[3]

《中國雜誌》（China Journal）主要紀錄東方國家在科學、藝術、旅行、勘探、體育和教育方面的文章，在英國和美國的科學家、地理學家和博物學家圈子裏十分有名。起初雜誌為雙月刊，1926 年起改為月刊。雜誌的編輯蘇柯仁（Arthur de Carl Sowerby）在科學界和勘探界享有盛名。同時這份雜誌的成功也離不開他的夫人克拉麗絲・莫依斯・索爾比，即中國科學藝術協會的名譽司庫，1922 年秋克拉麗絲・莫依斯・索爾比開始擔任雜誌的業務經理，在她的高效管理下，這份刊物得以在中國艱難的商業環境中維繫下來。[4]

1　章伯鋒、李宗一編：《北洋軍閥：1912～1928》（第四卷），上海人民出版社，1990 年版，第 763～764 頁。
2　趙敏恒：《外人在華新聞事業》，暨南大學出版社，2011 年版，第 65 頁。
3　趙敏恒：《外人在華新聞事業》，暨南大學出版社，2011 年版，第 65～66 頁。
4　趙敏恒：《外人在華新聞事業》，暨南大學出版社，2011 年版，第 67～68 頁。

　　《中國文摘》（China Digest）1925 年創辦於北平，1926 年遷到天津，同年又搬到上海，此後一直留在上海。該雜誌為週刊，刊登廣告，每週發行量將近 3000 份。該報的創辦者兼主編卡羅爾·朗特（Carroll Lunt）談到創辦雜誌的初衷時這樣說到：「我當時創辦這份報紙，是因為我感到中國沒有一家期刊做得像美國的《文學文摘》那樣好。換句話說，對待任何一個爭論，都要向公眾提供兩方面的觀點，讓讀者得出自己的結論。儘管本報的編輯政策是始終如一的，但自本報創立之初，對待任何一個重要的話題，我們都會忠實地提出兩方面的觀點。這份報紙是獨立的，我們的座右銘就是『提供另外一種觀點』。」[1]

　　在漢口，美國人施瓦茨（Bruno Schwartz）於 1923 年創辦了英文報紙《自由西報》（Hankow Herald），林芳伯（Wilfred Ling）人主筆，中國人周培德曾幫助進行籌辦工作。該報是美國人在華中地區主要的輿論機關。1932 年該報由南京國民政府夠得。[2]

　　除上述這些報刊外，還有一份特殊的報紙是《哨兵報》，這份報紙於 1919 年由美軍駐紮在中國的第十五步兵團創辦，由天津的英文報紙《京津泰晤士報》的出版商大津印字館發行。版式為寬 9 英寸，長 12 英寸，跟雜誌相似，但版面和編輯還是和報紙一樣採用普通新聞紙印刷，封皮裝訂半光面紙，封面多用漫畫、素描或照片。每期平均 28 頁，每份零售價為 5 美分，月訂閱費為 20 美分，年訂閱費為 2 美元。每週發行量約為 1450 份，其中 500 份寄往美國，「就像是寄給家中親朋好友的書信，他們牽掛著我們這些遠在異鄉中國的傢伙」。[3]《哨兵報》由十五步兵團的軍官管理。1921 年初，在主編 R.D.貝爾上尉手下的工作人員有六名軍官和三名士兵。報紙在所有連隊和部門都設有通訊員，並有一名專職的攝影師。1921 年 5 月 20 日，奧維.E.費希爾牧師接手該報，出任主編和商業經理。[4]

　　《哨兵報》內容豐富，既有關於各連隊的專題報導，也有影評、爵士樂、麻將、各種比賽和辯論等內容。報紙還積極鼓勵士兵投稿，結果收到了大量

1　趙敏恒：《外人在華新聞事業》，暨南大學出版社，2011 年版，第 70 頁。

2　中國新聞事業通史·第二卷，第 221 頁。

3　阿爾弗雷德·考尼比斯，考尼比斯，劉悅譯：《扛龍旗的美國大兵：美國第十五步兵團在中國 1912～1938》，作家出版社，2011 年版，第 117～118 頁。

4　阿爾弗雷德·考尼比斯，考尼比斯，劉悅譯：《扛龍旗的美國大兵：美國第十五步兵團在中國 1912～1938》，作家出版社，2011 年版，第 118 頁。

的打油詩。該報也曾刊登過士兵寫的短篇和中篇小說。《哨兵報》非常注重和中國相關的內容，除了對中國時事政治的報導外，諸如體育、風土人情、文學、戲曲也都是其關注的內容。

《哨兵報》靠報刊訂閱和廣告獲利，其盈利足以用來資助每週星期日晚上在軍營禮堂免費放映電影。報紙的收入還用來為軍營圖書館和醫院購買雜誌期刊，為射擊比賽提供獎金和獎品，多年來還建造並維護一座滑冰場供軍人和外國人社區使用。[1]但 1932 年 11 月美國戰爭部的一項法令規定任何軍隊報刊不得接受與政府有商業往來的公司的廣告贊助[2]，因此，《哨兵報》上的廣告大幅減少。

總的來講，十五步兵圖創辦《哨兵報》是為了服務這支部的，它的發行事實上旨在關注第十五步兵團的存在，反映其生活現狀，描述其服役環境。該團駐紮在原理祖國半個地球以外的地方為國效力，《哨兵報》記載了這個小型「軍隊之家」的希望、恐懼和焦慮。[3]

（三）美國在華廣播事業的興起

1922 年 12 月，美國人 E.G.奧斯邦（E.G.Osborn）將一套無線電廣播發送設備從美國運至上海，創辦起中國無線電公司（Radio Corporation of China），並與《大陸報》館合作，在廣東路 3 號大來洋行屋頂架起設備，發射功率為 50 瓦，頻率 1500 千赫，呼號 XRO。1923 年 1 月 23 日晚首次播音。

1 月 23 日，《大陸報》刊登了詳細的節目單，並提醒民眾「欲知明晚的節目，請讀明早的《大陸報》—今後每天如此」。[4]第二天的《大陸報》報導了奧斯邦電臺首次播音的情況，對其評價甚高，「首次無線電節目昨晚廣播大獲成功。禮查爵士樂隊、卡爾登的金門四重唱、著名小提琴家科西恩、首席薩克官手喬治·霍爾演出均獲轟動。數百人聆聽了時代的奇蹟。」[5]

---

1 阿爾弗雷德·考尼比斯，考尼比斯，劉悅譯：《扛龍旗的美國大兵：美國第十五步兵團在中國 1912～1938》，作家出版社，2011 年版，第 119 頁。

2 阿爾弗雷德·考尼比斯，考尼比斯，劉悅譯：《扛龍旗的美國大兵：美國第十五步兵團在中國 1912～1938》，作家出版社，2011 年版，第 124 頁。

3 阿爾弗雷德·考尼比斯，考尼比斯，劉悅譯：《扛龍旗的美國大兵：美國第十五步兵團在中國 1912～1938》，作家出版社，2011 年版，第 117 頁。

4 上海市檔案館等編：《上海檔案史料叢編：舊中國的上海廣播事業》，檔案出版社，1985 年版，第 4 頁。

5 上海市檔案館等編：《上海檔案史料叢編：舊中國的上海廣播事業》，檔案出版社，1985 年版，第 7 頁。

奧斯邦電臺是私自架設的電臺，並未經當局批准，觸犯了北洋政府的有關法令。3 月 14 日，交通部通過外交部飭知江蘇特派交涉員，取締奧斯邦電臺。在幾經交涉後，奧斯邦電臺在 4 月停播。7 月 31 日，倚雲閣上的天線被拆卸下來，奧斯邦東山再起的復興計劃化作泡影。

美國人在中國創辦的第二家電臺是新孚洋行（Electric Equipment Co.）的老闆戴維斯（Davis）創辦的，這是一個實驗性質的電臺，功率爲 50 瓦，1923 年 5 月 30 日首次播音。據《大陸報》報導，這座電臺「將用於實驗和向顧客示範該公司經售的收音機及其零件」，「這個電臺將不時播出節目，其預告將在報上登載。公司還想把電臺的用途擴展到那些希望隨時廣播自己的節目或廣告的組織和團體。」[1]到 8 月初，因爲經費短缺，該電臺停止了播音。

美國人在華創辦的第三家電臺是開洛公司（Kellogg Switchboard And Supply Co.）所辦電臺，開洛公司租下了奧斯邦電臺的全部設備，將發射機架設在福開森路的一處草地上，播音室設在江西路 62 號開洛公司內。電臺呼號 KRC，發射功率 100 瓦，頻率 822 千赫。開洛公司爲了打開收音機產品的銷路，免費給報社提供播送設備，使其成爲開洛電臺分站。1924 年 4 月 23 日，開洛廣播電臺《大晚報》館分站開始播音。5 月 15 日，《申報》館分站開始播音。12 月，《大陸報》館分站開始播音。

相較於前兩個電臺，開洛電臺的經營更爲成功。首先，開洛電臺更加注重與本地聽眾的接合，大量播送中國音樂節目，「本公司現在每天播送五小時的音樂，內中十分之七是中國音樂，而每逢星期三有西樂大會，星期六有京劇大會及名人演講。」[2]其次，開洛電臺充分發揮報館分站的自主性，各分站不僅使用不同的語言進行播報，申報分站使用上海話，大晚報分站使用英語，而且播放的內容也由各分站自行決定。1929 年 10 月底，開洛電臺在開辦五年之後終因經費不足停播了。

（四）美國通訊機構在華新聞傳播活動的開展

美國的通訊社中，最早進入中國的是美聯社，1915 年美聯社就在上海成立了分社。1922 年美聯社社長諾彝斯（Frank.B.Noyes）訪問中國，受到了報界的熱烈歡迎。11 月 10 日，諾彝斯在北京召開記者招待會，會上諾彝斯詢問

---

1 上海市檔案館等編：《上海檔案史料叢編：舊中國的上海廣播事業》，檔案出版社，1985 年版，第 15 頁。

2 《開洛公司廣告》，《申報》，1925 年 10 月 20 日。

中國需要美國何種新聞，「意在擴充營業於華」。[1]11 月 25 日，諾彝斯攜夫人從南京抵達上海，「報界歡迎者甚眾」，在申報謝福生和路透社經理唐納等人的陪同下入住南京路的匯中旅社。26 日晚參加了上海新聞記者聯歡會組織的歡迎會，美國駐上海總領事和滬西報主筆陪同參加。[2]

27 日中午，路透社上海分社經理唐納在卡爾登宴請諾彝斯，《申報》《新聞報》《大陸報》《密勒氏評論報》等報的記者共二十餘人參加了宴會。諾彝斯介紹了美聯社和其他通訊社互相供稿的協定，及美聯社取得的成就。

28 日中午，上海美國商會和美國大學俱樂部在卡爾登宴請諾彝斯，社會各界共 140 多人參加。下午，諾彝斯參觀了申報館，並拍照留念。當晚又參加了申報館組織的晚宴，鮑威爾、史量才、陳冷、張竹平等人作陪。

諾彝斯訪問中國，雖未能同中國報界達成實質性的合作，但他將美聯社的創辦理念和經驗介紹到國內，這對國內的新聞界而言是寶貴的經驗。雖然在此之前包括美聯社在內的各大通訊社都有駐華記者或通訊員，但諾彝斯作爲一社之長在通訊社的管理、運作等方面顯然比普通記者更有經驗，這些正是當時中國報界所需要的經驗。

雖然美聯社進入中國的時間較早，但因爲跟路透社的相關協定，到了 1931年它才開始向中國發稿。與之相比，美國合眾社在中國更加活躍。1922 年合眾社派記者來華，先後在北平、上海、天津、廣州等地採訪，除向總部發稿外，也供給當地報紙。1925 年 10 月 8 日，合眾社總部的代表霍華德在大陸報記者的陪同下到申報館參觀，並表示，希望以後以無線電來傳遞新聞，「將來或可達每字一角之代價，如此聯合通信社對於中國報紙供給新聞之費用，可以減省。」[3]

同年 12 月 2 日，合眾社遠東分社的代表到申報館參觀，並表示「該社現已設有訪員，採訪中國等處消息，隨時報告，而供給於世界各處之用。該社通信者，刻正力謀擴充，冀可遍設分社於遠東各地。上海爲中華全國商業及經濟中心，亦將爲採集及散佈新聞之樞紐。」[4]1929 年 3 月在上海成立分社。不久後原設於東京的遠東分社遷至上海，英文稿件自己發送，中文稿件由上海國民新聞社代發。[5]

1　《申報》，1922 年 11 月 10 日。

2　《美國新聞家諾彝斯君昨日抵滬》，《申報》，1922 年 11 月 26 日。

3　《路透社歡宴諾彝斯紀》，《申報》，1922 年 11 月 28 日。

4　《美國聯合通信社代表參觀本報》，《申報》，1925 年 12 月 3 日。

5　馬光仁：《馬光仁文集》，上海社會科學院出版社，2013 年版，第 480 頁。

二、俄國新聞業在中國的新變化

　　1917 年十月革命爆發前後，大批白俄湧入哈爾濱和上海兩地，在華俄文報刊盛行。日寇侵佔東北後，蘇聯在華新聞活動漸趨沈寂。1922 年俄僑人數增至 155402 人，占哈爾濱當時總人口的一半，成了俄國各派政治力量在遠東角逐的中心，僅在 1920～1923 年間，他們就在哈爾濱一地新辦俄文報刊達 110 多家。[1]

（一）帝俄報刊在華停止活動

　　正是沙俄報刊結束了我國東北無報刊的歷史，沙俄在華辦報對我國東北報業的發展有著深遠的影響。1914 年是沙俄在華俄文報刊的一個轉折點。第一次世界大戰爆發後，沙俄作為協約國主要成員參戰，駐守在中東鐵路的軍隊和普通俄國居民被不斷地調往歐洲前線。沙俄政府無暇東顧，對遠東的控制有所放鬆，此後，在華新聞事業不但沒有擴大發展，反而萎縮了。[2]

　　《遠東報》，創刊於 1906 年 3 月 14 日，由沙俄控制的中東鐵路公司出資創辦，社長為俄國人史弼臣。該報為維護、宣揚沙俄侵略政策的輿論工具。為了抵制俄國十月革命對中國的影響，《遠東報》經常刊載言論，詭稱中國為千年古國，社會主義不合國情；但《遠東報》編採人員因受十月革命的影響，熱情讚揚「五·四」愛國學生運動。[3]1919 年 5 月 9 日起，該報連續正面報導運動實況。首篇以《北京學生之愛國潮》為題，詳細記述了學生遊行示威的全過程。11 日發表社論：《論北京學生之大活動》，歡呼「此誠痛快人心之事」，抨擊北洋政府鎮壓學生的罪行，接連報導全國各地和哈爾濱支持運動的群眾活動。[4]

　　1920 年起，中國開始回收中東鐵路主權，國際列強干涉西伯利亞的軍事行動不久也失敗撤軍，在哈的沙俄殘餘勢力日趨衰落。1921 年 3 月 1 日，隨著沙俄在哈爾濱殘餘勢力的衰落，出版 15 年之久的《遠東報》，奉中東鐵路公司令終刊，從而結束了沙俄辦報的歷史。

1　方漢奇、史媛媛主編：《中國新聞事業圖史》，福建人民出版社，2006 年版，第 193 頁。

2　趙永華：《沙俄在華辦報史研究》，《新聞學論集（第 25 輯）》，經濟日報出版社，2010 年版，第 280 頁。

3　黑龍江省地方志編纂委員會編：《黑龍江省志·第五十卷·報業志》，黑龍江人民出版社，1993 年版，第 21 頁。

4　馬學斌：《中文鐵路報紙濫觴——〈遠東報〉》，《鐵道知識》，2014 年版，第 55 頁。

（二）白俄報刊在哈爾濱出現

除了帝俄時期原辦的一些報紙如《哈爾濱新聞》《生活新聞報》繼續刊行外，俄僑還新辦了大量俄文報刊。通常把那些反蘇反共的俄國人稱爲「白俄」。白俄在哈所辦的報刊最集中的是 1920～1923 的三年間。白俄用俄文出版的報刊，發行量很大，凡涉及到中國問題時，一般是站在極其反動的帝國主義和中國反動派一邊。[1]。

中東鐵路俄文機關報《哈爾濱新聞》1917 年 12 月更名爲《鐵路員工報》，1918 年 1 月 1 日再度更名爲《滿洲新聞》，成爲在哈爾濱以霍爾瓦特爲首的白俄分子的機關報。該報頑固地反對布爾什維克，極力呼籲國際列強出兵干涉蘇維埃俄國。[2]

白俄頭子謝苗諾夫的機關報《光明報》於 1919 年 3 月 5 日在哈爾濱創刊，該報是第一家公開反對布爾什維克的白俄報紙，其口號是「全力支持謝苗諾夫的事業」。[3]1924 年 10 月 2 日，哈爾濱舉行了中東鐵路接管儀式。10 月 3 日，頑固反蘇的《光明報》作爲一份不合時宜的白俄報紙停止出版。

《光明報》之後的就是《俄聲報》（也譯作《俄國之聲報》），該報於 1920 年 7 月 1 日創辦，戈公振在《中國報業史》評價爲「屬於皇室一派，但無勢力」。它是中東鐵路機關報《滿洲新聞》的後身，由俄國國民民主黨保守派主辦，得到中東鐵路管理局的暗中支持。人們稱它是「霍爾瓦特」機關報。該報親日、反蘇反共，夢想依靠日本等帝國主義強國爲俄國復辟。[4]該報還時常以原來沙俄殖民者姿態，無視中國主權和官府，引起哈爾濱官民的不滿。[5]中東鐵路實行中蘇共管後，由於財路斷絕於 1926 年 1 月 31 日停止發刊。

1　漢斯‧希伯：《論帝國主義殖民統治者及其在華報刊的思想意識》，1927 年 2 月 5 日於武昌。載於：漢斯‧希伯研究會編，《戰鬥在中華大地——漢斯‧希伯在中國》，山東人民出版社，第 353～364 頁。

2　趙永華：《在華俄文新聞傳播活動史（1898～1956）》，中國人民大學出版社，2006 年版，第 72 頁。

3　方漢奇、史媛媛主編：《中國新聞事業圖史》，福州：福建人民出版社，2006 年版，第 193 頁。

4　段光達、李成彬：《「九一八」事變前俄國人在哈爾濱文化活動的回顧與思考》，摘自韓瑞常等主編：《東北亞史與阿爾泰學論文集》，黑龍江教育出版社，1996 年版，第 78 頁。

5　黑龍江省地方志編纂委員會編：《黑龍江省志‧第五十卷‧報業志》，黑龍江人民出版社，1993 年版，第 259 頁。

《俄語報》（亦譯作《俄國言論報》）1926 年 1 月 31 日創刊。總編輯斯巴斯基等編採人員均爲《俄聲報》原班人馬。該報繼承了《俄聲》的衣鉢，堅持親日反蘇反共，夢想依靠日本復辟。該報大量刊載眷戀沙俄時期的回憶，以及惡毒攻擊和誹謗蘇聯黨和政府的言論。哈爾濱淪陷後，該報更加死心踏地地投靠日本侵略者。

在俄僑中影響最大的報紙是由俄國報人連比奇於 1920 年 4 月 15 日創辦的俄文日報《霞光報》。在創辦初期它只是一家小報，但它發展很快，對哈爾濱俄文報界產生了深刻影響。該報「昔在哈爾濱最占勢力，在上海亦設有分館。以其消息靈通，議論精闢，爲俄人所愛讀」。主編布什科夫是無黨派人士，卻反對十月革命，辦報時竭力標榜爲民主中立派，暗地接受俄將軍謝苗若夫的津帖。該報另堅持反蘇親日方針，但它以普通市民爲對象，內容通俗、消息迅速、淡化政治色彩，所以仍爲人們喜歡，1925 年期發數達 9500 多份，居哈爾濱俄文報之首。[1]

（三）蘇共報刊在哈爾濱興起

哈爾濱以其得天獨厚的地緣優勢，成爲較早接觸馬克思主義的地方。由於俄國布爾什維克的積極活動和所進行的宣傳，馬克思主義通過多種渠道、多種途徑傳到了哈爾濱，並對當地革命活動產生了深遠的影響。20 年代，「紅」「白」之爭構成了哈爾濱俄人報刊的突出特色。紅黨報刊由於東北當局對紅黨報刊嚴加限制，其總數少於白俄報刊，且出版時間都不長。

1920 年 2 月，中東鐵路俄國工人總聯合會成立。1920 年 3 月 1 日，中東鐵路俄國職工聯合會創辦了機關報俄文《前進報》，這是在俄國布爾什維克領導下，在華出版的第一張報紙。1921 年 4 月 18 日，東省特別區警察總管理處以「宣傳過激主義」的罪名，逮捕主編海特，《前進報》於 1921 年 6 月 5 日被迫停刊。工人聯合會改出《俄羅斯報》，遭查封後又改出《論壇報》。1925 年 4 月 26 日，特警處以「破壞登載條例」的理由，強令《論壇報》停刊。8 天後，又有《愛和報》創刊，最終於 1926 年 12 月 10 日因「宣傳赤化」的罪名被特警處取消了出版資格。其間，紅黨報紙《愛和報》《新生活報》《風聞

---

1 段光達、李成彬：《「九一八」事變前俄國人在哈爾濱文化活動的回顧與思考》，摘自韓瑞常等主編：《東北亞史與阿爾泰學論文集》，黑龍江教育出版社，1996 年版，第 77 頁。

報》《戈比報》曾邀請《哈爾濱晨光》《國際協報》《東陲商報》等同人報，舉行中俄新聞記者聯歡會。

《論壇報》於 1922 年 8 月 16 日創刊，由中東鐵路俄國職工聯合會辦，總編輯先後為 A・切秋林、多姆布羅夫斯基、拉夫巴赫和費得洛夫。該報的最高發量曾達到 7000 多份，是當時哈爾濱俄文報中「銷行極暢旺的報紙」，訂閱者為蘇聯僑民，其中多數是中東路職工。蘇聯駐哈爾濱總領事格蘭得稱該報是「代表蘇聯人民民意及力謀中蘇兩國親善之報館」。1925 年 4 月 27 日，東省特警處司法科長瞿紹伊以該報「破壞登載條例」，宣布「自明日起不應再行出版」。

《回聲報》（音譯《愛和報》）於 1925 年 5 月 6 日在哈爾濱創刊。開始是晚報，從第 10 期改為日報。主編里特曼，每天 8 版，期發 6000 多份。該報在宣傳馬列主義時，還注重聯繫中國革命的實際。1926 年 9 月，里特曼回國，由馬力茨基接辦。11 月初，因載文紀念十月革命 9 週年，特警處勒令停刊兩周。12 月 10 日，特警處以「宣傳赤化」、「違犯報例」為罪名，取消其出版資格。

《風聞報》於 1924 年 8 月 11 日在哈爾濱創刊，總編輯涅奇金曾在論壇報任職。該報是《回聲報》被封後「紅黨」在北滿唯一有力的報紙。被特警處視為禁物，1928 年 11 月 1 日曾勒令其停刊。12 月該報不顧禁令繼續出版，評擊白俄蔑視華人的行為。白俄的《霞光》《傳聞》一齊攻擊《風聞報》。在這次「紅、白」之爭中，哈爾濱當局再次偏袒白俄，於 1929 年 1 月 5 日特警處再次查封《風聞報》。不久即發生中東路事件，此後「紅」黨報紙在哈爾濱市很難公開發行。

在這場旗幟鮮明的「紅、白」鬥爭中，《新生活報》是一個很值得注意的報紙。該報於 1907 年 11 月 1 日創刊於哈爾濱，是由《東方通訊》《九級浪》兩報合併出版的。它是唯一一家原屬「白黨」後轉為「紅黨」的報紙。1914 年 7 月 1 日更名《生活新聞》報，俄國十月革命勝利後，該報開始逐漸改變原來的政治立場。1929 年 5 月 27 日，特警處奉命搜查蘇聯駐哈爾濱總領事館，並逮捕 39 人。《生活新聞》報於 6 月 18 日被迫停刊。

（四）俄文報刊向南發展

1924 年 5 月，中蘇兩國正式建交，9 月蘇聯又與東北地方當局簽訂《奉俄協定》，蘇聯在瀋陽和哈爾濱相繼設立總領事館。許多不願意加入蘇聯國籍

的白俄，一批批南下天津、上海等地。[1]20 年代末，在上海居住的俄國人已達
2 萬餘人，上海白俄數量和俄文報刊大幅度增加。

上海的俄文期刊最早出現於十月革命後的 1919 年。謝麥施科 1919 年 6
月在上海後創辦俄文日報《上海新聞》。該報以進步姿態出現，申明要「為在
上海和中國其他地方的俄國僑民提供一份高質量的獨立、進步、民主和報導
公正的綜合性報紙」。

《上海新聞》停刊後，謝麥施科又創辦了俄文報紙《上海俄文生活報》
並向上海有關當局正式註冊，並受到蘇俄政府和共產國際的資助與雙重領
導，發揮過十分特殊的宣傳和組織作用。1920 年 2 月，該報被蘇俄政府收購
後，便成為布爾什維克在中國和整個遠東的重要喉舌。有了這樣一個立腳點，
在蘇俄未同中國建立正式外交關係和不能向中國合法派駐人員的情況下，布
爾什維克就比較容易派遣一些從事革命工作的人以公開的記者或編輯身份前
往中國內地，這些人於是也就有了合法的目的地和落腳之處。[2]

影響較大的是連比奇 1925 年 10 月 25 日在上海創辦的俄文日《霞報》
（Shanghai Zaria，又稱《上海柴拉報》），日出 8 頁至 16 頁，由白俄著名報人、
漢學家阿諾爾多夫（L. B. Arnoldoff）負責。1927 年「柴拉」報系在天津創辦
俄文日報《俄文霞光》（《天津柴拉報》）。至此，連比奇在中國建成了同時擁
有三大俄文報社的遠東俄僑報業托拉斯，幾乎壟斷了中國境內的俄文報刊市
場。[3]

《羅亞俄文滬報》創辦於 1924 年，出版人兼主編為科列斯尼科夫。1923
年在哈爾濱創刊的《考畢克報》，1932 年底前後遷至上海發行。1923 年在哈
爾濱創刊的另一家報紙《俄文日報》也遷到上海。上海還有一份「白派」報
紙是《上海言論報》（Shanghai Slovo）。[4]

（五）蘇聯在華新聞通訊社的建立及其活動

共產國際於 1920 年 3 月決定派遣代表前往中國，與中國的革命組織建立
聯繫。由維經斯基及夫人庫茲涅佐娃、馬馬耶夫、俄籍華人楊明齋組成的代

1　趙永華：《在華俄文新聞傳播活動史（1898～1956）》，中國人民大學出版社，2006
　年版，第 103 頁。
2　李丹陽：《〈上海俄文生活報〉與布爾什維克早期在華活動》，《近代史研究》，2003
　年版，第 2 期，第 20 頁。
3　趙永華：《俄蘇在華辦報追溯》，《國際新聞界》，2001 年 01 期，第 76 頁。
4　趙敏恒：《外人在華新聞事業》，暨南大學出版社，2011 年版，第 88～89 頁。

表團於 1920 年 4 月抵達北京。到北京後經李大釗介紹去上海會見了陳獨秀。從此，蘇俄同中國革命的關係漸漸發展，日趨密切。維經斯基等人全都以俄文報紙《生活報》記者的名義進行活動。爲了便於公開活動，聯繫群眾，他們決定創辦華俄通訊社。通訊社由共產國際代表團翻譯楊明齋負責，地址設在上海霞飛路（今淮海中路）漁陽里 6 號。

華俄通訊社於 1920 年 7 月 1 日正式發稿，所發的第一篇稿件是《遠東俄國合作社的情形》，次日爲上海《民國日報》刊用。《申報》從 1921 年 1 月至 1922 年 1 月，粗略統計，共採用華俄通訊社各類稿件近 70 篇，這些稿件來自莫斯科、赤塔、海參崴等地。華俄通訊社也把中國的重要消息譯成俄文發往俄國莫斯科等地。[1]

羅斯塔（POCTA）是俄國電訊社的簡稱，它是蘇俄政府在接管彼得格勒電訊社的基礎上於 1918 年 9 月成立的中央新聞通訊機構，爲塔斯社前身。達爾塔爲遠東電訊社的縮寫，是西伯利亞遠東共和國於 1920 年 4 月成立後在其首都赤塔設立的電訊社。羅斯塔-達爾塔分社是蘇俄與共產國際早期在中國進行宣傳與情報活動的一個重要機構，在宣傳上起到了其他組織所無法替代的重要作用。

霍·多洛夫以羅斯塔-達爾塔駐華總代表身份領導的設在北京的電訊社，實際上是羅斯塔-達爾塔在中國各分支機構的總部，在業務上領導在華其他分社。廣州分社是斯托楊諾維奇（K .A .Stoyanovich）和佩爾林（L .A .Perlin）於 1920 年初秋設立的，哈爾濱分社亦稱北滿通訊社。

1925 年 7 月 10 日，根據蘇聯中央執行委員會和蘇聯人民委員會的決定，正式成立塔斯社（Telegrafnoye Agentstvo Sovetskovo Soyuza—TASS，全名縮寫的俄文音譯）。塔斯社在上海、北京、廣州、漢口派駐記者，1925 年 5 月 1 日在哈爾濱設分社。同年 8 月 3 日，蘇聯新聞記者團一行 11 人抵達哈爾濱，然後南下京滬等地採訪「五卅」運動。塔斯社哈爾濱分社每日向訂戶發行謄寫複印稿。稿件一般是從蘇聯發來的消息。哈爾濱一些較有影響的報紙曾刊用過該社的消息。他們發往蘇俄的新聞，除普通電報消息外，還有照片、通訊、商業快訊等。當時，這些電訊都是通過大北電報公司架設的從上海到西伯利亞的陸地電線傳送至莫斯科的。

1　趙永華：《在華俄文新聞傳播活動史（1898～1956）》，中國人民大學出版社，2006
　　年版，第 108 頁。

蔣介石發動「四一二」政變後，革命形勢急轉直下，塔斯社的駐華記者也只剩下兩個，一是在上海的羅維爾，再一個就是常駐北平的斯列帕克。國民黨宣布禁止布爾什維克在中國的一切活動後，這兩名塔斯社記者的採訪和發稿都遇到了困難。

三、日本在華新聞業的大發展

1912 年中華民國成立後，日人在華創辦的報刊仍然繼續刊行的有三十餘種，約占總數的三分之一。[1]1912 年至 1931 年間新辦的日系報刊共有五十種，數量遠遠超過其他國家。[2]

（一）東北地區的日本報刊

東北是民國時期日系報刊最盛行的地區，連同清末以來已出版的報刊，日本幾乎壟斷了東北地區的報業。日本人創辦的報刊不僅種類繁多而且發行量較大，1921 年，日本人創辦的「《遼東新報》日銷量為 37000 餘份，《盛京時報》為 25000 餘份，《泰東日報》為 8700 餘份，《滿洲日日新聞》為 25800 餘份，幾乎全部佔領了東北地區的新聞陣地。」[3]

《盛京時報》於 1906 年由日本人中島真雄創辦，發行範圍曾涵蓋整個東北三省，是東三省社會影響最大的一家中文報紙，最高達每日一萬六千份。[4]是一份具有鮮明政治意圖的日辦中文報紙，它的讀者對象是面對以東三省為主的中國民眾。1916 年，《盛京時報》創刊十週年慶典，中島真雄懷著「威懾滿洲人」的決心，將慶典辦得十分風光，全面壓過了其對手俄國《遠東報》的十週年慶典。該報十週年紀念文中自詡發行數已達五萬份。[5]

滿族作家穆儒丐在《盛京時報》「論說」欄目上發表評論文章的時間主要集中在 1918～1926 年，這幾年他發表的論說文章粗略統計近 300 篇，內容涉及國際時事、國內政治、市政建設、醫療衛生、日常生活等，其中對軍閥統

1　周佳榮：《近代日人在華報業活動》，嶽麓書社，2012 年版，第 105～106 頁。

2　方漢奇主編：《中國新聞事業通史》（第二卷），中國人民大學出版社，1996 年版，第 223 頁。

3　郭君陳潮：《試論日本帝國主義對偽滿新聞報業的壟斷》，載《東北淪陷十四年史研究（第 1 輯)》，吉林人民出版社，1988 年版，第 195 頁。

4　周佳榮：《近代日人在華報業活動》，嶽麓書社，2012 年版，第 106 頁。

5　詳見《政協瀋陽市委員會文史資料研究委員會》，《瀋陽文史資料》，1987 年版，第 13 期，第 131 頁。

治的不滿與抨擊的文章數量最多。從穆儒丐的論說文章看，他到《盛京時報》工作之初就表現出對日本人的親近感，主要體現爲對「中日親善」論的肯定與支持。「中日親善」是《盛京時報》1919 年前後倡導的主要言論主張，目的在於麻痹、迷惑中國人民，美化日本對中國東北的殖民統治，打著「中日親善」的旗號爲其殖民行爲進行合理化解釋。[1]

1922 年 10 月，中島眞雄在哈爾濱創辦了著名的中文報刊《大北新報》，爲日本人在東北的新聞事業發展爭取更多的空間，並爲其進一步實施新聞侵略創造條件，也爲日本最終壟斷東北報刊業奠定基礎。《大北新報》創辦過程得到了日本政界和商界的支持。創刊初期，《大北新報》幾乎每期都在頭版刊登社論，該報的社論基本以評論或言論爲欄目，內容則以評論中國思想政治、經濟、文化教育等方面有較大影響的事件或者現象爲主。該報經常通過各種不實報導及不公正的評論，渲染蘇共侵略者的形象，大肆鼓吹蘇共威脅論。《大北新報》利用東北地區傳統宗教開展的殖民宣傳，表現在對於僞滿境內各種宗教慶典活動、宗教組織發展情況的極力鼓吹和詳細介紹，還通過報導帶有宗教性質的慈善機構宣傳宗教理念。除了通過日常的新聞報導宣傳宗教思想，該報文藝副刊版面刊載的詩詞歌賦也成爲向民眾滲透各種宗教觀念的重要途徑，詩歌中還明確提出了「親日」觀點。[2]《大北新報》創辦後立即執行其侵略宗旨，迅速成爲日本在北滿地區宣傳其殖民思想、殖民文化的橋頭堡，對哈爾濱乃至整個長春以北地區的新聞界形成了巨大的影響，同時也使哈爾濱新生的華人報刊面臨巨大挑戰，進一步加劇了北滿地區新聞界的殖民色彩。[3]

《滿洲日報》的日發行量達 30000 份，是大連最有影響力的日文報紙。《遼東新報》於 1920 年 4 月增發晚刊，1926 年該報早刊八版，晚刊四版，發行量已經達到 45108 份。《大連新聞》發行量小，卻成爲南滿鐵路公司的「揭醜者」。

---

1 王曉恒：《在文學與政治之間：〈盛京時報〉時期的穆儒丐》，《中國現代文學研究叢刊》，2016 年 03 期，第 131 頁。

2 張瑞：《〈大北新報〉與僞滿時期日本對中國傳統宗教的利用與宣傳》，《蘭州教育學院學報》，2015 年 12 月第 31 卷第 12 期，第 13～14 頁。

3 劉會軍、張瑞：《〈大北新報〉的創辦與日本對中國東北的新聞侵略》，《溥儀研究》，2013 年版，第 55 頁。

（二）華北地區的日本報刊

1912～1930 年間，在華北地區出版的日系報刊共有 29 種，絕大多數是日文報刊，占 24 種；另有中文報刊 3 種，英文報刊 2 種。[1]半數以上爲日報，其他形式還有週刊、隔日刊，發行頻率較高；發行地有北京、天津、青島和濟南。

日本人在中國辦的時間最長、影響最大的中文日報是 1901 年 10 月在北京創刊《順天時報》，由日人中島眞雄主持。該報原名《燕京時報》，由日本財閥及外務省支持，代表日本政府發言，一貫干涉中國內政，是日本在華之半官方機關報，也是日本帝國主義侵華的重要工具。《順天時報》大膽揭露北京政府的陰謀，獨家報導戰爭消息，其受歡迎的程度令北平的其他日本報紙乃至當地報紙望塵莫及。1930 年 3 月 26 日，《順天時報》由於受到北京郵電工人和報販的抵制而不得不停刊。

日本人在華發行的第一家英文報紙是《北華正報》（或譯爲《華北正報》，North China Standard），早在 1919 年由記者出身的鷲澤吉創刊於北京。該報曾聘請了親日的英國報人戈爾曼任主筆，積極爲日本帝國主義的侵華政策辯護。《北華正報》銷行於旅京外國僑民和各國使館官員之中，有時則免費分送，內容主要是宣揚日本的對華政策和日本官方對中國時局的意見，態度比《順天時報》更爲露骨。[2]《北華正報》的反華觀點很快在所謂的東交民巷使館區和頑固的外商中間深受歡迎。在幣原喜重郎任外相時期，奉行「與歐美協調」、「不干涉中國內政」的外交方針，避免對中國採取直接軍事行動，《華北正報》的社論在說明日方立場、爲日方辯護、製造對日方有利的輿論方面發揮了有效作用，在一定程度上起到了緩和中日緊張關係的作用。[3]北洋政府垮臺後，由於中國政治中心南移，該報的銷行亦日益困難，遂於 1930 年 3 月 26 日停刊。

天津原是日本人在北方的辦報據點。中文報紙有由《咸報》改組而成的《天津日日新聞》，日文報紙有《天津日報》。北洋政府統治時期日本人在天津共創辦 5 家報紙，其中有四份日文報刊：《日華公論》（1912～1920）、《天津日本商業會議所時報》（1916～？）、《京津日日新聞》（1918～1945）、《天

1　周佳榮：《近代日人在華報業活動》，嶽麓書社，2012 年版，第 120～122 頁。
2　黃河：《北京報刊史話》，文化藝術出版社，1992 年版，第 78 頁。
3　馮悅：《〈華北正報〉服務日本外交的分析》，《當代傳播》，2007 年版，第 86 頁。

津經濟新報》（1920～？），一份英文報是《China Advertiser》。這一時期的報紙出現了兩份專門報導經濟消息的報紙，即《天津日本商業會議所時報》和《天津經濟新報》。這說明天津作爲華北的貿易中心，是實現日本在華經濟利益的戰略要地。其他三份報紙都受到日本政府或軍部的資助。[1]

（三）華東、華中地區的日本報刊

民國北京政府時期，華東地區新創的中文日報僅有兩家：一是 1915 年 12 月創刊的《華報》，著眼於中日兩國貿易，致力於中日關係的親善；二是 1916 年 10 月 31 日創刊的《東亞日報》，是東亞同文會的機關報。[2]

日文報紙方面，民國北京政府時期在上海出版的有《上海日日新聞》（1914）、《上海經濟日報》（1918，後改名《上海每日新聞》）、《江南晚報》（1927）。民國北京政府時期新創辦的日文刊物有《上海日本商業會議所週報》（1912）、《週報上海》（1913）、《醫藥新報》（1913）、《東方通信》（1914）、《滬友》（1917）、《上海時論》（1926）、《經濟月報》（1927 年 1 月）、《上海滿鐵調查資料》（1927 年 9 月）等。[3]

除了直接創辦報刊，日本爲了與英美等西方國家的輿論抗衡，還以其他方式試圖控制在華的英文報紙，主要是以私人或日資公司或銀行的名義進行暗地資助。如 1917 年佐原篤介以私人名義投資五萬一千餘兩而獲得上海《文匯報》（The Shanghai Mercury）的大部分股票。其他接受過資助的還有《上海泰晤士報》（The Shanghai Times）、《英文北京日報》（The Peking Daily News）、《華北日報》（The North China Daily Mail）等等。《遠東時報》1912 年遷至上海，澳大利亞人端納爲主筆，其記敘遠東事務的文字頗受讀者歡迎，其後日本勢力進入該報，端納不甘受日人收買而辭職，至此，《遠東時報》遂淪爲日本人的宣傳物。[4]

此外，華中地區的漢口方面，也有少量的日文報刊，如《漢口日報》（1907～1927）、《漢口日日新聞》（1918）、《漢口公論》（1922）、《湖廣新報》（1918）。

---

1 孫曉萌：《淺論近代日本人在天津的報業活動》，《中國新聞史學會 2009 年年會暨新聞傳播專題史研究學術研討會論文集》，2009 年版，第 413 頁。
2 周佳榮：《近代日人在華報業活動》，嶽麓書社，2012 年版，第 123 頁。
3 周佳榮：《近代日本人在上海的辦報活動（1882～1945）》，《社會科學》2008 年版，第 6 期，第 138～143 頁。
4 周佳榮：《近代日人在華報業活動》，嶽麓書社，2012 年版，第 127 頁。

（四）華南及臺灣地區的日本報刊及其言論

民國北京政府時期，華南地區的日系中文報刊，有福州的《閩報》（1897），廈門的《全閩新日報》（1907）、《中和報》（1917）、《南報》（1917），廣東的《南國報》（1916）等。日文報刊方面，新辦的有《福州時報》（1918）、《南支那》（1922）、《南支那新報》（1921）、《廣州日報》（1923）等。

「五四」運動中，福建民眾一面掀起抵制日貨運動，一面揭露《閩報》的帝國主義立場，使其發行量跌至四五百份。[1] 儘管《閩報》知名度很高，但是公信力和美譽度卻很低，這是因爲「日本人在福建所辦的報紙，內容是滿幅捕風捉影，造謠中傷，惟恐中國不亂的記載，中間夾以宣傳日本的僞善以及主張中日親善等的文字，以迷惑中國人」。[2]

《全閩新日報》於 1907 年 8 月 10 日在廈門創辦，在臺灣總督府實施所謂「華南南洋政策」方面扮演著特殊的角色，自創刊以來就置於日本駐廈領事館和臺灣總督府的雙重監護之下。雖然是臺籍人士創辦的民營報紙，但利益取向與日本政府一致，報紙的編輯方針是「用戶日本的利益，圖臺灣人之便益」。1914 年 11 月，日本外務省介入報社的經營，1919 年善鄰協會購買了報社的經營權，成爲臺灣總督府的宣傳機關和情報機構，以「宣揚日華親善，闡明帝國國是，介紹日本文化」爲使命。[3]

民國時期臺灣報紙，以臺北的《臺灣日日新報》（1898）爲主，加上臺南的《臺南新報》臺中的《臺灣新聞》花蓮的《東臺灣新聞》，自成體系。主要的報刊在甲午戰爭後的十年間已出現，民國時期創辦的報刊僅最後一種而已。[4]

世界大戰期間，由於時局不安，新出現的報紙很少，與日本據臺初期報紙大量湧現的景象有天壤之別。1914 年 10 月 1 日在臺北創辦的《臺灣日日新報》（晚報），翌年 1 月 31 日宣布停刊。1915 年 7 月 1 日在臺北創刊的《臺灣通信》，一說爲日刊，一說爲週刊。1916 年有三種週刊在臺北創辦，成爲一時的特色：其一是 7 月 1 日創刊的《南日本新報》，其二是 7 月 3 日創刊的《新

1　毛章清：《日本在華報紙〈閩報〉（1897～1945）考略》，《福建論壇·人文社會科學版》，2010 年版，第 126 頁。

2　林雲谷：《日本帝國主義侵略下之福建》，載《民族雜誌》（第三卷六期），1935 年 6 月。

3　毛章清：《從〈全閩新日報〉（1907～1945）看近代日本在華南報業的性質》，《國際新聞界》，2010 年 09 期，第 110～114 頁。

4　周佳榮：《近代日人在華報業活動》，嶽麓書社，2012 年版，第 131 頁。

高新報》，其三是 7 月 8 日創刊的《臺灣商事報》（1918 年 2 月改爲《臺灣經世新報》）。臺灣總督府警察本署所設的臺灣警察協會於 1917 年 6 月 21 日創辦《臺灣警察協會雜誌》（月刊），內容包括論說、研究資料、法令、任免升遷和協會報導等，由於當時警權勢力甚大，該雜誌自爲各界所注目。[1]

（五）日本新聞通訊社在中國的新聞活動

日本在北洋軍閥期間先後成立東方通訊社、聯合通訊社和電報通訊社，這三個通訊社在中國各大城市設有分社，並作爲先鋒控制新聞來源、爭奪消息市場。

東方通訊社是日本在華設立的第一個新聞社，1914 年在上海成立，由創辦人宗方小太郎任社長。當多戶 1920 年受命來華組織政府通訊社時，東方通訊社在中國的發展已經初具規模。東方通訊社與北京的《順天時報》奉天的《盛京時報》漢口的《漢口日報》福州的《閩報》締結交換通信協約，在北平、廣州、漢口、遼寧等地設有分社或通信員。宗方小太郎和多戶在合作方面一拍即合，改組後的東方通訊社開始以日本外務省在華正式的通訊機構開展業務，它不僅享受政府的按期津貼，而且其電訊的發布範圍也擴大至日本各報紙。在 1923 年宗方小太郎去世之前，東方通訊社在中國報導方面已頗有建樹，成爲中日各方面信息傳播與交流的重要渠道之一。1919 年以後成爲日本在華官方通訊社，正式向各報社發稿。

到了 1926 年 5 月 1 日，東方通訊社因經費困難，以「Toho News Agency」的新英文名與日本國內的國際通信社合併，成立了日本新聞聯合社（Rengo News Agency，後來改名爲新聞聯合社），以改善日本的對外新聞服務。總社設在東京，並有《朝日新聞》《東京日日新聞》《大阪每日新聞》《時事新報》等國內十多家大報加入，在世界各重要城市設有分社，一躍成爲日本首屈一指的國家通訊社。聯合社向日本聯合起來的若干報社提供關於中國的新聞，有關日本的情況則由東方社提供給中國各地。因此在中國發稿仍然採用東方通訊社的名義，將在華各支社搜集的消息用日、英、中文發給各新聞社及單個讀者。1926 年底，東方通訊社發行的日文通信達 60 份，中文通信 30 份，英文通信 10 份。直到 1929 年 7 月 31 日，在華的東方通訊社才被改組爲「日本新聞聯合社分社」（「日聯分社」），以「Rengo」的名義發稿。

---

1 王天濱：《臺灣新聞傳播史》，亞太圖書出版社，2002 年版，第 93、119 頁。

　　日本在華影響較大的民營通訊社是 1900 年在日本政黨政友會支持下創辦的日本電報通訊社，是日本最大的通訊社，由一個叫三越中的商人開辦於日本國內。20 年代初，電報通訊社制訂向國外拓展的計劃，第一個目標是中國。1923 年 5 月，在北京東單牌樓三條胡同 10 號設立分社，發行有關中日之間時事問題的中英文通信。幾年之內，該社向中國各大城市派出的分社或特派記者已達到了聯合通訊社同樣的規模。它的分支機構遍布大連、奉天、北平、漢口、天津和上海，並在南京、青島、廣州、濟南、重慶和哈爾濱等地派駐特別報導組，其常規新聞和商業信息服務分布在大連、遼寧、北平、漢口、天津和上海。由於提供有關北京的中英文通信而受到北京的中英文報紙的歡迎，1926 年底，中英文通信合計發行約 30 份。曾經擔任《華北正報》新聞編輯的布施知足也成為該分社的記者之一。

　　電報通訊社由於其民營性質，每每限於財力，在發稿上以普通電訊和商業消息為主，在社會政治新聞方面則因為多次製造聳人聽聞的消息，受到中國政府的制裁，這對它在中國的地位和繼續擴大採訪活動範圍的計劃，都有很大的影響。聯合社背後有外務省的支持，而電報通訊社的後臺是陸軍。為了統一對外報導的口徑，1936 年，電報通訊社被迫與日本聯合新聞社合併為同盟社。

　　日本在華較早的通訊社還有 1916 年 1 月成立的共同通訊社（Kyodo News Agency），社長野滿四郎，主筆小口五郎。提供中國時事和中日各地的通信。除了給北京的日本人購買閱讀，還向青島和奉天發稿，但以日文通信為主，1926 年發行約 30 份。《華北正報》偶而會翻譯其消息刊登。

　　日本聯合通訊社和日本電報通訊社的在華新政策集中於從中國的各中心城市採集新聞，為日本國內報紙服務，在華新聞發布工作則處於相對次要的地位。可以說，日文報紙在當時租界及日本在中國擁有政治和商業勢力的各主要城市，為其貿易公司、個體商人、公使館及僑民傳達信息，並提供各種服務。漢口、天津、山東、福州、廣州等地的日系報紙雖然很少有派出記者，但它們依賴日本民族特有的團隊精神，依然形成了一個巨大的網絡，定期與駐在北平的日本公使館聯絡，溝通情報，制訂編輯方針；在稿源方面，除了本地新聞外，大部分政治和商業消息由聯合通訊社與電報通訊社兩家供給。

四、英國在華新聞業的繼續發展

雖然一戰後路透社在華的壟斷地位被打破，但經過長時間的經營，路透社依然是最重要的外國在華通訊社之一。與之長時間保持合作的《字林西報》，這時依然是上海最重要的報紙之一，作爲工部局喉舌，《字林西報》處處維護工部局和英國的利益。北方《京津泰晤士報》在主編伍海德的帶領下也有了新的發展。

（一）路透社在中國的業務擴展

上海成爲路透社在遠東的信息樞紐。除上海外，路透社還在北平、南京、天津、哈爾濱、漢口等地建立了分社，其中天津分社成立於 1920 年，地址位於英租界中街，當時的經理是門地，編輯潘俄爾，另有工人九名，該分社每日銷售電訊五十餘份，每天出版一份四五頁的小冊子，平均每月收入一千四百餘元，支出一千餘元。[1]

1923 年 11 月路透社總經理瓊斯爵士（Roderick Jones）訪問中國。他這次訪問是其全球旅行的一部分，目的是查視路透社在世界各地的分社。《申報》刊登了他訪華的經過，還記述了路透社的歷史大略和瓊斯爵士的個人略歷。[2] 11 月 20 日，路透社遠東分社經理唐納邀請在滬中外各報代表在新卡爾登餐廳同瓊斯爵士會晤，在滬的中外主流報紙都派代表參加了宴會。瓊斯演講「無線電宣傳之無益，各報館與公眾現皆受其害。此種行動，不適用與承平之時，當早廢止。」[3]

20 日晚八時，日本總領事矢田設宴歡迎瓊斯，日本副領事和多名記者陪同。21 日晚六時，申報館、日報公會新聞記者聯歡會、國聞通訊社等中國新聞機構共同在西藏路一品香宴請了瓊斯爵士，並邀請瓊斯做演講。[4]他認爲：「中國新聞界與路透社合作之機會，醞釀已熟，此後必愈進於親睦之地位。」[5]

（二）上海《字林西報》的發展

1923 年 6 月，字林西報社在外灘 17 號重新建樓竣工。新樓前部爲 8 層，

1　《天津外籍報館及通訊社調查表》，《天津市政府公告》，1933 年版，第 59 期。
2　《路透社總董今晚抵滬》，《申報》，1923 年 11 月 18 日。
3　《路透電總經理來滬記》，《申報》，1923 年 11 月 21 日。
4　《瓊斯氏抵滬後之酬酢》，《申報》，1923 年 11 月 21 日。
5　《新聞界歡宴瓊斯氏紀》，《申報》，1923 年 11 月 22 日。

後部爲 9 層，建築面積 9043 平方米，鋼筋混凝土框架結構，這座大樓成爲當年外灘的最高建築。[1]

1924 年 2 月 16 日上午，《字林西報》舉行了大樓落成典禮，到場者有四百餘人。儀式在大樓的大廳中舉辦，英國駐華大使和駐上海總領事巴爾敦以及英駐華海軍司令安特生少將皆到場，此外，法、意、美、日等國駐上海總領事，租界工部局總董等在滬各界要人也有參見了典禮。報社董事長莫里斯·戈登出迎招待，並由他將大門之槍交給英國大使舉行開門儀式。報社社長等人均有致辭，英國駐華大使在致辭中回顧了上海通商和《字林西報》辦報的歷史，高度評價了其歷史作用。

作爲工部局的喉舌，《字林西報》的言論長期以來根據英國政策行事，聽命於工部局的指揮。《字林西報》編輯部與工部局經常互通信息，工部局的文件或重要消息，都是由該報發表的，所以人們把《字林西報》視爲英國在華的半官方報紙。[2]

《字林西報》在五四運動和五卅運動中的表現才眞正體現出它作爲工部局喉舌並極力維護英國人利益的定位。五四運動發生後，針對上海的「三罷」活動，字林西報於 1919 年 6 月 10 日發表社評《上海在無法無天中》，文中指責學生「在錯誤的道路上繼續前進，因而學生運動已經成爲共租界一種嚴重的威脅」，「不論學生們抱有什麼看法，他們絕對沒有權利跑到公共租界裏來，對於租界裏的居民，行使一種暴虐的統治」。[3]五卅運動期間，《字林西報》連發數篇社評，完全站在英商和工部局的立場，斥責工人和學生的運動爲暴動，爲工部局的暴行辯護。在《無條件投降》這篇評論中，《字林西報》以傲慢的口吻說到：「據本報駐北京記者報告，外交部正準備向各國提出交涉。關於這一點，我們認爲如果要提出什麼交涉的話，應該是列強向中國外交部提出交涉，抗議中國學生的目無法紀的行徑：他們曾圍攻捕房、繼續千方百計煽動群眾暴動，並且向本埠和全國人撒下關於星期六衝突事件的彌天大謊，說什麼學生在和平集會時遭到巡捕的襲擊，無情地槍殺了他們的人。」[4]在另一篇

1　婁承浩、薛順生：《老上海經典建築》，同濟大學出版社，2002 年版，第 88 頁。
2　馬光仁：《上海新聞史》，復旦大學出版社，1996 年版，第 795 頁。
3　上海社會科學院歷史研究所編：《五四運動在上海史料選輯》，上海人民出版社，1960 年版，第 771～773 頁。
4　上海社會科學院歷史研究所編：《五卅運動史料》（第三卷），上海人民出版社，2005 年版，第 750 頁。

名爲《誰付這個代價？》一文中，《字林西報》稱「學生和他們的布爾什維克朋友所造成的損害之大有如發生了一次地震，他們所造成困苦之深猶如發生了一次災荒，他們所造成的破壞的徹底猶如發生了一次洪水。」[1]

（三）天津《京津泰晤士報》的新變化

《京津泰晤士報》曾被美國的一位駐華記者譽爲外國人在華北生活的「聖經」。1914 年 12 月，《京津泰晤士報》邀請伍海德擔任主編，並保證「只要保持英國的高貴路線，董事會保證不會干涉報紙的政策」[2]。他在中外時事的新聞編輯中採取一種充滿活力的政策，主張保留編輯原有的話語和主張，[3]同時也得益於伍海德精彩的社論，以及他的助手辛勤的工作，《京津泰晤士報》在政界和商界都具有相當的影響力。[4]

《京津泰晤士報》編輯方針堅持了自己一貫的理念，其中主要有：強烈反對「二十一條」；刊載題爲「中國之改造」的系列長文，希望引導中國以平等的身份步入現代國家的行列；支持中國收回山東；反對鴉片貿易，1919 年刊登在中國北方從事鴉片貿易的黑名單，引起國家震動；刊載一系列文章，強烈要求廢除英日聯盟；反對武器走私，反對侵犯人權和尊嚴並在許多事件中維護中國人的人權和尊嚴，反對軍閥統治和割據，反對以武力作爲解決中國國內問題的唯一途徑，認爲武力是自殺式分裂行爲和極端主義的溫床。[5]

爲了與在中國的德國報紙抗衡，1917 年 10 月，《京津泰晤士報》開始出版中文增刊，主要翻譯一些路透社和英國官方的電報，以及伍海德撰寫的評論和歐洲一些郵件新聞。根據伍海德的說法，爲了能夠植入更多的廣告，這份增刊很快就擴展到四個版面，但董事會不想爲出版一份中文報紙去籌集資金或承擔風險，所以「決定放棄該項風險計劃」，就在此時熊少豪找到了伍海德，希望能夠接收增刊，將其做成一份中文報紙。而且，伍海德稱，熊少豪接手刊物後，將其更名爲《漢文京津泰晤士報》，並且每日都發布公告澄清該報不屬於英國報紙，也不受其控制，但「爲了協約國的利益」，伍海德仍將自

---

1 上海社會科學院歷史研究所編：《五卅運動史料》（第三卷），上海人民出版社，2005年版，第 761 頁。

2 伍海德：《我在中國的記者生涯》，線裝書局，2013 年版，第 40 頁。

3 趙敏恒：《外人在華新聞事業》，暨南大學出版社，2011 年版，第 50 頁。

4 雷穆森：《天津租界史》，天津人民出版社，2009 年版，第 226 頁。

5 趙敏恒：《外人在華新聞事業》，暨南大學出版社，2011 年版，第 51～52 頁。

己寫的社論和「一些中國報紙通過一般途徑無法取得的一些有趣味的文章」給該報。[1]

1917 年 9 月底，英籍華人熊少豪接手《漢文京津泰晤士報》，獨立於《京津泰晤士報》運作。他接辦該報的動機是，其一，該報已有初步基礎，廣告收入僅英商惠羅公司、福利公司及其他幾家洋行的大廣告就很可觀；其二，該報原屬英商經營，在英國政府註冊，他本人是英國國籍，受英國政府保護，在言論、新聞各方面不受中國官方控制；其三，辦好報紙，可作為政治活動的資本。[2]接手後，他自任總經理兼總編輯，除按要求刊登《京津泰晤士報》的社論和路透社的英文稿外，熊少豪有時還自己動手撰寫社論，並編輯要聞版和地方新聞版，吳子通擔任副編輯，負責副刊「快哉亭」，胡稼秋兼發行、廣告、會計、庶務的工作，報紙有北洋官報局代印，並由該局撥出兩間房作為報社辦公室。

1919 年開始，熊少豪借助《漢文京津泰晤士報》向政界活動，先後接觸了徐樹錚、吳佩孚，但均未果。1924 年，熊少豪通過直隸督辦李景林的關係當上了外交部特派天津交涉員，因為他是英國國籍，為了當中國的官員，便在英方的默許下在報上刊登脫離英國國籍的假聲明，並宣稱脫離《漢文京津泰晤士報》。1925 年，因辦事不力辭職下臺。[3]辭職後的熊少豪重回本行，當起了報人，他請來管翼賢擔任總編輯，黃文卿擔任英文翻譯，陳覺生為日文翻譯，郝夢侯為編輯，但此時的《漢文京津泰晤士報》銷量已經嚴重下滑，1928 年，閻錫山打算在天津辦一份報紙，於是由管翼賢居間介紹，熊少豪以 6 萬元將報社賣給了閻錫山，管翼賢分得 3000 元。[4]

（四）英國在華新報刊的創立

1916 年 10 月，英國僑民主辦的《誠報》半月刊在上海創辦。該刊以報導歐戰消息為主，一戰結束後，改為報導中英兩國商務為主。同年在華英商主辦的《上海英商會報》（British Chamber of Commerce Journal）也在上海創辦。

1923 年 8 月，英國記者辛博森在北京創辦中英文合刊的《遠東時報》（Far Eastern Times）。當時辛博森正擔任張作霖的外國顧問，這份報紙也由奉天督軍署提供經費。五卅運動時該報遭到中國工人抵制，辛博森辭職。

1　伍海德：《我在中國的記者生涯》，線裝書局，2013 年版，第 52 頁。
2　涂培元：《熊少豪與《京津泰晤士報》》，248 頁。
3　涂培元：《熊少豪與《京津泰晤士報》》，252 頁。
4　涂培元：《熊少豪與《京津泰晤士報》》，254 頁。

　　值得一提的是，在煙臺出現了一份英國洋行創辦的英文商業報刊《煙臺英文日報》（Chefoo Daily News）。雖然煙臺沒有租界區，但煙臺是北方較早開放的通商口岸之一，雲集了大量的外國領事館和洋行。《煙臺英文日報》正是由英國仁德洋行於 1917 年 2 月 16 日創辦的。據現在僅存的 1922 年 12 月 13 日的《煙臺英文日報》影印件可以得知，該報共 10 版，其中前八版為英文版，後兩版為中文版。頭版主要刊登中國新聞和評論，3 版為副刊，4 版為路透社專電，5 到 7 版為國際新聞，2 和 8 兩版為廣告。有趣的是，該報夏季出 16 版，冬季出 10 版。這主要是因為夏季在煙臺避暑的外僑較多，而訂閱該報的也以外僑為主，所以針對該報針對客戶群體在夏季會擴充版面。該報的發行量約為 2000 份，按月徵訂為每月大洋 2 元，由洋行中懂英文的中國職員負責派訂。[1] 該報一直由仁德洋行負責發行，現知的主筆有莫瑞（D.T.Murray）、韋維廉，康沃爾（W. Cornwall）也主持過該報數月。營業部主任為克拉克，發行部設在東海岸開門洋行內，印刷部的中國經理是奕禮亭（棲霞人）。報紙最初為活字印刷，「九一八事變」前後開始用進口的打字鑄字機進行鑄版印刷。[2]

五、法、德等其他外國在華新聞業的發展

　　法德等其他外國在華報刊出版和新聞活動雖然沒有英美那麼多，但在民國北京政府時期，其在華新聞業也有所發展，也表現了一些特點。

（一）法國在華新聞業的新發展

　　至五四前夕，法國在華報紙數目累計有十多家，集中於上海、北京、天津三地。但大多相繼停刊。法國人用法文出版的報刊，只是其他帝國注意報刊的從屬物，沒有自己的特點，發行量很小。[3]

　　五四以後的上海地區，法國在華出版的主要報紙是《中法新彙報》（L' Echo de China），1897 年在上海法租界創辦，由雷墨爾（J. Emile Lemiere）主編，其內容有進出口船期、郵政消息、匯率表、氣象報告及本地新聞等。該報為

1　潘煜：《煙台近代報業研究（1894～1919）》，山東大學，2012 年版，第 14～16 頁。
2　潘煜：《煙台近代報業研究（1894～1919）》，山東大學，2012 年版，第 16 頁。
3　漢斯·希伯：《論帝國主義殖民統治者及其在華報刊的思想意識》，1927 年 2 月 5 日於武昌。載於：漢斯·希伯研究會編：《戰鬥在中華大地——漢斯·希伯在中國》，山東人民出版社，第 353～364 頁。

法國資產階級利益辯護，攻擊中國的革命運動，也曾對英及其在華報紙進行批評。1922 年起增爲 10 版，以旅居中國和日本的法國僑民爲主要讀者對象。[1] 該報發行了 30 年，於 1927 年 2 月 10 日停刊，5 個月後更名《上海法文日報》繼續刊行。上海法商會出版了兩種法文雜誌：一是月刊《上海法商會報》（Bulletin de la Chambre de Commerce），是旅華法國商務總會機關雜誌，1915 年創刊時名《遠東商務報》（Bulletin Commercial Extreme Orient），後改今名，主筆是商會總幹事佛雷德（Monsieur Fredet）。[2] 另一爲《上海新聞》，上海法商會 1927 年創辦。上海法租界工部局、上海法國總領事館和北京法國公使館分別給予津貼，主筆原爲哈瓦斯社駐英斯記者黃德樂（Jean Fontenoy）。[3]

在北京，法國人馮勒培在 1911 年創辦法文白報《北京新聞》（Le Journal de Peking）。該報 1916 年轉爲亞爾培·那巴所有，那巴並任主筆，直至 1933 年停刊。法文雜誌《北京政聞報》（La Pditique de Pekin）初爲週刊，後改月刊，主筆爲孟烈士特（A·Monestier）。

在天津，亞爾培·那巴於 1921 年創辦法文《天津人報》（Le Tientsinois）。名義上在天津出版，實際上在北京印刷，內容和《北京新聞》完全相同，每天兩報只是換報頭而已。[4] 兩報銷量都不大，訂戶主要爲法僑、法國和意大利傳教士、法國駐京津的士兵。30 年代初期，天津一度還出現過《天津回聲報》（Echo de Tientsin），但未久停刊。

以上法文報刊中，政治時事宣傳最爲活躍的是《中法新彙報》和《北京政聞報》，對中國重要政治問題都作反映，兩報均重視言論。這些報刊，其總的傾向對中國持反對態度，對中共活動尤多批判。不過，當時的社會影響不是很大。

此外，19 世紀末直至 20 世紀上半葉，傳教士報刊仍然在繼續出版，而且持續時間都很長。如由法國天主教傳教士古洛東（CouDon）與雷龍山（Lonis）共同創辦的《崇實報》（1905～1933），是川東教地區的機關報。袁世凱稱帝時，《崇實報》站在維護帝制一邊，攻擊反袁先鋒蔡鍔。[5] 其內容大致分爲政論、

---

1 邱沛篁等主編：《新聞傳播百科全書》，四川人民出版社，1998 年版，第 345 頁。
2 胡道靜：《上海的定期刊物》，上海市通志館，1935 年版，第 71 頁。
3 方漢奇：《中國新聞事業通史》（第二卷），中國人民大學出版社，1996 年版，第 229 頁。
4 王文彬：《中國現代報史資料匯輯》重慶出版社，1996 年版，第 877 頁。
5 重慶市地方志編纂委員會編纂：《重慶市志》（第十卷），西南師範大學出版社，2005 年版，第 929 頁。

新聞、宗教三大類，辛亥革命以後逐漸增加新聞報導和評論，在開通內地人民智識，傳遞新聞信息方面起了不可忽視的作用。[1]

1916 年，法國政府在上海顧家宅（今復興公園）設立無線電臺，這是上海的第一座國際無線電臺。後來，法國政府投資加大了這座電臺的功率，可接收 6000 英里外美國和法國的電訊。當時正值歐戰期間，戰事消息均可當夜到達上海，因此上海各報特闢「法國無線電」一欄刊登戰事消息，很受歡迎。[2]法國通訊社的在華活動大致是五四以後開始，首先來華的是法國安南政府的機關通訊社「太平洋安南無線電報社」（簡稱「太平洋社」）。該社在北京、上海、哈爾濱和香港派有記者。這些記者將消息發往西貢總社，再轉發給巴黎哈瓦斯社，然後由哈瓦斯社發向世界各地。[3]1927 年，法國哈瓦斯通訊社開始在上海活動，將駐莫斯科記者黃德樂調到上海，用電報將稿件發回巴黎總社。

（二）德國在華新聞業的新變化

1914 年世界大戰之前，德國在中國的影響僅僅次於英美兩國，其在中國的經濟投資對老牌工業強國英國構成了極大挑戰。《德文新報》是在華出版時間最長、規模最大的德文報刊，也是德國在華新聞業的代表，在德國對華貿易以及後來的大戰宣傳中起了重要作用。該報在報頭處明確表明立場：在遠東的德國人利益之音。1914 年，歐洲大戰爆發後，創刊於 1886 年的《德文新報》也處於動盪不安之中，報頭信息中顯示編輯部地址在這一時期頻繁更換，編輯部規模也在不斷縮小。中國對德國宣戰後，《德文新報》出版至第 31 年 33 期於 1917 年 8 月 17 日停刊。

德國在東亞地區的報業規模與數量均無法與英美國家相比，其出刊規模也是以小開本報刊為主。1917 年《宣戰前德國在華之勢力》一文對德國在華新聞業情況進行了概括，其報刊在上海、北京、天津等地發行，語言類型有德文、英文和中文。

> 「《德意志欺衷》《查伊姆格》《反而》《欺那》，爲德文新聞，經營者爲東亞路德，發行地爲上海，以排斥聯合軍爲主義。《瑞》《鳥哇阿》爲英文新聞，經營者亦爲東亞路德，發行地爲上海，時以登

1　四川省地方志編纂委員會編：《四川省志‧大事紀述》，四川科學技術出版社，1999 年版，第 170 頁。

2　賈樹枚：《上海新聞志》，上海社會科學院出版社，2000 年版，第 382 頁。

3　許正林：《中國新聞史》，上海交通大學出版社，2008 年版，第 255 頁。

載德國戰勝消息爲主。《哇司脫茹欺須哀》《洛伊特》爲德文新聞，經營者亦爲東亞路德，發行地爲上海，銷數約一千，爲最有力之德國機關紙也。《北京》《薄司脫》發行地北京，經辦者雖爲中國人，然暗中實爲路德所辦，通訊員科魯蓋爾，純粹之德國機關報也。《他蓋勃拉脫》《甫油兒》《諾爾獨欺爾》爲德文，發行地天津，經辦者飛爾代霍弗阿，銷數不過二三百，爲該地在留德人之機關紙也。《欺姆新謨》《遜代》《茹那爾》爲英文，發行地天津，經辦者洛欺哀爾，銷數二三百。他如東亞路德在上海所辦者，獨有《協和報》（漢文）及《屋和鳥哇和》（德文）二種，但爲德國之機關報。」[1]

《德文新報》原主編芬克（C・Fink）於 1910 年 10 月 6 日在上海創辦的中文週刊《協和報》是德國在華言論機關，主編是費希禮。設置有時論、軍事、工業、商業、農業、學術、中外新聞等欄目。以敦促中德友誼、宣傳西方的科技文化爲宗旨；它美化德國侵華行徑，揭露其他列強侵華的野心和伎倆，極力製造其他列強之間的矛盾，以此來遏制其他帝國主義國家侵華，從而爲德國擴大在華權益創造有利的環境。[2]「一戰」期間，它高度關注戰況，刊登有關文章數百篇之多，詳細而深刻地分析了戰爭的原因，對戰爭進程和重大戰役進行跟蹤報導，詳解參戰雙方的戰略戰術，介紹戰爭中出現的新武器裝備，並與協約國進行了輿論宣傳戰。它極力阻止中德斷交和中國對德宣戰，助長了中國民衆的反戰情緒。《協和報》是當時國人瞭解「一戰」的重要窗口。[3]《協和報》於 1917 年停刊。

20 世紀 20 年代，德國人在上海辦有 2 種報刊。一種是德國人李希德（G. W. Richter）於 1922 年 9 月 18 日創辦的《德華新聞週刊》（Deutsche China Nachrichten Weekly），此刊內容以商務爲主，並以德、華、英三種文字並列。另一種是 1925 年新特洛奇（G. Straus）創辦的《衡橋週刊》（Die Brucke Weekly）。[4]內容以轉載歐洲新聞，及譯述中文報之消息言論爲主，亦有廣告，

1　《宣戰前德國在華之勢力》，《東方雜誌》，1917 年版，第十四卷第 10 期，第 162 ～163 頁。

2　張士偉：《談德國〈協和報〉在華宣傳策略》，《臨沂大學學報》2012 年版，第 3 期，第 115 頁。

3　張士偉：《談德國在華〈協和報〉與第一次世界大戰》，《臨沂大學學報》2016 年版，第 1 期，第 61 頁。

4　陳昌文：《都市化進程中的上海出版業（1843～1949）》，上海人民出版 2012 年版，第 200 頁。

銷數僅 200 份。[1]這家報紙沒有明確的編輯方針，它唯一的興趣似乎就是保障足夠的廣告收入以維持生計。儘管上海總共有 1600-1800 名德國人，這家報紙在他們當中的發行量卻不大。[2]

德國人將專業性報刊辦到中國的土地上，這卻是其他各國所難以企及的。據 1914 年 1 月 9 日《德文新報》報導，「中德工程師聯合會出版的《技術經濟報》月刊的創刊標誌著德國在遠東地區利益又上了新臺階。該刊編輯 M. Th. Strewe 先生以生動活潑的《我們何所求》為題，為該刊作創刊詞，在本期《德文新報》的商業消息部分，我們轉發了該文章。……我們希望這份經熟練編輯並快速出版的刊物，能夠獲得廣泛的認同，並希望我們這一創新的工作能得到各界的支持。」[3]德人創辦的報紙最主要的特點是廣告所佔比重最大，種類多樣，新聞則不是很受重視。如 1914 年的一份《青島新報》，在其擁有的 16 個版面中，只廣告就佔了 12 個版面。而與此相反的是在這一時期國人創辦的報紙，這一時期的報紙登載廣告數量反而有限，刊登的廣告也主要以洋行廣告為主，新聞刊登數量上升，並且不再侷限於政治新聞。

通訊社方面，德國於 1915 年初成立海通社（Transocean），該社每天廣播數小時，內容有德國公報與各種新聞，由駐在中立國之德國大使館，公使館及領事館按時收抄電訊，然後分送當地報社。[4]德國海通社 1921 年在平成立分社，初成立時僅以中國消息傳達本國，1928 年移至上海後，開始發稿。[5]

1 倪波、穆緯銘主編：《江蘇報刊編輯史》，江蘇人民出版社，1993 年版，第 229 頁。
2 趙敏恒：《外人在華新聞事業》，暨南大學出版社，2011 年版。
3 牛海坤：《〈德文新報〉研究（1886～1917）》，上海交通大學出版社，2012 年版，第 216 頁。
4 李瞻：《世界新聞史》，商務印書館，1966 年版，第 393 頁。
5 《各國通訊社在華活動的起源》，《上海記者》，1942 年版，第 3 頁。

第七章　民國北京政府時期的新聞管理體制和新聞業經營管理

　　北京政府時期的新聞管理體制表面上呈現出規範化和法制化現象，廢除了一部分舊的法令法規，但由於北京政府實際上無法控制整個中國，因此很多法令法規形同虛設。在新聞業的管理上，受不同性質新聞業的影響，民營黨營新聞業的管理和經營不甚相同。中國共產黨成立後，以蘇俄為師，在新聞管理上有著清晰的黨管新聞媒體的思路和實踐。

第一節　民國北京政府時期的新聞管理體制

一、民國北京政府軍閥輪流執政時期的新聞立法及管理

（一）伴隨「憲政」名義的軍閥派系專政時代

　　北京政府時期，表面上看，除張勳外，各個軍閥執政的政府組織機構都是基本合乎憲法的：立法、行政、司法三權分立，且形式上都是按照法定程序進行。但實質上，憲政的形式和派系的實體相互滲透，每一個派系大多以一個軍閥為核心，越過官方機構構成一個實際上的權力團體。首先段祺瑞取袁世凱而代之，成為北洋軍閥的領袖，而北洋軍閥內部則分裂成直、皖兩系，同時北方奉系崛起。三方均以武力開道，哪一系獲得戰爭的勝利，哪一系的首領就成為北京政府中的實際掌權人。這一階段的政治特色是：一方面總統走馬燈似地更替，另一方面實際掌權人都是有軍權的人。

（二）這一時期的新聞管理法規、條例

袁世凱時期，「癸丑報災」肆虐新聞界於前，《報紙條例》鉗制報業之口於後，新聞界早已呈川壅欲潰之勢。袁世凱的繼任者上臺之始，便作了一些安撫民心的舉措。1916 年 6 月，繼任大總統黎元洪申令恢復《中華民國臨時約法》，命令各省取消報紙保證金，停止全國郵函檢查。同年 7 月 17 日，按照《臨時約法》規定，申令廢止《報紙條例》。全文如下：

　　大總統申令廢止報紙條例

　　　　民國五年七月十七日

　　報紙條例應即廢止。

此令。

　　　　大總統印

　　　中華民國五年七月十六日

　　　國務總理　段祺瑞

　　　內務總長　許世英[1]

1916 年 9 月，北洋政府內務部警政司擬定《檢閱報紙現行辦法》10 條，其中規定政府有關部門，每天須購買、檢閱各類報紙，如有不實之處，即令該報紙更正。這些條例類似西方資本主義國家所實行的「追懲」制度。從歷史眼光來看，較之《報紙條例》，這些條規在客觀上有利於當時報業的復蘇。1918 年 10 月 17 日，徐世昌任總統期間，法制局向新國會提請了《報紙法案》，對於民主自由而言，這一法案又是一次新的倒退。該法案共三十三條，大量保留了袁世凱政府《報紙條例》的內容。《申報》於 1918 年 10 月 26 日向社會批露，遭致新聞界、報刊界及社會其他各界一致反對。

　　為能與前文提及的《報紙條例》作一清晰比較，將《報紙法案》全文記錄如下：

　　第一條　用機械或印版、化學材料及其他方法印刷之文字圖畫，以
　　　　　　一定名稱繼續發行者，均稱為報紙。

　　第二條　報紙之各類如左：（1）日刊；（2）週刊；（3）旬刊；（4）
　　　　　　月刊；（5）季刊；（6）年刊。

　　第三條　發行報紙應由發行人開具左列各款，呈請該管警察官署核
　　　　　　准：名稱；體例；發行時期；發行人、編輯人、印刷人之

1　劉哲民：《近現代出版新聞法規彙編》，學林出版社，1992 年 12 月第 1 版，第 99 頁。

姓名、年齡、籍貫、履歷、住址；發行所、印刷所之名稱、地址。

警察官署核准後給予執照，並將發行人原呈及核准理由呈報本管長官，匯呈內務部備案。官署刊行之公報不適用前二項之規定。

第四條　中華民國人民年滿二十五歲以上，無左列情事之一者得充報紙發行人、編輯人、印刷人：（1）國內無住所或居所者；（2）精神病者；（3）褫奪公權尚未復權者；（4）現役海陸軍軍人；（5）現任行政司法官吏；（6）學校學生。

第五條　編輯人、印刷人不得一人兼充。

第六條　第三條所列各款經警察官署認可後，復如有變更時，應另行呈請核准。

第七條　每號報紙，應載明發行人、編輯人、印刷人之姓名、住址。

第八條　每號報紙應於發行時檢具全份，遞送該管警察官署備查。

第九條　左列各款事件，報紙不得登載：（1）淆亂國憲者；（2）洩漏外交軍事秘密者；（3）妨害治安者；（4）敗壞風俗者（5）國會會議事件按照法令禁止旁聽者；（6）預審未經公判之案件及訴訟之禁止旁聽者；（7）行政事件經該管官署預行指定範圍臨時禁止登載者；（8）煽動、曲庇、讚賞、救護犯罪人、刑事被告人或陷害刑事被告人者；（9）記載他人之私事而損害其名譽者。

第十條　外國報紙有登載前條第一款至第八款之事件者，不得在國內發賣或散佈。

第十一條　報紙登載錯誤，經本人或關係人開具姓名、住址、事由，請求更正，或將更正辯明書請求登載者，如係日報，應於接到事件後次回或第三回發行之報紙照登；如係週刊、旬刊、月刊、季刊及年刊之報紙，應於接到事件後次日或第三日於該地通行之日報照登。且刊之報紙登載更正或更正辯明書，其字形大小須與錯誤登載之原文相同。更正或更正辯明書逾原文二倍者，得計所逾字數，照該報告白定例收費。更正或更正辯明書有第九條所列各款事件之一者，不得登載。

第十二條　登載錯誤事件係抄襲他報，若經原報更正或登載更正辯
　　　　　明書後，雖無本人或關係人之請求，亦於發行之報紙登
　　　　　載之，但不得收費。

第十三條　違反第三條、第五條之規定發行報紙者，處發行人二百
　　　　　元以下、二十元以上之罰金；並停止其發行至呈報日為
　　　　　止。

第十四條　呈報不實者，處發行人二百元以下、二十元以上之罰金，
　　　　　並停止發行至呈報更正之日為止。

第十五條　違反第四條之規定，在發行人處以一百元以下、十元以
　　　　　上之罰金；在編輯人或印刷人者處發行人、編輯人或印
　　　　　刷人一百元以下、十元以上之罰金。依前項規定處罰者，
　　　　　並停止其報紙之發行至另行聘雇請核准之日為止。

第十六條　違反第七條第八項之規定者，處發行人以五十元以下、
　　　　　五元以上之罰金。

第十七條　發行人於呈請核准領取執照後，逾二個月不發行報紙或
　　　　　發行中止逾二個月，並不聲明理由者，取消其核准並將
　　　　　執照註銷。

第十八條　第十四條至第十六條之罰金及停止發行之處分，由該管
　　　　　警察官署判定執行。

第十九條　登載第九條第一款至第二款之事件者，禁止其發行，沒
　　　　　收其報紙及營業器具，處發行人、編輯人、印刷人以四
　　　　　等或五等有期徒刑，但印刷人實不知情者免其處罰。

第二十條　登載第九條第三款至第八款之事件者，停止其發行，處
　　　　　發行人、編輯人以五等有期徒刑或拘役，或三百元以下、
　　　　　三十元以上之罰金；前款停止發行，日刊者停止一月以
　　　　　下、十日以上；週刊、旬刊、月刊者停止十次以下、二
　　　　　次以上；季刊、年刊者停止一次。

第二十一條　登載第九條第九款之事件，經被害人告訴者，科編輯
　　　　　　人以拘役或二百元以下、二十元以上之罰金。前項之
　　　　　　登載者，若編輯人係受人囑託者，其囑託人之處罰與

編輯人同；前項之囑有賄賂情事者，各處五等有期徒刑或拘役，或三百元以下罰金，並沒收其賄賂。

第二十二條　違反第十條之規定，發賣或散佈外國報紙者，處發行人或散佈人以二百元以下，二十元以上之罰金，並沒收其報紙。

第二十三條　違反第十一條第四項之規定者，處編輯人、發行人以二百元以下、二十元以上之罰金。

第二十四條　違反第十一條第一項、第二項或第十二條之規定，經被害人告訴者，處編輯人以五十元以下、五元以上之罰金。

第二十五條　違反第十三條之規定，抄襲他報之論說譯著，經被害人告訴者，處編輯人以五十元以下、五元以上之罰金。

第二十六條　第十九條至第二十五條之處罰，由司法官署審判執行之。

第二十七條　報紙登載第九條第一款至第八款事件之一者，警察官署認爲有重大之危害時，得以報告警察廳令其停止其發行。警察官署須於前項處分後十二小時以內報告檢察廳，檢察廳於批覆前項報告三日內認爲無庸提起公訴時，須通知警察官署解除停止發行之處分。警察官署認爲無停止發行之必要時亦同。

第二十八條　報紙內撰登論說記事塡注名姓者，及更正或更正辨明書之請求登載者，其責任與編輯人同。

第二十九條　本法施行前所發行之報紙，應依本法第三條之規定，補行呈請該管警察官署核准。

第三十條　　因違反本法之規定處罰者，不適用刑律自首減輕、再犯加重、數罪並發之規定。

第三十一條　關於本法之公訴期限，以六個月爲限。

第三十二條　本法所定屬於警察官署權限之事項，其未設警察官署地方，以縣知事處理之。

第三十三條　本法自公布日施行。

　　《申報》將法制局起草的《報紙法案》公布於報時，加了一個編者按：「法制局起草之報紙法案，自通過各議後前日已咨交新國會取決。原案所具理由詳昨報，茲錄條文於下，以視袁政府之報紙條例相差固無幾也。」[1]顯然，《申報》登載《報紙法案》的目的非常明確，它試圖告訴民眾，這一《報紙法案》其實與已經被廢除的袁世凱時期的《報紙條例》「相差固無幾也。」我們通過前後兩個條例的比對，的確可以很清楚地看出，這二者之間的相似度在 90%以上。最引人注目的修改是第四條，即對申報辦報者的年齡要求。袁時期的是三十歲始可申請辦報，而本時期則改爲二十五歲。從允許辦報的年齡，似乎寬鬆了，但如果我們翻閱一下《大清報律》，就會發現，封建時代的《大清報律》規定的年齡是二十歲。三部法律相比，這兩部民國時期的報律，反而嚴苛於大清。《報紙法案》一經《申報》透露於社會，立即遭到以新聞界爲首的社會各界輿論的一致反對，眾議院議決將《報紙法》「交法制股審查」，但最終未能出臺。

　　陸續出版的單項法規也不少，1918 年 10 月 25 日，內務部僅針對新聞營業頒布了《管理新聞營業規則》單行條例，強調所有的新聞出版物都必須先向警察官署呈報批准才能出版，否則，警察官署有權禁止印刷。1925 年又制定了《管理新聞營業條例》，其中規定創辦報紙者須覓具殷實鋪保並須取得房主同意，增加了新聞出版的難度，使報紙的出版受到新的限制。

　　除上述直接法外，北洋政府兩次修改袁政府時期頒發的《陸軍刑事條例》，其中間接涉及到新聞管理事項。如：1918 年 4 月，黎元洪、段祺瑞政府曾對袁世凱政府頒布的《陸軍刑事條例》進行了第一次修正，1921 年 8 月徐世昌政府又對《陸軍刑事條例》進行了第二次修正。其中涉及新聞管理的部分均非常嚴苛，如，凡「意圖使軍隊暴動而煽惑之者」，「控報軍情或僞造關於軍事上之命令者」，極處以死刑；凡「預備或陰謀犯前述罪行者」，則「處以三等至五等有期徒刑」。這些條例雖未出現在直接法或單項法中，但它的存在，卻能嚴重影響新聞業的正常發展。

　　隨著無線電技術在中國的發展和普及。無線電廣播的法規也開始出現。1924 年 8 月，北洋政府交通部頒布了中國歷史上第一個關於無線電廣播事業的法規《裝用廣播無線電接收機暫行規則》，規則共 23 條，內容明確規定允許民間裝設無線電接收機，同時規定了無線電接收設備在安裝時涉及的如

1　《申報》1918 年 10 月 26 日。

何領取執照、何處安裝、收聽內容限定、收費問題、違規的處罰方法等項。
規則要求：裝用接收機須經交通部批准；接收機須安裝在指定地點，不能安
裝在軍事海防及政府禁區；安裝要請有實力的擔保人出具證書；管制內容，
不能牟利，不得私自洩露電信；每年要繳納執照費；違背條例者要給予處罰
等。奉系軍閥入關以後，曾大力發展軍事通信的無線電事業，並陸續頒發了
《無線電廣播條例》《裝設廣播無線電收聽器規則》《運銷廣播無線電收聽器
規則》等規定。上述條例、規定，規範並促進了當時還處在萌芽時期的無線
電事業。

二、中國共產黨在民國北京政府時期的新聞管理體制

（一）初步確立黨管新聞的方式

1921 年，中共「一大」會議通過《中共共產黨的第一個決議》，對宣傳出
版工作有了明確規定：

> 雜誌、日刊、書籍和小冊子須由中央執行委員會或臨時中央執
> 行委員會經辦。各地可根據需要出版一種工會雜誌、日報、週報、
> 小冊子和臨時通訊。無論中央或地方的出版物均應由黨員直接經辦
> 和編輯。任何中央地方的出版物均不能刊載違背的方針、政策和決
> 議的文章。[1]

不難看出，在中共的第一個決議中，黨的新聞宣傳工作從出版到編輯，
再到內容，都直接接受了黨的領導。也正是從這一時期開始，中國共產黨及
其後期領導的紅色政權始終在努力建構一個相對獨立的新聞管理體系，鞏固
宣傳力量。1925 年，在總結了黨在過去幾年的宣傳工作經驗與教訓之後，在
《對於宣傳工作問題之決議案——中國共產黨第四次全國大會決議案》中，
規定了「各黨員對外發表之一切政治言論，尤其是在國民黨中發表之一切政
治言論，完全應受黨的各級執行機關之指揮和檢查」。[2]這一規定明確要求黨員
的所有政治言論，都必須接受黨的領導、接受黨的檢查，再次明確了黨對於
包括新聞出版在內的言論宣傳工作的領導權力。

1　中國社會科學院新聞研究所：《中國共產黨的第一個決議》，《中國共產黨新聞工作
　文件彙編》（上），新華出版社，1980 年版，第 1 頁。
2　中國社會科學院新聞研究所：《對於宣傳工作之議決案——中國共產黨第四次全國
　大會議決案》，《中國共產黨新聞工作文件彙編》（上），新華出版社，1980 年版，
　第 20 頁。

除了從出版、內容等方面確立黨的領導權，在宣傳效果、影響等層面，新聞出版工作也必須向黨報告，目的在於強化黨的領導地位，保證出版物能夠正確傳達黨的意志，實現宣傳目標。譬如在 1927 年，《中共中央通告第四號》文件即曾規定，「各地對內對外的一起出版物以及宣言告民眾書傳單各種重要民眾團體左派國民黨等的宣言等，必須各寄中央宣傳部每種至少三份。各省委及臨委宣傳部每月至少對中央宣傳部報告一次，報告中需說及各種宣傳片散佈的方法，發生的影響等。」[1]該規定再次保證了黨的中央宣傳部對於出版言論的管理和領導，強化了黨的領導權地位。自 1921 年至 1927 年，堅持黨的領導已經成為黨管理出版物的首要原則，這種原則至今仍是中國共產黨實施新聞管理工作的基本原則。

（二）逐步設置新聞出版管理機構

從中國共產黨「一大」的第一個決議開始，就已經萌生了對新聞出版的管理構想。其中提及的「雜誌、日刊、書籍和小冊子須由中央執行委員會或臨時中央執行委員會經辦；各地可根據需要出版一種工會雜誌、日報、週報、小冊子和臨時通訊」[2]等內容，已經開始嘗試搭建一個從中央到地方的新聞出版管理思路。不過，在最早期，這種構想畢竟是粗糙的，甚至有些朦朧。1923 年 10 月，《教育宣傳委員會組織法》初步規定並構想了新聞宣傳管理運作機制。其中首先規定：

> 教育宣傳委員會由 C.P.（中國共產黨，筆者注）及 S.Y.（中國社會主義青年團，筆者注）兩中央協定委派委員組織之；其政治上的指導隸屬於 C.P. 中央，並對之負責；至於組織上工作之分配，概依兩種有之協定議決而定，自當服從此等決議而於指定期間執行每次所分配之工作。[3]

自此，教育宣傳委員會成為直接管理新聞出版機構的領導機構。不過，該機構在「政治上的指導隸屬於 C.P. 中央，並對之負責」，因此，它不能脫離

---

1 中國社會科學院新聞研究所：《中共中央通告第四號——關於宣傳鼓動工作》，《中國共產黨新聞工作文件彙編》（上），新華出版社，1980 年版，第 37 頁。

2 中國社會科學院新聞研究所：《中國共產黨的第一個決議》，《中國共產黨新聞工作文件彙編》（上），新華出版社，1980 年版，第 1 頁。

3 中國社會科學院新聞研究所：《鍾英（即中央）致各區、地方和小組通知信——頒發教育宣傳委員會組織法》，《中國共產黨新聞工作文件彙編》（上），新華出版社，1980 年版，第 6 頁。

黨中央的領導，必須在黨中央的意志下展開教育宣傳工作。文件還規定，將教育宣傳委會分為「編輯部」「函授部」「通訊部」「印行部」以及「圖書館」五個部門，且編輯部中包含《新青年》《前鋒》《嚮導》《黨報》《青年工人》《中國青年》《團鑴》以及小冊子共 8 種出版物。[1]另外，編輯部應設立兩個主任，分管黨刊和團刊。文件中規定了教育宣傳委員會的人員組成及其領導辦法。其中表示，「各地方委員會中當選一人負教育宣傳工作之責，其工作之指導權除屬於地方委員會外，同時直接屬於教育宣傳委員會。此等負地方史教育宣傳專責之地方委員亦為教育宣傳委員會之一員」[2]。在教育宣傳委員會的活動安排上，也有著明確的規定，譬如其開會必須有「兩中央各一人，五部主任各一人，但編輯部兩人」等。這類規定便將黨的新聞管理制度一步步落到了實處。

　　由此可見，在 1923 年的教育宣傳委員會組織辦法中，對於新聞管理機構的規定大致包括如下內容，即：由中共中央統一領導，下設教育宣傳委員會主管新聞出版與宣傳工作，委員會下設編輯部，管理 8 種黨的具體出版物。而委員會的日常運作，既離不開各部的工作人員，也離不開地方上的專職人員。從而，初步搭建起新聞出版的管理架構。

　　1925 年，中國共產黨在第四次全國大會議決案中提出，黨的新聞宣傳工作存在了諸如「政治教育做得極少」、「在群眾中的政治宣傳，常常不能深入」等弊病，因而有重新整頓的必要。[3]大會的議決案中首先提出，「為使宣傳工作做得完美而有系統起見，中央應有一強固的宣傳部負責進行各事，並指導各地方宣傳部與之發生密切且有系統的關係。中央宣傳部下應有一真能負責做事的編譯委員會」[4]。在這裡，特別強調了中央的宣傳部對於管理新聞宣傳工作的重要性，只有中央宣傳部能夠強固有力，並積極與地方展開互動，才能在

1　中國社會科學院新聞研究所：《鍾英（即中央）致各區、地方和小組通知信——頒發教育宣傳委員會組織法》，《中國共產黨新聞工作文件彙編》（上），新華出版社，1980 年版，第 7 頁。

2　中國社會科學院新聞研究所：《鍾英（即中央）致各區、地方和小組通知信——頒發教育宣傳委員會組織法》，《中國共產黨新聞工作文件彙編》（上），新華出版社，1980 年版，第 9 頁。

3　中國社會科學院新聞研究所：《對於宣傳工作之議決案——中國共產黨第四次全國大會議決案》，《中國共產黨新聞工作文件彙編》（上），新華出版社，1980 年版，第 19～20 頁。

4　中國社會科學院新聞研究所：《對於宣傳工作之議決案——中國共產黨第四次全國大會議決案》，《中國共產黨新聞工作文件彙編》（上），新華出版社，1980 年版，第 20 頁。

整體上實現新聞宣傳事業的系統而有序的管理。此處還特別提及了中央編譯委員會，表明在當時的歷史背景下，爲配合列寧主義、國際政策等宣傳報導工作，黨的新聞管理對編譯工作給予了充分的關注。

1926 年 9 月，在中國共產黨第三次中央擴大會議中，認爲「今後宣傳工作應當趕緊整頓」，[1]並從出版物問題、部務問題、編譯工作問題、地方報告問題、工農通信問題幾個方面給出了整頓的辦法。決議在論及新聞出版問題時，提到了這樣的管理方案：

> 爲使中央各出版物能有定期的審查，爲使我們所主持的工會、農民協會、婦女團體、青年團體的機關報能與黨有密切的關係並能適當的運用策略，爲使中央對於各地方的各種出版物能有周到的指導意見，必須設立一編輯委員會，由《嚮導》《新青年》《勞農》《黨報》《中國青年》（C.Y.）、《中國工人》（全國總工會機關報）、《中國婦女》（婦女聯合會機關報）等主任編輯組織之，這委員會至少每月開會一次，報告中央及各地黨的、工會的……機關報狀況，加以審查。[2]

該文件主要目的在於要求成立「編輯委員會」，從而使黨的相關刊物能夠在委員會的領導下，更好地開展相關的新聞出版活動。文件要求，委員會不僅能夠審查各地的機關報，同時要指導各地機關報，讓他們能夠運用合適的策略展開新聞出版活動。可以看出，從 1921 年直至 1927 年前，黨的新聞管理運行制度以及從宏觀上的接受黨中央領導逐步細化到具體的教育宣傳委員會以及中央宣傳部，再由此引申至編輯委員會和各個具體的報刊媒體，從而初步形成了從中央到地方，從宏觀到微觀的一個初具規模的新聞管理機制。

（三）明確黨的引導與管理作用

在「一大」的決議中，所謂的「任何中央地方的出版物均不能刊載違背的方針、政策和決議的文章」這一規定，就是對新聞出版進行管理的早期辦法。1922 年，《教育宣傳問題議決案》形成了對於新聞出版問題的明確導向。此處摘錄部分關鍵內容如下：[3]

---

1 中國社會科學院新聞研究所：《關於宣傳部工作議決案》，《中國共產黨新聞工作文件彙編》（上），新華出版社，1980 年版，第 29 頁。

2 中國社會科學院新聞研究所：《關於宣傳部工作議決案》，《中國共產黨新聞工作文件彙編》（上），新華出版社，1980 年版，第 30 頁。

3 中國社會科學院新聞研究所：《教育宣傳問題議決案》，《中國共產黨新聞工作文件彙編》（上），新華出版社，1980 年版，第 2～4 頁。

　　一、政治　最近期間可略偏重與下列幾種政治上的及外交的宣傳；
　　　　　　　……

　　二、勞動　勞動群眾中，除上述的政治外交問題當以極淺近的口號
　　　　　　　宣傳外，並須特別注意下列幾項；……

　　三、農民　農民間之宣傳大致與工人中相等，但材料當取之與農民
　　　　　　　生活；尤其要指明農民與政治的關係，爲具體的政治改
　　　　　　　良建議之宣傳，如協作社、水利改良等，盡可以用外國
　　　　　　　譯語，只求實質能推廣農民運動。……

　　四、文化　文化思想上的問題亦當注意，這是吸取知識階級，使爲
　　　　　　　世界物產積極革命之工具的入手方法。……

　　儘管上述規定是從大的宣傳體系出發的，但同樣適用於各新聞報刊的宣傳內容。這些規定爲黨的報刊在內容導向上提供了具體詳實的各項議題，具有明確的指導作用。早期的新聞出版內容，大體是圍繞這些議題逐步展開的，中國共產黨對新聞出版的管理也由此深入到具體的內容設置層面，管理功能更加易於發揮。

　　1925 年的《對於宣傳工作之議決案》中，中國共產黨再次明確了各類刊物的職責範圍與內容體系，進一步細化了黨對新聞出版內容的管理活動。譬如，文件要求《嚮導》「今後內容關於政策的解釋當力求詳細，文字當力求淺顯」；要求《新青年》「根據馬克思列寧主義的見地運用到理論和實際方法，作成有系統的多方面問題的解釋」；要求《中國工人》「必須兼顧各地方的普遍要求」；要求《黨報》「今後多登載黨內關於政策和各種運動非公開的討論文件」等等。[1]這一系列具體規定，將中共的新聞管理從理念直接拉近了實際，對出版物的要求不是模糊不清的大政方針，而是具體可行的行動指南。

　　1926 年，中共中央相關文件再次對規定了出版物內容。它指出，《嚮導》應當更加加增鼓動的性質，不可太重於分析的論述；《新青年》要適應革命的思想鬥爭之需要，並設法增加中國經濟的研究及工農運動之歷史的理論的論述，增加 C.Y.問題的討論和研究；《勞農》應當給工農群眾讀者有關政治的指導，搜集全國工農狀況及其政治經濟鬥爭的消息，登載各地方的工農通信；

1　中國社會科學院新聞研究所：《對於宣傳工作之議決案——中國共產黨第四次全國大會議決案》，《中國共產黨新聞工作文件彙編》（上），新華出版社，1980 年版，第 20 頁。

對於《黨報》來說，要能集合中央各部及各地之黨內生活和工作經驗，以爲訓練同志之材料及指導。[1]上述系列規定，更加明確了黨的新聞報刊的使命與職責。

內容管理的另一重要方面，就是要求新聞出版物的語言文風等，要以讀者對象能夠接受爲前提，太過理論晦澀，便不適合向一般群眾傳播。[2]應當承認，內容管理是新聞管理的細化，也是新聞管理中最能體現中國共產黨的管理意志與管理政策的一部分。

（四）靈活管理新聞報刊的出版分配

在中國共產黨早期的新聞管理中，對於出版發行、推銷分配等問題的關注格外明顯。1924 年 9 月 25 日，《各地方分配及推銷中央機關報辦法》規定：凡屬本黨黨員，不但有購閱本黨中央機關報之義務，並有努力向外推銷之義務；中局茲議定分配及推銷中央各機關報辦法，望各地執行委員會責成各組組長執行之，此事關係黨內教育黨外宣傳均極重要，希望同志們努力實行，切勿玩誤！[3]文件明確指示，購買以及推銷中央機關報，是中國共產黨員的重要責任和義務，要求各地黨員嚴肅對待。該文件中，還對《黨報》《嚮導》和《新青年》的具體贈閱、購買、推銷等問題進行了細緻的規定[4]，意在擴大發行，增強黨報的影響力。

1925 年 1 月 10 日，中共在黨內停贈《嚮導》和《新青年》。[5]同年 3 月 6 日，中共重新確立《各地方分配及推銷中央機關報辦法》，原因在於「前屆中局曾經規定分配及推銷中央各機關報辦法，令各地委責成各組長辦理。但各地對於此項辦理，很少切實執行」。[6]制定新辦法後，強調「此事關係黨內

1 中國社會科學院新聞研究所：《關於宣傳部工作議決案》，《中國共產黨新聞工作文件彙編》（上），新華出版社，1980 年版，第 29 頁。

2 中央檔案館編：《中共中央文件選集》第 1 冊，中共中央黨校出版社，1990 年版，第 67 頁。

3 中國社會科學院新聞研究所：《各地方分配及推銷中央機關報辦法》，《中國共產黨新聞工作文件彙編》（上），新華出版社，1980 年版，第 15 頁。

4 中國社會科學院新聞研究所：《各地方分配及推銷中央機關報辦法》，《中國共產黨新聞工作文件彙編》（上），新華出版社，1980 年版，第 15 頁。

5 中國社會科學院新聞研究所：《中共中央出版部通告第四號──黨內停止贈送〈嚮導〉和〈新青年〉》，《中國共產黨新聞工作文件彙編》（上），新華出版社，1980 年版，第 22 頁。

6 中國社會科學院新聞研究所：《各地方分配及推銷中央機關報辦法》，《中國共產黨新聞工作文件彙編》（上），新華出版社，1980 年版，第 23 頁。

教育、黨外宣傳均極重要……切勿玩誤，至要至要！」[1]新訂辦法對於《嚮導》《新青年》《中國工人》《黨報》等刊物的贈閱、訂購、推銷等活動進行了詳細規定。

同年年底，中共中央對於出版分配問題再次做出規定，內稱：各省委的出版分配股，應與中央的出版科發生直接的關係，對於中央的刊物收發均須有系統的發行。發行的刊物，如須收刊費的，必須向購買者切實收取刊費，否則，即在該省委黨費項下扣除。不難看出，在早期的中共新聞管理中，出版發行問題是不可忽視的重要板塊。其主要因素還在於期望擴大黨的新聞出版物影響，其次則在於為黨的新聞報刊尋求經費支持。

三、民國北京政府時期新聞立法及管理的主要特徵

（一）新聞法規較清代報律更為嚴苛

清末時期，意在改良或推翻清政府的政黨報一再掀起辦報熱潮，由於租界的庇護，清廷很難按照自己的意願管理尤其是處罰新聞報刊。從而對管理新聞業有了認真的反思，並最終決定制定報律。早期的律法，主要是對報刊的註冊、禁載、處罰等作了基本的規定。《大清報律》和《欽定報律》內容則更為嚴細，內容涉及報刊的各個方面，其中還增加了保押金制度和事前檢查制度，在禁載內容和處罰方面的規定尤為詳細。從《報章應守規則》《報館暫行條例》《大清印刷對象專律》的簡單粗略到《大清報律》和《欽定報律》細化完備。體現了清政府在新聞管控頂層設計方面的逐漸細化過程。

北洋時期的新聞律法，基本上是沿襲了清末的《大清報律》，二者最大的區別是：註冊登記制與批准制。清代採取的是註冊登記制，即辦報人只要註冊報備即可辦報。而北洋政府的報紙條例，則是採用的批准制，即將申請提交，有關方面批覆方可辦報。法學學者將新聞法規對報刊的出版管理制度分為兩種，即預防制和追懲制。後者只有當報刊違法行為成為事實時，才受到相關規定的懲處。

《大清報律》及北洋政府時期的《報紙條例》《修正報紙條例》的註冊登記制，均屬於預防制。而在預防制中，又可以分為三種：註冊登記制；保證

1　中國社會科學院新聞研究所：《各地方分配及推銷中央機關報辦法》，《中國共產黨新聞工作文件彙編》（上），新華出版社，1980 年版，第 23 頁。

金制；批准制。[1]清廷所採用的是註冊登記制，北洋政府採用的是批准制，兩者都同時採用了保證金制。從嚴苛程度來看，批准制最嚴，其次爲保證金制，再次爲註冊登記制。所以，從出版管理制度上看，北洋政府的新聞法規較之清政府更爲苛刻。

同時，在對辦報人進行資格審查方面，《大清報律》和《報紙條例》二者相比較，《報紙條例》內容更嚴格。在報紙內容的限定方面，《報紙條例》也限定得更多更細，面更廣，於是能允許報導的內容也就更少些了。

（二）法行不一：無視法規法令的新聞管理

從新聞管理看，北洋時期最主要的倒退在於司法踐行中的法行不一。在整個北洋軍閥時期，政府不僅僅通過法規法令強化行政官員的權力，同時，濫用法規法令、藐視乃至無視法規法令，也是其行爲常態。

政府的一紙公文，其實際效力常常高於法律法規，如 1913 年陸軍部致函內務部，要求「對於外交軍事秘密事件，一概不許登載」，如有違抗「立即飭員究辦」，「決不畏摧殘輿論之讕言」。[2]1925 年「五卅慘案」事件後，在沒有經過任何法律程序的情況下，段祺瑞政府一次下令封殺了北京 19 種報刊。尤其令人髮指的是，掌握國家政權的要員，對於有正義感的新聞界報人，只是因爲他們盡了報人的職責，報導了對國事的態度，觸怒了當局，便完全無視法規法令，不守法律程序，隨意裁決。現代新聞史上著名的兩位報人邵飄萍和林白水，正是因爲揭露軍閥混戰及賣國行徑，於 1926 年被不審而殺，這兩椿震驚新聞界震驚社會的事件，便是北洋軍閥時期，權大於法的明證。

（三）獨裁專制的警察國家特徵

北洋政府時期，爲打擊異黨，政府曾頒發多項通令、指令，1913 年 3 月，京師警察廳向北京各報轉發了袁政府陸軍部、內務部對各報新聞實行檢閱簽字辦法的命令；[3]爲強化警察官署的權力，北洋政府內務部警政司或警察廳常

---

1 有學者將事前檢查制也歸入預防制，但如果從創辦制度來看，只有註冊登記、保證金、批准制才對能否創辦一份報刊有決定權，而事前檢查制則是在創辦後，要求將發表的稿件先交管理部門檢查，合格的放行，不合格的撤回換稿，這是就具體某篇報導而立言的管理制度，雖然也是預防的一種方式，但非對創辦報刊與否的管理，故本文不將其納入這一系列中。

2 《申報》1913 年 3 月 28 日。

3 倪延年：《中國新聞法制史》，南京師範大學出版社，2013 年版，155 頁。

常制訂、修改各類法令法規，如《檢閱報紙現行辦法》《管理新聞事業條例》等。前面曾提到袁世凱時期的《修正報紙條例》，其中有一主要「修正」，就是進一步強化了警察官署的功能，《報紙條例》中，警察官署掌握著批准報紙能否創辦的權力；《修正報紙條例》中，我們則看到，報紙的生存與死亡完全由警察官署掌控。按照慣例，警察官署維持治安，而法院則是司法審判機關。但在袁政府時期，警察官署對於報刊的權力卻是直接從刑偵到判決。

通過立法，警察官署的權力以法律形式固定下來。凡有所謂不合法規的新聞報導，警察當局馬上可以採取各種「裁立決」的舉措，不必交由法院等審判機關來裁決。1917 年，北京京師警察廳宣布實行郵電檢查。1918 年，北洋政府設立「新聞檢查局」。1919 年，北京京師警察廳宣布從即日起，每天派官員到報館檢查新聞稿件，未經檢查，不許登載。即使逃脫了檢查一關，還有在郵發過程中被扣壓的可能，尤其是 1919 年，西方思潮湧入中國後，當局更是以搜捕異端分子爲由，要求郵件送交警察局拆閱，「成千上萬的便衣警察和密探走街串巷，到處搜捕異端份子。鐵路旅客更是苦不堪言，警察隨時可以以搜查密件爲由，將他們的行李翻得亂七八糟。」[1]

在後袁政府時代，官員和警察的權力，一方面借助法規法令支撐，另一方面，軍閥統治下的北洋政府，無視法規法令。無一不顯現出獨裁專制的警察國家的各種特徵。

（四）新聞法令使新聞活動至少在形式上有章可循

新聞法規法令的制定的初衷，從管理者角度言是爲了鉗制進步輿論，但從當時的情況看，被管理者也有這方面的需求。由於無法可依，封館、捕人、處罰、乃至殺頭，都是由管理者隨意裁決。於是有報人呼籲「勒以章程，咸納軌物」，期待有章可循、有法可依。《申報》亦曾撰《書本報所登嚴禁國民報示後》一文，針對清府官員對所謂「妄登邪說，煽惑人心」的國民報，既想處置，又擔心租界不允，故只能嚴禁發賣，嚴禁購買的可笑處置方法，給予了評論。並指出：「中國未有報律，故終無法以處之，……必欲整頓各報，非修訂報律不可。」[2]

---

1 費正清主編、章建剛等譯：《劍橋中華民國史》，上海人民出版社，1991 年版，1992 年 5 月第二次印刷，第 257 頁。
2 《申報》1903 年 10 月 28 日《書本報所登嚴禁國民報示後》。

在近現代新聞史上，也確實有民眾以法律法規爲依據，在法庭上獲得勝訴的例子。較爲典型的是，民初記者黃遠生以法律爲依據，運用《報紙條例》，反擊警察廳的起訴，並獲得勝利的案件。[1]此案件的勝利，固然與黃的法律專業知識過硬，且能言善辯有關，但若無法律條文，則也無可依據。

（五）延續了新聞法制現代化進程

清末政府的立法是一種被迫行爲，革命熱潮風起雲湧，半殖民地的狀態使得清政府很難對租界的各類傳播革命與新思潮的新聞媒介進行有效治理，清政府不得不制定了能與租界的西方現代化管理模式對話的相關法律法規。但從客觀上說，它已經從形式上完成了中國從封建帝王的一言九鼎到以法制約的過渡。

袁世凱時期，迫於當時的國際思潮與中國的國情，他所打旗號正是贊成民主共和，所以，他在新聞出版方面同樣制定了一系列的法律法規，發布了諸多的命令、通告和訓令，使有關部門在形式上有了執法依據，北洋軍閥輪流執政階段，是伴隨「憲政」名義的軍閥派系專政時代，從黎元洪開始，馮國璋、段祺瑞、曹錕及至張作霖，每任軍閥也都打著民國的旗號，運用共和政體的形式，因此，也都相繼對新聞法律體系給予修定或完善（儘管這一修定或完善的立足點是爲軍閥服務，是爲了文飾軍閥的專制，也是爲了運用新聞法制來鉗制新聞媒介）。出臺了綜合性及專門性法規法令，如《出版法》《著作權法》《報紙條例》《新聞電報章程》《電信條例》《新聞電報法草案》，同時許多地方政府也制定了針對地方管理的相應條例。它們共同構成了那個時期的新聞法制體系。

無論主客觀因素如何，北洋時期的新聞立法活動，仍然延續了自晚清以來的新聞立法，使得中國自晚清開啓的中國法制現代化進程不曾中斷。

同時，從這些現存的法規法令中，我們可以探尋有幾千年歷史的封建帝國如何在新聞管理方面漸進完成法制化建設的過程、一窺那個時代統治者的新聞管理思想，同時也可以從正反兩方面得到借鑒，有其歷史價值。

（六）中國共產黨的紅色新聞管理體制開始萌芽

一般而言，諸如「新聞管理體制」等問題的探討往往建基於特定的政權

---

1 《申報》1914年（民國3年），11月6日《報紙條例第一次之適用》，餘下凡涉及此案件的引文均出於本文。文中標點爲筆者所加。

背景之下。因而，紅色新聞業的新聞管理體制也應當從紅色政權的建立時期談起，即 1928 年。倪延年等人在考察紅色政權的新聞法制問題時，對這一起源問題提出了自己的看法。他認為，自 1921 年至 1928 年，中國共產黨的黨內新聞管理規定「在當時的中國共產黨系統內具有『必須執行』的實際效力，並且也成為後來紅色政權『國家機關』制頒新聞法制的淵源和基礎」，[1]因而可以將 1921 年作為考察的起點。此處的敘述同樣參借了這一觀點，將對於紅色新聞業管理體制的論述起點放置於 1921 年，而非 1928 年，因為紅色政權新聞管理體制的出現離不開中國共產黨早期的新聞管理探索，兩者之間可謂一脈相承。概而言之，我們可以將中共建立及第一次國共合作時期的 1921～1927 年，視為紅色新聞業管理體制的起源期，或早期探索期。在這一時期，中國共產黨在新聞管理工作上，初步確立了黨管新聞的方式，設置了新聞出版管理機構，同時，明確了黨的引導與管理作用，對新聞報刊的出版分配展開了靈活管理。這些舉措，為中國共產黨新聞管理體制的健全和壯大，奠定了堅實基礎。

第二節　民國北京政府時期的新聞業經營

經歷了民初的震盪起伏，中國新聞業進入了活躍但不均衡的發展態勢。北京政府時期，整個新聞業還處於初級經營階段，只有少數民營大報通過自我發展實現經濟獨立，大部分報紙尚依賴津貼生存。報紙經營主要依賴兩大支柱——廣告和發行，基本形成比較固定的模式。廣告依地區經濟和自身經營策略的不同，表現出極大的差異性；發行方面多依賴郵政系統和報販群體，具有較強的依附性。這時期，作為新興的媒介形態，通訊社和廣播電臺經營內容較單一，尚處於自發的探索階段。

一、新聞業的初級經營

北京政府時期，整個新聞業呈現出向上發展的積極態勢。1891 年中國出版的報紙僅 31 種，[2]1913 年報紙數量增加到 330 種。[3]截至 1921 年底，在中

1　倪延年：《中國新聞法制史》，南京師範大學出版社，2013 年版，第 206 頁。
2　波乃耶：《中華事典》（《中國風土人民事物記》）。轉引自汪英賓：《中國本土報刊的興起》，王海、王明亮譯，暨南大學出版社，2013 年版，第 23 頁。
3　《中國年鑒》（1913 年）。轉引自汪英賓：《中國本土報刊的興起》，王海、王明亮譯，暨南大學出版社，2013 年版，第 23 頁。

國郵政局註冊和發行的各類報紙共計 820 種。[1]戈公振曾對民初新聞界的發達感到「實屬可驚」，「不得不謂歷有進步，鑒諸往史，足爲來勉者也。」[2]當然，由於經濟發達程度的地區性差異，新聞業發展也表現出顯著的不均衡性。

（一）新聞業的資金來源

民國時期，中國報紙的商業化程度較低，廣告和發行尚不能成爲報館的「衣食父母」，報紙的啓動資金和運作資金常常面臨窘境。民國初期，報紙在資金籌措上的艱難更爲顯著。由於當時大多數報紙自身的收入極其微薄，報紙的資金來源主要集中在兩個方面：政治津貼和民間資本。實際上，當時投入報業的民間資金十分薄弱甚至匱乏。因此，民國報紙接受政治津貼的現象相當普遍，邵飄萍曾將當時的報紙概稱爲「津貼本位之新聞紙」[3]。即便是標榜「經濟獨立」的一些民營大報也與政治津貼有著或明或暗的親緣關係，更遑論以政黨、政府經費爲資金來源的政黨報紙和官方報紙了。政治津貼的來源渠道不外乎政黨、政府部門。

1912 年中華民國成立後，新聞事業呈現出前所未有的繁榮景象，在急劇增長的報刊中資產階級政黨和政客出版的報刊尚占多數。這些政黨創辦、出版報刊旨在宣傳各自黨派的主張，因此擁有資金實力的政黨通常會撥出一定的經費作爲日常例行的宣傳支出。比如國民黨中央和地方黨部都有一定的預算用於宣傳，一份報紙的津貼一般從 100 元到 2000 元不等。儘管 1919 年一些地方政府迫於經費緊張決定停止對本地報紙進行津貼，但對大部分地區來說尤其北方經濟欠發達地區，津貼之風積習已久，依然大面積存在。據 1925 年 11 月 19 日《晨報》披露，當時接受津貼的媒體共有 125 家，其中日報 47 家，晚報 17 家，通訊社 61 家，總計 14500 元，[4]據說該津貼名單一經披露，一時輿論譁然。儘管經常性的政治津貼給當時報業提供了發展資金，在一定程度上使報紙免於倒閉或破產的窘境，但它帶來的惡果卻不容忽視。這種非正常的資金來源使得報紙將追逐金錢視爲職業常態，將新聞業本應秉持的社會責任感置之腦後。

1　《中國年鑒》（1921 年）。轉引自汪英賓：《中國本土報刊的興起》，王海、王明亮譯，暨南大學出版社，2013 年版，第 23 頁。
2　胡道靜：《新聞史上的新時代》，世界書局，1946 年版，第 82 頁。
3　邵飄萍：《新聞學總論》，京報館，1924 年版，第 89 頁。
4　《晨報》，1925 年 11 月 19 日。

（二）報業的廣告經營

北京政府時期，報業廣告技術和創意較民初都有了一定的進步，但在經營中也暴露了一些不可忽視的問題，尚有待改善。

1、廣告創意的多樣化

這時期報紙的廣告創意不再僅僅停留在簡單的告白、陳述層面，而是有了更多的創意手法。

（1）在文字和構圖上，更加注重視覺效果

這時期報紙廣告不再單調地訴諸文字，而是圖文並茂，形式較活潑。文字靈活多變，字體、字號、字型的修飾也日益豐富；圖片在廣告中的運用越來越頻繁，且佔據著較重要的地位，形成了以圖片為主、文字為輔的廣告表現形式。此外，在構圖上充分利用空間，或有意大塊留白，或配以大圖片，以達到醒目的視覺效果。

（2）大版面廣告和系列廣告增多

這時的廣告數量增長不多，但整版、半版和四分之一版的廣告很多，具有較強的視覺效果。系列廣告的應用更加廣泛，並且其設計也是每日一變，以引發讀者的閱讀興趣。如《大公報》於 1918 年 5 月 2 日至 5 月 9 日期間刊登的日本博利安燈泡系列廣告，在創意、表現和構成元素等方面均能代表民初報紙廣告漸趨成熟的發展水平，堪稱這時期的經典之作。

（3）抓住讀者心理製造懸念廣告

這時期廣告更強調運用心理因素有針對性地進行廣告設計，廣告文案有意故弄玄虛，製造懸念，以激發讀者的好奇心和持續關注。《大公報》刊登的英美煙公司廣告採用燈謎形式推出，使廣告與讀者之間產生有趣的互動，引發讀者的閱讀懸念和參與其中的願望。[1]該燈謎系列廣告歷時近一年，廣告總數達到 150 則之多，是我國近代報紙廣告中系列廣告登載時間最長、數量最多的一個。[2]

（4）巧妙運用重大事件的新式廣告出現

1912 年到 1927 年中國政局動盪，大事件頻頻發生，報紙廣告將這些重大事件巧妙運用到設計中顯得別具一格。「五四運動」爆發後，中國興起國貨運動，報紙廣告也以愛國為創意點。比如南洋兄弟煙草公司的愛國牌香煙系列

1　《大公報》1918 年 5 月 3 日。

2　孫會：《〈大公報〉廣告與近代社會（1902～1936）》，中國傳媒大學出版社，2011 年版，第 93 頁。

廣告，1920 年 4 月 15 日刊出「愛國歌篇」，5 月 1 日刊出「權字篇」，5 月 14
日「覺悟篇」，6 月 1 日「愛國徵文揭曉篇」，6 月 29 日「請看救國良方篇」，
都是以「提倡國貨」爲訴求點精心設計的廣告。[1]

2、廣告經營中的問題

這時期報紙廣告經營中存在的突出問題，主要表現在兩方面。

（1）虛假廣告和低俗廣告大行其道

民初報業尚不夠發達，廣告數量不多，造成報紙對各種廣告來者不拒，
缺少嚴格的審查，以至於虛假廣告和低俗廣告充斥報端。時人將當時報紙廣
告中不良表現分爲三類：一是含有誨淫性的內容；二是含有誨賭性的內容；
三是含有導人迷信的內容。[2]虛假廣告多集中於奢侈品和藥品廣告，具體表現
爲濫用溢美之辭，有故作誇張、聳人耳目之嫌，動輒使用「暢銷海內外」、「譽
滿全球」、「塡補空白」等絕對性語言，對消費者進行誤導。同時還出現了一
些媚俗的、低級的乃至封建的現象和觀念，以致淪爲報界的「公害」。

（2）廣告與新聞的比例失調致讀者反感

廣告是報紙的生存命脈，因此民初報紙爲了盡可能多登廣告，甚至不惜
犧牲新聞版面，造成廣告與新聞的比例失調，漸漸失卻新聞紙的實質意義。《新
聞報》創刊以來便不斷擴版，但增加的都是廣告，新聞與副刊的版面幾乎沒
有擴大。從廣告與新聞在版面中的比重來看，廣告總量占六成左右，怪道該
報在 30 年代會成爲一份「新聞是間隔廣告的材料」的「廣告報」。

（三）報業的發行經營

報紙發行固然與報館自身努力相關，但與教育、實業、交通、社會各方面的
進步均有直接關係。在教育尚未普及、民智遠未開啓的時代，報紙發行無疑面臨
著極大難度。除此之外，民初報紙發行還受到行業環境等多方面條件的制約。

1、報紙定價與紙張成本

隨著民初國民教育素質的提高和時事變動的影響，閱報者漸趨增多。儘
管如此，但總體來看，當時報紙售價較高和民眾消費力的低下阻礙著報紙的
銷路。黃天鵬在《中國新聞事業》一書中曾論及《申報》的定價：中國境內

1　轉引自王潤澤：《北洋政府時期的新聞業及其現代化（1916～1928）》，中國人民大
　學出版社，2010 年版，第 293 頁。
2　李錦成：《新聞紙登載廣告的討論》，見李錦華、李仲誠編《新聞言論集》，廣州新
　啓明印務有限公司，1932 年版，第 161～162 頁。

每月洋 1 元 2 角，每 3 個月洋 3 元 4 角，每 6 個月洋 6 元 6 角，全年洋 12 元 8 角。據此認爲「此種定價，以今日人民之購力言，似覺過高，惟報館因亦視爲收入之大宗預算，不得不出此耳。」這種定價與普通人的消費能力相比較，讀者負擔頗重。[1]據 1930 年之前郵局郵遞報紙統計，「以與人口相比例，則報紙最多之地，每 9 人可閱一份，而最少之地每 3 萬人只閱一份，全國平均每 164 人閱一份」。[2]與同期歐美日等國情形相比，報紙的普及率尚遠遠難以望其項背。[3]但從報紙的經營收入來看，民國報紙中篇幅少、紙張小、報價高的北方報紙以及一些小報、晚報還能以發行收入維持生存；而篇幅多、報價低的南方報紙就很難靠發行增加收入。[4]

2、紙張成本

報紙的運營成本中，紙張可謂其中開支大宗的製作材料。黃天鵬曾對當時報紙用紙和其他成本進行了估算，可知其大致情形：「今先以通都大邑諸推行全國之報紙言之，日出 10 餘萬份，按其紙價成本，與以標定之價格計之，庶可約略相抵，而一切開支不與焉。……於一切開支，不加計算，徒以紙費與郵費爲言，在此銷數，即虧折如此之巨，又遑論其他哉。」[5]隨著白報紙的需求量與日俱增，而本國造紙又遭遇困境，進口紙張價格高昂，因此報館用紙成本一直居高不下。

（二）發行機構與制約因素

民國報紙的發行分本埠和外埠兩種，兩者均屬間接發行，也就是說，報紙的發行大半要借助報販與派報社。

1、報販群體

以上海報紙爲例，本埠發行的訂戶部分主要有派報社代送，然後從報館領取傭金。零售部分多直接由大報販從報館批發報紙，再零批給小報販。當

1　黃天鵬：《中國新聞事業》，上海聯合書店，1930 年版，第 84 頁。

2　黃天鵬：《中國新聞事業》，上海聯合書店，1930 年版，第 85 頁。

3　1934 年全美國的日報總數爲 1911 種，每日平均總銷數達 3500 餘萬份，按人口比例，平均每 4 人得報 1 份。反觀當時我國，約每 800 人始得報 1 份。參見胡道靜：《新聞史上的新時代》，世界書局，1946 年版，第 63～64 頁。

4　此處所謂北方報紙和南方報紙，是沿用學者王潤澤的說法，僅指大概的文化地域概念，不宜絕對化。詳見王潤澤：《北洋政府時期的新聞業及其現代化（1926～1928）》，中國人民大學出版社，2010 年版，第 284 頁。

5　黃天鵬：《中國新聞事業》，上海聯合書店，1930 年版，第 108～109 頁。

時報販中也有大、中、小的等級分別，層層盤剝。「這種報販與派報社因爲他不隸屬報社也不隸屬讀者，成爲眞正的自由職業，所以他們往往不對讀者盡應盡的職責，有時還有受人利用與報社爲難的事。」[1]這些報販多來源於城市的落魄煙民，或是被撤銷的民信局職工，因把持著報紙發行網而得以便捷漁利，且不須多少資本和勞力，獲利甚豐。此種情形下，就連一些民營大報都要屈從於勢力強大的報販，報館老闆雖對此種情勢深感頭痛，但也莫可奈何，無計可施。

2、分館或派報社

爲了推廣報紙在外埠的銷路，報館通常會在通都大邑設立發行分館，在次要城市則委託該地固有派報社代銷。對於設立外埠分館，多數報館較爲愼重，一般認爲確有必要才派專人前往組織，或由該地固有派報社代理分館事宜。通常報館在外埠設立發行分館均訂有章程，一般規定須銷報 500 份以上，而且預繳一個月報費作爲保證金，並有一定界域和期限。分館或派報社的設立，一方面可幫助報館擴大發行和影響，但另一方面因自負盈虧也時常面臨著報資難以回籠的風險，甚至出現報費累積拖欠直至報館虧空被迫關門的情形。

3、郵局遞送系統

報紙的外埠發行端賴於郵局遞送系統，因此郵局系統的發達與否直接影響著報紙在外埠的發行狀況。民國時期由於受軍閥戰爭影響，郵路被毀導致不暢、郵件失蹤甚至郵差被害的事時有發生，對報紙發行帶來很大打擊。同時，郵局和報館之間始終存在著不易調和的矛盾，主要表現在：表面上郵政收費標準雖然統一，但地區費用的差距過大導致了新的不平衡；郵局擅自強行多收費用；對邊遠地區的報紙郵遞，郵局爲節省成本取消了人力郵差，改由民船運送，使這些地方的報紙投遞更加遲緩，報紙發行極爲不暢。總之，由於郵局遞送系統存在的諸多問題，導致當時報紙的發行成本居高不下，且效率低下，大大影響了報業的發展。

至少到 1920 年中後期，民營報紙的發行模式都比較固定，「發行上由國家的郵局系統和本地的報販系統作主力，發行自主性比較缺乏，發行收入能進入報館的不到一半」。[2]儘管報館內部也設有發行部門，但發揮的作用尚很有限。

---

1 薩空了：《科學的新聞學概論》，文化供應社，1947 年版，第 155～156 頁。
2 王潤澤：《北洋政府時期的新聞業及其現代化（1916～1928）》，中國人民大學出版社，2010 年版，第 296 頁。

二、政黨報業經營開始起步

北京政府時期，較有起色的政黨報紙只有寥寥幾家，如國民黨的上海《民國日報》，進步黨研究系的上海《時事新報》和北京《晨報》，中國共產黨的《嚮導》週報等。

（一）中國國民黨報刊的經營管理

國民黨早期由於缺乏有力的宣傳組織，總體上創辦的報刊數量有限，且影響較小。其中只有陳其美創辦的上海《民國日報》頗具聲名，成為1920年代最有影響力的國民黨黨報之一。

1、國民黨對報刊的管理

自辛亥革命時期至國民黨執掌政權之初，國民黨黨報實行的是傳統黨報型經營管理體制。所謂傳統黨報型經營管理體制，是指報紙作為中國國民黨的言論機關和聯絡機構，其人員配置主要靠中國國民黨的領導人直接指派或由黨員自覺擔負，經費來源是黨組織的撥款或黨員捐款。[1]概括起來，這時期國民黨對報刊的管理主要體現在以下幾個方面。

首先，設置獨立的宣傳部門，使之專門履行報刊管理職能。1920年修正後發布的《中國國民黨總章》中，明確黨組織本部下設四個部門，即總務部、黨務部、財務部和宣傳部。也就是說，宣傳部作為一個獨立的組織部門將專事宣傳。其次，津貼成為黨報主要的經費來源。津貼是國民黨宣傳部對報刊的重要管理手段，通過津貼可以掌控報紙的宣傳走向。國民黨先後出資創辦了《上海民國日報》《廣州民國日報》等日報，以及北京的《新民國》上海的《新建設》等雜誌。[2]《中央日報》創辦之初，不重營業，全部靠黨部津貼賴以維持。[3]再者，通過整肅出版物、發布宣傳大綱和黨報條例，指導和規範黨報的宣傳工作。此外，國民黨還很重視黨報宣傳人才的培養。

需要指出的是，由於受制於傳統黨報經營管理體制，加之宣傳部前期職能的不完善，以及國民黨內部的派系之爭和國共矛盾的影響，儘管名義上中宣部負責人可以直接控制國民黨黨報，但實際上中宣部很難對黨報實行有力

1　蔡銘澤：《大陸時期中國國民黨黨報經營管理體制的變化》，《新聞與傳播研究》1995年版，第2期。
2　鄒魯：《中國國民黨史稿》，中國出版集團東方出版中心2011年版，第318頁。轉引自向芬：《國民黨新聞傳播制度研究》，中國社會科學出版社，2012年版，第19頁。
3　向芬：《國民黨新聞傳播制度研究》，中國社會科學出版社，2012年版，第54頁。

的管理。這種局面直到 1930 年代國民黨黨報逐步實施企業化經營管理體制之後才得以改變。

2、上海《民國日報》的經營

上海《民國日報》創辦於 1916 年 1 月 22 日，創辦人和主要主持者是中國同盟會成員陳其美[1]，該報主旨是爲了討伐袁世凱稱帝。1919 年 6 月 16 日，創辦副刊《覺悟》，是宣傳先進思想的陣地。1924 年 1 月，國民黨第一次全國代表大會後上海《民國日報》成爲國民黨的機關報，1927 年《民國日報》成爲國民黨上海市黨部機關報，1932 年因言論激怒日方導致最終停刊。

（1）以時政爲重心，打造輿論影響力

上海《民國日報》創辦之初間接接受國民黨黨部的補助，其辦報宗旨一直緊隨國民黨政治主張。儘管如此，由於葉楚傖的「自由主義」立場，該報在許多重大事件的報導上秉持著穩健、「中立」的立場，被新聞界視爲「十數年來旗幟最鮮明，始終不變其旨之報紙也」[2]。上海《民國日報》初創時期經濟十分艱難，開辦費僅 500 元。後來隨著影響力的擴大，發行量也不斷上升，開始時銷量僅 7000 份，不久就增加到 2 萬份左右。[3]由此逐漸實現了經濟自立，「一度成爲華南輿論的核心」[4]。

作爲一份以宣傳政黨主張爲要義的機關報，上海《民國日報》以時政爲重心，通過對重大時事的選擇性報導和評判來引導受眾的關注焦點，從而打造自身的輿論影響力。凡重大時事發生，比如「五四」運動、國貨運動、抵制日貨等，上海《民國日報》總是雄踞輿論潮頭，進行全面、持續的報導與評論。這突出表現在對五四運動的全面翔實、持續跟進的報導上，不僅聲援了北京新聞界和五四運動，而且爲自身的發展打造了廣泛的輿論影響力。

---

1 陳其美（1878～1916），字英士，號無爲，浙江湖州吳興五昌里人。近代民主革命志士，同盟會元老，青幫代表人物，於辛亥革命初期與黃興同爲孫中山的左右股肱。1916 年 5 月 18 日，受袁世凱指使的張宗昌派出程國瑞，假借簽約援助討袁經費，於日本人山田純三郎寓所中將陳其美當場槍殺。陳其美遇刺後，孫中山高度讚揚陳英士是「革命首功之臣」。參見百度百科 http://baike.baidu.com/view/36361.htm。

2 天盧通訊：《上海新聞雜話》，見《新聞學刊全集》，上海光華書局，1930 年版，第 69 頁。

3 吳廷俊主編：《中國新聞事業史》，武漢大學出版社，2009 年版，第 181 頁。

4 汪英賓：《中國本土報刊的興起》，暨南大學出版社，2013 年版，第 38 頁。

（2）《覺悟》副刊以鮮明的時代性、思想性深受讀者歡迎

1919 年 6 月 16 日邵力子等人單獨開闢《覺悟》副刊，每日一期，隨《民國日報》附送。作為主編的邵力子將《覺悟》副刊定位為啓蒙讀者，讓讀者「覺悟」，為反帝反封建鬥爭掃清思想障礙，從而改造社會。因此《覺悟》從創刊開始就體現出鮮明的民主主義和社會主義思想傾向。從 1919 年到 1925 年，《覺悟》刊發了大量號召廣大知識青年向舊社會作鬥爭，向新文化進軍，推翻舊文化、舊文學、舊制度的文章。

《覺悟》副刊還密切關注社會現實問題，所刊登的評論大多具有較強的針對性，一事一議，有血有肉，更加接近青年群眾。新文化運動以來，《覺悟》的讀者數量不斷擴大，一大批教育界、文化界接受西方民主主義思想的知識分子和青年學生成為主要讀者。而《覺悟》所刊發的文章以國家、社會、階級、婦女解放以及勞工運動等為題材，反對吃人禮教，主張婦女解放，男女平等，引導廣大知識青年從封建思想的束縛中解放出來。此外，該刊還非常注重與讀者的交流。專門開設「通信」欄目，接待讀者來訪，「《覺悟》欄出世將近一年，它供給青年發表意見和討論問題的地方，社會上受的影響自然不小。」[1]因此，《覺悟》在青年人中產生了非常大的影響力，不少青年將其當做人生的指南燈。

（二）中共成立前後的報刊經營管理

中國共產黨成立前的報刊基本是各地共產主義小組成立後創辦的，比如中國共產黨上海發起組成立後，就將《新青年》改組為無產階級的刊物；隨後又創辦了《共產黨》月刊。大革命時期，《嚮導》是中共最有影響的報刊之一，深受廣大讀者的歡迎。

1、中國共產黨早期對報刊的管理

中國共產黨在早期的革命活動中，對黨報主要實行紀律管理、政策管理和組織管理，並直接接受了共產國際的監督和指導。[2]中共「二大」通過的一系列重要決議對黨員提出的紀律規定，同樣見諸於對黨報的紀律管制上，即強調黨報內部組織必須絕對服從黨中央決定，報刊言論必須是黨的言論，應服務於黨的方針政策。後來這一直成為黨報管理的重要指導思想。在報刊的

1　邵力子：《邵力子文集》（上冊），中華書局，1985 年版，第 410 頁。
2　王曉嵐：《中國共產黨早期黨報管理之研究》，《新聞研究資料》1993 年版，第 1 期，第 143 頁。

日常運營中，設立專門機構以充分保證對黨報黨刊的管理。1923 年 10 月 15 日，隸屬於中共中央的教育宣傳委員會成立，負責政治教育和宣傳鼓動工作，下設編輯部、函授部、通訊部、印行部和圖書館五個部門，分別負責黨報的編輯、印刷發行和資料保存等項工作。[1] 可見，這時期黨對機關報的內容、人員設置到發行等方面的管理，都已經實現制度化了。

這時期共產國際對中國共產黨黨報的參與與管理不可忽視。當時先後來到中國的共產國際代表維經斯基、馬林等人，將共產國際對黨報管理的辦法和經驗用來指導中共的黨報，可以說中共黨報的管理模式在很大程度上是沿襲共產國際而來的。除了物質資助，共產國際還積極參與了中共黨報的創立、編輯和管理。值得肯定的是，共產國際的管理方式保證了中共黨報政治上的戰鬥性，但也不可避免地宣傳了共產國際的一些錯誤決定。

2.《嚮導》週報的出版與發行

1922 年 9 月 13 日，《嚮導》週報創刊於上海，是中共中央第一個政治機關報，曾先後遷到北京、廣州、武漢等地編輯和發行。1927 年 8 月 18 日因汪精衛叛變革命被迫停刊。第一任主編是蔡和森，1927 年 4 月後由瞿秋白兼任主編。創刊初期，每期發行僅 2000 份，後增加到 4000 份，到 1926 年爲 5 萬份，武漢時期最高發行量達 10 萬餘份，成爲大革命時期中共最有影響的報刊之一。[2]

《嚮導》週報忠實記錄了當時中共的路線、方針、政策，宣傳反帝反封建的民主革命綱領、建立統一戰線的政策和策略，對工農群眾運動與國民黨右派的鬥爭進行了忠實報導。陳獨秀、蔡和森在該報上撰稿最多。[3] 由於《嚮導》成功宣傳了中共的政治主張，在一般知識分子、工人階層中產生了較大影響，發行量不斷上升。有讀者稱道：「貴報是國民革命的導師，也是工人階級的喉舌。」[4]《嚮導》週報上的廣告不多，大都集中在對馬克思主義書籍和報刊的介紹。自開辦起《嚮導》的經費基本上來自共產國際提供的黨費。「辦

1　8 種固定出版物是《新青年》季刊、《前鋒》月刊、《嚮導》週刊、《黨報》（不定期刊）、《青年工人》月刊、《中國青年》週刊、《團鑴》（不定期刊）和小冊子。
2　吳廷俊主編：《中國新聞事業史》，武漢大學出版社，2009 年版，第 210 頁。
3　陳獨秀是《嚮導》的首席撰稿人，也是寫稿多的第一位作者。在 201 期《嚮導》中，他用獨秀、田誠、隻眼、致中等筆名發表的國內外時事評論、政論有 200 多篇，約占全部文章的 30%左右。他還用實庵、實的筆名爲《寸鐵》欄寫作雜感、時評 416 篇。此外，還不時答覆讀者來信。參見張之華《〈嚮導〉研究與辨析》，載《新聞研究資料》1993 年版，第 1 期，中國社會科學出版社，1993 年版，第 164 頁。
4　廣東兵工廠工人來函，《嚮導》第 87 期。

《嚮導》的經費來源主要是馬林從共產國際拿出錢辦的。我們自己的黨費非常少。」[1]《嚮導》曾在《敬告本報讀者》一文中公開向社會發出尋求贊助的倡議。[2]《嚮導》的出版發行工作由第一任中共江浙（上海）區委書記徐梅坤兼管，當時徐的公開身份是光明印刷廠的排字工人，這給《嚮導》的印刷帶來了極大便利。兩年後徐梅坤的發行工作由張伯簡接替。

作為中共中央第一份正式機關報，《嚮導》的創辦和發展離不開共產國際的參與和支持。除了提供創辦的經費來源外，共產國際還參與了《嚮導》宣傳方針的制訂，並在實際上發揮把關的作用。可以說，《嚮導》是在中共中央和共產國際的雙重管理下編輯出版的。

三、民營報業的企業化經營

北京政府時期，也是民營報紙從沉潛走向繁榮的時代。職業報人的出現，新聞專業主義的興起，給報紙業務改革帶來煥然一新的面貌。報紙的企業化則成為同期中國新聞事業職業化的突出現象，尤其是歷史悠久的《申報》《新聞報》等民營大報「以營業為本位，所以受到政治的影響較小，而業務基礎則日形鞏固」[3]，它們率先走向現代企業化經營的經驗為中國新聞事業的發展提供了有益借鑒。

（一）上海《申報》的經營管理

史量才（1880～1934），堪稱近代上海報業的領軍人物。辦過學校、報業、鐵路和鹽務，曾創辦中南銀行，並以銀行為後盾開辦了民生紗廠，成為在金融、實業、文化、教育各界都極具影響的人物。[4]1912 年史量才以 30 萬美元從席子佩手裏買下《申報》，《申報》自此進入繁榮時期。至 1934 年《申報》資本達到 200 萬元，逐漸成為具備相當規模的企業化大報。[5]

1、延攬人才，知人善用——對人的經營

1912 年史量才接手《申報》後，迫切需要組建自己的核心班子，遂大力

1　《徐梅坤回憶〈嚮導〉的出版發行情況》，見《「二大」和「三大」》，中國社會科學出版社，1985 年版，第 670 頁。

2　《嚮導》，1922 年 12 月 27 日第 15 期。

3　胡道靜：《新聞史上的新時代》，世界書局，1946 年版，第 95 頁。

4　許紀霖等：《近代中國知識分子的公共交往：1895～1949》，上海人民出版社，2007 年版，第 274～275 頁。

5　張蘊和：《辦報果罪孽耶》，《申報月刊》第 3 卷第 12 號。

延攬人才。他高薪聘請陳冷[1]擔任總編輯，負責筆政；聘請張竹平[2]爲經理兼營業部主任，負責報館的經營管理業務。1913 年冬入職《申報》擔任營業部主任的張竹平很快成爲《申報》發展過程中的關鍵性人物。他首先建議成立報紙遞送公司，爲讀者提供更周到的服務；設立廣告推廣科，派出外勤主動出擊，到處招攬廣告。據戈公振《中國報學史》統計，1925 年《申報》廣告面積占全張之比爲 59.8%。至 1930 年張竹平離開時，《申報》的發行量和廣告量已達到歷史最高點。

　　1924 年留學哥倫比亞大學新聞學院的汪英賓[3]回國後，即被史量才慧眼識中，聘其擔任《申報》廣告部主任，「對於廣告方面的確是日有起色，並且爲拉攏商店廣告的便利起見，特另出一張《本埠增刊》，專登廣告式的文字」。[4]這在當時國內廣告界尚屬獨一無二的「創舉」。「九‧一八事變」後，史氏成立了《申報》總管理處，自任總經理兼總管理處主任，馬蔭良兼副主任，陶行知任總管理處顧問，由黃炎培任設計部主任、戈公振爲副主任兼總經理助理。在陶行知與黃炎培等進步人士的積極影響下，《申報》迎來了最進步的輝煌時期。

1　陳冷（1876/1877～1965），名景韓、景寒，筆名冷、冷血、無名、景、不冷、華生、新中國之廢物、冷笑（與包天笑合作）等。江蘇松江（今屬上海市）人。早年留學日本，1901 年參加同盟會。1902 年任上海《大陸》月刊編輯。1904 年應聘上海《時報》主筆，主持報紙業務改革，奠定了現代報紙的基本版面形式。1912 年史量才接辦《申報》，陳冷爲總主筆，直至 1930 年版。以後一度擔任中興煤礦公司董事長兼協理。1946 年 5 月，《申報》成立新董事會，任常務董事兼發行人，直至 1949年 5 月《申報》停刊。

2　張竹平（1886～1944），字竹坪。江蘇太倉人。聖公會基督教徒，上海聖約翰大學畢業。民國 11 年（1922 年）進申報館工作，以卓越的報業經營管理才能與業績，受到史量才器重，被提拔爲經理兼營業部主任。民國 24 年（1935 年）他準備在中國建立報業集團的計劃遭阻，「四社」產權全部爲孔祥熙官僚資本收買，張改任聯合廣告公司董事長、協豐礦行經理等職。民國 25 年（1936 年）赴香港經商。參見百度百科 http://baike.baidu.com/view/1988116.htm。

3　汪英賓（1897～1971），字震西，別名省齊。安徽婺源（今屬江西省）人。中國著名書畫家、新聞學者、社會活動家。著有《中國本土報刊的興起》（英文）、《美國新聞事業》《中國報業之覺悟》等。1920 年（民國九年）9 月起，擔任申報館協理。1922～1924年，由《申報》派往美國密蘇里大學新聞學院、哥倫比亞大學新聞學院進修學習，所寫碩士學位論文《中國本土報刊的興起》被譽爲中國新聞學史的開山之作。1924 年 10月，回國後任職申報館。後與戈公振創辦上海南方大學報學系與報學專修科，任系主任。1932～1935 年，先後擔任《時事新報》編輯主任、總經理。1952 年 9 月，調入復旦大學新聞系任教。「文革」中受迫害，1971 年去世於新疆庫爾勒，1979 年才得平反。

4　張靜廬：《中國的新聞紙》，光華書局，1928 年版，第 74 頁。

2、報業物質條件的現代化——為提高經營水平提供物質基礎

1918 年 10 月，《申報》遷入自建的新報館大樓，由此成為當時「中國所有報館中唯一擁有自己的現代化辦公大樓」[1]的報館，其建築基本可代表 20 世紀一二十年代中國報業館社的最先進水平。隨著報業的擴張，1930 年又在山東路添建五樓館屋一座，毗連舊屋。

《申報》初創時採用的是每小時僅印幾百張的手搖機，且只能單面印刷。史量才接辦後，發行量迅速上升，每份報紙的版面增加到三大張，原有的印刷機無法適應印量的增加，遂購入每小時印 2000 張的美國雙滾筒印刷機。1914 年一戰爆發，《申報》發行量又直線上升，1918 年史量才又向美國購置了最新式的何氏 32 頁捲筒輪轉機，每小時可印 4.8 萬份報紙。後來報紙發行增加到 5 萬份甚至更高時，《申報》也能遊刃有餘。1919 年添購一部，1921 年再購兩部，10 餘萬份報紙 2 小時內即可印完。

3、廣告與發行並重的經營策略

張竹平對於發行與廣告的關係曾有著獨到的思考：「夫報紙營養端賴廣告，廣告進步端賴推銷，報紙廣銷以內容充實為前提，充實內容以營業發達為前提。」[2]《申報》時期的張竹平一手抓廣告推廣，另一手抓報紙發行。

（1）以發行促廣告經營

當時《新聞報》出報快，送報及時，張竹平就請好友王梓康出面成立報紙遞送公司，培訓一些報販學騎腳踏車送報，使讀者訂戶一清早上班前就能看到報紙最新消息。[3]雖然在本埠發行上未能超過《新聞報》，但《申報》的外埠發行卻獲得了成功。另外，張竹平繼續在「內地廣設分館」，分館的每日銷數須在指定區內達到 500 份以上，「只許有增無減」。[4]《申報》認識到吸引廣告客戶要有發行量的支持，遂設報紙推廣科，廣告和發行部門分工更趨於細緻。

發行量的增長使《申報》的廣告總量也得以迅速增長。1914、1916 年各自的廣告總量以及外埠廣告量均上升不少，尤其是廣告總量增長的勢頭十分明顯。1916 和 1914 年分別比 1912 年增長了 3.71% 和 2.87%；外埠廣告量 1916 比 1912 年的增幅達 137.5%，遠遠超出當年廣告總量的增幅，這正是外埠發行

1　徐世昌：《日新宏議》，第 110 頁。轉引自汪英賓：《中國本土報刊的興起》，王海、王明亮譯，暨南大學出版社，2013 年版，第 31 頁。
2　《時事新報館告讀者同人書》，《時事新報增刊》1935-10-10。
3　汪仲韋：《又競爭又聯合的「新」「申」兩報》，《新聞研究資料》1982 年總第 15 輯。
4　戈公振：《中國報學史》，中國新聞出版社，1985 年版。

的收效。[1]《申報》發行量與廣告量之間的這種正向增長關係及其趨勢一直延續到整個 1930 年代。

1912～1936 年《申報》廣告情況抽樣統計表[2]

時　　間	總版面	廣告版面	版面比例（％）	廣告量
1912 年 7 月 1 日	10	5.5	55.0	228
1913 年 7 月 1 日	14	10	57.1	252
1914 年 7 月 1 日	16	10.5	65.6	235
1915 年 7 月 1 日	18	13	72.2	283
1916 年 7 月 1 日	16	13	81.2	291
1917 年 7 月 1 日	18	10.8	60.0	252
1918 年 7 月 1 日	16	12	75.0	340
1919 年 7 月 1 日	16	14	87.5	430
1920 年 7 月 1 日	34	15	44.1	678
1921 年 7 月 1 日	20	15.5	77.5	501
1922 年 7 月 1 日	26	19.5	75.0	520
1923 年 7 月 1 日	24	18	75.0	510
1924 年 7 月 1 日	26	19.8	76.1	522
1925 年 7 月 1 日	18	12.3	68.3	430
1926 年 7 月 1 日	16	13	81.3	629
1927 年 7 月 1 日	22	15.5	70.4	613
1928 年 7 月 1 日	34	26	76.4	789
1929 年 7 月 1 日	30	24.5	81.7	630
1930 年 7 月 1 日	27	21.5	80.0	598
1931 年 7 月 1 日	32	21.5	67.1	583
1932 年 7 月 1 日	26	19.5	75.0	786
1933 年 7 月 1 日	35	23	66	989
1934 年 7 月 1 日	36	22.5	62.5	685
1935 年 7 月 1 日	32	24.5	76.5	425
1936 年 7 月 1 日	36	25	69.4	743

1　王英：《張竹平廣告理念初探》，《新聞大學》2000 年春季號。
2　摘自孫會：《〈大公報〉廣告與近代社會（1902～1936）》，中國傳媒大學出版社，2011年版，第 107～108 頁。

（2）內容經營與廣告經營相結合

爲了吸引更多的讀者群，《申報》增辦了多種副刊：1919 年出版《星期增刊》1920 年開闢《常識》欄目、1921 年創辦《汽車增刊》等，其中《汽車增刊》「對於中國新聞業而言是一種創新」[1]。1924 年汪英賓從美國回來擔任《申報》廣告部主任以後，特增設了《本埠增刊》專登廣告。本埠增刊的新聞內容十分強調新聞性、知識性和信息量。與外埠相比，本埠廣告刊費、發行成本更爲低廉，因此通過擴大本埠增刊的發行以提高廣告量，這是設立本埠增刊的目的所在。《本埠增刊》是《申報》的創舉，後來各大報紙均紛紛效行。經過這些努力，《申報》發行量不斷上升，1928 年銷量已超過 14 萬份，報紙的盈利也達到每年 10 萬元以上。

（3）設立分類廣告專欄

1924 年張竹平在《申報》上首創分類廣告專欄。

《申報》有許多長期的廣告大客戶，如英美煙草公司和中法大藥房。張竹平對這些大財神，廣告打八折，甚至奉送宣傳性新聞。[2]同時對於小客戶他也並不放過。當時最小的廣告多是遊藝廣告，在《新聞報》上這些廣告總被壓在最底層。廣告主不滿，但《新聞報》廣告科不予理睬。張竹平聞訊後即表示願意每天將他們的廣告拼在一處，條件是只登《申報》一家。於是這批數目不小的小客戶就成了《申報》的固定客戶。[3]由此可見，張竹平重視小客戶和小廣告的做法，使《申報》不僅得以贏得市場，而且促使競爭對手放下身架「不恥」效行，無形中促進了廣告業的發展。

（二）上海《新聞報》的經營

汪漢溪（1874～1924），早年畢業於梅溪書院，曾在上海南洋公學（上海交通大學前身）任庶務。1899 年，時任南洋公學監院的美國人福開森買下慘淡經營的《新聞報》不久，委任汪漢溪爲總經理。汪漢溪審時度勢，逐步改革報紙內容，開拓出一條辦報新路。《新聞報》創刊於 1893 年，1899 年僅銷 1 萬多份，到汪漢溪 1924 年去世，《新聞報》已突破 10 萬份，一躍成爲僅次於《申報》的中國第二大中文報紙。

1　汪英賓：《中國本土報刊的興起》，王海、王明亮譯，暨南大學出版社，2013 年版，第 30 頁。
2　張秋蟲：《新聞報和申報的競爭》，見《上海地方史資料（五）》，上海社會科學院出版社，1986 年版。
3　汪仲韋：《又競爭又聯合的「新」「申」兩報》，《新聞研究資料》1982 年總第 15 輯。

1、主打經濟新聞

民國初期，上海報業競爭激烈。《新聞報》在汪漢溪的主理下，進一步明確了以工商界人士爲主體、兼顧小市民階層的讀者定位，逐制定了一套辦報方針：以經濟新聞爲重點，使之發展成爲代表上海工商業者的惟一大報。《新聞報》於 1921 年 4 月 15 日首創「經濟新聞」專欄，聘著名經濟學家徐滄水主持。1922 年又增闢《經濟新聞》專版。《新聞報》對該專版刻意經營，辦得最好時期正是銷數急劇上升的 20 年代中期，闢有評論、市況提要、金融市場、匯兌市場、證券市場、紗花市場、上海商情、經濟事情、統計圖表等專欄。由於《新聞報》報導經濟新聞及商業行情準確、迅速，且信息量大，門類齊全，在工商界和市民中擁有廣大的讀者。《新聞報》實行差異化競爭策略，很快就吸引了不少商界人士和市民百姓。由於走的是大眾化路線，因而該報的廣告客戶來源更爲廣泛。做廣告最多的客戶是經商者，商場開業、歇業、轉讓、新產品問世、舶來品介紹等都必須廣而告之，由此《新聞報》逐漸發展成爲上海的「廣告報」。

2、以廣告爲本位

1926 年 4 月 1 日，《新聞報》傚仿《申報》也增設《本埠附刊》，《本埠增刊》和《本埠附刊》因爲所刊登的都是上海飲食起居衣裝娛樂的事，很爲上海人所歡迎，不過僅限於上海本埠發行。《本埠附刊》的廣告刊例較廉，廣告主花同樣的費用可以在《本埠附刊》上刊登面積較大且位置較顯著的廣告，報館方面則可大大增加了收入。儘管《申報》領先《新聞報》一步創辦了本埠增刊，但《新聞報》卻最終以其更多的本埠銷數在廣告市場上取勝於《申報》。

《新聞報》既以廣告爲本位，對於廣告業務管理尤爲重視。比如，爲了嚴格廣告文字的編校，特設廣告編校部，仔細校對，以免錯誤。爲了更好地管理廣告版面，協調報紙新聞與廣告之間的關係，汪漢溪在廣告科之外加設準備科，其任務爲每日齊稿後計算新聞與廣告的比率，以決定次日出報的張數。準備科事實上就是「廣告的編輯部」，而其重要性則在新聞編輯部之上。汪漢溪設立準備科可算得上當時廣告業務管理上的獨創之舉，後紛紛爲其他報紙所仿傚。

3、快速發行策略

報業繁榮的背後是發行時間的競爭。為了縮短報紙送達到讀者的時間，《新聞報》不斷更新印刷技術和設備。大約 1929 年後，該報已擁有美國 Walter Scott「Multi-Unit」Press 高速率圓轉印報機兩架，每小時可印報紙 7.2 萬份；美國 Goss 四層圓轉印報機兩架，Potter 三層圓轉印報機一架，每小時可出報 5 萬份。總之，每日印出報紙約 15 萬份，新聞發生 2 小時後即可見諸報端。

為了擴大本市發行陣地，《新聞報》首創分區派報辦法。分區派報法變以前的「守株待兔」為主動出擊爭取時間，為《新聞報》贏得了遞送及時快捷的美譽。到汪漢溪時期，為了擴大外埠的發行市場，《新聞報》根據實際情況在鄰近地區設立分館或派報社（或稱分銷處）。經過幾年的努力，成效卓著。據 1923 年統計，「次第設立分館、分銷處，計前後成立者五百餘處：國外如南洋群島及各國都城、各大商埠，訂閱者亦數千戶。」[1] 1923 年，汪漢溪聲稱《新聞報》銷數達 10 萬份，廣告收入每月近 10 萬元。[2]

1930 年《新聞報》各地銷數表[3]

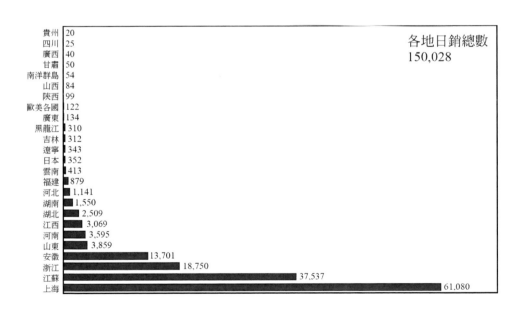

1　《〈新聞報〉三十年之事實》，見新聞報館編印《〈新聞報〉三十年紀念》，1922 年版。
2　陶菊隱：《記者生活三十年——親歷民國重大事件》，中華書局，2005 年版，第 111 頁。
3　上海檔案館館藏檔案，檔案號：Y8-1-20-14。

《新聞報》歷年銷路比較表

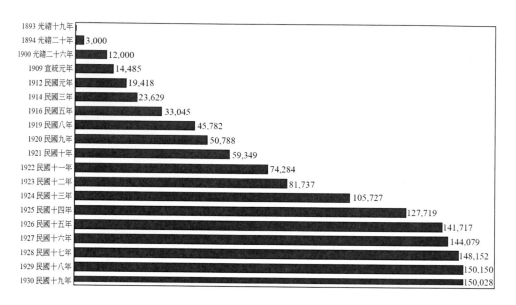

  《新聞報》的創辦雖比《申報》遲21年，但因經營得法，比《申報》更早實現經濟獨立。就全國報界來說，「中國報紙的能夠經濟獨立的，以《新聞報》為最早」[1]。《新聞報》創刊30週年時，張季鸞撰文推崇《新聞報》為「東方之泰晤士」，並稱「《新聞報》之發達，皆汪君漢溪之力，汪君不兼他業，唯專心一致經營報業，其謹慎精細，久而不懈，全國殆無第二人」[2]。

---

1 胡道靜：《上海的日報》，上海市通志館，1935年版，第36頁。

2 張季鸞：《新聞報三十年紀念祝詞》，見《季鸞文存》附錄，大公報報館，1946年版。

第八章 民國北京政府時期新聞團體、新聞教育與新聞學術研究

　　從清末開始，我國報界群體意識開始萌芽，組建團體的意識漸漸增強，新聞團體隨之初興。民國初年特別是北京政府時期，新聞團體有了較大的發展，全國性和地方性的報業職業團體風起雲湧，數量大增，逐漸成為推動我國新聞業發展的一支獨特力量。1919 年北京大學新聞學研究會的成立，標誌著中國新聞教育事業的開始，20 年代各大學紛紛設立新聞專業或新聞系，為民國新聞事業培養了諸多人才。北京政府時期出版的新聞學術著作以《新聞學》《中國報學史》等為代表，顯示了中國新聞學術研究的西學淵源和本土意識。

第一節　民國北京政府時期的新聞團體

　　清末以及北京政府時期成立的新聞團體，為團結同業、維護自身利益、促進內部聯繫，以及倡導新聞教育等方面發揮了很大作用，尤其在清末民初為維護言論自由、抵制當局對言論的壓制方面做出了不懈努力。

一、全國性的新聞團體

　　我國新聞團體的產生過程是先有地方性團體，後出現全國性新聞團體。從二十世紀初開始，我國新聞界出現組建地方性新聞團體的萌芽。自 1901 年 1 月清政府宣布「新政」以來，報禁與言禁逐步放開，我國報業隨之恢復和發展，新聞團體在這一傳媒生態背景下孕育產生。1905 年 3 月 13 日上海《時報》發

表《宜創通國報館記者同盟會說》一文，是我國首倡組建新聞團體的標誌，「報界之知有團體，似自此始」[1]。我國最早的新聞團體是 1906 年 7 月 1 日成立的天津報館俱樂部，其後是上海日報公會。除了天津、上海之外，隨後兩年間，武漢、北京、廣州等報業相對發達的城市開始籌建同業組織，漢口報界總發行所於 1906 年 10 月成立，1907 年底，廣州報界公會正式成立，是當時頗有影響的社會團體之一。1908 年北京報界公會成立，這是北京最早的新聞團體。

隨著一批地方性新聞團體的出現，進一步推動了全國新聞界組織起來。這一時期率先成立的是全國報界俱進會，其後是全國報界聯合會。

（一）全國報界俱進會

民初前夕，新聞團體開始突破地域限制組建全國性新聞團體。「地方報業團體因力量有限，只能消極的抵抗；全國性組織大，可積極的爭取。爭取的首要目標，則為言論、出版之自由」[2]。1910 年初，上海《神州日報》《時報》發起倡議組成全國性報界團體，迅速得到了上海、北京、天津、廣州、武漢、成都、瀋陽等地一些報館的響應。1910 年 9 月 4 日，乘各地報館派代表參觀南洋勸業會之機，在南京勸業會公議廳召開成立大會，由 20 個地區的 42 家報館參加，規模較大，我國第一個全國性的新聞團體就此宣告成立。在成立大會上，公議定名該團體為「中國報界俱進會」，通過的會章共 16 條，規定「本會由中國人自辦之報館組織而成」，「以結合群力，聯絡聲氣，督促報界之進步為宗旨」[3]。1911 年 9 月 22 日，該會在北京召開了第二次常會。

民國成立，言論界擺脫了重重束縛，俱進會就在 1912 年 6 月 4 日在上海召開特別大會，到會報館代表 30 餘人，此次會議修改了會章，決議改名為「中華民國報界俱進會」，並在會上通過了「加入國際新聞協會案」、「不認有報律案」、「自辦造紙廠案」、「設立新聞學校案」等 7 項提案。但由於這是組建全國性團體的初次嘗試，「會上通過的決議基本上只是宣言書，而不是行動綱領。這些決議並沒有伴之以相應的行動」[4]，因此團體的內聚力還沒有進一步發揮出來，終因經費無著，該團體維持不到三年就自行停止了活動。

---

1 戈公振：《中國報學史》，生活・讀書・新知三聯書店，2011 年版，第 257 頁。
2 朱傳譽：《中國民意與新聞自由發展史》，臺北：正中書局，1974 年版，第 510 頁。
3 戈公振：《中國報學史》，生活・讀書・新知三聯書店，2011 年版，第 259 頁。
4 徐小群：《民國時期的國家與社會：自由職業團體在上海的興起（1912～1937）》，新星出版社，2007 年版，第 264 頁。

值得一提的是，全國報界俱進會在我國首倡開設新聞教育方面功績卓著。中國新聞教育從倡導到發軔經歷了長達六年的孕育發展期。追溯我國新聞教育的源頭，最早倡議開設新聞教育的不是政府，也不是學校等機構，而是新聞團體，即全國報界俱進會。其實，「報業教育初興之時，頗遭報界之輕視」，就像我國記者地位在清末也經歷過一段時期的鄙視階段一樣，後經過康、梁等維新派報人和革命派報人的新聞實踐，尤其民初名記者黃遠生等人出色的表現，記者地位才顯著提高。在民國初年新聞業逐漸發達的背景下，「然自此種人材加入報界之後，覺成績優良，遠過於未受專門訓練者，於是報界之懷疑始去，而樂與教育界攜手。期間有一顛撲不破之公例，即學問絕無害於經驗，而有助於經驗也」[1]。正在這時成立的全國報界俱進會敏銳地發現了我國新聞界這一新動向，於 1912 年 6 月 4 日在上海召開特別大會，通過了七條重要決議案，其中第四條決議就是「設立新聞學校案」，這條不足千字的決議案在中國新聞教育史上留下的濃墨重彩之筆，開啟了新聞教育倡議之先河。

（二）全國報界聯合會

武昌起義後，中國報界隨即進入「黃金時代」，全國性新聞團體有了新的發展。1919 年 2 月，南北議和會議在上海召開，各地報館派記者到上海探訪會議消息，這為重建全國性新聞團體提供了良好的機會。廣州的《七十二行商報》和《新民國報》就藉此機會組織全國性新聞團體，於是，廣州報界公會致電上海日報公會，倡議發起組織全國報界聯合會。上海日報公會當即覆電贊同，廣州各報就派代表來滬籌備，並設事務所於靜安寺路二十二號。各地報館紛紛派代表參加，包括北京 15 家、上海 13 家、廣州 9 家、南京 7 家、漢口 7 家、福建 3 家、浙江 3 家，以及天津、四川、貴州、雲南、湖南、安徽和海外的仰光、檀香山、舊金山等地華僑報館共 83 家報館[2]，到會代表 84 人於 1919 年 4 月 15 日在上海開會，正式成立全國報界聯合會，推舉上海《民國日報》創辦人葉楚傖為主席。討論制定了會章 20 條，確定了團體的宗旨和目的，即「為謀世界及國家社會之和平進步，得徵集全國言論界多數之共同意見，以定輿論趨向」、「報紙言論自由，聯合人類情誼，企圖營業利便，以謀新聞事業之進步」，並通過了「對外宣言案」、「維持言論自由案」、「減輕郵電各費案」、「拒登日商廣告案」等六項重要議案。

1　戈公振：《中國報學史》，生活·讀書·新知三聯書店，2011 年版，第 237 頁。
2　胡道靜：《上海新聞事業之史的發展》，上海通志館，1935 年版，第 51 頁。

1920 年 5 月 5 日，該會在廣州召開第二次常會，參加的報社、通訊社、雜誌社有 120 家，到會代表 196 人。大會修改了會章，通過了 14 條重要決議案，如「對外宣言案」、「請願國會以絕對自由保障言論出版條文加入憲法案」、「電請美國上院對於山東問題主張公道案」、「拒登日商廣告案」、「籌設新聞大學案」、「力爭青島案」、「加入國際新聞協會案」等，表達了中國報業的進取精神。1921 年 5 月，該會於北京舉行第三次常會，部分會員報館忽而分爲兩派，即《北京日報》與《晨報》兩派各自開會，互相攻訐，造成團體內部分裂，以致以後無法進行正常活動，此會遂自行解散。

二、地區性的新聞團體

在全國性新聞團體建立的過程中，許多地方都紛紛建立了新聞團體。民國成立，隨著武昌起義勝利和報律廢止，新聞界組建新聞團體高潮迭起，除了先前一些大城市組建的新聞團體不斷得到鞏固之外，全國其他省份包括地處我國西南的四川、貴州、雲南的邊陲地區和內地相對封閉的湖南等地也相繼成立自己的團體。尤其在五四運動之後，團體自認意識大爲提高，團體活動能量更爲內聚，團體逐步走向自覺和多元，新、舊團體表現異常活躍，團體數量明顯增加，地域範圍不斷擴大，團體類型更爲多樣，不僅有專業團體，而且湧現出學術團體和行業團體。

（一）地區性新聞專業團體

專業性新聞團體在民初新聞團體中占絕大多數。專業性團體是指以新聞記者爲主體，以報刊報導等新聞專業領域爲活動內容的團體。民國初年，全國新聞界先後建立地方性專業團體總數較多，主要集中在上海、北京、武漢、廣州、成都、等新聞業相對較發達的城市。

1、上海的新聞專業團體

民初的新聞團體，以上海、北京較爲活躍，其中上海依仗發達的報業水平，新聞團體最爲活躍，較著名的新聞團體有：

（1）上海日報公會

成立於 1909 年 3 月 28 日。該團體成立的動機是，上海《神州日報》詳細報導了中興麵粉廠兩名印度工人截住一名中國女子強施獸行的事件，並連續發表了幾篇言辭激烈的論文，遭到英租界當局「工部局」所控告，各報不平，乃發起成立上海日報公會。該會通過了會章，包括總綱、辦法、經濟、

集會、權限和要則六大內容，宣稱該團體「以互聯情誼，共謀進行爲主旨，與各館內部組織無涉」，並設置了幹事長、幹事員、書記、繕寫、茶房和信差等職務，對會費、權限等也有具體規定。該會成立後，曾支持中國報紙反對帝國主義在中國的罪行，爭取政府相關部門對報界之優惠政策，反對蔣介石的獨裁統治。1937 年 8 月 13 日，日本侵佔上海，上海各報如《時事新報》《民報》《中華日報》等先後停刊，至此，存在近 28 年的上海日報公會終於停止活動。

（2）上海新聞記者聯歡會

成立於 1921 年 11 月 9 日，由當時著名的新聞工作者戈公振、曹谷冰、潘公展、周孝庵等 20 餘人發起組織而成。11 月 9 日召開成立大會，通過了 10 條會議章程，定名該會爲「上海新聞記者聯歡會」，確定「以研究新聞學識，增進德智體群四育爲宗旨」，對會員類別、入會資格、入會手續、職員的職權，以及會期、會費和會址等方面做了頗爲詳細的規定。1922 年 7 月 9 日，召開了第二屆會員大會，到會 32 人，修改了會章，選舉了謝福生、潘公展、嚴獨鶴、戈公振等 7 人爲評議員，組成了包括書記（戈公振）、會計（周孝庵）、演說（謝福生）、編輯（潘公展、謝介子）、體育（戈公振）、藝術（蘇一樂）等爲幹事的領導機構。

1931 年 3 月 2 日，該會召開第四屆會員大會，40 名會員參加，修改了會章，把宗旨改爲：「發展新聞事業，增進輿論權威，擁護國民利益，保障新聞記者生活。」改選了領導機構，推選 11 人爲執行委員會，下設總務部、交際部、文書部、遊藝部和編輯部，並推戈公振、馬崇淦、錢滄碩 3 人爲常務會員，杭石君、張振遠、李子寬等 5 人爲監察委員，還創辦了會刊《記者週報》。該會是一個機構健全，活動時間較長的組織，在新聞界的影響較大。1932 年 6 月 24 日，該會與上海日報公會、上海通訊社記者公會合併，成立上海新聞記者公會。

（3）上海日報記者公會

日報公會是以報館爲單位，而這是以記者爲單位的團體，類似的有新聞記者俱樂部、新聞記者公會、新聞記者聯歡會。該會成立於 1927 年 3 月 13 日，確定的宗旨是「鞏固同人之團結，共謀本身之福利，保障職業之自由與安全，促進報業之進步」。公會推選出 15 位執行委員，其中潘公展、潘公弼、吳樹人 3 人爲常務委員，輪流主持公會活動。1932 年 6 月 24 日該會合併到上海新聞記者公會而停止活動。

（4）上海通訊社記者公會

成立於 1927 年 3 月 22 日，該會形成了領導機構，推選潘竟民等 7 人爲執行委員，謝介子等 3 人爲監察委員。通過了會章，並確定以「聯絡感情，改善新聞事業，增進記者地位，力謀記者福利」爲宗旨。該組織部分成員同時也是記者聯合會會員，而且與上海日報記者公會和上海新聞記者聯合會的宗旨基本相同，很多活動還一起舉辦，三家遂商定於 1932 年 6 月 24 日合併爲上海新聞記者公會，上海通訊社記者公會便停止了活動。

（5）上海各報駐南京記者公會

1928 年 12 月成立，該會通過了會章，公推邵力子、葉楚傖、戴季陶、于右任爲名譽會員，選舉俞樹雲、嚴愼予、沈有香等 7 人爲執行委員，胡迪周、張佩魚、曹天縱爲監察委員。該組織成立的目的明確，即公會的活動既要得南京政界的保護，又要得到上海各報館的支持。會上還通過上海各報館及通訊社每月津貼。

2、北京的新聞專業團體

清末民初，在新聞團體組建大潮的背景下，北京報界也日益感到組建同人組織的必要。1907 年 3 月北京報界也開始組建新聞團體，「北京報界日漸發達，然每不免有互相攻擊之處，開發報館主人廷部郎擬發公啓，遍約北京報界諸志士，互商聯合之法」[1]。1908 年北京報界公會成立，開北京報界組建新聞團體之端緒。民國成立後，北京報界先後組建成立了報界同志會、新聞記者俱部、報界聯合會、北京言論自由期成會等同業組織。

（1）北京報界同志會

成立於 1913 年 3 月 16 日，由當時的《北京時報》《京津時報》《北京日報》《燕京時報》《國民公報》等十幾家非國民黨系統的報館聯合成立，通過了會議規約，確立了以「聯絡感情，交換知識而謀言論之健全」爲宗旨。規約大體分爲總綱、組織、機關、經費、會議、附則等 6 部分，共 15 條，對組織的名稱、宗旨、機構、會務、經費、成員的義務與權利作出明確規定。該會成立後，活動頻繁，積極開展會務，吸收新成員，成爲北京報界一個新的聚集中心。該會不僅積極維護報界權利和言論自由，還盡力推動對外交流與合作，有利於報業的發展。

1　《報界團體》，《大公報》，1907 年 2 月 7 日。

（2）北京新聞記者俱樂部

1914 年 12 月成立，該俱樂部是順應民初記者的工作受到重視的狀況而設的。民初一些有影響、實力相對雄厚的大報，如《申報》《新聞報》《時報》等紛紛向北京派駐記者採訪北京內幕新聞，在北京逐漸形成在社會上具有相當影響力的新聞記者群體，是為爭取言論自由，維護記者利益、加強記者之間的協作，而形成的以記者為主體而非以報館為主體的職業團體。該俱樂部的組織機構較為完善，設幹事 4 人，書記 1 人或 2 人，速記 1 人，並推選薛大可、烏澤聲、陸哀、周秦霖四人為幹事。該組織確立以「謀交換知識，並發展新聞事業」為宗旨。由於組織成員中政治立場大不相同，因此該俱樂部發揮的作用不甚明顯，但是，俱樂部為民初的報界公益和民族權益方面作過一定努力。

（3）北京報界聯合會

成立於 1918 年 12 月 28 日，是原有的北京報界同志會考慮到自身的範圍所限，決意組成北京報界聯合會，以交換知識、疏通感情。一年半後，原屬報界同志會的各報館於 1920 年 7 月歸併到北京報界聯合會。1920 年 8 月 14 日，北京報界聯合會在《北京日報》館開會選舉職員之時，70 餘家報館到會者只有 24 家。經過選舉，朱淇當選會長，王太素當選副會長，張一鶴、葉一舟等 6 人當選幹事。但由於內部矛盾重重，所歸併的各報館與舊有的報館貌合神離，後還引發北京報界的激烈內訌，最終，在全國報界聯合會第三次常會的籌備資格爭奪上大打出手，頗為中外報界所不恥。

（4）北京言論自由期成會

1922 年 10 月 27 日成立，新聞記者、作家約 140 餘人出席成立大會。推選大同通訊社林天木為主席，林天木、胡適、李大釗、梁啓超等 60 人為評議員。大會確立「向國會請援，廢止出版法，亦別定保護言論自由條例，實現言論自由」為宗旨。達到目的後該組織自行解散。

3、武漢的新聞專業團體

1906 年 10 月，漢口五家報館聯合組建「漢口報界總發行所」，由《漢口中西報》王華軒、《公論新報》宦誨之、《漢報》鄭江灝三人主持，武漢的新聞團體由此發端。進入民國初期，報紙一時風起雲湧，新聞界頓時勃勃生機起來，武漢的新聞團體不斷吸引新報館來改組與重建報業團體。

（1）武漢報界聯合會

1912 年 3 月，《大漢報》經理胡石庵發起組織成立，《大漢報》《中華民國公報》《民心報》《強國報》《群報》等參與其事。該團體制定了《武漢報界聯合會草章》，確定宗旨、名稱、職員與職務。依據草章，武漢報界聯合會由武昌現有各報館組織而成，以「維持公共利益及防止公共之危害」爲宗旨，事務所地址暫定在《民心報》館。該團體積極維護報界利益，爭取和保障言論自由。後因「癸丑報災」導致社會上結社活動沈寂，該團體逐停頓消亡。

（2）武漢新聞記者聯合會

1927 年 3 月創建，是《楚光日報》宛希儼在出任漢口黨部宣傳部長時倡議組織該團體。成立宣言中宣稱：「新聞記者要能實現他的使命，第一個重要條件，便是團結。因爲只有團結，才能形成一種力量……爲要把武漢從事於新聞事業的同志聯合起來，在黨的領導之下從事革命工作，集合多數人的力量與意見，統一宣傳策略，改良新聞技術，增進輿論威權，所以才要有武漢新聞記者聯合會的組織」[1]。該會在擔當自己的使命，在推進新聞職業化、表達行業訴求、擁護革命和維持輿論統一等方面作出了令人矚目的貢獻。1928年 11 月，因機構癱瘓，管轄不明，難以爲繼而停止活動。

4、成都的新聞專業團體

地處西南的四川成都在清末都未曾有新聞團體出現，但到民國成立後，受上海、北京、武漢等地職業團體的影響，先後成立了報界團體，是西南邊陲較早組建新聞團體的省份。成都最早的新聞團體是 1912 年由樊孔周創辦的報界公會，當時樊孔周集起《四川公報》《中華民國報》《公論日報》《女界報》等幾家報館而成立，活動了約四年便無形消亡了[2]。進入民國北京政府時期，成都報界組建了四川新聞記者俱樂部、四川報社聯合會、成都新聞記者協會、成都報界聯合會等。其中成都新聞記者協會的前身是 1926 年 10 月 31 日成立的成都新聞記者聯合會，後於 1927 年 5 月 8 日改名而來的。

成都報界聯合會。成立於 1928 年 6 月 23 日，由當時的《國民公報》《四川日報》《成都快報》《民國日報》《醒民日報》等 14 家報館聯合組成。1930年 6 月 3 日，該團體進行改組並召開第一次代表大會。改組後的報界聯合會

1　趙建國：《清末民初武漢新聞團體的演變——以新聞職業化爲視角》，《江西社會科學》，2014 年版，第 4 期。

2　西堂：《解放前成都的新聞界團體》，《新聞研究資料》第 40 輯，北京：中國社會科學出版社，1987 年版，第 112 頁。

會員有 15 家報館，當時成都共有報紙 20 家，該會聯合了成都四分之三報館，聲勢頗大，是成都報館和記者集合中心，爲維護報界利用和言論自由作出了較大努力。

5、長沙、廣州、哈爾濱等其他地區的新聞專業團體

民國初年，在報界言禁放開的背景下，地區性的新聞專業團體遍及了全國諸多城市，我們從當時報刊的新聞報導中得知許多新聞團體的名稱，這是自上海日報公會成立後，各地仿行，稱謂有報界公會、報界聯合會、報界同志會、記者公會等，名雖略異，性質則同。如長沙新聞記者聯合會，於 1926 年 12 月 10 日成立，提出促進新聞事業進步，並積極發起籌辦成立全省新聞記者聯合會。湖南新聞記者聯合會，1927 年 3 月在長沙舉行成立大會，到各縣代表 40 多人，並提出了 4 項決議；哈爾濱中國記者聯歡會，1923 年 12 月 17 日成立，以及 1926 年 6 月 1 日取而代之的哈爾濱報界公會；廣州也成立了廣東省報界公會、廣州新聞記者聯合會等專業組織；南昌市新聞業協會，這是北伐軍佔領江西後，南昌《民國日報》《貫徹日報》等新聞單位於 1927 年初成立的。還有杭州記者公會（1927 年 9 月）、遼寧記者聯合會（1930 年 8 月）、濟南報界聯合會（1930 年 8 月）、撫順記者聯合會（1930 年 9 月）、開封記者聯合會（1931 年 3 月）等。此外，有些中小城市，如無錫、紹興、鎮江、江都、高郵等地區也出現了新聞專業團體。[1]

（二）地區性新聞學術團體

新聞學術團體是以新聞理論和學術研究或研討爲主要內容的團體，它們依託具有新聞學系或報學系的大學而成立，在從事學術研究的同時，許多團體還從事新聞教育事業。民國初年的學術團體主要集中在北京和上海，其中比較重要的有：

1、北京大學新聞學研究會

1918 年 10 月 14 日在北京大學成立，是我國最早的新聞學術性團體。該團體以「灌輸新聞知識，培養新聞人才」爲宗旨，由北京大學校長蔡元培兼任會長，北京大學文科教授徐寶璜任副會長，徐寶璜和《京報》社長邵飄萍是專任導師，該會對我國新聞教育和學術研究方面都有開創意義。

1　馬光仁：《我國早期的新聞界團體》，《新聞研究資料》第 41 輯，北京：中國社會科
　學出版社，1988 年版，第 67～68 頁。

　　北大新聞學研究會不但開啓了新聞教育這扇窗，而且在早期新聞教育方面也作了有益的探索和實踐，爲後來我國進步的新聞教育事業一直所繼承和借鑒。其中有兩方面經驗始終爲新聞界所推崇：其一，在教學內容方面，強調學習新聞理論的同時，重視結合中國報界實際，並吸收優秀報人的優良經驗；其二，在教學方法方面，重視講授與研究討論相結合，課堂活動與實踐、參觀相結合[1]。它作爲職業性的新聞團體，不像正規大學那樣在課程設置、教學安排和實踐操作諸方面有板有眼，但它應新聞界之需培養了大量應時人才，爲我國日後新聞教育方針的確立奠定了基礎，這是極爲寶貴的經驗和財富。

　　研究會聘請的兩位導師在講課之餘，還從事新聞學研究。徐寶璜 1919 年出版的《新聞學》，注重新聞學理的闡釋，四易其稿鑄就經典，成書爲 14 章約 6 萬字，是我國最早的新聞學專著，奉爲我國新聞界的「破天荒」之作，對我國新聞學研究影響深遠；邵飄萍的《實際應用新聞學》，注重新聞實踐層面的思考，是我國早期難得的指導新聞實踐的專著。

2、北京大學新聞記者同志會

　　1922 年 2 月 12 日成立，由北京大學的教職員和在校及已畢業從事新聞工作的學生組成，宗旨是「研究學識、促進新聞事業」。該會組織機構由主席、會務、講演和會計組成。主席由黃右昌擔任，徐寶璜、胡適、李大釗 3 位教授受邀出席大會並發言。他們認爲這類新聞職業團體，以維護新聞記者的整體利益，同時有賦予這樣的團體以職業和學術以外的政治上的意義：與強權抗爭[2]。所以，他們強調同志會除研究學識，促進新聞事業之外，應該加以互相勉勵，提高人格。

3、北京新聞學會

　　1927 年元旦由黃天鵬、張一葦等人倡議，北京新聞界人士參與成立。該會提出了「以研究新聞學術，促進新聞事業之發展」爲宗旨，開展了一些重要的活動，主要在三個方面：其一，調查全國報業現狀，通過「特詳調查」、「國內報業狀況」、「陸續刊布」等方式供同業參考，以利「新聞事業之發展」；其二，舉行新聞講演會，創辦報刊展覽室，爲記者創造自學的條件；其三，

1　方漢奇：《中國新聞事業通史》（第二卷），中國人民大學出版社，1996 年版，第 72 頁。
2　陳力丹：《關於北大新聞記者同志會上三教授的演說詞》，《新聞研究資料》第 47 輯，北京：中國社會科學出版社，1989 年版，第 72 頁。

編印出版刊物，學會先後創辦了《新聞學刊》《新聞週刊》《新聞學月刊》等，由黃天鵬負責編輯。該會在新聞學研究方面取得了一定成績，但不到兩年即告停止。

4、上海報學社

成立於 1925 年 11 月 29 日，發起人是戈公振，由上海南方大學、國民大學、光華大學和大夏大學報學系聯合組織而成，會員有 50 餘人。成立大會上，主席周尚宣布了該社的計劃：第一步是演講、參觀、實習、翻譯；第二步是發行刊物、組織通訊社[1]。學社確立的宗旨是：「內則提倡讀書，外則參觀報館」。1929 年 5 月 1 日，提出以「研究報學，發展報業」為宗旨，擴大會務範圍，出版會刊《言論自由》，並吸引金雄白、程滄波、成舍我等著名記者入社，會員突破上海地域範圍，遍及浙江、江蘇、北平、廣東、遼寧、四川等省市，有些省市還籌備成立分社，活動範圍大為擴大。1931 年，該社改名為中國報學社上海分社。1935 年戈公振逝世，因該社主持乏人，遂停止活動。

5、密蘇里大學新聞學院同學會上海分會

1926 年 6 月 11 日，曾出身於美國密蘇里大學新聞學院的中西方同學 10 人會集於上海功德林，開始組織密蘇里大學新聞學院同學會上海分會，成員包括《密勒氏評論報》主筆鮑惠爾、《紐約時報》駐華通訊員密勒、《申報》協理汪英賓、前日本《商務報》職員麥克永、聖約翰大學報學系主任武道、《字林西報》職員費爾東、《密勒氏評論報》職員恩勃拉脫、《字林西報》婦女版編輯威爾遜女士、上海女青年會公布部及婦女雜誌編輯張繼英女士、英美煙草公司電影部公布工作的鮑惠爾女士。汪英賓被選為會長，威爾遜女士被選為司庫兼書記。[2]

6、復旦大學新聞學會

這是中國高校中成立的第一個全校性新聞學術研究團體。1929 年 9 月，在復旦大學新聞學系學生馬思途的倡議下，由該系師生組織成立。吸引在校學生入會，以學生為主體，聘請新聞系主任與教授為指導員或顧問，應聘者有戈公振、陳布雷、周孝庵、潘公展、黃天鵬等人。1937 年抗爭爆發前，該會主要活動在如下三個方面：創辦復旦大學印刷所、創辦新聞學刊和舉辦首

1　胡道靜：《上海新聞事業之史的發展》，上海通志館，1935 年版，第 76 頁。
2　胡道靜：《上海新聞事業之史的發展》，上海通志館，1935 年版，第 159 頁。

屆世界報紙展覽會。該會研究成果豐碩，印行多種叢書和發刊新聞學雜誌，如謝六逸著的《新聞教育之重要及其設施》黃天鵬的《復旦大學新聞學研究會概況》陶良鶴的《最新應用新聞學》杜超彬的《新聞政策》郭箴一的《上海報紙改革論》伍應衡的《中國報紙研究》管照徵所編的《新聞論文集》等，這些早期研究成果為我國新聞學研究提供了寶貴資料。該會所編新聞學雜誌有《新聞世界》季刊、《明日的新聞》半月刊。

另外，1927 年 3 月成立的天津新聞學研究會，由天津《益世報》等 14 家報社和通訊社聯合建立，也是民國北京政府時期值得一提的新聞學術團體。

（三）地區性新聞行業團體

新聞行業團體主要是指與新聞密切相關的印刷、發行、製版等非記者性的團體。民國初年的新聞行業團體基本上是以地區性為主，全國性新聞行業團體還沒有形成，這些團體也主要集中在報業發達的上海，比較著名的地區性行業團體有：

1、上海印刷工會[1]

上海最早的新聞工人團體，1921 年 3 月 6 日由三個印刷工人組織合併而成上海印刷工會，會員 1300 人，以「加強印刷出版工人團結，提高生活待遇」為宗旨，並出版會刊《友世畫報》，「提高生活，改造世界。」中國共產黨成立後，在中國勞動組合書記部幫助下，於 1922 年元旦正式成立上海印刷工會，參加該會的成員有各報館印刷廠、書局等 20 多個單位的排字、印刷工人。1925 年上海總工會成立，據當時總工會組織科統計，上海有上海印刷工人聯合會、上海印刷工人聯合總會、上海印刷公司工會、華商印刷工人聯合會、上海印刷總工會等各類印刷工會組織六七個。1927 年 3 月，上海第三次工人武裝起義勝利後，根據工會組織章程，原先分散的基層工會，合併為印刷總工會，在共產黨領導下開展工作。1949 年 10 月 23 日更名為中國新聞出版印刷工會上海市委員會。

2、上海照相製版公會

上海照相製版業同人成立的同人團體。1919 年 8 月成立，由商務印書館製版部同人發起成立，會所在白克路登賢里內容鎮 457 號半，有百餘人參加

1　王潤澤：《北洋政府時期的新聞業及其現代化（1916～1928）》，中國人民大學出版社，2010 年版，第 367 頁。

了成立大會，大會選定正會長唐鏡元、副會長郁仲華、書記麋文溶、廖恩壽，以及會計、幹事等數人。議定每月開職員會一次，交誼會一次等。

3、上海報界工會

上海各報館工人組織的群眾團體，成立於 1926 年 12 月，1927 年 5 月 27 日召開改組成立大會，到會各報館工人代表 160 餘人。選舉陳慶榮、吳勝卿，陳可仕等 11 人為執行委員，陳慶榮、費曼清、唐海泉為常委。該會以「維護報館工人合法權利，為工人謀取福利」為宗旨。曾創辦上海報界工會義務小學和《上海報界工會》會刊。1931 年，該會已發展會員 1000 餘人，社會影響日益擴大。抗戰上海淪陷後，工會停止活動。

4、上海派報業工會

上海派報業有悠久的歷史，自清末上海誕生新聞報紙後，派報組織就隨之產生，當時稱「捷音公所」，成員都是遞送報紙的工人，人員眾多，頗有聲勢，但帶有一定的封建世襲和行業壟斷的性質，不參加該會的工人，不允許在派報業工會成員管理的地盤進行遞送報活動。派報業工會的主要骨幹是中間商，通過控制上海的大小報販，在報紙發行中獲得利潤。他們中的一些人曾掌控報紙發行，在上海報業佔據重要地位。但在漫長的發展過程中，其組織內部有較大分化。抗日戰爭期間該組織停止活動，到抗爭勝利後 1947 年 4 月才正式恢復成立，但遠不到二、三十年代的聲勢。

三、國際性的新聞團體

在國內地區性新聞團體如火如荼組建的過程中，以對外交往為目的的國際性新聞專業團體也已出現，以加強中國記者和國際新聞組織的聯繫，這些國際性新聞記者組織較為著名的有：

（一）北京中日記者俱樂部和東三省中日記者大會

這兩個團體的創辦都是為了加強中日記者之間的交流與聯繫。前者於 1913 年 2 月 23 日在北京成立，該組織緣於 1912 年 11 月 26 日 30 餘名中日記者在德昌飯店召開兩國記者總會，會上公推 3 名幹事和 10 名評議員籌備成立該俱樂部，次年 2 月 23 日正式成立，確定以「謀求會員相互之親睦，並研究時事問題」為宗旨，組織了多次中日記者間的「懇親會」，加強了中日記者間的聯繫。該團體政治色彩較為濃烈，中日政要多次出席記者俱樂部的會議；

後者於 1913 年 1 月 19 日在長春成立，由吉林省中日新聞記者爲「求遠東言論界有相得益彰之勢」聯合發起創辦，28 家報館、通訊社的 51 名中日記者出席會議，大會倡導「組織報界公會，以便聯絡」，有效地加強兩國新聞界的聯繫，以致該組織得到中日新聞界的認可和推崇，影響日益擴大。[1]

從當時的報紙上還能看到類似的團體，如 1918 年 6 月 23 日，《巴黎時報》駐京記者蒂博斯發起中法新聞記者聯合會和不久後成立的北京中外記者聯合會。

（二）世界報界大會

1915 年 7 月成立於舊金山，有 34 個國家加入。1921 年 10 月 10 日在檀香山召開第二次大會，我國開始派代表參會，選派的代表是許建屏、董顯光、錢伯涵、黃憲昭、王天木、王伯衡 6 人。大會公推美國名記者威廉博士爲會長。會議通過的會章包括名稱、目的、會員、職員、會議和附則，確立該會「目的在借各種會議，討論及聯合努力以求報業各方面之正當發展，此種會議，專爲討論直接關係報業之各種問題，惟不得涉及政治宗教與國事」[2]，並通過了六條重要的決議案。在此次報界大會上，我國代表董顯光、黃伯衡、許建屏、黃憲昭分別發表了重要演說，呼籲各國報紙應增加對中國的關注，提高了中國報界在國際上的地位。

（三）萬國報界俱樂部

1919 年 2 月 15 日在北京成立，60 餘名中外新聞記者出席。經過選舉，汪立元當選會長，辛博森爲副會長，史俊民當選書記長，康士鐸當選會計，烏澤聲、渡邊哲信等 8 人當選評議員。他們將促進中外報界同人聯絡感情，交換知識與意見，共圖報業發展作爲自己義不容辭的責任[3]。該俱樂部以創辦閱報室，供會員瀏覽，到 1920 年 3 月，閱報室已搜集北京、各省、外國報館各類雜誌、報紙 100 多種。會員數目也不斷增加，有 76 人相繼入會。該會還注重聯絡中外政要及社會名流，擴大報界影響，另外，在積極維護言論自由權方面起到了應有的作用。後該俱樂部與安福系互相勾結，聲名狼藉，許多外國記者與之脫離關係，該團體最終無形中輟。

---

1 趙建國：《民國初期記者群體的對外交往》，《江漢論壇》，2006 年版。
2 戈公振：《中國報學史》，生活‧讀書‧新知三聯書店，2011 年版，第 270 頁。
3 《萬國記者俱樂部》，《盛京時報》，1919 年 2 月 19 日。

民國初年的民國北京政府時期，上海、北京、成都、武漢、廣州、天津等報業相對發達城市相繼建立了報界團體，在它們的帶動下，一些內地和邊陲省份也紛紛組建了新聞團體，致使民國初期我國地方性新聞團體一時遍地開花。同時，各地新聞團體不斷突破地域界限，擴展成為全國性乃至國際性新聞團體。民初新聞界出現了龐大的職業團體隊伍，標誌著民初報界的團體自認意識提高，顯示了同業群體的崛起及其社會地位的上升。

第二節　民國北京政府時期的新聞教育

新聞傳播教育是為了傳授新聞學知識和技能，培養新聞傳播專業人才而進行的專業教育。新聞傳播教育的主要形式是正規的、系統的學院教育。新聞傳播教育的另一種重要形式是對在職新聞從業人員進行終身的繼續教育。新聞傳播教育是新聞傳播機構和新聞傳播活動的人力資源保障，又是新聞傳播事業生產流程中的「上游工序」。

一、民國新聞教育的萌芽

中國的新聞教育肇始於民國時期，也在民國時期逐步的發展、完善、進步，既為中國新聞教育奠基，也為中國新聞教育未來的發展打下了比較紮實的基礎。

1918 年 10 月，北京大學成立新聞學研究會，見證和昭示了新聞傳播教育在中國的正式發端。其實，早在此前，已有不少的組織、學會和有志於拓展中國新聞傳播教育的人士就已開始了這方面的謀劃和實踐，並有相應的舉措和行動，只是那些努力和嘗試沒有明確的目的性，一些做法也屬探求、摸索的性質，不系統也不完整，不足以成為一個標誌而已。一些在在華外報館工作的中國人沿襲英國等西方國家的做法，從師學徒，習學採編技藝。如為中國近代報刊撰稿的第一個華人梁發，就是從 1815 年起跟隨英國傳教士米憐，擔任《察世俗每月統紀傳》刻工，從中學會寫稿並開始為報刊撰稿的。報人黃勝，自 1845 年起主編香港《中外新報》，在此之前，他也曾在英人主辦的《德臣報》學習印刷業務。知名的中國近代報刊政論家王韜，也通過為香港《華京日報》等報刊撰稿，而逐漸熟悉近代報刊的一些採編技藝。

19 世紀 90 年代末和 20 世紀初，我國掀起了一個留學熱潮，大批的資產階級革新派人物及矢志救國救民的進步人士，到海外學習，希望通過學習國

外的先進知識與技藝來拯救日趨衰敗的半封建、半殖民地的中國。辦報以求索救國之路，是這些在海外流亡或留學的中國志士的主要活動方式之一。此種活動在日本尤甚。國人在創辦報刊的實踐中體會到光有辦報的熱情是不夠的，靠照搬西方人的做法是行不通的，而且在報刊的作用越來越大的情況下，要把報刊辦好必須有紮實的理論與實踐為基本條件。進行系統的新聞人才的培養成為了大家的共識，一些有卓見的人開始致力於新聞學的學習與研究之中，他們由在新聞媒體從師學藝發展到到國外學習新聞學，開始了中國新聞傳播教育的最早的活動。林白水 1904 年 10 月自費東渡日本，在早稻田大學法科學習，兼學新聞學，次年回國。邵力子 1907 年赴日本學習新聞學課程，他們二人被認為是中國最早學習新聞學的留學生。之後出去學習新聞學的人更是不勝枚舉，包括徐寶璜、邵飄萍等在內的人士，在學習和接受了西方的新聞學理論和知識後回到國內，積極倡導和實踐著新聞傳播教育在中國的實施，這從人才的準備和思想的轉化上為中國新聞傳播教育的起步創造了條件。

1919 年的五四運動作為中國革命的一個轉折點，作為新民主主義革命開始的標誌和中國現代史的開篇，使中國革命發展到了新的歷史階段。以「德先生」（民主）和「賽先生」（科學）為旗幟的新思維衝破了僵化的傳統文化的藩籬，在中華大地掀起了一次偉大的思想解放運動。這次思想解放運動活躍和推動了中國思想文化領域的向前發展，促進了文學和文藝的繁榮。西學東漸和傳統國學的發揚光大，使一些新興的學科在這一時期發展和成長起來。新聞傳播教育便是其中之一。

1918 年北京大學設立新聞研究會，開辦新聞學課程被視為中國新聞教育的鼻祖。上海聖約翰大學則在 1920 年成立新聞系，課程設計以美國為師。燕京大學在 1924 年也成立新聞系，後由密蘇里大學的教授出任第二任系主任，課程取向與密大相同，當時該系已經要求學生修讀社會科學和人文科學，所佔學分高達百分之七十五。後來成為中國新聞傳播教育重鎮的是 1929 年在復旦大學成立的新聞系。它的創系宗旨跟聖約翰和燕京大學不一樣，所強調的是為中文新聞媒介培養人才。1934 年在中央政治大學成立的新聞系則強調新聞傳播教育與政治的結合，該系的主旨是為國民黨和政府訓練新聞人員。當然，除了這些正規的新聞傳播教育以外，還有其他各種專科新聞訓練學校，也為中國培養了不少新聞人才。

二、新文化運動與中國新聞教育勃興

　　創辦報刊、宣傳新思想和新文化是新文化運動的主要形式。新文化運動時期，國內的報刊等出版物如雨後春筍一般。在《新青年》等刊物的啓發與感召下，陳獨秀、李大釗等同仁爲適應新的形勢的發展，又於 1918 年 12 月 22 日創辦了一份小型政治時事評論報紙《每週評論》，以「輸入新思想」，「提倡新文學」爲己任，重在批評事實，把思想文化鬥爭和政治鬥爭緊密結合起來。在《新青年》《每週評論》的帶動下，進步學生報刊在 1919 年一年之內就達 400 種之多，形成了進步報刊宣傳陣線。其中影響較大的有毛澤東主編的《湘江評論》周恩來主編的《天津學生聯合會報》瞿秋白等編輯的《新社會》旬刊，少年中國學會出版的《少年中國》雜誌和惲代英主編的《學生週刊》等。

　　在新文化運動的推動下，《新青年》等報刊在倡導民主科學方面、在推動新聞事業發展方面，在新聞學研究和新聞理論的豐富完善等工作上均取得了突破性的成果。

　　《新青年》發起新文化運動後，廣泛採用社論、專論、代論、來論、外論等多種形式，打破民國以來萬馬齊暗的沉悶局面，政論重新受到重視並發展到一個新的階段。在眞理與謬誤的辯論中，形成各種思想交鋒的自由市場，把不同觀點的文章或摘要同時刊出，讓讀者甄別、比較、討論，發揮了引導社會輿論、有助讀者明辨是非的作用。

　　新文化運動的開展，極大地推動了中國新聞事業的發展，新聞學研究在前人的基礎上又上了一個臺階，社會上出現了專門研究新聞學的組織，有大量的新聞學論著出版。這些研究組織，研究者個人或論著的編撰者，無不希望自己的知識讓別人知曉，因此，新聞傳播教育的漸次開展也就水到渠成了。

　　從人物上看，參加新文化運動的知名人士有陳獨秀、李大釗、魯迅、胡適、錢玄同、劉半農、沈尹默、周作人、高一涵、陶孟和、王星拱、陳大齊、張申府等進步人士，還有不少名教授等，在推動民族文化的更新和發展中，他們全方位地批判、消化舊文化，科學合理地引進新文化，在實踐中爲中國的新聞傳播教育奠定了堅實的基礎，後來這些人中的部分人士，還直接或間接地投身於新聞傳播教育的行列之中，這使得本是文化教育一個組成部分的中國新聞傳播教育，在新文化運動的洗禮中加快了步頻。

新文化運動對中國新聞學研究和新聞傳播教育有著直接的推動作用。在新聞學研究方面，通過新文化運動期間的探討與爭鳴，使新聞從業人員更進一步的明確了一些新聞學的理論與實踐問題，在具體工作中感悟出了不少心得與體會，能較準確地評品和掌握報刊的宣傳教育功能；言論出版的自由觀念；報刊文風的通俗化原則等理論問題，也對報刊的輿論導向功能；報人的社會地位與品格素質；報刊的溝通功能等問題有了進一步的認識，不少作者發表了不少的有關新聞學研究文章，繁榮了新聞學研究，壯大了新聞學研究的隊伍。這一時期不少出去學習新聞學的留學人員先後回國，把西方新聞學的理論及時帶回了祖國，也從客觀上為新聞傳播教育準備和培養了人才。中國新聞傳播教育能在 1918 年發端，與新文化運動的催生是密不可分的。

三、美國新聞教育對中國新聞教育的影響

民國時期中國新聞學教育受美國影響很大。1914 年以後，留美學生陸續回國。如郭秉文 1908 年赴美，獲教育學博士，1914 年回國，任南京高等師範學校校長；胡適 1910 年赴美，獲哲學博士，1917 年回國，任北大教務長；蔣夢麟 1912 年留美，獲博士學位，1917 年回國，任南京高等師範學校教授、教育科主任。這些受美國教育薰陶的學者執掌中國教育界，美式教育理論在中國漸生影響，美國進步主義教育理論強調要注重學生的主動性和創造性，使學生個性自由發展，課程設置強調了要考慮現代社會的需要等，對中國傳統教育做了必要的變革。

世界新聞傳播教育始於美國，在國人尚未搞清中國的新聞傳播教育是什麼樣的時候，學習傚仿美國的做法，也就是一個可以接受的選擇，而此時美國的教育理念和模式正為國人所推崇，因此，中國新聞傳播教育在起步階段是受美國新聞傳播教育的影響的，它是在我國整個教育機制走出塵封的格局，尋求與世界對話的背景之下進行的。中國新聞傳播教育的出現是離不開整個教育體系的重新構建這個大背景的。

美國的新聞機構一般自己不培訓新聞從業人員，新聞從業人員絕大多數來自全國各地的新聞學院和新聞系。當然，美國也有不少人反對新聞傳播教育。持反對論調的人不外兩派：一派是教育界的科學至上論者，另一派為報界的經驗主義者。前者如芝加哥大學校長郝金斯（Robert M.Hutchins）便竭力主張大學裏面不可設置新聞系，他認為新聞傳播教育是職業教育的一種，並

非專門科學。新聞學本身既不成為一完整的理論體系，必須依附於人文科學與社會科學而勉強拼湊，這樣未免破壞了其他學系的完整，而且直接影響大學教育制度的本身。另一反對派則來自「行伍出身」的新聞從業人員，他們是純粹的經驗主義者，以為「新聞鼻」是天生的，做新聞記者必須從校對學徒做起，在編輯部掃地抹桌子比在學校裏捧書本更為有益。儘管有著二大派別的反對，美國諸多的新聞院系和新聞傳播教育家還是主張在大學進行新聞傳播教育。他們認為，只有正規的新聞院系才能培養出合格的新聞人才。美國俄克拉何馬州的中央州立大學新聞繫於 1903 年建立，4 年制的新聞傳播教育 1904 年創於伊利諾斯大學和威斯康星大學。1908 年，著名的新聞傳播教育家威廉斯博士主持創辦了密蘇里新聞學院，標誌著美國新聞傳播教育的正式開始。1912 年，被譽稱為現代美國報紙的先驅者和示範者的普利策創辦了哥倫比亞大學新聞學院，這是美國新聞傳播教育史上的一個里程碑。這是世界上新聞傳播教育的最早源流。新聞傳播教育以此為標誌在美國獲得了與醫學、法學及其他學科同等的地位。

　　美國新聞界人士認為，新聞學不僅是研究新聞的學問，而是集一切學問之大成的科學。著名報人普利策曾說過：「應該承認新聞工作是一項偉大的並需要高度文化修養的職業，要有最淵博的知識和最高尚的品格。」正因為如此，美國大學的新聞傳播教育都把基礎課的教學放在重要位置。一般專業課占全部課程的 25%，基礎課占 75%。專業課主要包括實用技術課和理論課。實用技術課主要是採訪、寫作、編輯、攝影等，理論課主要是新聞學理論、新聞史等。基礎課主要是廣泛的人文科學、自然科學和社會科學知識。在 4 年制大學裏，1、2 年級主要學習基礎課，從 3 年級才開始學習新聞專業課，即使在學習專業課時，還要選修一定數量的基礎課。

　　法國雖然是一個報業發達的國家，但其學院風氣和宗教影響，未能使報學教育有特殊的發展。報學專科本來是創始於法國，巴黎社會學院於 1900 年設置報學系，但外國學生比法國的多。

　　前蘇聯的新聞傳播教育始於 1919 年。這一年，塔斯社的前身羅斯塔社創辦了一所新聞學校，目的是培養工農幹部，使他們成為報社和宣傳部門的工作人員。1921 年，蘇聯在莫斯科建立了莫斯科新聞學院。學制 1 年、開設系統的專業課程，主要是加強新聞理論研究，培養有經驗的新聞從業人員。1923 年蘇聯政府頒布法令，將莫斯科新聞學院列入高等教育範疇，改名為國立莫

斯科新聞學院，從此開始了正規的大學新聞傳播教育。該院學制 3 年，主要課程有社會經濟基礎，俄羅斯文學史、西方文學史、國家法、蘇聯財政經濟政策，對外政策、國際關係，心理學、邏輯學等，目的在於擴大學生的知識領域。除此之外，學生還要學習新聞理論和專業技能課。

英國是世界上新聞事業相當發達的國家，早在 1896 年英國倫敦即有新聞傳播教育出現，1902 年希爾又辦了一個私立的記者養成學校。英國新聞傳播教育的歷史可以追溯到 1919 年。1919 年，英國創辦了倫敦新聞學院。這是一所商業性的函授學校，靠工商界和新聞界知名人士的支持和贊助。開設課程有：新聞學基礎理論、新聞寫作、廣播、電視以及其他與寫作有關的課程。英國新聞界人士認為，新聞業務沒有必要花費太多的時間去學習，主要是參加實踐。文、理科大學生畢業後轉入新聞學的研究，更能適應新聞工作的要求。

以上幾個國家的新聞傳播教育均早於我國。那個時候信息、文化、教育等幾方面的交流雖不及今天便捷，但我國與以上幾個國家的往來還是頗多的。加上美、英等國都希望他們在華的影響能持續增長，竭力想辦法使中國人知道，他們的文化、教育制度是惟一值得效法的，於是便有了大量的新聞理論和新聞傳播教育模式對中國的傳入。

美英等國新聞界的著名人士紛紛到中國講學，傳授西方資產階級新聞思想和新聞傳播教育的理念，進一步擴大了資產階級新聞理論和辦報經驗在中國的傳播。在 1921 年底到 1922 年間不到 1 年時間裏，即有英國《泰晤士報》社長北岩，美國密蘇里大學新聞學院院長威廉、美國新聞出版界協會會長格拉士，美國《紐約時報》著名記者高森，美聯社社長諾伊斯等人來華活動。他們到處發表演講，宣傳資產階級的辦報思想和辦報經驗，介紹西方的新聞傳播教育情況。尤以密蘇里大學新聞學院院長威廉博士的演講影響最大。1921年他來華訪問，在北大發表演說，由胡適口譯，講題是《世界之新聞學》，提出報紙成功的 4 個條件，即：報紙要獨立；辦報要大膽，要有勇氣；新聞要正確、真實；記載要有興趣。他又指出報人成功的因素有三，即：知識、技能和高尚的人格。他的這些理論在當時的中國影響很大，密蘇里新聞學院的模式，及其他一些歐美國家新聞傳播教育的模式，對部分中國人有了較大吸引力。一些外國教會的在華人員和新聞單位的人開始登上中國新聞傳播教育的舞臺，有的則是把西方的新聞傳播教育模式直接移植過來。處於萌芽和起步狀態的中國新聞傳播教育，受此種理論和模式的影響，開始傲仿之，在一

個短的時期內，新聞傳播教育即在幾個大城市迅速展開。外國新聞傳播教育的理論和模式，就這樣影響和促進了中國新聞傳播教育的發展，這是中國新聞傳播教育得以起步的外部條件之一。

四、「報業學堂」發出了民國新聞教育的啓創之聲

1912 年全國報界俱進會在上海舉行大會，倡議成立「報業學堂」，進行新聞傳播教育，這是中國開設新聞傳播教育的最早倡議。

1912 年前的中國報界有一種認識：「歐美名記者，往昔僉謂報館爲最佳之報學院，實用方法恐難於教室內教授。故報業教育初興之時，頗遭報界之輕視。然自此種人才（受過新聞傳播教育）加入報界之後，覺成績優良，遠過於未受專門訓練者，於是報界之懷疑始去，而樂與教育界攜手。」客觀存在的事實使那一時期漠視新聞傳播教育的人終於認識到：「世界有一顚撲不破之公例，即學問絕無害於經驗，而有助於經驗也。」[1]

在那時的人們看來：記者之職責至重，而社會之希望於記者亦甚高。「然執今之報界中人，而詢其因何而爲記者，如何而後成良好之記者，恐能作明瞭之答覆者千百之十一耳。故由道德上、理想上以造就報業人才，則報館不如學校，學問與經驗，兩不宜偏廢也。」從這裡可以看到，創設新聞傳播教育，不僅有了實在的需求，有了感性的體悟，更有了在對有無新聞傳播教育的對比中得出的結論。全國報界俱進會能把在中國創設新聞傳播教育作爲一個倡議向全國發出，足以見得新聞傳播教育在中國已是春潮湧動，只待東風了。

當時一些對新聞事務及新聞傳播教育做過深入研究者在進行了全面的思考和分析之後，就當時新聞事業與新聞傳播教育的現狀、未來及它們之間的相互關係進一步表明觀點：「抑尤有進者，報業職業也。一論一評一記事，須對讀者負責任，非有素養者，曷足以語此？譬之醫之處方，可以活人亦可以殺人。往昔私相傳授，惟重經驗，今則非大學生不得肄習，非有卒業證書，不得爲人治病。此無他，愼重人命而已。歐美名記者，固有出身於報館者，然此種人不數數見，豈足以應報界之需？故報業之必須有教育，即使有志於此者，於未入報界之先，予以專門之訓練，及關於政治學、心理學、社會學之高級知識，乃尊重職業之意，豈有他哉？」[2]

1　戈公振：《中國報學史》三聯書店，1955 年版，第 257 頁。
2　戈公振：《中國報學史》三聯書店，1955 年版，第 258 頁。

　　在這些認識的基礎上，全國報界俱進會提議設立新聞學校，並有如下提案：「吾國報業之不發達，豈無故耶？其最大原因，則在無專門之人才。夫一國之中，所賴灌輸文化、啓牖知識、陶鑄人才，其功不在教育之下者，厥惟報業。乃不先養專才、欲起而與世界報業相抗衡，烏乎得？且報業之範圍，固不僅在言論，凡交通、調查諸大端，悉包舉於內，而爲一國一社會之大機關。任大責重、豈能率爾操觚？吾國報業，方（仿）諸先進國，其幼稚殊不可諱。一訪事、一編輯、一廣告之布置、一發行之方法，在先進國均有良法寓其間，以博社會之歡迎，以故有報業學堂之設。不寧惟是，且有專家日求改良，以濟其後焉。吾國報業，既未得根本上之根本策劃，欲求改良，果有何道？土廣民廣，既甲於世界，若就人口及地爲標準，以設報館（先進國報館取屬人主義，滿若干人口，應設報館一，取屬地主義者，有若干地面，應設報館一。），則尚邈乎其遠。通埠雖稍有建設，而勢尚式微，今後若謀進步，擴張之數，正未可量。而能勝此重負，幾何不先有以養育之？僅此寥寥有數人才，流貫交通有數之地點，其有補於國家社會之處，固屬有限。對於各本業專學之前途，究如何以有操勝之權，亦未能必也。某也目光所及，擬於根本改良，爰公同提議組織報業學堂，靜候公決。」[1]

　　令人遺憾的是，「全國報界俱進會」成立不久即宣告瓦解，成立報業學堂的倡議雖由這個組織向全國發出，但把實現新聞傳播教育的美好想法卻留給了後人。這個倡議雖然過眼煙雲般的很快被人們所不提及，但它在中國新聞傳播教育史上確留下了重墨濃彩的一筆，千字不足的倡議，銘刻下了中國新聞傳播教育萌衝的印記。

　　最早開設新聞傳播教育之倡議的歷史意義，在於它首次以一個組織的名義向全國進行召喚，捅破了「新聞傳播教育」的窗戶紙，使大家從「學」的層面上開始重視新聞傳播教育，國人開始真正認識到了辦報有學，新聞有學。它的意義還在於廓清了人們的一種認識，那就是接受「報業教育者」「遠過於未受專門訓練者」。這個觀點建立在事實和比較的基礎之上，令人信服。開設新聞傳播教育的倡議由專業團體提出，而不是由政府或其他不相干的組織提出，說明了新聞傳播教育不是政客們的一時興起，不是官僚們的貪功求贊，不是富豪們的誇富顯能，不是學究們的故弄玄虛，而是一

1　任白濤：《綜合新聞學》，《民國叢書》，上海書店根據商務印書館 1941 年版影印，
　　第 44～45 頁。

種社會的實實在在的需要，是老百姓正常生活的渴望，是社會功能的一種基本體現。有了這樣一個基調，新聞傳播教育的開展就更爲人所接受，亦讓人覺得很有必要。

另外，全國報界俱進會能把開辦「報業學堂」的目的、意義、必要性、可行性等問題講的比較透徹，還給出了新聞傳播教育的組織大綱，這是很難憑空想像出來的，它必定是在一定實踐經驗的基礎上提煉概括出來的，是彙集了多方經驗的集大成者，說明在那一時期，中國的新聞傳播教育已經是「暗流湧動」，後來中國的新聞傳播教育能出現從無到有的質變，新聞傳播教育能在正規的高等院校裏登堂入室，不過是這種「暗流湧動」露出「冰山一角」而已。

五、民國新聞教育創立前後的基本概況

1918～1928 年爲中國新聞傳播教育的創立和初步發展時期。這個時期應該關注的焦點是北京大學新聞學研究會、燕京大學、聖約翰大學、平民大學、光華大學、大夏大學等的新聞傳播教育，他們不僅有地域的代表性，也有模式與教育法則的代表性。

據統計，從 1920 年至 1926 年，全國高校共創辦了 12 個新聞系（科），初步形成了一個新聞傳播教育的系統。

1920 年，上海聖約翰大學創辦了新聞系。該系由美籍教授卜惠廉（W.A.S.Pott）提議設立，附於普通文科內。聘請當時密勒氏評論報主筆柏德生（D.D.Ptterson）擔任系主任，授課時間都在晚間。當時選修這個專業的學生有 40-50 人，並發行英文《約大週刊》。校長見學生對新聞學頗有興趣，乃函告美國董事會，從美國聘請了 1 名新聞學教授前來任課。1924 年，武道（M.E.Votan）來華任系主任。開設課程有新聞、編校及社論、廣告、新聞學歷史與原理等，以英語講授，每學期學生約 50-60 人。聖約翰大學原爲美國基督教聖公會所設，課程設置與當時美國大學新聞系的大致相同，可以說完全是仿美式。1942 年底太平洋戰爭爆發，日軍佔領上海，約大報學系被迫停辦。1947 年恢復，武道再度擔任系主任。上海解放後，由黃嘉德任系主任，教授有汪英賓、助教有武必熙等人，課程大部分改用中文講授。原英文《約大週刊》停辦，改出中文週刊《約翰新聞》。1952 年院系調整時併入復旦大學新聞系。

　　1922 年，愛國華僑陳嘉庚創辦廈門大學，開設 8 個學科，其中有報學 1 科。在此之前，該校在北京、上海、廣州、福州、新加坡、馬尼拉等城市的報紙上刊登了招生廣告。該校新聞學科的設置，廣告宣傳在先，實際成立在後。草創伊始，教授缺乏，僅有 1 名學生，課程與文科相同，徒有其名。翌年夏，有一些江浙學生負笈前往，報學科人數增加至 6 人。但學校當局重視理論，漠視其他學科，報學科學生乃組織同學會，內則要求學校當局聘請主任，添設課程，購買圖書與印刷機器，外則介紹同志加入此科。1922 年冬，學校聘孫貴定為報學科主任。孫於報學頗有心得，銳意經營。報學科遂日有起色。1923 年廈門大學發生學潮，教授 9 人和全體學生宣布離校，赴滬創設大夏大學，報學科也因此停辦了。

　　1923 年北京平民大學創立報學系，由徐寶璜擔任系主任，教授有《京報》社長邵飄萍，國聞通訊社社長吳天生。首創 4 年學制，加上 2 年預科，共 6 年，為國人自辦正規新聞傳播教育之始。學生分 3 班，其中男生 105 人，女生 8 人。他們在課外組織「新聞學研究會」，於 1924 年出版《北京平民大學新聞學系級刊》，每半月出 1 次，由王豫洲主編。該系的課程比較齊全，共設 46 門，按學年分配如下：

　　　　第 1 學年：新聞學概論、速記術、經濟學、政治學、文學概論、哲學概論、民法概要、中國文學研究、英文讀報、日文憲法、文字學，共 12 門課，每週授課時間為 23 小時。

　　　　第 2 學年：新聞採集法、新聞編述法、廣告學、社會學、照相製版術、財政學、中國近代政治外交史、平時國際公法、統計學、中國文學研究、英文讀報、日文讀報、文字學等 12 門課，每週授課 23 小時。

　　　　第 3 學年：新聞經營法、新聞評論、採編實習、時事研究、現行法令綱要、戰時國際公法、中國近代財政史、現代金、融論、近代小說、英文讀報等 11 門課，每週授課時間為 20 小時。

　　　　第 4 學年：新聞事業發達史、戲劇書評、出版法、採編實習、評論實習、群眾心理、時事研究、現代各國政治外交史、現代社會問題、現代戲劇、英文等 11 門課程，每週授課時間為 20 小時。

　　這些教材有的由本系教師編寫，有的則由教師口授而學生記筆記的。有時亦到報館實習。

　　平民大學新聞系的創辦，標誌著北方新聞傳播教育的興起。繼平民大學新聞系之後，1924 年北京又出現了 3 個新聞系，即民國大學報學系（預科），國際大學報學系和燕京大學新聞系。前 2 個報學系創辦不久便停辦了，只有燕京大學新聞系堅持辦了下來，而且卓有成就，無論是教學內容、教學規模、培養學生的人數，還是在當時的影響，都是巨大的。在中國新聞傳播教育史上，佔有比較重要的地位。

　　與北京平民大學、燕京大學創辦新聞傳播教育相呼應，這一時期上海的新聞傳播教育也很活躍。南北兩地新聞傳播教育互動發展，爭奇鬥豔的格局開始形成。1925 年春，上海南方大學創立報學系，《申報》協理汪英賓兼任系主任，分設本科與專修科。該系宣布辦系宗旨為：「報業，高尚之職業也。惟其感化人民思想及道德之重大無比，故亟宜訓練較善之新聞記者，以編較善之報章、而供公眾以較善之服務。報業之為職業也，舉凡記者、主筆、經理、圖解者、通信員、發行人、廣告員，凡用報章或定期刊以採集設備發行新聞於公眾者皆屬之。本科之唯一目的，為養成男女之有品學者，以此職業去服務公眾。」該系還曾規定：凡學生修完必修與選修各課滿 80 學分而經畢業考試及格者，由學校授予「報學士」學位。南方大學報學系創設時僅有本科生 18 人，專修科 5 人，選修生 80 多人。戈公振等為教授。該系還成立南方大學通訊社，由學生外出採訪新聞，免費提供給上海各報採用。1926 年因鬧學潮反對該校校長而停辦。從此再沒有復課。

　　南方大學報學系停辦以後，部分師生在上海國民大學建立報學系，由戈公振擔任系主任。1927 年戈公振出版了《中國報學史》一書。這是中國最早的全面、系統地敘述中國報刊歷史的專著，是中國新聞史研究的奠基之作。曾多次重印，並有日文譯本。大半個世紀以來，中國的新聞史學者無不受它的影響，是從事新聞學研究的人「不可不看」的著作，至今仍有重要的參考價值。除了《中國報學史》外，戈公振還有《新聞學撮要》《新聞學》等專著。他還講授中國報學史和新聞學。此外還聘請《商報》總編輯陳布雷講授社論寫作，《商報》編輯潘公展講授編輯法，《時事新報》總編輯潘公弼講授報館管理。學生專讀者 6 人，選讀者 30 餘人。這個系的學生還曾聯合上海光華大學、大夏大學報學系學生，組成「上海報學社」和「上海新聞學會」，內則提倡讀書，外則參觀報館。1926 年，上海光華大學、大夏大學、滬江大學都增設報學系，開設有新聞學、廣告學等科目。同時，上海復旦大學也在中國文

學科中將原設立的新聞學講座擴大爲「新聞學組」，聘陳望道爲系主任。與此同時，南方一些大專院校，如南京中央大學、廣州中山大學及上海商學院等，也開設了新聞科或「新聞學概論」一類的科目。這種現象說明，新聞傳播教育已爲國人所喜愛和敬重，也受到了社會的廣泛重視。

　　新聞函授教育在初創時期迅速發展。上海的新聞函授教育創辦較早，1925年由周孝庵等成立的上海新聞大學在法租界茄勒路昌興路 1 弄 1 號設立了新聞函授部，招生廣告宣布：「本大學根據實驗參以新聞學原理，以造就優秀之男女記者，服務新聞界爲宗旨。」男女「有志新聞事業者，隨時均可入學」，「報名者分文不收」，「學費低廉」。因此受到普遍歡迎，報名者達 700 多人。同年 9 月，上海新聞文化界人士「爲普及國人於國內政治社會各項高尚新聞知識，造就新聞人才起見」，在上海法租界貝勒路承道里 1 號，設立了上海新聞專修函授學校，不收學費，6 個月爲 1 期。第一期招收學員 200 餘名。1932年 6 月，上海新世紀函授社也增設了新聞函授科，內分本科、選科和研究 3 類。

　　在新聞函授教育中，師資比較齊全、管理比較完善、成效更爲明顯的是申報新聞函授學校。該校創辦於 1933 年 1 月，校長史量才，副校長張蘊和。申報館創辦新聞函授學校的目的，在《申報新聞函授學校概況》一文中，作了如下說明：「我國今後之新聞事業，既必將隨時代之邁進，而益趨發展，則我國新聞界今日責任之重可知。此實力如何，即新聞人才之養成是也」，「在不久之將來，此種需要必將日益加增，若不事先養成，必不足以應付將來。」該校培養目標：「以養成管理與編輯地方報紙人才，訓練採訪新聞通訊技能爲宗旨。」所設課程以實用爲主，分必修與選修兩大類，共 18 門課，包括基礎知識、專業知識、輔助知識及寫作訓練等。聘請謝六逸、郭步陶、趙君豪、錢伯涵等著名教授和報人授課[1]。

　　新聞函授教育的開展，既爲正規新聞傳播教育之必要補充，又拓寬了新聞人才的培養渠道，爲那時和後來的新聞傳播教育所廣泛採用。

六、初創時期新聞傳播教育的代表院系——燕京大學新聞系

　　萬事開頭難。中國新聞傳播教育的「開頭」之「難」，不是設立它有多麼大的阻力或者反對的聲音，「難」在一時不知該然後進行，如何展開。在這個背景下，習學、移植西方似乎是一條可取的道路。

---

1 李建新：《中國新聞教育史論》，新華出版社，2003 年版，第 39～43 頁。

　　新聞傳播教育初創時期，燕京大學的新聞傳播教育吸納了國內外的先進經驗，得到了美國密蘇里新聞學院的協助，除課程的安排較合理外，學校還定期與美國密蘇里新聞學院交換教授和研究生，該系培養的學生綜合素質高業務能力強，外文水平紮實，在國內外媒體中享有較高的聲譽，且該系自創辦以來，它的教學理念模式、內容等為國內其他學校所借鑒和學習。與初創時期的其他新聞院系相比，燕大新聞系不僅在教學諸方面有一定的優勢，新聞傳播教育堅持的時間也長，這一切使得該系成為了初創時期的代表院校之一。

　　燕京大學新聞系於 1924 年初創，1929 年正式建系，到 1952 年全國高等院校院系調整併入北京大學，經過了艱難曲折而又不斷發展壯大的成長歷程，時跨 23 年，在中國新聞傳播教育事業和新聞人才的培養諸方面取得了不凡的業績，人所共知，世所稱道。

　　燕京大學新聞系的設立，是時勢所趨，亦時勢所需。它適應了中國社會、政治、經濟變革、發展的需要。燕大在建校之初即提出了：「大學不僅應有文學院、神學院及醫學院、并應努力建教育學院、商學院、新聞學院、農業及林業系」。1922 年，燕大首度計劃把新聞系列入學科建設日程，擬請時任美國合眾社駐北平記者貝思（C.D.Bess）來校執教，未果。然後，燕大校長又與美國密蘇里大學聯繫，想與世界上第一所新聞學院合作來完成燕大新聞傳播教育的起步。

　　1924 年，燕京大學新聞系正式創立，美國人白瑞華（Ros Well.B.Britton 音譯名為布立頓）為系主任，藍序（Veanon.Nash，英譯名聶世芬）等為教授。學系建制、設施均不完備，僅在文學院開設了用英語講授的新聞學課程。計劃 4 年修完 16 門專業課：報學原理（新聞學概論）、比較新聞、報紙採訪、編輯、社論、特寫、通訊、英文寫作、報業管理、廣告、發行、印刷與出版等。雖然受到學生的歡迎，一開始就有 11 人選修，終因經費支絀，教學設施和教學力量不足，又缺少這一應用學科必需的中外報紙、通訊社、電臺、圖書資料、實習資料、實習園地等，因而教學質量難以保證。

　　1926 年 5 月，燕大遷入尚未最後竣工的海淀新校址，百事待興，校務繁忙，新聞系課程暫維持現狀。這年 10 月，白瑞華教授離校回美國籌款，藍序教授代理系主任。1927 年，白瑞華因病辭職，新聞系課程暫停。燕大新聞系當時提出：「燕大新聞系的目的，是借著鼓勵許多受過良好教育，有理想的人從事新聞工作，以協助中國發展出高尚、富有服務精神及負責任的新聞事業。

課程主要是讓學生得到初步的新聞訓練，以期他們能把新聞事業樹立成最有潛力的事業，成爲促進公益及國際友好關係的砥柱。」[1]

借鑒密蘇里新聞學院的教學、教育經驗，新聞系的《本系學則》指出：「新聞學乃多方面之學科，與人生任何部分均有關係。因此，新聞人才，不但具有專門的知識與訓練，對於各種學識皆宜有清晰之概念。所以本學系對於新聞的專門學識極爲注重，而同時對於其他與新聞有特殊關係的學科亦爲重視。」因此，要求主修新聞專業的學生，副修一門與新聞有特殊關係的學科，如政治、經濟、社會、歷史等，主張新聞系應培養「今日中國報界所缺乏的……有遠見、有魄力、有主張……能負重大責任、有創見及改革能力的領袖人才[2]」。彼時燕大新聞學課程，按這一要求分爲四類：

一、必修基礎課：國文一年、英文兩年，16 學分；法學院政治、經濟、社會學基礎課選讀 2 門；理學院數、理、化、生物基礎課選讀一門；歷史基礎課一門；共 20 學分。並按全校本科生必修體育的規定，修完三年體育課，共 6 學分。

二、主修課：新聞專業課程，包括實習和論文，共 44 學分。

三、副修課：選定一門學科，不得少於 20 學分。

四、選修課：依本專業學習需要及本人志趣選修其他學科、約 30 學分以上，4 年修滿 136 學分。學生編級，按各人所得學分編定，大體是：

一年級	第一學期	0——18 學分
	第二學期	19——35 學分
二年級	第一學期	36——54 學分
	第二學期	55——71 學分
三年級	第一學期	72——88 學分
	第二學期	89——103 學分
四年級	第一學期	104——136 學分

這樣的課程安排和選課、學分制度，體現了燕大新聞傳播教育的基礎訓練要求與通才教育的特點，既有利於培養學生獨立思考與發展的能力，又可以受到全面的基礎教育，培養既有專業學識，又有較廣泛的知識基礎的新聞

---

1 李壽朋、王士谷等：《燕京大學史稿》，人民中國出版社，1999 年版。
2 李壽朋、王士谷等：《燕京大學史稿》，人民中國出版社，1999 年版。

人才。《本系學則》規定：「本系課程理論與實習並重。實習共有三方面：一、本學系之刊物；二、報紙雜誌之投稿；三、假期間及畢業後在報館之實習」。

　　與密大新聞學院的合作，除了交換研究生和交換教授，雙方承認本科學歷，畢業生可以直接報考兩校的新聞學碩士研究生。這使得燕大的新聞傳播教育在那個時期就具有了國際合作的模式，具有了國際的辦學思維，無疑是執牛耳者。

第三節　民國北京政府時期的新聞學研究

　　袁世凱之後的民國北京政府時期，隨著中國新聞業的轉型及新聞教育的出現，新聞學者及報人在新聞學研究上有了新發展，取得了中國新聞學研究的第一批理論成果。蔡元培先生曾說：「凡學之起，常在其對象特別發展以後。……我國新聞學之發起（昔之邸報與新聞性質不同），不過數十年，至今日而始有新聞學之端倪。」[1]即我國新聞學研究自 1919 年徐寶璜《新聞學》問世才初現端倪。

　　民國北京政府時期是中國新聞業發展的重要時期，也是中國新聞學研究發展的重要時期。不但翻譯出版了外國新聞學專著如美國記者休曼的《實用新聞學》，而且出版了徐寶璜的《新聞學》邵飄萍的《實際應用新聞學》和戈公振《中國報學史》等奠定中國新聞學科基礎的第一批新聞學成果。

一、新聞學研究成果問世的第一個高潮

　　隨著 1918 年北京大學新聞學研究會成立及國內高校新聞教育的開展，新聞從業者和學者們的目光開始轉向新聞理論研究，呈現出從單篇論文、單個問題的探討向全面性、系統性和科學性方向發展的趨向。王拱璧在任白濤《應用新聞學》一書序言中提出了新聞學科發展的三點希望。[2]從 1917 年至 1927 年的 10 年時間裏，我國出現了第一批新聞學著作，如姚公鶴的《上海報業小史》（1917，商務），包笑天的《考察日本新聞紀略》（1918，商務），徐寶璜的《新聞學大意》（1919，北大新聞研究會，後改名《新聞學》）和《新聞事

1　蔡元培：《徐寶璜新聞學序》，見《徐寶璜新聞學論集》，北京大學出版社，2008 年版，第 41 頁。

2　王拱璧：《寫在任著新聞學的上頭》，任白濤《應用新聞學》，東亞圖書館，1937 年版，第 7～8 頁。

業》（1923，商務），任白濤的《應用新聞學》（1922，杭州新聞學社），邵飄萍的《實際應用新聞學》（1923，北京京報館）和《新聞學總論》（1924，北京京報館），伍超的《新聞學大綱》（1925，商務），梁士純的《新聞學概論》（燕大新聞系，1925），戈公振的《新聞撮要》（1925，上海記者聯歡會）和《中國報學史》（1927，商務），及蔣國珍翻譯的《中國新聞發達史》（1925，世界書局）等。這些著作涵蓋了新聞學科體系中最重要也是支柱性的理論新聞學、應用新聞學及歷史新聞學三大板塊，標誌中國新聞學的真正創立。

二、新聞學研究的領軍學者

徐寶璜的《新聞學》，伍超的《新聞學大綱》，戈公振的《新聞撮要》，梁士純的《新聞學概論》等都屬於理論新聞學研究專著，但影響最大的應該是徐寶璜的《新聞學》。

徐寶璜（1894～1930）字伯軒。江西九江人。1912 年北京大學畢業後公費赴美國密歇根大學攻讀新聞學和經濟學。1916 年回國人北京《晨報》編輯，後任北京大學教授兼校長室秘書，在文法科系開授新聞學講座。1918 年 10 月與北京大學校長蔡元培等發起成立北京大學新聞研究會，任副會長、新聞學導師，主編學會會刊《新聞週刊》，開中國正規新聞教育之先河。授課講義整理成為《新聞學大意》（後定名《新聞學》）出版，是國人自著的第一部新聞學著作。[1]

徐寶璜的《新聞學》被蔡元培稱作「在我國新聞界實為『破天荒』之作。」[2]曾先在 1918 年 9～11 月《東方雜誌》上發表，後經多次修改定名為《新聞學》1919 年 12 月出版。全書共 14 章，分別是新聞學之性質與重要；新聞紙之職務；新聞之定義；新聞之精彩；新聞之價值；新聞之採集；新聞之編輯；新聞之題目；新聞之社論；新聞之廣告；新聞社之組織；新聞社之設備；新聞紙之銷路、通訊社之組織。除探討新聞學性質，新聞定義，新聞價值等基礎理論外，還包括用較多篇幅探討了新聞採集、新聞編輯、新聞題目，廣告和發行等業務問題。《新聞學》內容中最有學術價值的部分是新聞理論的研究，尤其是對什麼是新聞，怎樣判斷新聞價值，如何實現新聞真實、新聞記者的

1　童兵、陳絢主編：《新聞傳播學大辭典》，中國大百科全書出版社，2014 年版，第971 頁。

2　蔡元培：《新聞學·蔡序》，《徐寶璜新聞學論集》，北京大學出版社，1988 年版，第41 頁。

業務修養、新聞和廣告倫理等基礎理論問題，第一次進行了全面深入的論述，為中國的新聞理論研究提供了有益的知識資源。

在新聞實務方面出版的著作主要有任白濤的《應用新聞學》和邵飄萍的《實際應用新聞學》等，其中影響最大的是邵飄萍的《實際應用新聞學》。

邵飄萍（1886～1926），原名新成，又名鏡清，後改名振青，字飄萍，筆名阿平，素昧平生。浙江東陽人。1909 年自浙江高等學堂畢業後始為上海各報撰稿。1911 年和杭辛齋合辦杭州《漢民日報》，後被推為浙江省報界公會幹事長。1913 年因反袁言論被捕入獄後《漢民日報》停刊。1914 年赴日本政法學校留學，與同學潘公弼等合組東京通訊社。1915 年回國後在上海《申報》《時事新報》《時報》等任主筆，1916 年任《申報》駐北京特派記者。同年在北京創辦新聞編譯社。1918 年在北京創辦《京報》並任社長。參與創辦北京大學新聞研究會，任新聞學導師。

《實際應用新聞學》是我國第一本專論新聞採訪與寫作的專著。是邵飄萍以在北京大學新聞學研究會和平民大學新聞學講學的講稿為基礎，參考美國、日本學者的專著編寫而成。全書 14 章，各章內容是：外交記者之地位；外交記者之資格與準備；外交記者之外觀的注意；外交記者之工具與雜藝；訪問之類別與具體方法；訪問時之種種新得；外交記者之分類；探索新聞之具體方法；新聞價值測量之標準；新聞價值減少至原因；裸體新聞應記之項目；原稿之外觀的注意；原稿內容之注意點；餘白。內容注重新聞採訪與新聞原理的結合，但主要是對採訪各種方法與技巧的陳述與闡釋。邵飄萍自述《實際應用新聞學》只是「新聞學最要之一部分，他日有暇，擬再說明編輯、營業兩方面之理論方法，俾學子得見新聞學之全璧。」[1]該書的出版標誌著我國新聞學研究在實際應用領域的新突破。

在歷史新聞學方面最早的專著當屬姚公鶴的《上海報業小史》，但學術成就最高、影響最大的則應是戈公振的《中國報學史》。

戈公振（1890～1935），名紹發，字春霆，號公振，江蘇東臺人。1912 年自東臺高等學堂畢業後入《東臺日報》任圖畫編輯。1913 年入上海《時報》，15 年間從校對做到助理編輯、編輯，直至總編輯，創辦《圖畫時報》及多種副刊，致力於《時報》業務改革，同時在上海國民大學、南方大學、大夏大學、復旦大學等校新聞系兼任教職。

1　邵飄萍：《邵飄萍新聞學論集》，北京大學出版社，2008 年版，第 3 頁。

　　《中國報學史》是中國歷史新聞學第一本較爲成熟的著作。1927 年 11
月出版。全書共 6 章，分別是：緒論；官報獨佔時期；外報創始時期；民
報勃興時期；民國成立以後；報界之現狀。對中國報刊從唐宋時期官方「邸
報」以來發展演變的歷史進行了全面梳理和呈現。按照中國報刊發展的歷
史線索，詳細考察了不同時期中國報刊事業的狀況與特點，對各個時期著
名的報紙、報人、組織機構、報刊發行以及法律控制等情況進行了精要的
敘述和評價，不僅爲中國新聞史研究提供了最早的書寫範式，而且確立了
報學史的學科地位，被譽爲中國新聞史研究的第一座豐碑。全書 28 萬字，
在當時出版的新聞學著作中篇幅和信息量都居前列。該書「緒論」中對報
學史之定名、報紙之定義、報紙之原質、新聞之特性及中國新聞史分期等
問題的研究和闡述，是中國當時新聞學界對新聞學基本問題的最早系統闡
釋。《中國報學史》大約於 20 世紀 30 年代傳入日本。日本學者小林保譯成
日文，以《支那新聞史》爲書名列入《支那文化叢書》，於 1943 年 2 月由
東京人文閣在日本出版。

三、新聞學理論研究的主要成果

　　第一批新聞學著作在內容上解決了許多過去沒有涉及或有所涉及但認識
不清的理論問題。主要理論成果包括：

（一）新聞定義

　　徐寶璜對新聞的解釋：「（一）新聞爲事實。（二）新聞爲最近事實。（三）
新聞爲閱者所注意之最近事實。（四）新聞爲多數閱者所注意之最近事實。」
[1]邵飄萍認爲「新聞者，最近時間內所發生認識一切關係於社會人生的興味實
益之事物現象也，以關係者最多及認識時機最適爲其最高的價值標準」。[2]這些
觀點在當時處於世界先進之列，徐寶璜在《新聞學》自序寫道「討論新聞紙
之性質與其職務，及新聞之定義與其價值，自信所言，頗多爲西方學者所未
言及者。」[3]

（二）新聞事業的角色定位

　　徐寶璜、邵飄萍、任白濤等注重「讀者本位」，強調新聞事業是社會之公

1　徐寶璜：《徐寶璜新聞學論集》，北京大學出版社，2008 年版，第 52～56 頁。
2　邵飄萍：《邵飄萍新聞學論集》，北京大學出版社，2008 年版，第 55 頁。
3　徐寶璜：《徐寶璜新聞學論集》，北京大學出版社，2008 年版，第 45 頁。

共機關。任白濤認爲，「新聞事業特質之第一應述者，則社會之公共機關是已」，故應「以大多數人之利害榮辱爲標準」。[1]認爲新聞業者不僅要「維護一國家或一民族之福利，同時更須顧及全人類之福利。其凡足爲吾人類福利之障礙者，皆當努力排除之。」[2]。黃遠生說「吾曹不敢以此區區言論機關，據爲私物，乃欲以此搜集內外之見聞，綜輯各方面之意見及感想。凡一問題，必期與此問題有關係之人，一一發抒其所信，以本報爲共同論辯之機關」。[3]胡政之認爲「報紙者天下之公器，非一人一黨所得而私。」[4]史量才「慘淡經營《申報》多年，非爲私而是爲社會國家樹一較有權威之歷史言論機關，孳孳爲社會謀福利，盡國民之天職。」[5]

（三）報刊功能

徐寶璜提出報刊具有「供給新聞，代表輿論，創造輿論，灌輸智識，提倡道德，振興商業」六項功能，「此六者之中，以供給新聞爲最要……能供給新聞，雖未兼盡其他職務者，仍不失爲新聞紙也。」[6]戈公振進一步認爲「報紙者，表現一般國民之公共意志，而成立輿論者也。」[7]邵飄萍說「新聞事業之特質，乃爲國民輿論之代表者」[8]，對報紙與輿論關係的認識達到了新的水平。黃遠生認爲報紙應「爲民生社會請命」，而「今日中國無平民，其能自稱平民，爭權利爭自由者，則貴族而已，農工商困苦無辜，供租稅以養國家者，所謂眞平民也，則奴隸而已。」[9]

（四）新聞價值

徐寶璜說「新聞之價值者，即注意人數多寡與注意程度深淺之問題也。」[10]

1　任白濤：《應用新聞學》亞東圖書館，1937年版，第5頁。

2　任白濤：《應用新聞學》亞東圖書館，1937年版，第7頁。

3　黃遠生：《本報之新生命》，《遠生遺著》卷一，林誌鈞編，商務印書館，1984年版，第102頁。

4　胡政之：《本報改造之旨趣》，《胡政之文集》下，王瑾、胡玫編，天津人民出版社，2007年版，第1034頁。

5　傅國湧：《「報有報格」：史量才之死》，《書屋》，2003年版，第8期。

6　徐寶璜：《徐寶璜新聞學論集》，北京大學出版社，2008年版，第48～51、155頁。

7　戈公振：《中國報學史》，北京大學出版社，2008年版，第45頁。

8　邵飄萍：《邵飄萍新聞學論集》，北京大學出版社，2008年版，第55頁。

9　黃遠生：《平民之貴族奴隸之平民》，王有力編：《黃遠生遺著》，臺灣中華書局，1938年版，第2頁。

10　徐寶璜：《徐寶璜新聞學論集》，北京大學出版社，2008年版，第58～62頁。

邵飄萍認爲新聞刊登時間要恰當，才能將新聞的社會作用發揮到最大；近距離發生的事情比較容易成爲人們關注的新聞。胡政之認爲「新聞事業的天職有二：一在報導眞確公正之新聞，二在鑄造切實之輿論。而兩者相較，前者尤甚。蓋新聞不眞確，不公正，則穩健切實之輿論無所根據也。」「以前的報紙，往往好帶政治上黨派色彩，近來的報紙，又大抵過於商業化，這都是不對的。…必須與公理公益站在一條線上，否則便是黨派私利的傳音機，不配作社會公器。對社會忽視了忠實的責任，等於詐欺取財一樣。」[1]張季鸞指那些下三流報紙「最下者，朝秦暮楚，割售零賣，並無言論，遑言獨立，並無主張，遑言是非。」[2]

（五）「事實」與「意見」之關係

徐寶璜認爲編輯應「心地開放，毫無成見，所述者僅爲事實，僅爲使其意義明瞭之所有事實，以供閱者之判斷，或做事之標準。切不可因一己之私見，將事實點到附會或爲之增減，致失事之眞相。」[3]避免因「意見」偏頗而誤導讀者對事實的理解。黃遠生堅持「理論之根據，在於事實」。[4]反對新聞造假，「以今日之大勢，固已指導吾人趨於研究討論之途，決不許吾人逞臆懸談，騰其口說」。[5]林白水《公言報》創刊詞中說：「新聞記者應該說人話，不說鬼話；應該說眞話，不說假話！」[6]說眞話就應「奮其筆舌爲正義戰，」[7]「於政府之過失，每不憚據事直書，竊以爲記者天職固應爾爾。」[8]

（六）報紙經營與言論獨立

爲保持報紙社會之公共機關特質，徐寶璜大聲呼籲報紙商業化，認爲「新聞社之商業化，乃求其新聞紙發展之一種向上的進化也。」[9]戈公振認爲報紙「不向商業化的路上去，報紙就無法使它的發展與存在。」[10]邵飄萍認爲「現

1 王瑾、胡玫編：《胡政之文集》，天津人民出版社，2007 年版，第 1034 頁。
2 徐雨編：《大公報人憶舊》，中國文史出版社，1991 年版，第 280 頁。
3 徐寶璜：《徐寶璜新聞學論集》，北京大學出版社，2008 年版，第 82 頁。
4 黃遠生：《懺悔錄》，沈雲龍編，《黃遠生遺著》（卷一），臺北文海出版社，1986 版，第 105 頁。
5 黃遠生：《本報之新生命》，沈雲龍編，《黃遠生遺著》（卷一），臺北文海出版社，1986 版，第 103～104 頁。
6 轉引自徐百柯：《民國那些人》，中央編譯出版社，2007 年版，第 155 頁。
7 林白水：《本報一千號紀念》，《林白水文集》，第 727 頁。
8 林白水：《本報之三希望》，《林白水文集》，第 279 頁。
9 徐寶璜：《徐寶璜新聞學論集》，北京大學出版社，2008 年版，第 153 頁。
10 戈公振：《中國報學史》嶽麓書社，2011 年版，第 45 頁。

代新聞事業之潮流，一方日趨重於新聞消息，一方又日趨重於正當的營業。以營業所得之利益，維持發展其機關」，「若以理想言之，新聞社既爲社會公共機關，非但不應有黨派色彩，且目的尤不應在於營利。」[1]

（七）新聞職業倫理

1912 年，章太炎在《新紀元報發刊詞》中提出「日報之錄，近承乎邸鈔，遠乃與史官編年繫日者等。」胡政之《國聞週報》發刊詞說：「今之新聞記者，其職即古之史官，而盡職之難則遠逾於古昔。蓋古昔史家紀述以一代帝室之興亡爲中心，而今世界新聞家所造述則包羅萬象，自世界形勢之嬗遷，以迄社會人事之變動，靡不兼容並蓄」[2]史量才「認爲報紙同歷史紀錄一樣，是將歷史事件如實地記錄下來，傳諸後人。」[3]「日報負直系通史之任務」，報社同仁必須「以史自役」，做到「主義不爲感情所衝動，事實不爲虛榮所轉移，力爭自存而不任自殺」。[4]胡政之、史量才等提出報人要具備史家精神，是對前人思想的繼承與發揚，豐富了歷代報人對這一命題思考的理論內涵。

四、早期共產黨人對新聞學的實踐和思考

「十月革命一聲炮響，給我們送來了馬克思列寧主義。」[5]早期共產黨人汲取了前人要求變革進步的新聞思想；在出國留學或在國內高校接觸到西方新聞學知識及共產國際、俄共傳播的馬克思主義新聞思想，結合實踐和思考形成了具有鮮明的無產階級性與黨性，廣泛民主性與群眾性，務實求眞科學性及符合新聞規律的創造性新聞學認識，湧現出李大釗、陳獨秀及毛澤東、蔡和森、向警予、惲代英、瞿秋白等第一批無產階級報人。這一階段有較大影響的是陳獨秀。

陳獨秀（1879～1942），原名乾生，字仲甫，別署實庵，筆名獨秀，隻眼等，安徽懷寧人。1901 年留學日本。1904 年在蕪湖創辦《安徽俗話報》，宣傳反帝愛國思想，進行革命活動。1911 年辛亥革命後任安徽省都督府秘書長，後參加討袁「二次革命」。1915 年在上海創辦《青年雜誌》（後改名《新青年》），積極提倡民主與科學，成爲新文化運動的倡導者。1917 年被聘任爲北京大學

1　邵飄萍：《邵飄萍新聞學論集》，北京大學出版社，2008 年版，第 136 頁。

2　王瑾、胡玫編：《胡政之文集》，天津人民出版社，2007 年版，第 1036 頁。

3　徐培汀：《中國新聞傳播學說史》，重慶出版社，1994 年版，第 237～238 頁。

4　傅國湧：《「報有報格」：史量才之死》，《書屋》，2003 年版，第 8 期。

5　毛澤東：《毛澤東選集》第 4 卷，人民出版社，1991 年版，第 1471 頁。

文科長。1918 年與李大釗等創辦《每週評論》。1919 年 6 月因在五四運動中散發傳單被捕。五四後期開始接受馬克思主義。1920 年初和李大釗醞釀組織中國共產黨。同年 2 月到上海開展組黨活動，6 月上海中共早期組織並任書記，積極推動各地建黨。1921 年中共一大當選中央局書記。中共二大、三大當選中央執行委員會委員長，四大和五大當選中共中央總書記。曾領導創辦第一批中共中央機關報，創建中共早期新聞管理體制。大革命後期在共產國際影響下犯右傾投降主義錯誤。大革命失敗後離開中央領導崗位，後參加中國托派。1929 年被開除出黨。1942 年在四川江津病逝。有《獨秀文存》等傳世。

　　以陳獨秀為代表的早期共產黨人儘管沒有出版專門的新聞學著作，但以不同方式闡述對新聞學的認識和思考結果，表現出與當時學界和業界不同的政治價值取向。

　　（1）當時學界和業界宣揚超階級的「報紙乃社會之公器」觀，而陳獨秀則指出「資本家製造報館，報館製造輿論」是世界各民主共和國報紙的普遍現象。這些報紙受資本家支配，從來只為資本家說話，不會幫貧民說話，只有無產階級辦的報紙才能反應普通民眾的聲音。《新青年》載文說：「談到報紙，我們先要問，這報是有產階級的呢？還是勞動者的呢？」「現在的政府、軍隊、報紙、學校……都是舊社會中統治者階級的武器」，必須「先要推倒」，「再另行建築勞動者的政府、軍隊、報紙、學校」，才能保證大多數普通民眾享有真正的幸福和自由。」[1]《嚮導》週報宣告自己「是中國共產黨的政治機關報，也是中國民眾的喉舌。」《勞動週刊》發刊詞指出資產階級的報紙是營業性的，「只記得金錢，哪裏記得什麼公道正義」；本報「是專門為勞動者說話的」，「中國工人的言論機關」。[2]

　　（2）當時新聞學界和業界較為推崇記者是「無冕之王」，主張完全絕對的新聞言論自由。早期共產黨人則主張「一切書籍、日報、標語何傳單的出版工作，均應受中央執行委員會或臨時中央執行委員會的監督。」「任何出版物，無論是中央的或地方的，都不得刊登違背黨的原則、政策和決議的文章。」[3]蔡和森明確主張黨報在組織上應該絕對受中央委員會的指揮和監督，在內容

1　新凱：《再論共產主義與基爾特社會主義》，《新青年》，第九卷第 6 號。

2　《共產黨》月刊第 6 號，第 62 頁。

3　中國社會科學院新聞研究所：《中國共產黨的第一個決議》（1921），載《中國共產黨新聞工作文件彙編》（上），新華出版社，1980 年版，第 1 頁。

上應該與黨中央的主張保持一致，不允許出現與黨的主義相矛盾的東西。他在與毛澤東的通信中就對黨報的創辦、管理及登載內容談了自己的設想，認為這種出版物，「須組織一個審查會。凡游移不定的論說及與主義矛盾的東西，皆不登載」；[1]「無論報紙、議院、團體以及各種運動，絕對受中央委員會的指揮和監督。」[2]1926 年 7 月，中國共產黨成立中央報紙編輯委員會，規定其職責是定期審查、報告中央及各地黨報和黨主持的農、婦、青團體各種報刊的狀況，並使各團體的機關報「能與黨有密切的關係並能適當的運用策略」，「使中央對各地方的各種出版物能有周到的指導」，以保證共產黨新聞宣傳工作與黨的路線方針保持完全的一致。

（3）當時新聞學界和業界認為新聞媒介應以報導新聞為主要功能，早期共產黨人認為黨的新聞宣傳的根本任務在於為革命、為民眾利益服務。毛澤東表示創辦《政治週報》「是為了革命……為了要使中華民族得到解放，為了實現人民的統治，為了使人民得到經濟上的幸福」。[3]惲代英認為新聞宣傳要使「一切被壓迫的人們都聯合起來」，「一同改造世界」。革命報刊是黨「團結民眾的手段」[4]革命黨最重要的工作在於：「宣傳一切民眾，使之為自己利益奮鬥；組織一切民眾，使能為自己利益奮鬥。」[5]瞿秋白在《〈新青年〉之新宣言》中宣稱「要與中國社會思想以正確的指導，要與中國勞動平民以智識的武器」，「助受壓迫被剝削的平民實際運動之進行」。早期共產黨人還認識到黨的新聞宣傳必須及時有效第反擊敵對新聞宣傳，除了用槍炮對付敵人，還應把新聞宣傳看作是一條重要戰線，開展筆戰與舌戰。毛澤東認為《政治週報》的責任便是「向反革命宣傳反攻，以打破反革命宣傳」。

（4）特別強調用樸實語言報導事實，用事實反擊敵人的攻擊。陳獨秀說：「民眾所認識的是事實，所感覺的是切身問題……離開事實的主義，不會真能使他們相信；反之，不兌現支票式的宣傳，會使他們發生反感。」[6]認為「深文奧意，滿紙的之、乎、也、者、矣、焉、哉字眼，沒有多讀書的人，那裡能夠看得懂呢？」因此他創辦《安徽俗話報》「用通行的俗話演出來」，好讓

1　蔡和森：《蔡和森文集》（上冊），湖南人民出版社，1980 年版，第 35 頁。
2　蔡和森：《蔡和森文集》（上冊），湖南人民出版社，1980 年版，第 33 頁。
3　《〈政治週報〉發刊理由》，《政治週報》創刊號。
4　惲代英：《惲代英文集》（下），人民出版社，1984 年版，第 741～744 頁。
5　惲代英：《惲代英文集》（下），人民出版社，1984 年版，第 764 頁。
6　陳獨秀：《陳獨秀文章選編》（下），三聯書店，1984 年版，第 345 頁。

平民大眾「可以長點見識」。[1]此外，他在《新青年》上發起文學革命率先改文言文爲白話文，在他的倡導下，我國的報刊逐漸改變舊觀，廣泛採用白話文。李大釗指出：「新聞事業，是一種活的社會事業」，「新聞是現在新的、活的、社會狀況的寫眞」。[2]《嚮導》《新青年》等文字「力求淺顯」。對工農宣講時要「使用口語化，求其通俗化」。《工人週刊》《中國工人》應「簡單明瞭地解釋理論策略，描寫各地工農狀況，宣傳內容應取材於工農生活」。「當盡力編著通俗的、問答的、歌謠的小冊子」，「傳單、小冊子的內容，講演人的口號均宜十分切合群眾本身實際要求」。[3]惲代英認爲「因爲中國今天一般青年在實際生活上需要革命，因爲我們說的是眞話」。[4]毛澤東表示《政治週報》反攻敵人的方法「並不多用辯論，只是忠實地報告我們革命工作的事實」[5]。

（5）主張黨報姓黨，用黨的思想引導輿論。早期共產黨人認識到黨的報刊代表黨的喉舌，必須正確闡釋貫徹執行黨的方針政策，統一宣傳口徑。中共中央規定黨的報刊必須由黨統一領導，報刊編輯人員由黨組織任命。[6]瞿秋白認爲黨實行鐵的紀律是「要預先有詳細謹慎的討論和批評，然後大家共同服從大多數的決議」。[7]始終堅持以馬克思列寧主義爲指導，時刻關心老百姓利益，幫助普通貧苦大眾說話，同時注重發揮輿論引導作用。陳獨秀指出「輿論每每隨多數的或有力的報紙爲轉移，試問世界各共和國底報紙，哪一家不受資本家支配？有幾家報紙肯幫多數的貧民說話？……只有社會主義的政治和報紙，主張實際多數人的自由和幸福」。[8]蔡和森主張「凡游移不定的論說及與馬克思主義矛盾的東西，黨的出版物皆不刊登」。毛澤東認爲報紙不僅要代表輿論，更要善於「立於社會之前，創造正當之輿論，而納人事於軌物」。[9]

---

1 陳獨秀：《開辦〈安徽俗話報〉的緣故》，《安徽俗話報》1904 年 3 月 31 日創刊號。
2 《北大新聞記者同志會成立》，北京《晨報》1922 年 2 月 14 日第 3 版。
3 中國社會科學院新聞研究所：中國共產黨新聞工作文件彙編》，上冊，新華出版社，1980 年版，第 3、20、21 頁。
4 惲代英：《惲代英文集》（下），人民出版社，1984 年版，第 764 頁。
5 毛澤東：《〈政治週報〉發刊理由》，載《毛澤東新聞工作文選》，新華出版社，2014 年版，第 2 頁。
6 《中國共產黨新聞工作文件彙編》，上冊，第 30 頁。
7 瞿秋白：《列寧主義概論》，《新青年·列寧號》。
8 《國慶紀念底價值》，《新青年》第 8 卷第 3 號。
9 《新聞文存》，中國新聞出版社，1987 年版，第 286 頁。

五、國民黨人對新聞學研究的概況

在這一階段，中國國民黨經歷了分化、重組、新生和分裂諸多事變。1912
年 8 月中國同盟會改組爲國民黨；1914 年 7 月部分國民黨員在東京建立中華
革命黨，袁世凱死後遷回國內。1917 年領導護法運動。1919 年改組爲中國國
民黨；1924 年召開國民黨一大並確定國共合作。1925 年孫中山病逝後出現「西
山派」。1926 年國共合作「北伐戰爭」。1927 年 4 月蔣介石製造「四·一二」
政變，同年 9 月「寧漢合流」。由於國民黨一直處於戰爭及內部派別矛盾乃至
分裂之中，且領導人普遍注重軍事和軍隊，對新聞宣傳的系統性思考不多。
除孫中山在不同場合闡述新聞宣傳重要性、黨報的多方面功能、黨報宣傳方
法、新聞人素養及新聞自由觀等思想外，其他國民黨新聞人如邵力子、戴季
陶主要是對孫中山思想的宣揚和闡釋，尚未形成系統的新聞學認識。

引用文獻

1. 〔韓〕《獨立新聞》取材於復旦大學韓國留學生柳丁仁撰寫的碩士論文：《上海〈獨立新聞〉述評》（未刊稿）。

2. 〔日〕尾形洋一：《在瀋陽的收回國權運動》，社會科學研討第 72 號選印，1981 年 1 月，轉引張萬傑：《九一八事變前國共兩黨在東北的反日救亡思想與實踐活動》。

3. 阿爾弗雷德・考尼比斯，考尼比斯，劉悅譯，《扛龍旗的美國大兵：美國第十五步兵團在中國 1912～1938》，作家出版社，2011 年版。

4. 白至德：《白壽彝史學十二講，近代後編：1919～1949》，中國友誼出版社，2013 年版。

5. 柏毓田：《中國工人》月刊，原載 1957 年 3 月 10 日：《新聞與出版》，收錄於張靜廬輯注：《中國現代出版史料　丁編》（上、下卷），中華書局，1959 年。

6. 包天笑：《釧影樓回憶錄》，大華出版社，1971 年版。

7. 鮑威爾：《鮑威爾對華回憶錄》，知識出版社，1994 年版。

8. 畢克官：《過去的智慧——漫畫點評 1909～1938》，山東畫報出版社，1998 年版。

9. 波乃耶：《中華事典》（《中國風土人民事物記》）。轉引自汪英賓：《中國本土報刊的興起》，王海、王明亮譯，暨南大學出版社，2013 年版。

10. 伯韜：《北京之新聞界》，《國聞週報》二卷 13 期。

11. 財政部：《財政年鑒》（上冊），商務印書館，1935 年版。

12. 蔡登山：《從《新聲》到《金剛鑽報》的施濟群（下）》，《晶報》，2011 年 5 月 26 日。

13. 蔡和森，《吾黨產生的背景及其歷史使命》，見中共廣東省委黨史研究委員會辦公室編：《「一大」前後的廣東黨組織》廣東省檔案館，1981 年。

14. 蔡銘澤：《大陸時期中國國民黨黨報經營管理體制的變化》,《新聞與傳播研究》, 1995 年第 2 期。

15. 蔡維友、胡麗麗：《民國小報的價值再發現——對:《先施樂園日報》的多角度解讀》,《今傳媒》, 2014 年第 12 期。

16. 蔡元培：《新聞學·蔡序》,《徐寶璜新聞學論集》, 北京大學出版社, 1988 年版。

17. 蔡元培：《徐寶璜新聞學序》, 見《徐寶璜新聞學論集》北京大學出版社, 2008 年版。

18. 曹世鉉（韓）：《清末民初無政府派的文化思想》, 2003 年版。

19. 曹正文、張國瀛：《舊上海報刊史話》, 1991 年版。

20. 曾虛白：《中國新聞史》, 三民書局, 1966 年版。

21. 曾旭波：《珍貴的〈革命軍日報〉》,《汕頭特區晚報》2012 年 5 月 14 日。

22. 曾業英：《統一黨第一次報告》（上）,《近代史資料》第 84 號, 社會科學出版社, 1993 年版。

23. 曾葉英：《民國初年的自由黨》,《歷史教學》, 1990 年第 2 期。

24. 車吉心、梁自潔、任孚先：《齊魯文化大辭典》, 山東教育出版社, 1989 年版。

25. 陳昌文：《都市化進程中的上海出版業（1843～1949)》, 上海人民出版社, 2012 年版。

26. 陳獨秀：《本志罪案之答辯書》,《新青年》第 6 卷第 1 號, 1919 年 1 月。

27. 陳獨秀：《敬告青年》,《青年雜誌》第 1 卷第 1 號, 1915 年 9 月。

28. 陳獨秀：《開辦〈安徽俗話報〉的緣故》,《安徽俗話報》1904 年 3 月 31 日創刊號。

29. 陳獨秀：《文學革命論》,《新青年》第 2 卷第 6 期, 1917 年 2 月。

30. 陳紀瀅：《胡政之與大公報》, 掌故出版社, 1974 年 12 月。

31. 陳力丹：《關於北大新聞記者同志會上三教授的演說詞》,《新聞研究資料》第 47 輯, 北京：中國社會科學出版社, 1989 年版。

32. 陳望道著 林鴻 樓峰主編：《陳望道全集》第五卷 論說, 浙江大學出版社, 2011 年, 第 71 頁。原載 1921 年 8 月 3 日:《民國日報》副刊:《婦女評論》第一期。

33. 陳玉申：《巴黎通信社始末》,《華僑華人歷史研究》2012 年第 3 期。

34. 陳忠純著, 民初的媒體與政治——1912～1916 年政黨報刊與政爭, 廈門大學出版社, 2011 年。

35. 程麗紅、葉彤：《日本侵華新聞事業的先鋒分子——〈盛京時報〉主筆菊池貞二初探》,《東北史地》, 2011 年 03 期。

36. 褚曉琦：《民國時期塔斯社上海分社在華宣傳活動》，載《史林》2015 年第 3 期。

37. 單補生：《我珍藏的早期黃埔期刊》，《黃埔》，2011 年 6 期。

38. 鄧紹根：《密蘇里新聞學院首任院長威廉訪問北大史實考》，《國際新聞界》，2008 年第 10 期。

39. 鄧紹根：《中美新聞教育交流的歷史友誼——密蘇里新聞學院支持燕大新聞學系建設的過程和措施探析》，《國際新聞界》，2012 年第 6 期。

40. 鄧紹根：《論民國時期美國東方報人領袖托馬斯·密勒的在華新聞業績》，載於倪延年：《民國新聞史究，2014》，南京師範大學出版社，2014 年版。

41. 丁淦林：《中國新聞事業史新編》，四川人民出版社，1998 年版。

42. 丁守和：《辛亥革命時期期刊介紹》，第 1 集，人民出版社，1982 年版。

43. 董愛玲：《民國時期山東報業發展與社會變遷》，《臨沂大學學報》2013 年第 2 期。

44. 董方奎：《梁啓超家族百年縱橫》，崇文書局，2012 年版。

45. 董世忠：《中國早期紀實攝影發展研究 1840～1937》，西北師範大學，2012 年版。

46. 董四代、寧睿英：《西方概念工具與中國傳統文化資源——談近代中國啓蒙學者對民主思想的認識》，《張家口師專學報》，2003 年第 4 期。

47. 董效舒、吳心雲：《七七前夕的天津〈益世報〉》，《新聞史料》第 2 輯，第 65 期。

48. 獨秀：《日報紗廠工潮中之觀察》，《嚮導》，第 117 期，1925 年 6 月 6 日。

49. 段光達、李成彬：《「九一八」事變前俄國人在哈爾濱文化活動的回顧與思考》，摘自韓瑞常等主編：《東北亞史與阿爾泰學論文集》，黑龍江教育出版社，1996 年版。

50. 上海特別市教育局小報審查規程，《上海特別市教育局教育週報》，1934 年第 8 期。

51. 樊洪業：《「賽先生」與新文化運動——科學社會史的考察》，《五四運動與中國文化建設——五四運動七十週年學術討論會論文選》上冊，社會科學文獻出版社，1989 年版。

52. 樊雄：《〈黃埔日刊〉考析》，《黃埔》，2006 年第 4 期。

53. 方漢奇，《中國近代報刊史》（下冊）山西教育出版社，2012 年版。

54. 方漢奇、李矗主編：《中國新聞學之最》，新華出版社，2005 年版。

55. 方漢奇、史媛媛主編：《中國新聞事業圖史》，福建人民出版社，2006 年版。

56. 方漢奇：《中國新聞傳播史》，中國人民大學出版社，2002 年版。

57. 方漢奇：《〈大公報〉百年史》，中國人民大學出版社，2004 年版。

58. 方漢奇：《章太炎與中國近代報業》，《社會科學戰線》，2010 年 9 月 1 日。

59. 方漢奇：《中國近代報刊史》（上），山西人民出版社，1981 年版。

60. 方漢奇：《中國新聞事業通史（第二卷）》，中國人民大學出版社，1996 年版。

61. 方漢奇：《中國新聞事業通史（第一卷）》，中國人民大學出版社，1996 年版。

62. 方漢奇主編：《中國新聞事業編年史》，福建人民出版社，2000 年版。

63. 方漢奇：《中國近代報刊史》，山西教育出版社，1991 年版。

64. 方漢奇、王潤澤編：《中國人民大學新聞學院藏稀見民國新聞史料彙編》，國家圖書館出版社，2012 年版。

65. 方新平：《天津史話》上海人民出版社，1986 年版。

66. 費保彥：《善後會議史》，北京寰宇印刷局，1925 年版。

67. 費正清：《劍橋中國史（1912～1949）》（上），中國社會科學出版社，2006 年版。

68. 費正清主編，章建剛等譯：《劍橋中華民國史》，上海人民出版社，1991 年版。

69. 費正清總主編：《劍橋中國史》第 12 冊，民國篇 1912～1949（上），，臺北南天書局發行，1999 年版。

70. 風：《漫談小報》，《申報館內通訊》（第 1 卷），1947 年（12）。

71. 馮和法編：《中國農村經濟論》，黎明書局，1934 年版。

72. 馮悅：《〈華北正報〉服務日本外交的分析》，《當代傳播》，2007 年第 6 期。

73. 馮悅：《日本在華官方報：英文〈華北正報〉（1919～1930）研究》，新華出版社，2008 年版。

74. 傅國湧：《「報有報格」：史量才之死》，《書屋》，2003 年第 8 期。

75. 傅國湧：《百年辛亥　親歷者的私人記錄》（上），東方出版社，2011 年版。

76. 傅國湧：《筆底波瀾：百年中國言論史的一種讀法》，廣西師範大學出版社，2006 年版。

77. 戈公振，《中國報學史》，生活·讀書·新知三聯書店，1955 年版。

78. 戈公振：《副刊與小報》，《中國報學史》，生活·讀書·新知三聯書店，1955 年版。

79. 戈公振：《中國報學史》，三聯書店，1955 年版。

80. 戈公振：《中國報學史》，生活·讀書·新知三聯書店，1955 年版。

81. 戈公振：《中國報學史》，生活·讀書·新知三聯書店，2011 年版。

82. 戈公振：《中國報學史》，商務印書館，1928 年版。

83. 戈公振：《中國報學史》，中國文史出版社，2015 年版。

84. 戈公振：《中國報學史》，中國新聞出版社，1985 年版。

85. 戈公振：《中國報學史》，北京大學出版社，2008 年版。

86. 戈公振：《中國報學史》，嶽麓書社，2011 年版。

87. 戈公振：《中國報業史》，中國文史出版社，2015 年版。

88. 萬培林、韓玉霞：《老天津金融街》，天津人民出版社，2010 年版。

89. 古耕選編：《百年滄桑 中國夢散文讀本》，《湘江評論》創刊宣言，2014 年版。

90. 關力、莊力：《共產黨人創辦的哈爾濱通訊社》，《學理論》2001 年第 6 期。

91. 廣東兵工廠工人來函，《嚮導》第 87 期。

92. 廣東省地方史志編纂委員會編：《廣東省志·新聞志》，廣東人民出版社，2000 年版。

93. 廣東省社會科學院歷史研究室、中國社會科學院近代史研究所中華民國研究室、中山大學歷史系孫中山研究室，《孫中山全集》（第五卷），中華書局 2006 年版。

94. 郭君陳潮：《試論日本帝因主義對偽滿新聞報業的壟斷》，載《東北論陷十四年史研究（第 1 輯)》，吉林人民出版社，1988 年版。

95. 郭循春：《日本陸軍對華新聞輿論操縱工作研究（1919～1928)》，《民國檔案》，2017 年 4 月。

96. 國史館編印：《中華民國史·文化志》，1997 年版。

97. 漢斯·希伯：《論帝國主義殖民統治者及其在華報刊的思想意識》，1927 年 2 月 5 日於武昌。載於：漢斯·希伯研究會編：《戰鬥在中華大地——漢斯·希伯在中國》，山東人民出版社，1990 年版。

98. 何承樸：《民初成都五光十色的政黨報紙》，《新聞與傳播研究》1987 年 04 期。

99. 何漢文：《中國國民經濟概況》，神州國光社，1930 年版。

100. 何黎萍、李仕編著：《正說清代風雲人物》，九州出版社，2008 年版。

101. 河南省文化廳文物志編輯室編：《河南省文物志選稿》第 2 輯，河南省文化廳文物志編輯室，1983 年版。

102. 賀聖鼐、賴彥於：《近代中國印刷術》，《中國印刷年鑒》1982、1983 年，中國印刷技術協會編，印刷工業出版社出版。

103. 黑龍江省檔案館編：《黑龍江報刊》，黑龍江出版社，1985 年版。

104. 黑龍江省地方志編纂委員會編：《黑龍江省志（第 50 卷）‧報業志》，黑龍江人民出版社，1993 年版。

105. 洪源，《上海小報的今昔》，《政治月刊（上海）》〔第 2 卷〕，1941 年（03）。

106. 胡藹之、殷子純：《我國早期婦女運動的出版物——〈婦女日報〉》，載《天津文史資料選輯》總 89 輯。

107. 胡春惠：《民初的地方主義與聯省自治》，中國社會科學出版社，2001 年版。

108. 胡道靜：《上海的定期刊物》，上海市通志館，1935 年版。

109. 胡道靜：《上海的日報》，參見《中國近代報刊發展概況》，新華出版社，1986 年版。

110. 胡道靜：《上海新聞事業之史的發展》，上海通志館，1935 年版。

111. 胡道靜：《新聞史上的新時代》，上海世界書局 1946 年版。見《中國人民大學新聞學院藏稀見民國新聞史料彙編》第 3 冊，方漢奇、王潤澤主編，國家圖書館出版社，2012 年版。

112. 胡適：《建設的文學革命論》，《新青年》第 4 卷第 4 號，1918 年 4 月。

113. 胡適：《文學改良芻議》，《新青年》第 2 卷第 5 號，1917 年 1 月。

114. 胡雲秋、陳乃宣、劉耀光、張安慶、劉友渙：《陳潭秋生平活動年表》（一八九六～一九四三），《武漢大學學報》（社會科學版），1981 年第 4 期。

115. 胡政之：《本報改造之旨趣》，《胡政之文集》下，王瑾、胡玫編，天津人民出版社，2007 年版。

116. 湖湘文庫編輯出版委員會編：《湖湘文庫書目提要》，嶽麓書社，2013 年。

117. 華德韓：《邵飄萍傳》，杭州出版社，1998 年版。

118. 華覺明：《解放前北京的著名新聞記者》，《文史資料存稿選編 23 文化》黨德信總主編；李樹人，方兆麟主編：《中國人民政治協商會議全國委員會文史資料委員會編》，2002 年。

119. 華芳：《在北平辦小報與上海辦小報的情況不同》，《長春》（第 2 卷），1940 年第 6 期。

120. 黃炳鈞：《和真理報記者科仁同志在一起》，《新聞戰線》，1958 年 08 期。

121. 黃鋼等編：《黃負生紀念文集》，《武漢星期評論》簡章，武漢出版社，2003 年版。

122. 黃河：《北京報刊史話》，文化藝術出版社，1992 年版。

123. 黃季陸主編：《陸海軍大元帥大本營公報》，中國國民黨中央委員會黨史委員會發行，民國 58 年 10 月。

124. 黃埔日刊新聞記者規則，載 1927 年：《中央軍事政治學校法規全部》，http://www.hoplite.cn/Templates/hpjxwx0168.htm。

125. 黃天鵬：《中國新聞事業》，上海聯合書店，1930 年版。

126. 黃逸平、虞寶棠編：《北洋政府時期經濟》，上海社會科學院出版社，1995 年版。

127. 黃遠生：《本報之新生命》，《遠生遺著》卷一，林誌鈞編，商務印書館，1984 年版。

128. 黃遠生：《懺悔錄》，沈雲龍編，《黃遠生遺著》（卷一），臺北文海出版社 1986 版。

129. 黃遠生：《平民之貴族奴隸之平民》，王有力編：《黃遠生遺著》，臺灣中華書局 1938 年版。

130. 黃張挺、王海勇：《中國紅色報刊圖史》，山西經濟出版社，2011 年 6 月第 1 版。

131. 黃遵憲：《日本國志》，第 33 卷，光緒富文齋刊本（1895 年）。

132. 霍學雷：《近現代東北報刊的創立與變遷》，《東北史地》，2014 年（5）。

133. 吉爾伯特·羅茲曼：《中國的現代化》，江蘇人民出版社，1995 年版。

134. 賈樹枚：《上海新聞志》，上海社會科學院出版社，2000 年版。

135. 江蘇省商業廳中國第二歷史檔案館：《中華民國商業檔案資料彙編 第 1 卷 1912～1928 下》，中國商業出版社，1991 年版。

136. 交通史編纂委員會，《交通史·電政篇》（第 2 冊），上海書店，1936 年版。

137. 景學鑄：《報界舊聞》，1940 年，《新聞學季刊》第一卷第二期。

138. 局外人，我之各種小報觀（一）中國攝影學會畫報，1925 年（05）。

139. 來豐：《中國通訊社發展史》，復旦大學博士學位論文，2002 年 5 月。

140. 雷瑨，《申報館之過去狀況》，《最近之五十年》，上海申報館，1923 年。

141. 雷穆森：《天津租界史》，天津人民出版社，2009 年版。

142. 李達：《中國共產黨的發起和第一次、第二次代表大會經過的回憶》，載《一大回憶錄》，知識出版社，1980 年版。

143. 李達嘉：《民國初年的聯省自治運動》，弘文館出版社，1986 年版。

144. 李丹陽、劉建一：《霍·多洛夫與蘇俄在華最早設立的電訊社》，《民國檔案》，2001 年版。

145. 李丹陽：《〈上海俄文生活報〉與布爾什維克早期在華活動》，《近代史研究》，2003 年第 2 期。

146. 李璜：《學鈍室回憶錄》上卷，傳記文學出版社，1973 年版。

147. 李建新：《中國新聞教育史論》，新華出版社，2003 年版。

148. 李劍農：《中國近百年政治史》，上海復旦大學出版社 2002 年版。

149. 李金銓：《香港媒介專業主義與政治過渡》，新聞與傳播研究，1997 年（2）。

150. 李錦成：《新聞紙登載廣告的討論》，見李錦華、李仲誠編：《新聞言論集》，廣州新啓明印務有限公司 1932 年版。

151. 李景田主編：《中國共產黨歷史大辭典 1921～2011 新民主主義革命時期》。

152. 李萌：《建國前的寧夏報業》，《新聞大學》1995 年第 2 期。

153. 李壽朋、王士谷等：《燕京大學史稿》，人民中國出版社，1999。

154. 李新：《中華民國史》第一卷（上），中華書局，2011 年 7 月。

155. 李逸民、黃國平：《李逸民回憶錄》，湖南人民出版社，1986 年 11 月第 1 版。

156. 李永春：《〈少年中國〉與五四時期社會思潮》，湖南人民出版社，2005 年版。

157. 李澤厚：《記中國現代三次學術論戰》，《中國現代思想史論》，天津社會科學出版社，2003 年 5 月。

158. 李瞻：《世界新聞史》，商務印書館，1966 年版。

159. 李振武：《〈大本營公報〉發行時間質疑》，《廣東社會科學》，2004 年第 4 期。

160. 李珠：《殖民統治時期大連地區的新聞、出版發行業》，載《大連近代史研究》第 9 卷。

161. 立法院秘書處統計科：《近世中國國外貿易》，立法院秘書處統計科，1933 年版。

162. 梁利人主編：《瀋陽新聞史綱》，瀋陽出版社，2014 年 12 月。

163. 林語堂：A History of the Press and Public Opinion in China. Greenwood Press. New York. 1968.

164. 林白水：《本報一千號紀念》，《林白水文集》，福州新聞出版局，2006 年版。

165. 林白水：《本報之三希望》，《林白水文集》，福州新聞出版局，2006 年版。

166. 林語堂： A history of the press and public opinion in China. New York. Greenwood Press1968.

167. 林雲谷：《日本帝國主義侵略下之福建》，載《民族雜誌》第三卷六期，1935 年 6 月。

168. 劉伯涵：《袁世凱政府對進步出版物的壓制》，載《中國文化研究集刊》第 2 輯，復旦大學出版社，1985 年版。

169. 劉會軍、張瑞：《〈大北新報〉的創辦與日本對中國東北的新聞侵略》，《溥儀研究》，2013 年第 3 期。

170. 劉家林：《中國新聞通史》，武漢大學出版社，2005 年版。

171. 劉望齡著：《黑血・金鼓：辛亥前後湖北報刊史事長編 1866～1911》，湖北教育出版社，1991 年 4 月。

172. 劉亞 2014 年 11 月 3 日攝於廣州黃埔軍校紀念館。

173. 劉悅斌：《清末民初中國社會的艱難轉型》，《文史天地》，2012 年第 12 期。

174. 劉哲民：《近現代出版新聞法規彙編》，學林出版社，1992 年 12 月第 1 版。

175. 柳丁仁：《上海〈獨立新聞〉述評》（未刊稿），上海復旦大學碩士論文。

176. 柳建輝主編，何世芬、姚金果著，《中國共產黨史稿》第 2 卷，第一次國共合作與大革命運動 1923.6～1927.7，四川人民出版社，2011 年。

177. 柳建輝主編，肖甡著：《中國共產黨史稿》第 1 卷，中國共產黨的創建 1921.7～1923.6，四川人民出版社。

178. 婁承浩、薛順生：《老上海經典建築》，同濟大學出版社，2002：88。

179. 魯衛東，《軍閥與內閣——北洋軍閥統治時期內閣閣員群體構成與分析（1916～1928）》，《史學集刊》，2009 年第 2 期。

180. 魯迅：《過河與引路》，《新青年》第 5 卷第 5 號，1918 年 11 月。

181. 陸米強：《「中俄」和「華俄」通信社不能混爲一談》，《世紀》，2004 年第 6 期。

182. 陸仰淵、方慶秋編：《民國社會經濟史》，中國經濟出版社，1991 年版。

183. 羅文輝：《密蘇里大學新聞學院對中華民國新聞教育及新聞事業的影響》，《新聞學研究》，1989 年版。

184. 羅章龍：《椿園載記》，生活・讀書・新知三聯書店，1984 年。駱駝，黨政文化秘聞：北平的小報，社會新聞（第 2 卷），1933（09-10）。

185. 馬飛，《革命文化與民初憲政的崩潰》，《二十一世紀雙月刊》，2013 年 6 月。

186. 馬光仁：《馬光仁文集》，上海社會科學院出版社，2013 年版。

187. 馬光仁：《上海人民反對印刷附律的鬥爭》，《新聞與傳播研究》，1989 年（2）。

188. 馬光仁：《上海新聞史（1850～1949)》，復旦大學出版社，1996 年版。

189. 馬光仁：《我國早期的新聞界團體》，《新聞研究資料》第 41 輯，北京：中國社會科學出版社，1988 年版。

190. 馬學斌：《中文鐵路報紙濫觴——〈遠東報〉》，《鐵道知識》，2014 年 6 期。

191. 馬學新、曹均偉主編：《上海文化源流辭典》，上海社會科學院出版社，1992 年版。

192. 馬藝等：《天津新聞史》，天津人民出版社，2015 年版。

193. 馬運增、陳申等編著：《中國攝影史（1840～1937）》，中國攝影出版社，1987 年版。

194. 馬札亞爾著，陳代青、彭桂秋合譯：《中國農村經濟研究》，神州國光社，1934 年版。

195. 毛澤東：《民眾的大聯合》，《湘江評論》，轉引自李琦，《挺辛亥老人仇鼇談與毛澤東的交往》，《黨的文獻》2011 年第 4 期。

196. 毛澤東：《〈政治週報〉發刊理由》，載《毛澤東新聞工作文選》，新華出版社 2014 年版。

197. 毛澤東：《毛澤東選集》第 4 卷，人民出版社，1991 年版。

198. 毛章清：《從〈全閩新日報〉（1907～1945）看近代日本在華南報業的性質》，《國際新聞界》，2010 年 09 期。

199. 毛章清：《日本在華報紙〈閩報〉（1897～1945）考略》，《福建論壇・人文社會科學版》，2010 年第 2 期。

200. 南京報業志南京市地方志編纂委員會：《南京報業志》，學林出版社，2001 年 6 月第 1 版。

201. 内蒙古檔案館：《1925 年烏伊兩盟十三旗王公代表會議錄》，載《內蒙古檔案史料》，1993 年第 1 期。

202. 倪波、穆緯銘主編：《江蘇報刊編輯史》，江蘇人民出版社，1993 年版。

203. 倪延年：《中國新聞法制史》，南京師範大學出版社，2013 年版。

204. 牛海坤：《〈德文新報〉研究（1886～1917)》，上海交通大學出版社，2012 年版。

205. 彭鵬：《研究系與五四時期新文化運動　以 1920 年前後爲中心》，中山大學出版社，2003 年版。

206. 齊輝、淡雪琴：《「中央通訊社」與抗戰時期中國報業格局的嬗變》，載《遼寧大學學報（哲學社會科學版）2015 年第 2 期。

207. 錢承軍：《建國前中國共產黨報刊研究》，中國文聯出版社，2009 年版。

208. 錢南鐵：《荔園樓續集附外集》下冊卷一，1937 年 2 月。

209. 錢玄同：《中國今後之文字問題》，《新青年》第 4 卷第 4 號，1918 年 4 月。

210. 秦孝儀主編：《中華民國軍政府公報》，中國國民黨中央委員會黨史委員會發行，民國 65 年 12 月。

211. 丘傳英主編，廣州市經濟研究院，廣州市地方志編纂委員會辦公室編：《廣州近代經濟史》，廣東人民出版社，1998 年版。

212. 邱沛篁、吳信訓、向純武、張惠仁等：《新聞傳播百科全書》，1998 年 1 月。

213. 邱沛篁等主編：《新聞傳播百科全書》，四川人民出版社，1998 年版。

214. 裘廷梁：《論白話為維新之本》，載《清議報全編》第 26 卷。

215. 瞿秋白：《列寧主義概論》，《新青年‧列寧號》。

216. 全國政協文史資料委員會編：《昔年文教追憶》，中國文史出版社，2006 年 5 月第 1 版。

217. 任白濤：《國際通訊的機構及其作用》，上海商務印書館，1939 年版。見《中國人民大學新聞學院藏稀見民國新聞史料彙編》第 3 冊，方漢奇、王潤澤主編，國家圖書館出版社，2012 年版。

218. 任白濤：《應用新聞學》，亞東圖書館，1937 年版。

219. 榮潔等：《俄僑與黑龍江文化俄羅斯僑民對哈爾濱的影響》，黑龍江大學出版社，2011 年版。

220. 芮和師、范伯群、鄭學弢著：《中國文學史資料全編 現代卷》，知識產權出版社，2010 年版。

221. 薩空了：《科學的新聞學概論》，文化供應社 1947 年版。

222. 薩空了：《北平小報之研究》，《實報增刊》，1929，12。

223. 上海檔案館館藏檔案，檔案號：Y8-1-20-14。

224. 上海社會科學院歷史研究所編：《五卅運動史料》（第 3 卷），上海人民出版社，2005 年版。

225. 上海社會科學院歷史研究所編：《五四運動在上海史料選輯》，上海人民出版社，1960 年版。

226. 上海攝影家協會編：《上海攝影史》，上海人民美術出版社，1992 年。

227. 上海市檔案館等編，上海檔案史料叢編：《舊中國的上海廣播事業》，檔案出版社，1985 年版。

228. 邵力子：《邵力子文集》（上冊），中華書局，1985 年版。

229. 邵飄萍：《邵飄萍新聞學論集》，北京大學出版社，2008 年版。

230. 邵飄萍：《我國新聞學進步之趨勢》，《東方雜誌》第 21 卷第 6 號。

231. 邵飄萍：《新聞學總論》，京報館，1924 年版。

232. 邵飄萍：《中國新聞學不發達之原因及其事業之要點》，參見黃天鵬編：《新聞學名論集》，上海：聯合書店，1930 年版。

233. 申曉雲：《論民國執政府時期的「段氏修制」》，載江蘇社會科學，2011 年第 1 期。

234. 沈薈：《歷史記錄中的想像與真實——第一份駐華美式報紙：《大陸報》緣起探究》，《新聞與傳播研究》，2014 年第 2 期。

235. 沈圖靖：《民國初年憲政的民主困境原因探析》，江西師範大學碩士論文。

236. 沈梓青：《上海的小報》，《上海常識》，1928 年（36）。

237. 石門、馮洋、田曉菲主編：《中國近代史常識辭典》，遠方出版社，2005 年版。

238. 世界日報史料編寫小組：《世界日報初創階段》，《新聞研究資料》第 2 輯，北京：中國社會科學出版社，1980 年版。

239. 水如編：《陳獨秀書信集》，新華出版社，1987 年版。

240. 四川省地方志編纂委員會編：《四川省志·大事紀述》，四川科學技術出版社，1999 年版。

241. 宋鴻兵：《寧漢合流背後的資本重組》，《中華傳奇·大歷史》，2011 年（7）。

242. 蘇智良：《上海近代新文明的形態》，上海辭書出版社，2004 年版。

243. 孫德常，周祖常主編：《天津近代經濟史》，天津社會科學院出版社，1990 年版。

244. 孫會：《〈大公報〉廣告與近代社會（1902～1936）》，中國傳媒大學出版社，2011 年版。

245. 孫少荊：《成都報界回想錄》，《川報增刊》1919 年 1 月 1 日。

246. 孫曉萌：《淺論近代日本人在天津的報業活動》，《中國新聞史學會 2009 年年會暨新聞傳播專題史研究學術研討會論文集》，2009 年版。

247. 唐惠虎、朱英主編，李靜霞、張穎副主編，吳廷俊學術顧問：《武漢近代新聞史》上卷，武漢出版社，2012 年版。

248. 唐建榮：《簡論鄧恩銘愛國思想的發展》，載《中南民族大學學報》（人文社會科學版），2003 年第 2 期。

249. 陶菊隱：《記者生活三十年——親歷民國重大事件》，中華書局，2005 年版。

250. 天津《大公報》1913 年 8 月 6 日《閒評二》。

251. 天廬通訊《上海新聞雜話》，見《新聞學刊全集》，上海光華書局，1930 年版。

252. 田飛，李果著：《尋城記·武漢》，商務印書館，2012 年 7 月。

253. 田露：《20 年代北京的文化空間 1919～1927 年北京報紙副刊研究》，社會科學文獻出版社，2015 年。

254. 田子渝、劉德軍：《中國近代軍閥史詞典》，檔案出版社，1989 年 12 月第 1 版。

255. 童兵、陳絢主編：《新聞傳播學大辭典》，中國大百科全書出版社，2014 年版。

256. 涂培元，熊少豪與：《京津泰晤士報》。

257. 瓦格勒著，王建新譯：《中國農書》下冊，中山文化教育館，1936 年版。

258. 萬魯建：《吳佩孚與〈庸報〉》，《今晚報》2017 年 11 月 29 日。

259. 汪精衛：《武漢分共之經過》，《國立中山大學校報》，1927 年（26）。

260. 汪英賓：《中國本土報刊的興起》，暨南大學出版社，2013 年版。

261. 汪仲韋：《我與新聞報的關係》，《新聞研究資料》第 12 輯，展望出版社，1982 年 6 月。

262. 汪仲韋：《又競爭又聯合的「新」「申」兩報》，《新聞研究資料》，1982 年總第 15 輯。

263. 王拱璧：《寫在任著新聞學的上頭》，任白濤：《應用新聞學》，東亞圖書館，1937 年。

264. 王檜林、朱漢國：《中國報刊辭典（1815～1949）》，書海出版社，1992 年 6 月第 1 版。

265. 王海晨：《從「滿蒙交涉」看張作霖對日謀略》，《史學月刊》，2004 年第 8 期。

266. 王甲成，王建華：《論直系軍閥中的曹錕、吳佩孚集團》，載《河北學刊》，2003，23（2）。

267. 王瑾 胡玫編：《胡政之文集》，天津人民出版社，2007 年版。

268. 王開節、修域、錢其琮編：《鐵路 電信七十五週年紀念刊》，臺灣文海出版社。

269. 王林生主編：《民國廣州城市與社會研究》，廣東經濟出版社，2009 年。

270. 王綠萍：《四川報刊五十年集成》，四川大學出版社，2011 年 11 月第 1 版。

271. 王綠萍：《四川近代新聞史》，四川大學出版社，2007 年 6 月第 1 版。

272. 王鵬：《民國時期〈國聞週報〉創辦始末》，《百年潮》，2003 年第 2 期。

273. 王潤澤，《北洋政府時期的新聞業及其現代化（1916～1928）》，中國人民大學出版社，2010 年版。

274. 王潤澤：《津貼：民國時期中國新聞界的痼疾》，《新聞與寫作》，2010 年第 9 期。

275. 王潤澤：《中國新聞媒介史（1949 年以前）》，北京大學出版社，2011 年版。

276. 王天濱：《臺灣新聞傳播史》，亞太圖書出版社，2002 年。

277. 王瑋琦：《中華革命黨之研究》，臺北：三民主義研究所博士碩士論文獎助出版委員會，1979 年。

278. 王文彬：《中國現代報史資料匯輯》，重慶出版社，1996 年。

279. 王曉恒：《在文學與政治之間：〈盛京時報〉時期的穆儒丐》，《中國現代文學研究叢刊》，2016 年 03 期。

280. 王曉嵐：《中國共產黨早期黨報管理之研究》，《新聞研究資料》1993 年第 1 期。

281. 王英：《張竹平廣告理念初探》，《新聞大學》，2000 年春季號。

282. 王鈺鑫，《試論馬克思主義在中國的早期傳播》，人民網 2017 年 6 月 26 日，http://theory.people.com.cn/GB/40537/15461460.html。

283. 王芸生、曹谷冰《1926 至 1949 的舊大公報》，中國人民政治協商會議全國委員會，文史資料研究委員會‧文史資料選輯：第 25 輯，中華書局，1962 年版。

284. 王振川、徐祥之等主編：《新時期黨的工作手冊》，中共黨史資料出版社，1989 年版。

285. 吳冰：《東省文物研究會與哈爾濱白俄的俄文老檔》，《黑龍江史志》，2014 年 10 月（總第 323 期）。

286. 吳廷俊主編：《中國新聞事業史》，武漢大學出版社，2009 年版。

287. 伍海德：《我在中國的記者生涯》，線裝書局，2013 年版。

288. 武堉幹編：《中國國際貿易概論》，商務印書館，1930 年版。

289. 西堂：《解放前成都的新聞界團體》，《新聞研究資料》第 40 輯，中國社會科學出版社，1987 年版。

290. 向芬：《國民黨新聞傳播制度研究》，中國社會科學出版社，2012 年版。

291. 蕭珞：《大報不如小報》，《紅葉》（匯訂本），1931 年（03）。

292. 謝駿：《廣州〈勞動者〉研究》，見《廣東革命報刊研究》第 1 輯，中共廣東省委黨史資料徵集委員會，1987 年版。

293. 謝偉：《論民國議會政治失敗的原因》，《江海學刊》，1992 年第 2 期。

294. 謝曉敏：《民國時期山西黨政軍期刊研究》，《山西大學》碩士學位論文，2011 年版。

295. 忻平：《從上海發現歷史——現代化進程中的上海人及其社會生活（1927～1937）》，上海人民出版社，1996 年版。

296. 新凱：《再論共產主義與基爾特社會主義》，《新青年》，第 9 卷第 6 號。

297. 熊少豪：《五十年來北方報紙之事略》，載楊光輝，熊尚厚等：《中國近代報刊發展概況》，新華出版社，1986 年 9 月。

298. 熊月之，周武主編：《聖約翰大學史》，上海人民出版社，2007 年版。

299. 熊月之主編：《上海通史 第 8 卷‧民國經濟》，上海人民出版社，1999 年版。

300. 徐百柯：《民國那些人》，中央編譯出版社，2007 年版。

301. 徐寶璜：《徐寶璜新聞學論集》，北京大學出版社，2008 年版。

302. 徐木興總編：《衙前鎮志》，方志出版社，2003 年版。

303. 徐培汀：《中國新聞傳播學說史》，重慶出版社，1994 年版。

304. 徐世昌：《日新宏議》，第 110 頁。轉引自汪英賓：《中國本土報刊的興起》，王海、王明亮譯：暨南大學出版社，2013 年版。

305. 徐松榮：《維新派與近代報刊》，山西古籍出版社，1998 年版。

306. 徐憲江編著：《中國之最》（第三冊），吉林出版集團有限責任公司，2013 年版。

307. 徐小群：《民國時期的國家與社會：自由職業團體在上海的興起（1912～1937)》，新星出版社，2007 年版。

308. 徐雨編：《大公報人憶舊》，中國文史出版社，1991 年版。

309. 徐鑄成：《〈國聞通迅社〉和舊〈大公報〉》，《新聞研究資料》總第一輯。

310. 許德珩：《講演團開第二次大會並歡送會紀事》，參見張允侯等編：《五四時期的社團》（二），三聯書店，1979 年版。

311. 許滌新、吳承明主編：《中國資本主義發展史》第二卷，人民出版社，1990 年版。

312. 許紀霖等：《近代中國知識分子的公共交往：1895～1949》，上海人民出版社，2007 年版。

313. 許金生：《近代日本在華宣傳與諜報機構東方通信社研究》，《史林》2014 年第 5 期。

314. 許敏：《上海通史　第 10 卷·民國文化》，上海人民出版社，1999 年版。

315. 許振泳編：《廣東報刊資料選輯　上（1919～1929)》，中央檔案館，廣東省檔案館，1991 年版。

316. 許正林：《中國新聞史》，上海交通大學出版社，2008 年版。

317. 薛虹、李澍田：《中國東北通史》，吉林文史出版社，1991 年版。

318. 薛綏之主編，韓立群副主編：《魯迅生平史料彙編第三輯》，天津人民出版社，1983 年版。

319. 嚴中平等編：《中國近代經濟史統計資料選輯》，中國社會科學出版社，2012 年版。

320. 燕京大學校友校史編寫委員會：《燕京大學史稿》，人民中國出版社，1999 年版。

321. 楊光輝，熊尚厚等：《中國近代報刊發展概況》，新華出版社，1986 年 9 月。

322. 楊光輝等編：《中國近代報刊發展概況》，新華出版社，1986 年版。

323. 楊汝梅：《國民政府財政概況論》，中華書局，1938 年版。

324. 楊蔭杭：《軍用內閣》，《申報》，1921 年 9 月 23 日，第 6 版。

325. 楊蔭溥：《民國財政史》，中國財政經濟出版社，1985 年版。

326. 友梅：《北平婦女刊物的史的調查》，載《時代婦女》創刊號{1933 年（民國二十二年）5 月}。轉自：《1905～1949 北京婦女報刊考》，光明日報出版社，1990 年版。

327. 俞志厚：《天津〈益世報〉概述》載《天津文史資料選輯》，第 18 輯。

328. 喻的癡：《梅園慢識》，《漢口中西報》，1935 年 8 月 23 日。轉引自唐惠虎，朱英編，《武漢近代新聞史上》，2012 年版。

329. 袁昶超：《中國報業小史》，香港新聞天地出版社，1957 年版。

330. 袁繼成：《近代中國租界史稿》，中國財政經濟出版社，1988 年版。

331. 袁繼成：《漢口租界志》，武漢出版社，2003 年 12 月。

332. 袁義勤：《上海〈民國日報〉簡介》，《新聞研究資料》第 45 輯，中國社會科學出版社，1989 年 3 月。

333. 張逢舟：《大公報大事記（1902～1966）》，《新聞研究資料》第 7 輯。

334. 張逢舟：《大公報大事記（1902～1966）》，《新聞研究資料》第 7 輯。

335. 張功臣：《外國記者看到的近代中國圖景》，《國際新聞界》1996 年第 6 期。

336. 張功臣：《外國記者與北洋軍閥》，載《國際新聞界》1996 年第 1 期。

337. 張功臣：《外國記者與近代中國（1840～1949）》，新華出版社，1999 年。

338. 張國燾著：《我的回憶》，東方出版社，2004 年版。

339. 張季鸞：《新聞報三十年紀念祝詞》，見《季鸞文存》附錄，大公報報館，1946 年。

340. 張靜廬：《中國的新聞記者與新聞紙》（下編），光華書局，1930 年版。

341. 張靜廬：《中國的新聞紙》，光華書局，1928 年版。

342. 張靜如、梁志祥主編：《中國共產黨通志》第三卷，中央文獻出版社，2001 年版。

343. 張靜如、梁志祥主編：《中國共產黨通志》第三卷，中央文獻出版社，2001 年版。

344. 張麗萍：《內蒙古民國報刊史研究》，內蒙古大學出版社，2014 年版。

345. 張朋園：《梁啓超與民國政治》，生活·讀書·新知三聯書店，2013 年版。

346. 張秋蟲：《新聞報和申報的競爭》，見《上海地方史資料（五）》，上海社會科學院出版社，1986 年版。

347. 張瑞:《〈大北新報〉與僞滿時期日本對中國傳統宗教的利用與宣傳》,《蘭州教育學院學報》,2015 年 12 月第 31 卷第 12 期。

348. 張士偉:《談德國〈協和報〉在華宣傳策略》,《臨沂大學學報》,2012 年 06 月第 34 卷第 3 期。

349. 張樹軍主編:《圖文中國共產黨紀事 11919~1931》,河北人民出版社,2011 年。

350. 張偉:〈戈公振和:《中國報學史》的故事〉,2012 年 7 月 15 日,http://roll.sohu.com/20120715/n348194860.shtml。

351. 張憲文、方慶秋等主編:《中華民國史大辭典》,江蘇古籍出版社,2001 年版。

352. 張憲文等著:《中華民國史・第一卷》,南京大學出版社,2006 年版。

353. 張曉剛:《金子雪齋與傅立魚合作時期的〈泰東日報〉》,《日本研究》,2012 年第 4 期。

354. 張姚俊:《1920 世紀 20 年代上海的外商電臺及其影響》,見孫遜主編:《城市史與城市社會學》,三聯書店,2013 年版。

355. 張亦工:《民國初年政治的結構和文化初探》,《天津社會科學》,1993 年第 5 期。

356. 張玉山:《北洋政府時期發展近代化農業的政策與實踐》,河南師範大學學報(哲學社會科學版),2010 年第 6 期。

357. 張元明編:《民國國際貿易史料彙編 第四冊》,鳳凰出版社,2014 年。

358. 張蘊和:《辦報果罪孽耶》,《申報月刊》第 3 卷第 12 號。

359. 張仲禮、熊月之、沈祖煒主編:《中國近代城市發展與社會經濟》,上海社會科學院出版社,1999 年版。

360. 章伯鋒、李宗一編,《北洋軍閥:1912～～1928》(第四卷),上海人民出版社,1990 年版。

361. 章有義編:《中國近代農業史資料 第 2 輯 1912～1927》,生活・讀書・新知三聯書店,1957 年版。

362. 趙建國:《民國初期記者群體的對外交往》,《江漢論壇》,2006 年第 8 期。

363. 趙建國:《清末民初武漢新聞團體的演變——以新聞職業化爲視角》,《江西社會科學》,2014 年第 4 期。

364. 趙敏恒:《外人在華新聞事業》,暨南大學出版社,2011 年版。

365. 趙清 鄭城,《吳虞集》,四川人民出版社,1985 年 3 月第 1 版。

366. 趙興勝,高純淑,徐暢等:《中華民國專題史第八卷:地方政治與鄉村變遷》,南京大學出版社,2015 年版。

367. 趙永華：《19世紀末 20世紀初沙俄官方和民間在華出版報刊的歷史考察與簡要評析》，《俄羅斯研究》，2010年第6期。

368. 趙永華：《俄蘇在華辦報追溯》，《國際新聞界》，2001年01期。

369. 趙永華：《沙俄在華辦報史研究》，《新聞學論集（第25輯）》，經濟日報出版社，2010年版。

370. 《試析中國近代史上的俄文新聞傳播活動》，《中州學刊》，2006年第6期。

371. 趙永華：《在華俄文新聞傳播活動史（1898～1956)》，中國人民大學出版社，2006年版。

372. 鄭保國：《密勒氏評論報》，《美國來華專業報人的進與退》，《國際新聞界》，2015年第8期。

373. 鄭保國：《戰地記者‧職業報人‧政府顧問：「美國在華新聞業之父」密勒研究》，《現代傳播》（中國傳媒大學學報），2013年第11期。

374. 鄭德金：《中國通訊社百年歷史回顧》，《中國記者》，2004年12月。

375. 鄭瓊現：《1912～1928：一個得而復失的憲政時刻》，《武漢大學學報（哲學社會科學版）》，第66卷第4期。

376. 鄭逸梅：《書報話舊》，2005年版。

377. 鄭友揆，程麟蓀：《中國的對外貿易和工業發展1840～1948 史實的綜合分析》，社會科學院出版社，1984年版。

378. 鄭志廷、張秋山：《直系軍閥史略》，人民出版社，2007年版。

379. 中共北方區委歷史編寫組編：《中共北方區委歷史》，中共黨史出版社，2013年版。

380. 中共黨史人物研究會編：《中共黨史人物傳》第九卷，陝西人民出版社1983年版。

381. 中共濟南市委黨史委編：《濟南革命歷史檔案資料選編 第一輯 1919.5～1927.7》濟南市檔案館，1991年版。

382. 中共中央文獻研究室，新華通訊社編：《毛澤東新聞作品集》，新華出版社，2014年版。

383. 中國人民大學檔案系編印：《中國共產黨機關發展史參考資料》第1輯，1983年版。

384. 中國人民政治協商會議天津市委員會學習和文史資料委員會編：《天津文史資料選輯》，2005年，第一輯，天津人民出版社，2005年6月第1版。

385. 中國人政治協商會議天津市委員會、文史資料研究委員會，《天津文史資料選輯》第18輯，天津人民出版社，1982年01月第1版。

386. 中華民國交通部郵政總局：《中華民國15年郵政事物總論》，1927年版。

387. 中華民國自由黨，《20世紀百年故事》。

388. 中央社六十週年社慶籌備委員會：《中央社六十年》，中央社六十週年社慶籌備委員會，1984 年版。

389. 重慶市地方志編纂委員會編纂：《重慶市志（第 10 卷)》，西南師範大學出版社，2005 年。

390. 周莘國：《雜談小報》，《世界晨報革新紀念冊》，1935 年。

391. 周佳榮：《近代日本人在上海的辦報活動（1882～1945)》，《社會科學》，2008 年第 6 期。

392. 周佳榮：《近代日人在華報業活動》，嶽麓書社，2012 年版。

393. 周俊旗主編：《民國天津社會生活史》，天津社會科學院出版社，2002 年版。

394. 周太玄：《悼念胡政之先生》，《大公報》，1949 年 4 月 21 日。

395. 周太玄：《關於參加發起少年中國學會的回憶》，張允侯等編：《五四時期的社團》（一），三聯書店，1979 年。

396. 周秀鸞編：《第一次世界大戰時期中國民族工業的發展》，上海人民出版社，1958 年。

397. 周雨：《大公報史》，江蘇古籍出版社，1993 年版。

398. 朱伯康，施正康：《中國經濟史（下卷)》，復旦大學出版社，2005 年。

399. 朱傳譽：《中國民意與新聞自由發展史》，正中書局，1974 年版。

400. 朱棟霖、丁帆、朱曉進主編：《中國現代文學史》（上冊），高等教育出版社，2000 年。

401. 朱國棟，王國章主編：《上海商業史》，上海財經大學出版社，1999 年。

402. 朱漢國、楊群編：《中華民國史（第三冊）：經濟卷》，四川人民出版社，2006 年。

403. 朱漢民總主編、王興國主編：《湖湘文化通史》第四冊　近代卷　上，嶽麓書社，2015 年。

404. 朱建華主編：《中國近代政黨史》，吉林大學出版社，1990 年版。

405. 朱少偉，《我黨創辦的第一個通訊社》，原載《人民政協報》，2010 年 7 月 9 日。

406. 朱自強、高占祥等主編：《中國文化大百科全書 歷史卷（下冊)》，長春出版社，1994 年版。

407. 祝君宙：《上海小報的歷史沿革》，載《新聞研究資料》第 42 輯，北京：中國社會科學出版社，1981 年版。

408. 子任：《上海〈民國日報〉反動的原因及國民黨中央對該報的處置》，載《政治週報》，1925（1），轉引自王潤澤：《北洋政府時期的新聞業及其現代化（1916～1928)》一書。

409. 鄒魯：《中國國民黨史稿》，中國出版集團東方出版中心，2011 年版。

410. 鄒僕：《解放前天津新聞事業發展概要》，《新聞史料》第 29 輯。

411. 鄒全振：我所知道的賀升平，許昌市政協文史資料委員會編，《許昌文史資料 第 5 輯》，1992 年版。

412. 中國社會科學院新聞研究所：《中國共產黨新聞工作文件彙編》，新華出版社，1980 年版。

413. 《新聞文存》，中國新聞出版社，1987 年版。

英文文獻

1. David Shavit.The Unite State in Asia:a historical dictionary. New York: Greenwood Press.1990.p60.

2. Gutenberg in Shanghai.Chinese print capitalism1876～1937.Chirstopher A. Reed.UBS press2004.p76: in1914.the city's Xinwen newspaper plant installed a two-tiered cylinder press rotary press.

3. John B. Powell .Missouri Authors and Journalists in the Orient.Missouri Historial Review.Vol.41.1946.p46.

4. John Maxwell Hamilton.The Missouri News Monopoly and American Altruism in China: Thomas F.F. Millard.J. B. Powell.and Edgar Snow. Pacific Historical Review.1986.p34.

5. Millard.Punishment and Revenge in China.Scribner's29（Feb.1901）: p.187－194.

6. Millard.The New Far East.p.305；The Powers and the Settlement.p.120.

7. Walter William. A New Journalism in a New Far East.The University of Missouri Bullitin Journalism Series.No.52.1928.p9-17.

報刊史料

1. 《〈婦女之友〉已出版》，載 1926 年 9 月 30 日北京《晨報》。

2. 《〈新聞報〉三十年紀念》。

3. 《報學季刊》。

4. 《晨報》。

5. 《大公報》。

6. 《大公和日報》。

7. 《東方雜誌》。

8. 《東三省公報》。

9. 《婦女日報》。

10. 《公論日報》。

11. 《公言報》。

12. 《黃埔軍校報刊》。

13. 《軍人週報》。

14. 《民國日報》。

15. 《民立報》。

16. 《啟明日報》。

17. 《青年雜誌》。

18. 《上海潑克》。

19. 《少年中國》。

20. 《申報》。

21. 《盛京時報》。

22. 《時報》。

23. 《時事新報增刊》。

24. 《天鐸報》。

25. 《天津市政府公告》。

26. 《通俗教育報》。

27. 《外交公報》。

28. 《嚮導》。

29. 《新青年》。

30. 《新聞報》。

31. 《新聞報三十年之事實》。

32. 《戰事日刊》。

33. 《正義日報》。

34. 《政治週報》。

35. 《中國軍人》。

36. 《中國人民大學新聞學院藏稀見民國新聞史料彙編》。

後　記

　　2013 年 6 月，南京師範大學新聞與傳播學院倪延年老師申請的國家社會科學基金重點項目「中華民國新聞史研究」獲准立項，成爲我國斷代新聞史研究方面的第一個國家社科基金重點項目。由於我申請博士學位的論文選題是「北洋軍閥時期新聞業新聞業及其現代化（1916～1928）」。博士論文通過答辯並再次修改充實後，2010 年 4 月由中國人民大學出版社正式出版。倪老師熱情邀請我負責主持項目最終成果《中華民國新聞史》（第 2 卷）的研究和撰稿。我欣然接受了這一任務。從 2013 年 10 月在南京師範大學舉行「中華民國新聞史研究」項目組第一次工作會議以來已過去整整五年，所承擔的任務如期完成，感到略許欣慰。

　　本卷爲五卷本《中華民國新聞史》的第二卷。研究對象是袁世凱之後北洋軍閥主政北京政府時期的新聞事業。基本時間段在 1916 年到 1928 年之間，爲與其他卷研究內容保持一致性，主要研究內容爲新聞報刊業、新聞通訊業、軍事新聞業、少數民族新聞業、圖像新聞業、外國在華新聞業、新聞管理體制、新聞業經營、新聞團體、新聞教育、新聞學研究以及新聞業產生發展的社會環境等多個方面，力求從多側面展現較爲完整的「中華民國新聞史」內容體系和較爲清晰的「中華民國時期」新聞業的大致模樣。

　　本卷書稿是新聞史學界尤其是本卷編撰者聰明智慧和辛勤勞動的集體成果。由本卷主編負責新聞業產生發展的社會環境和這一階段的新聞報刊業這兩部分內容的撰寫，與新聞報刊業相對應的其他內容則由相關項目子課題或特約研究專題負責人撰寫特約專題稿納入本卷。撰稿任務的具體分工爲：緒論、第一章由中國人民大學新聞學院王潤澤負責（碩士生王婉和仇辰提供了

部分資料）；第二章由王潤澤，國家圖書館郭傳芹、重慶大學新聞傳播學院齊輝研究員、中國人民大學博士生高璐共同完成；第三章由王潤澤和中國人民大學新聞學院博士生王雪駒共同完成；第四章由王潤澤、南昌大學新聞傳播學院余玉老師，福建省宣傳部肖江波博士等共同完成；第五章 第一節（民國創建前後的新聞通訊業）由新華通訊社新聞學研究所新聞史論研究室主任萬京華研究員撰稿；第二節（民國創建前後的圖像新聞業）由南京大學新聞與傳播學院博士生導師韓叢耀教授撰稿；第六章 第一節（民國創建前後的少數民族新聞業）由中央民族大學文學與傳播學院碩士研究生導師白潤生教授撰稿；第二節（民國創建前後的軍事新聞業）由解放軍南京政治學院軍事新聞系博士生導師劉亞教授撰稿；第三節（民國創建前後的外國在華新聞業）由中國人民大學新聞學院博士生導師鄧紹根教授撰稿；第七章 第一節（民國創建前後的新聞管理體制）由南京師範大學新聞與傳播學院博士生導師方曉紅教授撰稿；第七章 第二節（民國創建前後的新聞業經營）由華南師範大學新聞與傳播學院碩士研究生導師張立勤副教授撰稿；第八章第一節（民國北京政府時期的新聞團體）由余玉老師完成，第二節（民國北京政府時期的新聞教育）由上海大學李建新教授完成，第三節（民國北京政府時期的新聞學研究）由湖南師範大學徐新平教授完成。本卷主編根據項目組會議決議精神，依據「充分尊重原稿作者勞動成果和權利」、「立足提高書稿質量和文風統一」及「統稿結果經項目組會議確認」的原則，對特約專題稿進行了整合、修改及補充等技術性處理。

　　受學識能力所限，本卷內容定有很多不成熟甚至錯誤之處，還請各位專家不吝賜教。

王潤澤

二〇一八年十一月十五日